KAY JACOBS
Kieler Helden

KIEL 1916 Sommer 1916. Der Erste Weltkrieg frisst Menschen und Ressourcen. In der Heimat mehren sich Berichte über das Grauen an der Front. Die anfängliche Kriegseuphorie hat sich längst gelegt, in der Bevölkerung wächst Unmut. Unter einem Kieler Fähranleger wird Dr. Althoff, Oberarzt an der Akademischen Nervenklinik, tot aus dem Hafen gezogen. Verschnürt in einen Kartoffelsack hat der Täter sein Opfer langsam ertrinken lassen. Aus Personalmangel – viele Polizisten sind an der Front – ermitteln Kriminalkommissar Rosenbaum und seine Assistentin Hedi ohne weitere Unterstützung. Die Ermittlungen führen in die Kieler Nervenklinik, die von Kriegsopfern überfüllt ist. Dort erfährt Rosenbaum, dass Dr. Althoff einen heftigen Streit mit einem Kollegen hatte. Am nächsten Morgen wird ein weiterer Oberarzt der Nervenklinik tot aufgefunden. Rosenbaum und Hedi müssen schnellstmöglich die Verbindung zwischen den beiden Ärzten ermitteln, bevor der Mörder erneut zuschlägt.

© Erik Schlicksbier

Kay Jacobs, Jahrgang 1961, studierte Jura, Philosophie und Volkswirtschaft in Tübingen und Kiel. Er promovierte über Unternehmensmitbestimmung und war anschließend viele Jahre in unterschiedlichen Kanzleien als Rechtsanwalt tätig. Heute lebt er mit seiner Familie in Norddeutschland und schreibt über all das, was er als Anwalt erlebt hat oder hätte erlebt haben können. Für »Kieler Helden« wurde er mit dem Silbernen Homer ausgezeichnet. Näheres unter: www.kayjacobs.de

KAY JACOBS
Kieler Helden

Kriminalroman

GMEINER

Die automatisierte Analyse des Werkes, um daraus Informationen insbesondere über Muster, Trends und Korrelationen gemäß § 44b UrhG (»Text und Data Mining«) zu gewinnen, ist untersagt.

Bei Fragen zur Produktsicherheit gemäß der Verordnung über die allgemeine Produktsicherheit (GPSR) wenden Sie sich bitte an den Verlag.

Facebook: @Gmeiner.Verlag
Instagram: @gmeinerverlag
Twitter: @GmeinerVerlag

Besuchen Sie uns im Internet:
www.gmeiner-verlag.de

© 2017 – Gmeiner-Verlag GmbH
Im Ehnried 5, 88605 Meßkirch
Telefon 07575/2095-0
info@gmeiner-verlag.de
Alle Rechte vorbehalten
3. Auflage 2022

Lektorat: Sven Lang
Herstellung: Mirjam Hecht
Umschlaggestaltung: U.O.R.G. Lutz Eberle, Stuttgart
unter Verwendung eines Fotos von: © ullstein bild
Druck: Zeitfracht Medien GmbH, Industriestraße 23,
70565 Stuttgart
Printed in Germany
ISBN 978-3-8392-2129-7

I

Im Leben von Hauptmann Weber hatte sich viel geändert, seit zwei Jahre zuvor der Große Krieg ausgebrochen war. Die schwerwiegendste Änderung: Er besaß nur noch ein Bein. Das andere war ihm gleich in den ersten Kriegstagen bei der Einnahme von Lüttich abhandengekommen. Es war ihm eine Ehre gewesen, ein Bein fürs Vaterland zu geben, und er hätte auch noch das zweite geopfert, nur hatte er dazu keine Gelegenheit mehr gehabt.

Nach neun Monaten Rekonvaleszenz bekam er das Eiserne Kreuz und fand sich bei der Heeresverwaltung in der Heimat wieder, die zweite einschneidende Änderung. Weber war ein Mann der kühnen Tat, Büroarbeit lag ihm nicht, doch zurück an die Front ließ man ihn nicht. Er hatte jetzt im Generalkommando des IX. Armeekorps die personelle und materielle Bedarfsdeckung zu koordinieren. Die personelle oblag der Adjutantur, die materielle der Intendantur, und Weber saß dazwischen. Werktags wurde er jeden Morgen um 7.41 Uhr von seinem Haus im Villenviertel von Neumünster abgeholt und ein paar Kilometer zu seiner Dienststelle gebracht und abends um 18.06 Uhr zurückgefahren. Zwischendurch studierte er die neuesten Berichte, insbesondere die Verlustzahlen. Anschließend erörterte er mit seinen Vorgesetzten die mittelfristige Bedarfsplanung und ihre kurzfristigen Änderungen, wobei die Kurzfristigkeit der Änderungen oft zu erregten Auseinandersetzungen führte – denn man konnte weder die feindliche noch die eigene Heeresführung fragen, ob sie gerade verlustreiche Offensiven planten. Die Kommandantur wurde im

Allgemeinen überaus kurzfristig vor vollendete Tatsachen gestellt, ein großes Ärgernis. Nach den täglichen Lagebesprechungen arbeitete Weber meist seinen Aktenverkehr ab, Beschwerden, heikle Einzelfallentscheidungen, Beförderungs- und Ehrungsvorschläge und Ähnliches. Dann überprüfte er die Arbeit seiner Untergebenen, er lobte oder rügte sie. Meist rügte er, jedenfalls diejenigen, die keine Kriegskrüppel waren – oder wie es neuerdings hieß: Kriegsbeschädigte. Wer jung und gesund war und seinen Dienst nicht an der Front ableistete, konnte in Webers Augen nur ein Feigling sein. Andererseits war es nicht möglich, eine Dienststelle ausschließlich mit Beinamputierten und Greisen zu besetzen: Die einen fielen ständig um und die anderen konnten ihnen nicht mehr aufhelfen. Also war eine Generalkommandantur notgedrungen der Sammelplatz für ausgediente Haudegen und ungediente Drückeberger, zwei Gruppen, die schwer miteinander auskamen.

Nein, das war nicht das Leben, das Weber sich gewünscht hatte, aber er hatte noch Glück. Er gehörte zu den ersten Krüppeln dieses Krieges, für ihn fand sich noch ein Posten in der Militärverwaltung. Für diejenigen, die jetzt von der Front kamen und nicht wieder zurückkonnten, fand sich beim Militär keine Verwendung mehr.

An diesem Morgen war etwas anders als sonst. Es war der 10. Juni 1916, Webers Geburtstag, der 39. Er hatte sich ein paar Tage freigenommen, um die Familie in der Eifel zu besuchen. Ein paar Tage freinehmen zu können, war das Vorrecht eines Krüppels. Weber hatte es nur sehr selten in Anspruch genommen, aber dieses Mal hatte Elfriede darauf bestanden.

Gleich nach dem Frühstück wollten sie los. Weber saß im Salon und las Zeitung, während Elfriede den Tisch deckte.

Gundel, das Hausmädchen, hatte schon am Vorabend freibekommen und war bereits auf dem Weg zu ihrer Schwester. Es gab Malzkaffee und Vollkornbrot mit Marmelade, ein ordentliches preußisches Frühstück. Zur Feier des Tages stellte Elfriede eine brennende Kerze auf den Tisch.

In der Zeitung las Weber jeden Morgen als Erstes den neuen Tagesbericht der Obersten Heeresleitung; die dritte Änderung. Brauchbare Informationen waren daraus jedoch nur schwer herzuleiten. Die meisten Berichte endeten mit der Angabe feindlicher Verluste und der Anzahl erbeuteter Maschinengewehre. Wenn eine solche Meldung ausblieb, musste es einen verheerenden Rückschlag gegeben haben – die eigenen Verluste wurden seit Herbst 1914 nicht mehr veröffentlicht. Insoweit war die Kommandantur auf die internen Berichte angewiesen, die jedoch keinen verwertbaren Überblick verschaffen konnten, weil sie sich auf die Lage des IX. Armeekorps beschränkten.

Noch vor wenigen Wochen hatten die Zeitungen umfangreich über die Offensive bei Verdun berichtet, dann kaum noch etwas. Auch die internen Berichte waren nicht aufschlussreich, weil nur hilfsweise einige Regimenter des IX. Korps bei Verdun kämpften. Insgesamt kein gutes Zeichen.

Auf Seite drei studierte Weber heute den ersten detaillierten Bericht über die bislang größte Seeschlacht des Krieges, die zwei Wochen zuvor am Skagerrak stattgefunden hatte. Sie war – gewissermaßen – ein taktischer Erfolg, der im Wesentlichen darin bestand, bei feindlicher Übermacht rechtzeitig Reißaus genommen zu haben. Der Kaiser hatte das Wettrüsten zur See begonnen, um die erdrückende Übermacht Großbritanniens einzudämmen. Aber der Krieg war zu früh ausgebrochen, die britische Grand Fleet war noch immer doppelt so groß wie die deutsche Hochseeflotte und hatte im Herbst 1914 eine Seeblockade errichtet, die Deutschland sehr zu schaffen machte. Die Skagerrakschlacht konnte daran nichts ändern.

Elfriede schenkte ihrem Gatten eine Tasse von dem Malzkaffee ein und setzte sich zu ihm. »Gibt es etwas Neues?«, fragte sie.

»Gestern erzählte Major Boeden, dass an der Somme starke britische Truppenbewegungen beobachtet wurden. Die Tommys scheinen eine Offensive zu planen. Wir werden die Rekrutierungen deutlich erhöhen müssen.«

»Liegt die Somme denn in der Champagne?«

»Nein. Nördlich.«

»Aber deine Leute sind doch in der Champagne.«

Hauptmann Weber schaute auf. »Das IX. Korps wurde schon nicht nach Verdun gezogen, deshalb werden wir wahrscheinlich an die Somme müssen, wenn dort etwas passiert.«

»Ja, gibt man euch denn nicht frühzeitig Bescheid?«

»Nein«, antwortete der Hauptmann und vergrub sich wieder in seine Zeitung. Derart dumme Gespräche mochte er nicht führen und außerdem durfte er mit Elfriede auch gar nicht darüber reden.

Es klingelte an der Tür. Nichts geschah. Dann klingelte es erneut.

»Elli?«, sagte Weber, ohne aufzuschauen.

Elfriede zog wortlos ihre Serviette vom Schoß und ging zur Tür. Sie war wahrscheinlich verstimmt oder sie hatte nicht daran gedacht, dass das Mädchen freihatte.

Wenn man einmal von solchen Zickereien oder Unaufmerksamkeiten – je nachdem – absah, war Elfriede ihrem Mann eine gute Frau. Sie hatte ihm zwei herrliche Söhne geschenkt. Der eine war bereits seit einem Jahr im Kriegsdienst, natürlich freiwillig, der andere hatte vor Kurzem das Notabitur gemacht und befand sich in der Grundausbildung. Nichts anderes hatte Weber von ihnen erwartet.

Heldenmütig in der Armee zu dienen, hatte Tradition in der Familie. Der Urgroßvater hatte bei Leipzig gegen Napoleon gekämpft, der Großvater war im Französischen Krieg von 1870/71 gefallen. Nur der Vater hatte nie das Glück gehabt, sich an der Front bewähren zu dürfen. 70/71 war er noch zu jung gewesen, beim Boxeraufstand bereits zu alt. Den Makel hatte er mit ins Grab nehmen müssen.

Als Elfriede zurückkam, hielt sie ein Paket in der Hand. »Ein Geburtstagsgeschenk«, sagte sie und stellte es vor ihrem Gatten auf den Tisch.

Das war durchaus eine Überraschung. Von Elfriede hatte er zum Geburtstag einen Stiefel bekommen – wie jedes Jahr. Früher zwei, jetzt nur noch einen, an den Kosten änderte dies jedoch nichts. Und von der Familie erwartete er die Geschenke erst am nächsten Tag. Doch jetzt ein Geburtstagsgeschenk zu erhalten, per Boten, das war eine Überraschung. Hauptmann Weber machte sich zwar nichts aus Geschenken, aber eine Überraschung war's dennoch.

»Von wem ist es denn?«, fragte Elli.

Weber legte die Zeitung zur Seite, riss einen am Paket festgeleimten Umschlag auf und zog eine Karte heraus: Wilhelm Kosniak gratulierte zum Ehrentag und übersandte ein kleines Präsent.

Das war ein Name aus längst vergangen Zeiten, aus Jugendzeiten. Wilhelm Kosniak.

Sie waren zusammen zur Schule gegangen, damals in Bitburg. Enge Freunde waren sie nie gewesen. Nach dem Abitur hatte Weber sich beim Heer verpflichtet, Kosniak hatte irgendetwas Sinnloses studiert. Sie verloren sich aus den Augen und aus dem Sinn. Vor ein paar Jahren sahen sie sich bei einem Ehemaligentreffen wieder und tauschten die Adressen aus. Einige Zeit später hatte Kosniak Weber einmal auf eine Tasse Kaffee besucht, als ihn eine Geschäftsreise nach Kiel führte. Danach hatte sich keiner mehr bei dem anderen gemeldet. Und jetzt ein Geschenk von Willi.

Weber öffnete das Paket. Gut wattiert und in Wachspapier gehüllt kam ein Rührkuchen zum Vorschein. Eigentlich hätte Gundel am Vorabend einen Kuchen backen sollen, aber weder Hefe noch Backin waren zu bekommen; die Versorgungsengpässe des Krieges wirkten sich inzwischen sogar auf die wohlhabenden Kreise aus. Da wäre der Rührkuchen ganz recht gekommen. Wenn Weber Kuchen gemocht hätte. Aber die Geste zählte.

Als der Hauptmann den Kuchen aus dem Karton hob, fand er noch etwas, etwas metallen Blitzendes. Eine Flasche aus poliertem Zinn oder Edelstahl, flach und leicht gewölbt, mit einem Schraubdeckel und einer Umhüllung aus fein verziertem Leder. Ein Flachmann. Ein gutes Geschenk. Weber zog ihn aus dem Karton und bemerkte, dass er gefüllt war. Er drehte den Deckel ab und sofort strömte ihm ein unverwechselbares Aroma entgegen: deutscher Weinbrand, nicht diese minderwertige französische Sorte, die die Kameraden an der Westfront trinken mussten, sondern echter deutscher Weinbrand. Ein hervorragendes Geschenk. Weinbrand war in diesen Zeiten schwer zu kriegen. Kartoffelschnaps, Roggenbrand und sonstigen Fusel konnte man bekommen, aber edlen Weinbrand kaum.

»Du willst doch wohl nicht …«, kreischte Elfriede, aber Weber wollte und tat es.

»Deliziös!«, entfuhr es ihm. Auf einem Bein kann man nicht stehen, dachte er, grinste und nahm den zweiten Schluck. Es waren ja nur winzige Schlückchen.

»Du kannst dich doch nicht schon morgens betrinken!« Elfriedes Stimme wurde noch ein wenig schriller. »In einer Stunde kommt dein Fahrer, um uns zum Bahnhof zu bringen, und du betrinkst dich!«

»Es ist mein Geburtstag.«

»Das ist kein Grund! Schon gar nicht, wenn man nur ein wackeliges Bein hat. Soll ich vielleicht den Gepäckträger bitten, dich ins Abteil zu hieven?«

Weber nahm noch ein winziges Schlückchen und Elfriedes Stimme hätte sich sicher überschlagen, wenn ihr noch etwas zu sagen eingefallen wäre. In diesem Zustand war sie kaum zu ertragen. Noch ein Schlückchen.

»Setz dich, Ellichen, und nimm du das Gebäck«, sagte Weber.

Elfriede setzte sich, schmollte ein wenig, griff dann aber beherzt zum Kuchen. Weber kannte sie gut und wusste, wie er sie besänftigen konnte. Und Willi Kosniak, dieses alte Schlitzohr, wusste es offenbar auch. Er hatte ihm nicht nur den köstlichen Weinbrand geschenkt, sondern die Opfergabe, die zu dessen Genuss erforderlich war, gleich mit. Nach einer halben Stunde waren der Flachmann leer und der Kuchen nahezu aufgegessen.

»Jetzt müssen wir uns aber fertig machen«, sagte Elfriede und fasste sich an den randvollen Bauch. Beim Kuchenessen besaß sie eine erstaunliche Kondition, aber ein ganzer Rührkuchen war vielleicht doch etwas zu viel. »Die Koffer stehen bereit. Die Kartoffeln auch.« Kartoffeln waren in den letzten Monaten knapp geworden. Wer genügend besaß, verteilte sie gern unter Freunden oder in der Familie. »Ich räume schnell den Tisch ab.« Elfriede atmete einmal tief durch, versuchte aufzustehen und stützte sich auf die Armlehnen, um gleich wieder in den Stuhl zurückzusinken. Sie hatte wohl wirklich zu viel Kuchen gegessen. Und zu schnell. »Mir ist übel«, sagte sie.

»Nimm einen Schluck hiervon«, sagte Weber und hielt ihr den Flachmann hin. »Ach ne. Leer.«

»Mir ist schwindelig«, sagte Elfriede, »schwindelig und übel.«

Auch der Hauptmann fühlte sich nicht wohl, das Herz raste. In einen Flachmann passte zwar eine Menge Alkohol, aber Weber vertrug auch eine Menge, bisher jedenfalls. Ihm kam in den Sinn, dass es vielleicht doch nicht gut war, am frühen Morgen so viel zu trinken. Gut war auch, dass seine Söhne nicht zu Hause waren. Dann dachte er, dass man den Besuch bei der Familie um einen Tag verschieben sollte. Sein Mund war trocken. Er schenkte sich Malzkaffee nach, verschüttete die Hälfte, trank den Rest. Er konnte hören, wie Elfriede etwas sagte, was er nicht verstand. Dann sah er, dass sie am ganzen Körper zitterte, sich übergab und zu Boden fiel. Als sie sich nicht mehr rührte, begriff er, dass etwas Außergewöhnliches, wahrscheinlich etwas Schreckliches passiert war. Auch wenn es ihn nur von fern berührte. Sein Herz raste immer schneller und er atmete immer flacher. Paradox, dachte er. Dann atmete er nicht mehr und das Herz blieb stehen.

II

Keinen Fehler machen. Nur keinen Fehler machen. Hedi stellte das Fahrrad ab, zog ihre Umhängetasche von der Schulter, kramte die Polizeimarke heraus und zeigte sie vor.

»Kuhfuß, Mordkommission.«
»Wie war gleich der Name?«
»Kuhfuß. Hedwig Kuhfuß.«
»Und Sie sind bei der Mordkommission der neue Kommissar?« Der Wachmeister lehnte sich ins Kreuz und verschränkte die Arme vor der Brust.
Keinen Fehler machen. Autorität zeigen.
»-rin.«
»Wie bitte?«
»-rin. Kommissarin.« Keinen Fehler machen. »Wenn überhaupt. Aber ich bin keine Kommissarin. Ich vertrete hier nur Kommissar Rosenbaum. Er ist kurzfristig verhindert.«
Vor dem Krieg war es nahezu undenkbar gewesen, dass eine Frau bei kriminalpolizeilichen Ermittlungen assistieren oder gar vertreten könnte. Aber der Krieg hatte alles geändert. Jetzt gab es jüdische Offiziere und Frauen, die in Rüstungsfabriken Granaten herstellten. Und eben Hedi in der Funktion einer Kriminalassistentin. Vor dem Krieg hatte das Kommissariat aus Rosenbaum und seinen beiden Assistenten Gerlach und Steffen bestanden. Kurz nach Kriegsbeginn war Gerlach zur Reserve, ein Jahr später Steffen zur Landwehr eingezogen worden. Hedi bot dem allein gelassenen Rosenbaum ihre Unterstützung an, aber es hatte eine Weile gedauert, bis er das Angebot angenommen hatte. Trotz allem modernen und verständnisvollen Gehabe war er im Grunde auch nur ein Chauvinist. Als er sich durchgerungen hatte, dauerte es, bis Kriminaldirektor Freibier – er hieß wirklich so – sein Einverständnis erteilte. Er zierte sich. Nicht so sehr, weil er Frauen in dieser Position nicht haben wollte, sondern weil er auf Hedi als seine Sekretärin verzichten musste. Am wenigsten Zeit benötigte zum Schluss der Polizeipräsident, als Freibier ihm den Vorschlag unter-

breitete. Nicht weil er besonders fortschrittlich gedacht hätte, weit gefehlt, sondern weil der Krieg ihm viele seiner Beamten genommen und an die Front befördert hatte. Dabei hatte er im Grunde die schwierigste Entscheidung zu treffen. Denn als Ermittlungsbeamter durfte nur tätig werden, wer überhaupt Beamter war und einen Amtseid abgelegt hatte – nur dann konnte er mit hoheitlichen Befugnissen ausgestattet werden. Hedi war aber kein Beamter, noch nicht einmal eine Beamtin, sondern nur Kanzleiangestellte. Der Polizeipräsident scherte sich nicht darum – in seiner Position konnte man Rechtsvorschriften schon mal dynamisch interpretieren.

»Na, dann kommen Sie mal mit, Fräulein Kriminalvertreter*in*.«

›Kriminalvertreterin‹, diesen Titel gab es nicht, der Wachtmeister nahm Hedi nicht ernst. Und ›Fräulein‹ war für Hedi, immerhin 29 Jahre alt, auch keine angemessene Anrede, jedenfalls aus ihrer Sicht. Andererseits war es üblich, dass eine Frau, die keinen Ehering trug, unabhängig vom Alter mit ›Fräulein‹ angeredet wurde. Außerdem existierte keine Amtsbezeichnung für das, was sie war. Sie hatte vor zehn Jahren als Stenotypistin bei der Kieler Polizei angefangen und war bald zur Sekretärin befördert worden. Ihre jetzige Tätigkeit entsprach der eines Kriminalassistenten, obwohl sie die persönlichen Voraussetzungen dafür nicht besaß, und auch nicht die Ausbildung oder das richtige Geschlecht. Sie war … sie wusste nicht, was sie war. Aber jetzt keinen Fehler machen.

Der Wachtmeister führte sie ein kurzes Stück an der Uferpromenade entlang, rechts die Kieler Förde, dahinter die Morgensonne, die einen schönen Sommertag versprach, links vereinzelt ein paar Villen von reichen Kaufleuten und Kapitänen, die sich zur Ruhe gesetzt hatten. Dann ging es auf die Bellevuebrücke, einen breit ausgebauten, gut hundert Meter langen Holzsteg, der den Fördedampfern als Anleger diente, wenn sie alle halbe Stunde einige Fahrgäste auf dem Weg zur Arbeit oder nach Hause oder zu einem Ausflugsziel im nahe gelegenen Düsternbrooker Gehölz anlandeten.

»Dort liegt er, Fräulein, äh, Vertreterin.« Der Wachtmeister zeigte auf eine Gruppe von uniformierten und pickelbehaubten Männern, die um etwas Lebloses herumwuselten.

»Sagen Sie Kuhfuß zu mir.«

»Sehr wohl, Kuhfuß.« Der Wachtmeister grinste.

Keinen Fehler machen. Der Wachtmeister stand im Rang über Hedi, aber in ihrer heutigen Funktion stand sie über ihm. Autorität war keine Frage des Titels, sondern der Persönlichkeit. Hedi hatte Rosenbaum seit Monaten bei seinen Ermittlungen assistiert und dabei viel gelernt. Wie man mit respektlosen Menschen umging, zum Beispiel. Obwohl, nein, das eigentlich nicht. Rosenbaum war in der Lage, Respektlosigkeit zu überhören, sie konnte das nicht. Aber wie man einen Tatort beging, das hatte sie von ihm gelernt. Jetzt musste sie dies zum ersten Mal ohne ihn bewältigen und sich dabei Respekt verschaffen. Keinen Fehler machen.

»Das ist Fräulein Rehbein, sie möchte sich gern die Leiche ansehen«, sagte der Wachtmeister grinsend, als sie bei der Pickelhauben-Gruppe angekommen waren.

Hedi konnte Verballhornungen ihres Namens meist gut vertragen und oft fand sie die Sprüche selbst witzig, aber jetzt explodierte sie innerlich und kurz darauf auch äußerlich. »Noch einmal so etwas und die Milch wird sauer!«, schnauzte sie den Wachtmeister an. »Sie gehen jetzt wieder zurück und bewachen den Zugang zum Steg!«

Der Wachtmeister verlor sein Grinsen, quittierte die Anordnung mit einem »Jawohl« und marschierte zurück ans Ufer.

Hedi wandte sich den anderen bepickelten Männern zu.
»Ich bin Hedwig Kuhfuß von der Mordkommission und das hier ist mein Tatort«, sagte sie in dem bestimmtesten Ton, der ihr zur Verfügung stand. »Wer hat den Einsatz bisher geleitet?«

»Ich, Frau Kuhfuß. Hauptwachtmeister Loof, drittes Polizeirevier.«

Frau Kuhfuß. Es hat gewirkt.

»Gut, Herr Hauptwachtmeister, erzählen Sie mir, was hier los ist.«

»Jawohl! Also ... hier ist das Opfer, Identität unbekannt, keine Ausweispapiere.« Loof deutete auf die Leiche, die vor ihm lang.

Hedi beugte sich über den Toten, ein 40 bis 45-jähriger Mann, mittelgroß, schlank, gutbürgerliche Kleidung, gepflegte Erscheinung. Und nass. Eine Wasserleiche, der Leichnam dürfte aber nicht lange im Wasser gelegen haben. Die Füße waren mit einem Seil verschnürt. Im Gesicht konnte Hedi Blutergüsse, an den Handgelenken Quetschungen und Schürfungen erkennen.

»Was ist das?«, fragte sie und zeigte auf die Handgelenke.

»Vermutlich war der Mann geknebelt und gefesselt gewesen, hat sich dann aber weitgehend selbst befreien können.«

»Und ist trotzdem ertrunken?«

»Er steckte hier drin.«

Hauptwachtmeister Loof zog einen Sack aus schwerem und grobem Juteleinen vom Brückengeländer und präsentierte ihn Hedi. Es waren zwei miteinander vernähte Kartoffelsäcke. Wasser tropfte hinunter.

»Oben mit einem Strick zugebunden.« Loof zog den Stoff an einer Stelle mit den Händen auseinander, eine abgewetzte Fläche mit einem kleinen Loch in der Mitte kam zum Vorschein. »Sehen Sie hier. Der Mann hat versucht, sich zu befreien. Offenbar wollte er den Sack mit den Zähnen aufreißen. Fast hätte er es geschafft.«

Hedi schaute sich die Stelle genau an. Sie hatte sich in ihrer Zeit bei der Kriminalpolizei so viel Professionalität angeeignet, dass sie es im Allgemeinen vermied, sich das ganze Ausmaß an Grauen auszumalen, das manche Opfer durchlitten hatten, bevor sie gestorben waren. Aber in diesem Fall war es anders. Die Zuordnung der Spuren bedingte die Vorstellung von dem, was das Opfer in seinen letzten Minuten durchlebt hatte.

»Ertränkt wie eine Katze«, murmelte sie und ein Schauer lief über ihren Rücken.

»Und dann ist hier noch etwas Merkwürdiges.« Loof ging wieder zum Brückengeländer und holte ein etwa vier oder fünf Meter langes Seil, dessen eines Ende zu zwei Schlaufen verknotet war. »Da hing der Sack dran. Das Ende mit den Schlaufen hatte sich an einem Block unter der Brücke verklemmt.«

»Was für ein Block?«

»Eine Art Umlenkrolle. Hängt da noch. Kommen Sie.«

Loof führte Hedi zurück an die Uferpromenade, erteilte zwei herumstehenden Männern mit Prinz-Heinrich-Mütze ein paar Anweisungen und schon war ein dort vertäutes Ruderboot bereit, Hedi aufzunehmen. Sie musste nur eine drei Meter lange Enterleiter von der Kaimauer zum Boot hinabsteigen.

Hedi zögerte. Das Boot war ziemlich wackelig, ein Dingi, ein allenfalls fünf Meter langes Beiboot, das sich die Polizei aus dem südlich gelegenen Torpedoboothafen der Marine ausgeliehen hatte. Und die Enterleiter war schmal und rostig. Die beiden Männer mit der Prinz-Heinrich-Mütze standen im Boot, reckten ihre Arme empor, um Hedi beim Abstieg behilflich zu sein, und waren freudig bereit, ihr unter den Rock zu schauen. Der wohlerzogene Hauptwachtmeister schlug vor, auf die Bootsfahrt zu verzichten und stattdessen zu versuchen, den Block von der Promenade aus in Augenschein zu nehmen. Hedi lehnte ab und wandte sich den Mützenmännern zu.

»Gehen Sie da mal weg. Das kann ich allein«, sagte sie.

Die Mützenmänner gehorchten und Hedi machte sich an einen wackeligen Abstieg. Der Sprossenabstand harmonierte überhaupt nicht mit Länge und Enge ihres Rockes und die Schnürstiefeletten vertrugen sich nur widerwillig mit der Form der Sprossen. Dabei war Hedi durchaus der aktuellen Mode gefolgt. Man trug jetzt Kriegskrinolinen, also Röcke, die nur wadenlang und glockenförmig geschnitten waren, um dem – eher symbolischen – Kriegsbedürfnis nach mehr Bewegungsfreiheit Rechnung zu tragen. Mit einem Rock aus der Vorkriegszeit hätte Hedi die Enterleiter nicht nehmen können. Als sie auf halber Höhe ein wenig strauchelte, waren die Mützenmänner wieder heran. Schwer zu sagen, ob sie nur Hilfe leisten wollten. Hedi erwog, sich demnächst Hosen zu kaufen.

Zum Schluss stieg auch Loof ins Boot. Die Mützenmänner setzten sich an die Riemen und ruderten unter den Fähranleger. Es roch nach Salz und Seetang, das Wasser plätscherte an die Poller. Nach 50 Metern hatten sie ihr Ziel erreicht. An einer Holzbohle des Anlegers hing eine Ösenschraube, daran ein Karabinerhaken und daran ein Block. Zwei Wangen aus Eichenholz, dazwischen eine drehbare Rolle, die gerade breit genug war, eine Schiffsleine aufzunehmen.

»Wir wollten es erst abnehmen, wenn der Polizeifotograf da war«, sagte Loof mit einem gewissen Stolz.

»Gut so«, antwortete Hedi.

Die Kieler Schutzpolizei hatte eine Menge hinzugelernt, seit Rosenbaum vor sieben Jahren hierher versetzt worden war. Vorher hatte sie von Spurensicherung nichts gehalten und genauso wenig verstanden. Erst Rosenbaum führte die moderne Kriminaltechnik ein, die er zuvor in Berlin kennengelernt hatte. Er ließ wichtige Geräte anschaffen, führte eine Fingerabdruck-Kartei ein, intensivierte die Zusammenarbeit mit der Gerichtsmedizin, erreichte, dass ein Polizeifotograf eingestellt wurde, und – am allerwichtigsten – ließ für die gesamte Schutzpolizei nach und nach Lehrgänge abhalten, auf denen effektive Tatortbegehung und Spurensicherung gelehrt wurde. Er arbeitete sogar Pläne aus, nach denen eine eigene Abteilung für Kriminaltechnik mit Labor und besonders geschultem Personal eingerichtet werden sollte. Seit Kriegsausbruch war davon keine Rede mehr gewesen. Dennoch, wie die Uniformierten jetzt an einem Tatort vorgingen, ließ sich kaum noch mit der Vorgehensweise von vor sieben Jahren vergleichen.

Hedi saß in der Mitte des Bootes und schaute nach oben zum Block. Wenn sie aufgestanden wäre, hätte sie ihn mit den Händen erreichen können. Aber sie blieb lieber sitzen.

»Die Täter müssen mit einem Boot gekommen sein, so wie wir jetzt«, sagte sie. »Anders wäre es nicht gegangen.«

»Ja«, pflichtete Loof Hedi bei. »Und es müssen mehrere Täter gewesen sein. Einer allein kann das nicht hinkriegen.«

Hedi nickte. »Wahrscheinlich mehrere Täter, aber sicher ein Boot. Lassen Sie das ganze Ufer danach absuchen.«

Loof nickte.

Auf Hedis Aufforderung wendeten die Mützenmänner das Boot und ruderten zur Kaimauer zurück.

»Und dann noch etwas«, sagte Loof, als sie wieder festen Boden unter den Füßen hatten. »Letzte Nacht gegen 3 Uhr haben Anwohner Hilferufe gehört. Sie alarmierten das Revier Düppelstraße. Als die Kollegen eintrafen, konnten sie jedoch nichts mehr entdecken. Die Kollegen sind jetzt im Feierabend, aber sie haben einen Bericht geschrieben. Ich lasse ihn Ihnen nachher in die Blume bringen.«

›Blume‹ wurde das Kieler Polizeipräsidium genannt, denn es lag in der Blumenstraße.

»Wo wohnen diese Anwohner genau?«

Loof zeigte auf eine Villa am Ufer, knapp 200 Meter vom Tatort entfernt.

Hedi nickte Loof anerkennend zu. Ihr Bericht von der ersten Tatortbegehung würde einen angemessenen Umfang erhalten, immerhin. Noch besser wäre es gewesen, wenn sie selbst die Erkenntnisse zusammengetragen hätte und nicht die Wachtmeister, aber immerhin. Einen Trumpf hatte Hedi noch im Ärmel, einen Umstand, den die Uniformierten offenbar übersehen hatten.

»War Ihnen der Strick eigentlich ins Wasser gefallen, als Sie ihn vom Block abnahmen?«, fragte sie.

Loof runzelte die Stirn. »Nein.«

»Er ist aber vollständig nass, auch das Ende mit den Schlaufen ist nass. Ist Ihnen das nicht aufgefallen?«

»Nein.«

Hedi ließ eine bedeutungsvolle Pause und genoss ihren Triumph.

»Wer hat die Leiche denn entdeckt?«, fragte sie dann.

»Zwei Frauen, die vor einer Stunde mit dem Fördedampfer in die Wik zur Arbeit fahren wollten. Sie warten im Wagen.«

Inzwischen war Professor Ziemke, der Gerichtsarzt, eingetroffen. Er kniete vor der Leiche, untersuchte sie, musterte dieses und jenes, hantierte mit einem Thermometer herum und stand freundlich lächelnd auf, als Hedi und Loof auf ihn zugingen.

»Guten Morgen, Herr Professor. Heimaturlaub?«, sagte Hedi und streckte ihm die Hand entgegen.

Ziemke war seit Gründung des Kieler Instituts für Gerichtliche Medizin dessen Direktor. Kurz nach Ausbruch des Krieges war er zusätzlich zum Chefarzt des Reserve-Feldlazaretts 54 in Belgien ernannt worden und pendelte nun im wöchentlichen Wechsel hin und her.

»Urlaub, genau, Fräulein Kuhfuß«, antwortete Ziemke und schüttelte Hedis Hand. »Am Morgen ein netter Ausflug an die Förde und nachher zwei Gutachten wegen Kriegsverletzungen. Ein erholsamer Urlaubsanfang.«

Hedi fand Ziemke nett. Und er hatte schöne Augen. Zwar nannte er sie *Fräulein* wie die meisten anderen auch, aber ihm verzieh sie es.

»Ertrunken?«, fragte Hedi und deutete auf die Leiche.

»Ja. Und am Hinterkopf hat er eine Platzwunde. Vermutlich hat man ihm eins übergezogen, bevor er gefesselt wurde.«

»Todeszeitpunkt?«

»Wassertemperatur 18 Grad – ungefähr vor sechs bis acht Stunden. Genaues morgen früh.«

»Danke, Herr Professor. Würden Sie vielleicht noch den Strick dort untersuchen?«

Ziemke nickte.

Nun traf auch Heribert Weidmann, der Polizeifotograf, ein. Loof erläuterte ihm die Tatortsituation, Ziemke packte seine Sachen zusammen und Hedi war mit sich zufrieden. Sie dürfte alles so gemacht haben, wie Rosenbaum es gemacht hätte. Sie hatte ihn angemessen vertreten, er konnte stolz auf sie sein. Aber er könnte auch bitte bald seinen Kurzurlaub unterbrechen und übernehmen.

Hedi ging zurück an die Uferpromenade und bestieg das dort geparkte Polizeiauto, in dem die beiden Frauen warteten, die den Toten entdeckt hatten. Hedi stellte sich vor und die Frauen erzählten, ihnen sei der Sack unter dem

Anleger aufgefallen, als sie auf die Fähre warteten. Zuerst hätten sie daran gedacht, dass er mit Kartoffeln gefüllt sein könnte. Gerade in diesen Wochen seien Kartoffeln knapp, meinten sie. Dass eine Leiche drin stecke, das sei ja nicht zu ahnen gewesen. Mehr war den Frauen nicht aufgefallen. Hedi bestellte sie für den Nachmittag ins Präsidium ein, um ihre Aussage zu protokollieren, und verabschiedete sich.

Jetzt mussten noch die Anlieger, die die Hilferufe gehört hatten, befragt werden, dann war Hedi hier fertig. Sie stieg aus dem Auto und hielt auf die Villa zu, die Loof ihr gezeigt hatte. Ein roter Backsteinbau im späten Jugendstil, etwas Heimatarchitektur vielleicht, verzierte Giebel, Erker und ein großes Panoramafenster, von dem aus der Fähranleger gut einzusehen war. Zwischen dem Ufer und dem Villengrundstück befand sich nur die Promenade. Hinter der Villa führte eine Böschung zum Düsternbrooker Weg hinauf, jenseits lag das Düsternbrooker Gehölz.

Als Hedi den halben Weg zur Villa gegangen war, sah sie an der dahinter gelegenen Böschung einen Mann, der die Vorgänge auf dem Fähranleger zu beobachten schien. Er stand hinter einem Baum, war kaum auszumachen und wäre ihr wahrscheinlich nicht weiter aufgefallen, wenn er nicht aufgescheucht gewirkt hätte, als sie zu ihm hinüberblickte. Halb hinter dem Baum hervorgetreten, etwas nach vorn übergebeugt, reglos, aber wie auf dem Sprung.

Hedi winkte ihm zu und rief »Hallo!«

Ein paar Sekunden blieb der Mann stehen, als hoffte er, wieder vergessen zu werden, wenn er sich nicht bewegen würde. Dann rannte er drei schnelle Schritte zurück zur Straße, blieb wieder stehen, wandte sich zu Hedi um und rannte davon, den Düsternbrooker Weg entlang.

Hedi rief ihm noch einmal hinterher, aber der Mann rannte weiter. Die uniformierten Kollegen starrten ihr nach, keiner war auf die Idee gekommen ihm zu folgen. Hedi kletterte die Böschung hinauf, blieb an der Straße kurz stehen, atmete tief durch und entdeckte den Mann wieder. Er lief den gewundenen Düsternbrooker Weg entlang, während er sich ein paarmal zu ihr umsah. Er trug dunkelgraue, vielleicht schwarze Kleidung, seine Bewegungen ließen ein leicht fortgeschrittenes Lebensalter vermuten. Mehr konnte Hedi nicht erkennen, der Mann war zu weit weg.

Noch einmal rief sie »Stehenbleiben! Polizei!«, deutlich energischer als zuvor. Dann spurtete sie wieder los, dem Mann hinterher, so schnell sie konnte. Doch der Abstand vergrößerte sich. Hedi war nicht unsportlich, ihre Kleidung aber schon. Der Flüchtige lief auf einen Lastwagen zu, der am Straßenrand parkte. Es war ein Regel-3-Tonner, dunkelgrün lackiert, ohne Beschriftung, wie man ihn seit einigen Jahren ständig auf den Straßen sah. Eine Besonderheit konnte Hedi ausmachen: einen Kastenaufbau. So etwas gab es, soweit sie wusste, nur bei den Waffentransportern des Heeres und bei den Kühlwagen des Schlachthofs. Der Mann verschwand vor dem Lastwagen, der sich zu schütteln schien und dann zu tuckern begann. Dann stieg der Mann auf der Fahrerseite ein und brauste los. Zwar fuhr so ein Laster nicht unbedingt schneller, als ein Mensch laufen konnte, aber er verfügte über die bessere Kondition. Hedi gab die Verfolgung auf. Eine kurz aufgekeimte Hoffnung, dass einer der Wachtmeister mit dem Polizeiwagen gefolgt sein könnte, gab sie auch auf. Für morgen würde sie sich Hosen kaufen.

III

Josef Rosenbaum war seit über vier Jahren Kriminalkommissar. Er war Jude *und* Kommissar. Der Kaiser persönlich hatte befohlen, ihn vom Kriminalobersekretär zum Kommissar zu befördern, nachdem er ihn kennengelernt hatte und mit seinen kriminalistischen Fähigkeiten überaus zufrieden gewesen war. Genau genommen hatte der Kaiser sich die Beförderung gewünscht. Denn der Personalstatus städtischer Kriminalbeamter lag außerhalb seines Zuständigkeitsbereiches. Aber des Kaisers Wunsch war dem Polizeipräsidenten Befehl.

Jetzt saß Rosenbaum in seiner Badewanne in der Bozener Straße, dritter Stock links, in Berlin-Schöneberg. Er hatte die Wohnung sieben Jahre zuvor für sich und seine Familie angemietet und war kurz darauf nach Kiel versetzt worden, während die Familie in Schöneberg geblieben war. Anfangs hatte er gehofft, dass es nur ein kurzes Gastspiel werden würde, diese Hoffnung hatte er nach zwei Jahren aufgegeben. Nur selten kam er zu Besuch nach Berlin, zuerst, weil es ihn sehr schmerzte, wenn er wieder gehen musste, dann, weil es ihn schmerzte, dass es ihn nicht mehr schmerzte. Natürlich, er liebte die Kinder. Und Charlotte, seine Frau, irgendwie auch. Und er liebte Schöneberg, besonders das Bayerische Viertel, wo die Wohnung lag, freundlich, großbürgerlich, jüdisch. Aber mit der Zeit war auch der Abstand gewachsen. Die Badewanne liebte er übrigens auch. In seiner Kieler Wohnung hatte er auch eine Wanne, jedoch kein fließend Warmwasser.

Charlotte kam herein und putzte sich die Zähne. Rosenbaum betrachtete sie.

»Ach, Lottchen, wenn ich Frauen lieben würde, würde ich dich lieben«, seufzte er.

Lotte drehte sich zu ihm um und gab ihm einen Zahnpasta-Kuss auf die Stirn.

Rosenbaum liebte Männer. Vielleicht liebte er auch Frauen, da war er sich manchmal nicht so sicher. Jedenfalls liebte er Lotte nicht so, wie ein Mann eine Frau üblicherweise liebte. Dennoch hatte er sie geheiratet. Sie hatten sich gern und in gewisser Weise funktionierte die Ehe, was nicht zuletzt daran lag, dass Lotte Frauen liebte. Seit Rosenbaum in Kiel wohnte, lebte er seine erotische Neigung kaum aus, zu groß schien ihm in dieser überaus konservativen, manchmal spießigen Stadt die Gefahr eines Skandals und: Homoerotische Handlungen waren strafbar. Nur einmal hatte es vor ein paar Jahren eine kurze Affäre mit einem jungen Mann gegeben. Sie hatten sich danach nicht wiedergesehen.

Das Telefon klingelte. Lotte verließ das Badezimmer und kam kurz darauf zurück.

»Kiel hat angerufen«, sagte sie. »Du sollst so schnell wie möglich zurückkommen. Wegen einer Demonstration.«

»Wegen einer Demonstration?«

»Das Fräulein sagte, wegen einer Demonstration. Ich habe nicht nachgefragt.«

Zwei Tage zuvor hatte Lotte unter Tränen bei Rosenbaum angerufen und erzählt, dass Albert sich zum Militär melden wollte. Am nächsten Morgen hatte Rosenbaum bei Kriminaldirektor Freibier für den Rest der Woche um Arbeitsfreistellung gebeten, da sein Sohn Albert schwer erkrankt zu sein schien – eine genaue Bezeichnung seines Leidens hatte Rosenbaum nicht abgegeben. Am Vormittag hatte er den

Schnellzug nach Berlin bestiegen. Am Nachmittag war er am Lehrter Bahnhof angekommen und von Lotte und Tochter Hilde abgeholt worden. Nach dem Abendbrot war es zu einer ersten Aussprache mit Albert gekommen, nur zu einer ersten, schließlich würden sie noch bis Sonntag Zeit haben. Es hätte der längste Aufenthalt bei der Familie werden sollen, den es in den letzten sieben Jahren gegeben hatte. Aber jetzt musste Rosenbaum den nächsten Zug nach Kiel nehmen.

Lotte zuckte mit den Schultern und verließ das Badezimmer. Rosenbaum dachte über die gestrige Aussprache mit Albert nach.

Albert war vor ein paar Monaten 18 geworden, machte das Abitur und wollte anschließend das Vaterland verteidigen. Dazu brauchte er das Einverständnis der Eltern, er war noch nicht großjährig. Lotte konnte sich zu einer Zustimmung nicht durchringen, genauso wenig Rosenbaum. Warum sie Kinder bekommen hatten, wussten sie nicht mehr so genau. Vielleicht weil man in bürgerlichen Familien nun mal Kinder hatte, vielleicht weil sie Kinder mochten, vielleicht beides. Doch sicher nicht, um einen Beitrag zur Vaterlandsverteidigung zu leisten.

»Aber Vater, so ist das nun mal: Nach dem Abitur macht man Militärdienst.«

»Du wirst aber nicht einfach Militärdienst machen, du wirst in den Krieg ziehen. Wenn du Glück hast, darfst du Kartoffeln schälen. Wenn du Pech hast, kommst du direkt an die vorderste Front. Du wirst es dir nicht mehr aussuchen können, sobald du unterschrieben hast.«

»Aber genau da will ich hin, Vater: an die Front.«

»Da sterben sie, Junge! Wie die Fliegen! Wer bei Kriegsbeginn an der Front gelandet ist, ist jetzt meist tot. Und der Nachschub ist in einem halben Jahr tot.«

»Woher willst du das denn wissen?«

Rosenbaum gab seinem Sohn eine Ohrfeige. Es war nicht die Frage an sich, die ihn provoziert hatte, es war die Betonung, Albert hatte ›du‹ betont. Darin lag Verachtung. Albert stand auf und lief in sein Zimmer. Das war die Aussprache gewesen.

Die Verachtung, die Albert ihm entgegenbrachte, schmerzte. Rosenbaum war von Anfang an gegen den Krieg gewesen. Schon die allgemeine Euphorie der ersten Monate hatte er nicht verstehen können. Als Polizeibeamter war er unabkömmlich gestellt worden, aber wenn er sich freiwillig gemeldet hätte, wäre er trotz seines Alters von immerhin 44 Jahren mittlerweile wohl an der Front. Er hätte als Unteroffizier angefangen und, weil die Offiziere inzwischen knapp geworden waren, wäre in der Zwischenzeit vielleicht Oberleutnant. Er hatte sich aber nicht freiwillig gemeldet, weil er gegen den Krieg war. Doch das war nur der eine Grund. Den anderen hatte er niemandem erzählt: Er hatte Angst. Alberts Verachtung schmerzte, weil er damit ein Stück weit recht hatte. Auch in den Blicken der Menschen, denen er jeden Tag begegnete, glaubte er immer wieder ein wenig Verachtung zu erkennen. Und ein ganz klein wenig verachtete er sich auch selbst. Er war jetzt nicht nur ein homosexueller jüdischer Sozi, er war ein feiger homosexueller jüdischer Sozi.

Erneut kam Lotte ins Badezimmer.

»Noch ein Fräulein aus Kiel hat angerufen. Du sollst sofort zurückkommen wegen einem Mord.«

»Wegen eines Mordes?«, fragte Rosenbaum nach.

»Wegen mit Genitiv?«, fragte Lotte zurück. »Das ist Verbalchauvinismus.«

Rosenbaum ein Verbalchauvinist? Abgesehen davon, dass es dieses Wort gar nicht gab, hatte Rosenbaum für

Sprache nicht besonders viel übrig, vielleicht auch nur, weil er wenig Talent dafür besaß. Zwar hatte er am Collège Français das Abitur abgelegt und sich dort mit Englisch, Französisch, Latein und sogar Altgriechisch herumgeschlagen, aber nicht freiwillig. Philosophie und die modernen Sozialwissenschaften waren für ihn wichtiger gewesen und damit hätte er sich sehr viel besser an anderen, moderneren Gymnasien beschäftigen können. Aber der Vater hatte für ihn nun mal das Französische Gymnasium gewählt und trotz aller Liberalität im Elternhaus hatte Rosenbaum in diesem Punkt keine Chance gehabt, sich durchzusetzen. Im Nachhinein war es für ihn dennoch in Ordnung gewesen, weil Sprache ein Medium war, ein Werkzeug der Verständigung, der Beeinflussung auch. Zwar nur ein Werkzeug, mehr nicht, aber immerhin.

Lotte wusste das, sie wusste alles über ihren Ehemann. Ihre Bemerkung war ein Necken, ein Spiel, das manchmal amüsante Wortgefechte auslöste und das sie gern gemeinsam spielten.

»Das ist humanistische Bildung«, erwiderte Rosenbaum.

Sie lächelten sich an. Nach einem Wortgefecht war heute beiden nicht zumute.

»Fast alle aus Alberts Klasse haben sich freiwillig gemeldet«, sagte Lotte und wischte festgetrocknete Zahnpasta von Rosenbaums Stirn.

»Gefahr und Ehre ist für die meisten ein kleineres Übel als Schimpf und Schande«, antwortete Rosenbaum. »Wenn er in den Krieg zieht, dann weil er es will, und nicht, weil es von ihm erwartet wird.«

»Wie willst du das trennen?«

Lotte fasste Rosenbaums Hand und streichelte sie. Sie sahen ihren Sohn schon in einem Massengrab liegen und ahnten, dass sie dagegen nichts tun konnten.

Das Telefon klingelte. Wieder.

Die Kieler Stadtkämmerei hatte Rosenbaum für beide Wohnungen, Kiel und Berlin, einen Fernsprechanschluss eingerichtet, damit er überall erreichbar sein würde – Rosenbaum hatte vergessen, darauf hinzuweisen, dass er in Berlin kaum erreichbar sein würde.

»Wahrscheinlich brauchen sie dich auch noch wegen einer Sturmflut in Kiel«, sagte Lotte, verließ das Badezimmer und kam nach zwei Minuten zurück.

»Rosa war's«, sagte sie. »Du sollst dich um Karl kümmern.«

Gemeint waren Rosa Luxemburg und Karl Liebknecht. Mit Liebknecht war Rosenbaum von Kindheit an befreundet, über ihn hatte er Rosa Luxemburg kennengelernt. Das persönliche Verhältnis der drei war im Wesentlichen davon geprägt, dass sie sich nur selten sahen. Rosenbaum, weil er in Kiel lebte; die beiden anderen, weil sie abwechselnd politische Haftstrafen absaßen. Jetzt, im Juni 1916, war die Phase, in der Rosa frei war und Karl in Untersuchungshaft saß. Er war am 1. Mai bei einer Kundgebung auf dem Potsdamer Platz vor 10.000 Menschen auf ein Autodach geklettert und hatte eine Rede mit den Worten »Nieder mit dem Krieg! Nieder mit der Regierung!« begonnen – und zugleich beenden müssen. Beamte der Politischen Polizei hatten ihn heruntergezerrt und abgeführt. Er war wegen versuchten Kriegsverrats angeklagt. Rosenbaum hatte davon in der Zeitung gelesen, sogar Flugblätter waren verteilt worden, auch in Kiel.

Das Badewasser wurde allmählich kalt, Rosenbaum stieg aus der Wanne und machte sich fertig. Erst telefonierte er mit Rosa, danach mit Sophie, Liebknechts Frau. Er erfuhr, dass sein Freund sich vor Gericht nicht verteidigen wollte und dass Rosa einen Besuchsschein für ihn erwirkt hatte.

Sein Zug nach Kiel würde erst am Mittag gehen und Albert war den ganzen Vormittag in der Schule. Rosenbaum hatte also genügend Zeit. Er versprach, Liebknecht in der Militärarrestanstalt Moabit zu besuchen. Und Lotte gab er das Versprechen, am Wochenende wieder nach Berlin zu kommen, um eine erneute Aussprache mit Albert zu versuchen.

IV

Nach dem Sprint über den Düsternbrooker Weg legte Hedi eine kurze Pause ein, in der sie zu Atem kommen, ihre Kleidung richten und einen leichten Groll gegen die uniformierten Kollegen runterschlucken konnte. Dann schlenderte sie zurück und ließ sich von einem Wachtmeister zu der Villa begleiten, deren Bewohner die Hilferufe gehört hatten.

Es handelte sich um ein altes Ehepaar mit einem Dienstmädchen. Der Mann war ein pensionierter Kapitän der Handelsschifffahrt, noch rüstig, aber nahezu blind. Seine Frau freundlich und nahezu taub. Von den Hilferufen hatte nur das Mädchen etwas mitbekommen.

»Zweimal ›Hilfe, Hilfe‹, dann Stille, dann wieder Rufe. Vier, höchstens fünf Minuten lang«, sagte sie. »Wissen Sie, hier ist es nachts sehr ruhig, da fällt es schon auf, wenn jemand ruft. Wenn der Wind von Osten kommt, hören wir manchmal aus der Ferne, wie bei Howaldt gearbeitet wird. Aber sonst hört man hier nichts.«

»Und konnten Sie etwas sehen?«

»Ich bin von meiner Kammer unten in den Salon gelaufen und hab aus dem Fenster geschaut. Aber es war stockduster. Zu sehen war nichts.«

Von einem Lastwagen oder einem Mann, der ums Haus schlich, hatte das Mädchen nichts mitbekommen, weder in der Nacht noch am Morgen.

Hedi war hier fürs Erste fertig, sie konnte sich mit ihrem Fahrrad auf den Weg zurück zur Blume machen. Dafür wählte sie einen kleinen Umweg, am Fördeufer entlang und dann rechts über die Holstenbrücke, weil hier der Bodenbelag größtenteils nicht aus holperigem Kopfsteinpflaster, sondern aus Asphalt bestand. Die erste Hälfte der Strecke, die am Fördeufer entlang, wollte sie mit dem Fahrrad zurücklegen. Die zweite Hälfte, die mit dem Anstieg zur Blume, wollte sie ihr Rad schieben. Als sie an der Holstenbrücke angekommen war, sah sie eine aufgebrachte Menge von 80, vielleicht 100 Personen – Werftarbeiter, Arbeiterfrauen, Kinder auch – vom Hafen über die Fleethörn Richtung Rathaus ziehen. Es war kein Demonstrationszug, Parolen wurden nicht skandiert, Plakate nicht gezeigt. Die Szene hatte etwas Bedrohliches. Erschrockene Passanten blieben stehen oder liefen weg. Bevor die Meute am Rathaus angelangt war, hatten eifrige Ratsdiener und Wachleute die Eingänge verriegelt. Die Meute blieb vor dem Haupteingang stehen. Ihre Erregung steigerte sich, weil sie das Rathaus nicht betreten konnten. Wütende Rufe waren zu hören, ohne dass Hedi auch nur ein Wort verstehen konnte. An den Flanken lösten sich Grüppchen und suchten alle erreichbaren Fenster und Türen nach einer Möglichkeit ab, sie von außen zu öffnen. Bei einem Fenster des Ratskellers war die Suche erfolgreich, es stand offen. Einige Arbeiter stiegen ein, schnell strömten weitere nach.

Hedi verfolgte das Geschehen aus sicherer Entfernung. Die Szene hatte etwas Bedrohliches, etwas Anarchistisches. Und sie barg offensichtlich das Potenzial zur Eskalation. Hedi entschloss sich, den Rest ihres Weges, den mit dem Anstieg, nun doch auf dem Fahrrad zu fahren, und zwar bedeutend schneller, als sie es üblicherweise tat. In der Blume lief sie auf direktem Weg zur Wachstube, wo ein Wachtmeister gerade Buchstaben auf seiner Schreibmaschine suchte.

»Krawall – 80 bis 100 Personen – im Rathaus – eingedrungen!«, kreischte sie mit letzter Kraft und vollständig außer Atem.

»Is ja gut, Fräulein. Das klären wir gerade«, antwortete der Wachtmeister. »Jetzt verschnaufen Sie erst mal.«

Dann wandte er sich mit kreisendem Zeigefinger wieder der Schreibmaschine zu. Das Rathaus hatte die Polizei bereits telefonisch alarmiert.

Mit schwerem Schritt schleppte sich Hedi zur Haupttreppe und hinauf in den zweiten Stock. Sie war noch immer außer Atem und, wie sie erst jetzt bemerkte, ziemlich durchgeschwitzt.

»Fräulein Kuhfuß!«

Das war die Stimme von Kriminaldirektor Freibier, gerade als Hedi in ihrem Büro verschwinden wollte. Sie drehte sich um, Freibier kam vom anderen Ende des Ganges auf sie zu. Seit sie Rosenbaum beigeordnet und nicht mehr Freibiers Sekretärin war, hatte sie ihren Arbeitsplatz in Rosenbaums Vorzimmer. Freibiers Büro lag im obersten Stockwerk, sie hätten sich hier nicht begegnen müssen. Und dass Freibier Hedi ›Fräulein Kuhfuß‹ nannte und nicht wie sonst ›Kuhfüßchen‹, erweckte in ihr den Eindruck, dass es auch besser so gewesen wäre.

Freibier hatte sich bei Ausbruch des Krieges angewöhnt, seine Heeresuniform im Dienst anzulegen. Sie wies ihn als Hauptmann der Reserve aus. Eine Lüge, er war mit 68 Jahren zu alt für die Reserve, zu alt sogar für die Landwehr. Eigentlich auch zu alt für den Polizeidienst, er hätte zum Jahresbeginn in Pension gehen sollen, wenn nicht der Große Krieg dazwischengekommen wäre. Aus dem militärfähigen Alter war er jedenfalls schon seit vielen Jahren heraus, aber selbstverständlich besaß er seine Uniform noch. Wahrscheinlich hätte er sie, formal betrachtet, nicht anziehen dürfen, aber er hatte niemanden um Erlaubnis gefragt und niemand schien sich daran zu stören. Und vielleicht, so hatte er einmal in einer sentimentalen Stunde durchblicken lassen, vielleicht würde er mit seiner unermesslichen Erfahrung ja doch noch in einem militärischen Stab gebraucht werden, falls der Krieg noch länger andauern sollte. Nur waren kriminalistische Erfahrungen beim Militär im Allgemeinen nicht sehr gefragt, sondern militärische Erfahrungen. Die hatte Freibier auch, doch sie beruhten auf dem Krieg von 70/71 und hatten mit der modernen Kriegsführung nicht viel gemein. Aber das war Freibier nicht klar.

»Wo bleiben Sie denn?«, fragte er mit einem ungeduldigen Vibrato in der Stimme. Sein wallender Backenbart und die hochgezogenen Augenbrauen ließen den Kriminaldirektor aussehen wie ein verschrecktes Eichhörnchen. Er schien genauso gehetzt zu sein wie Hedi, nur mit genügend Atem und trocken. »Ich suche Sie überall. Dienstbeginn ist um halb neun. Sie müssen nicht denken, dass Sie in aller Ruhe ausschlafen können, nur weil Rosenbaum heute nicht da ist.« Freibier blieb vor Hedi stehen und tupfte sich mit einem Taschentuch die verflüssigte Nervosität von der Stirn.

»Ich war um halb neun hier ...« Auch Hedi hatte ein leichtes Vibrato, und zwar vor Entrüstung.

»Halb neun? Na egal.« Der Kriminaldirektor schaute die Kriminalvertreterin mitleiderregend an. »Katastrophe, Kuhfüßchen, Katastrophe! Hungerkrawall! Und das, wo Rosenbaum nicht da ist.«

Hungerkrawall, die Menschen hatten nicht genug zu essen. Schon in mehreren Städten soll es deshalb zu Unruhen gekommen sein. Hedi hatte davon gehört, in den Zeitungen stand darüber freilich nichts.

Bereits im Winter 14/15 war die allgemeine Versorgungslage angespannt gewesen und hatte sich seither weiter verschärft. Durch die britische Seeblockade war Deutschland von den Welthandelswegen abgeschnitten. Der Nachschub an heimischen Produkten geriet ins Stocken, weil die Landarbeiter zum Militär eingezogen und die Pferde für die Kavallerie und die Trainkolonnen beschlagnahmt wurden. Die Preise für Lebensmittel stiegen rasant, Preisgrenzen für Grundnahrungsmittel wurden eingeführt. Der Krieg ernährt den Krieg, aber nicht das Volk. Die anfängliche Kriegseuphorie wich bald einer dumpfen Ernüchterung.

Von Rationierungen wurde zunächst abgesehen, weil damit der Schwarzmarkt befördert werden könnte. So blieb es trotz steigender Knappheit bei unverminderter Nachfrage. Die Reichsregierung erwog deshalb Anfang 1915, die Höchstpreise heraufzusetzen, was am Widerstand der SPD-Reichstagsfraktion scheiterte. Diese wollte eine Marktregulierung allein über den Preis nicht dulden, weil dies eine einseitige Abwälzung der Kriegslasten auf die ärmeren Bevölkerungsteile bedeutet hätte. Man einigte sich schließlich doch auf eine staatliche Rationierung zunächst von Getreide und Mehl, später auch von Speisefetten, Schweinefleisch und anderen Nahrungsmitteln. Windige Geschäftemacher streckten Mehl mit Sägemehl und Milch mit Wasser. Während sich die wohlhabenderen Bürger die horrenden Preise freier Nahrungsmittel leisten konnten oder sich gar auf dem florierenden Schwarzmarkt eindeckten, waren die ärmeren Schichten bald auf die staatlichen Ausgabestellen angewiesen. Die Dicken wurden dünner, die Dünnen schwächlicher. An den Ausgabestellen entwickelten sich lange Schlangen, Keimzellen erster Unmutsbekundungen.

Im Sommer 1915 war die Kartoffelernte recht kümmerlich ausgefallen. Die Vorräte hatten in Kiel knapp über Winter gehalten, waren aber trotz Rationierung durch die Reichskartoffelstelle im Mai 1916 aufgebraucht. Die für den Juni angekündigte Lieferung der ersten Frühkartoffeln konnte den Bedarf nicht decken. Unmut machte sich in der Bevölkerung breit. Die Stadtverwaltung gab im Rathaus besondere Zusatzbrotkarten aus, konnte die schleichende Missstimmung aber nicht eindämmen. In der Stadt rumorte es. Und nun schien sich der Ärger Luft gemacht zu haben.

»Hungerkrawall?«, fragte Hedi betont unwissend. Ihr war jetzt nach Mordermittlung zumute, nicht nach Volkszorn.

»Ja, seit gestern Abend. Die Leute gehen auf die Barrikaden. Gerade haben sie versucht, das Rathaus zu stürmen.« Freibier schob Hedi in ihr Büro und setzte sich auf den Besucherstuhl.

»Sie müssen jetzt erst mal wieder zu mir kommen, solange Rosenbaum nicht da ist. Ich brauche Sie.«

Nach Hedis Versetzung hatte Freibier eine neue Sekretärin bekommen, ein junges Fräulein aus der Kanzlei. Das war die feste Bedingung seiner Zustimmung gewesen. Das Fräulein meldete sich sehr bald freiwillig zur Rüstungsproduktion in die Torpedowerkstatt Friedrichsort und wurde durch ein anderes Fräulein, noch jünger, ersetzt. Zufrieden war Freibier nicht. »Sie schreibt die Diktate genauso auf, wie ich sie diktiere«, hatte er sich einmal bei Hedi beschwert. Vorbei waren die Zeiten, in denen sie seine grammatikalischen und stilistischen Schwächen ausgebügelt hatte.

Hedi überlegte, ob sie Freibier mit ›Chef‹, das Pendant zu ›Kuhfüßchen‹, oder mit ›Herr Kriminaldirektor‹, das Pendant zu ›Fräulein Kuhfuß‹ anreden sollte. »Also, äh, Chef, ich war um halb neun hier und wurde gleich zum Fundort einer Wasserleiche gerufen.«

»Wasserleiche? Bestimmt ein Unfall, nicht?«

»Unfall oder Selbstmord können wir ausschließen, denke ich.«

»So, so. Ja dann …« Freibier blickte ratlos ins Leere. »Sind Sie sicher?«

»Ja. Doch.«

Fast überkam Hedi ein wenig Mitleid. Sie hatte lange für Freibier gearbeitet, sie kannte ihn gut. Momente wie dieser, wenn sein pfauenhaftes Gehabe und seine Platzhirschambitionen für kurze Zeit von Signalen der Hilflosigkeit und Überforderung überlagert wurden, solche Momente waren es, in denen sie ihn sogar mochte.

»Na ja, wir haben eigentlich auch schon alles wieder unter Kontrolle. Glaube ich.« Freibier strich sich nachdenklich über den Backenbart. »Wie auch immer, ich muss jetzt zum Oberbürgermeister, der wartet auf mich. Und dann muss ich zum Gouverneur. Wenn ich zurückkomme, reden wir über Ihre Wasserleiche.«

Als Freibier verschwunden war, schloss Hedi die Tür, setzte sich an ihren Schreibtisch, zwang sich zur Ruhe und dachte darüber nach, welche Schritte sie als Nächstes einleiten sollte.

Eine Akte anlegen. Sie rief in der Kanzlei an und ließ sich ein neues Aktenzeichen nennen. Am Ende des Gespräches lag ein Zettel vor ihr, auf dem stand ein Aktenzeichen und ›Leichensache – unbekannt‹.

Und jetzt? Nachricht an die Staatsanwaltschaft, Paragraf 157 StPO. Und dann? Natürlich gab es jede Menge zu tun, aber was genau und, vor allem, in welcher Reihenfolge? Wenn Rosenbaum jetzt hier wäre ... Nicht dass er genau gewusst hätte, was zu tun wäre, und sie nicht. Aber zu zweit sprudelten die Ideen schneller und die Gedanken ordneten sich leichter.

Nächste Aktion: Rosenbaum anrufen. In Berlin. Frau Rosenbaum meldete sich und sah sich außerstande, ihren Mann ans Telefon zu rufen. Als Hedi erklärte, er werde wegen eines Mordfalls dringend gebraucht, sagte sie: »So, so, ein Mordfall also auch noch. Das geht ja heiß her bei Ihnen.«

Hedi hob die Augenbrauen und überspielte ihr Unverständnis mit einem »Ja, ein heißes Pflaster hier«.

»Sagen Sie Ihrem Chef, mein Mann nimmt den nächsten Zug nach Kiel und wird am Abend da sein.«

Hedi bedankte sich, beendete das Gespräch und war gekränkt. Sie kannte Rosenbaums Frau nicht und hatte auch nie das Bedürfnis verspürt, sie kennenzulernen, und zwar *weil* sie Rosenbaums Frau war, und jetzt telefonierte sie mit ihr und wurde von ihr für irgendeine Telefonistin gehalten. Mehr als dass sie gekränkt war, war sie verdutzt, vor allem aber beeindruckt. Wie resolut diese Frau mit ihrem Gatten umsprang, das war beeindruckend. Ohne ihn zu fragen, entschied sie, dass er nach Kiel fahren würde. Einfach so. Vielleicht sollte Hedi ihre eigene Umgangsweise mit ihm einmal überdenken.

›Leichensache – unbekannt‹. Man müsste wohl einmal bei der Vermisstenstelle nachfragen. In letzter Zeit wurden häufiger junge Männer vermisst, meist waren es Reservisten, die kurz vorher einen Gestellungsbefehl bekommen hatten. Um die kümmerte sich die Feldgendarmerie. Hedi nahm den Stift zur Hand und notierte: ›Regelmitteilung an Vermisstenstelle und Feldgendarmerie.‹ Dann strich sie ›Vermisstenstelle‹ wieder durch. Diese Abteilung war in der Blume eingerichtet, Hedi konnte sie persönlich aufsuchen und, weil ihr Dringlicheres nicht einfiel, machte sie sich gleich auf den Weg. Der Beamte legte ihr die infrage kommenden aktuellen Ordner vor, Hedi blätterte sie durch – Fehlanzeige. Wäre auch zu einfach gewesen.

Dann bliebe nur, eine Fotografie in die Zeitung zu setzen, und zwar in beide großen Tageszeitungen am Ort, die Kieler Neuesten Nachrichten und die Schleswig-Holsteinische Volkszeitung. Dazu hätte Hedi sinnvollerweise Heribert Weidmann, den Polizeifotografen, bereits am Tatort um eine lebensnahe Aufnahme bitten sollen. Bei genauerer Überlegung hätte es aber wohl keinen großen Unterschied gemacht, denn Weidmann war ein Fotograf mit eingeschränktem Talent. Da war Filippo Ricci, Weidmanns Vorgänger, ganz anders gewesen. Filippo konnte Tote so fotografieren, dass sie fast lebendig wirkten. Aber er war nicht mehr da. Er war Italiener, verheiratet mit einer Deutschen. Vor einem Jahr, kurz nachdem Italien aufseiten der Entente in den Krieg eingetreten war, war er zunächst aus dem Staatsdienst entfernt und dann außer Landes gewiesen worden; eine faktische Ehescheidung, weil seine Frau in Italien nicht einreisen durfte.

Trotzdem versuchte Hedi, Weidmann zu erreichen. Telefonisch konnte sie keine Verbindung herstellen, also besuchte sie ihn in seinem Labor. Er war gerade erst vom Tatort zurückgekommen und, natürlich, er hatte nicht an ein besonderes Porträtfoto für die Identifizierung der Leiche gedacht. Hedi trug ihm auf, dies in der Gerichtsmedizin nachzuholen, und er gehorchte, wenn auch mürrisch. Anschließend bereitete Hedi alles für die Veröffentlichung vor, hielt ein Schwätzchen in der Kanzlei und dachte, jetzt wäre es Zeit, einen Ausflug zum Schlachthof zu unternehmen.

Auf dem Weg kam sie mit dem Fahrrad schwungvoll bergab am Rathaus vorbei. Die Zusammenrottung hatte sich aufgelöst, unzählige uniformierte Kollegen standen gelangweilt in kleinen Grüppchen herum oder wuselten aufgeregt umher. Marinesoldaten hatten zur Sicherung des Gebäudekomplexes Posten bezogen. Hedi strampelte weiter zum Hafen, dann rechts am Kai entlang bis hinter die Hörn, unter der Gablenzbrücke hindurch und dann in die Schlachthofstraße. Auf der linken Straßenseite befand sich die Seequarantäne-Anstalt für aus dem Ausland stammendes Vieh, rechts ein Verwaltungsgebäude, dahinter ein Hof mit mehreren Hallen. Der Weg war sehr angenehm gewesen, mit Sonnenschein und frischem Fahrtwind; anders hingegen die Ankunft mit einem Geruch aus Jauche, Verwesung und Formalin.

Hedi rollte auf den Hof und stieg vom Rad. Gerade war ein Viehtransport angekommen, Schweine aus dem Umland vermutlich. Männer in gewöhnlicher Arbeitskleidung mit Schiebermütze trieben das Vieh auf Anweisung von Männern mit weißen Kitteln und schwarzen Schirmmützen in ein Gatter, während eine Gruppe von Kerlen mit gewachsten weißen Schürzen und schwarzen Schirmmützen gelangweilt zuschaute.

Hedi steuerte auf einen Mann mit Kittel zu, der heftig fuchtelnd laute Anweisungen gab und augenscheinlich hier das Sagen hatte. Er war beleibt, blond, hellhäutig und seine Wangen waren übersät mit einer Vielzahl kleiner geplatzter Äderchen. Wer glaubte, dass Hundehalter mit der Zeit ihren Schützlingen ähnlicher würden, könnte entsprechende Vermutungen auch bei Schlachtern anstellen.

»Guten Tag! Kriminalpolizei«, sagte Hedi und zeigte ihre Polizeimarke vor. Ihren Namen nannte sie nicht. Wenn sich jemand in einem Schlachthof mit ›Kuhfuß‹ vorstellt, könnte mit Verstimmungen zu rechnen sein.

»Tach auch«, sagte der Mann, fasste sich an den Schirm seiner Mütze und musterte Hedi mit einem Blick, den er sonst vermutlich dann aufsetzte, wenn es darum ging, in welcher Reihenfolge er ein Stück Rindvieh am besten zu zerlegen hatte.

Hedi fragte nach dem Leiter des Schlachthofs und erhielt die Auskunft, dass der Direktor heute nicht da sei. Sie müsse sich mit dem Oberschlachter begnügen.

»Ich suche den Fahrer eines Ihrer Lieferwagen.«

»Wen denn?«

»Er war heute Morgen zwischen 9 und 10 Uhr im Düsternbrooker Weg.«

»Hm«, sagte der Mann, schob seine Mütze zur Seite und kratzte sich am Kopf. »Dor wör hüt keener.«

»Doch, da war sicher einer.«

»Een von de Regellaster? Dor gift dat veele von.«

Die Regellastwagen hießen so, weil sie von sämtlichen deutschen Fahrzeugherstellern in gleicher Weise nach detaillierten Vorgaben des Militärs gefertigt wurden, um durch die Vereinheitlichung Engpässen bei der Ersatzteilversorgung vorzubeugen. Die Armee verfügte bei der Größe um drei Tonnen Nutzlast über kaum ein anderes Fahrzeug. Auch im zivilen Güterverkehr hatte sich der Regellaster vor dem Krieg durchgesetzt. Sein Kaufpreis war vom Reich mit 20 Prozent subventioniert worden, wenn der Käufer bereit war, den Laster im Kriegsfall zur Verfügung zu stellen.

»Es war einer mit Kastenaufbau«, erwiderte Hedi fachmännisch.

»Dor gift dat nich so veele von.« Der Mann kratzte sich noch einmal am Kopf. »Hüt sind de aber aal un der Dörper.«

»In den Dörfern?«

»Jo, de Bur bringt sien Schwien to us und am nexten Tach bringt wie twee halbe Schwiene tröch.«

»Ich dachte, die Bauern von außerhalb schlachten alle noch selbst.«

»Nö, nur bi us, Frollein, wegn die Hügiene. Dat mut so sien.«

»Fiete, vielleicht der geklaute Laster?«, rief einer der Männer mit Schürze herüber.

»Jo, dat künnt sien.«

Fiete führte Hedi um die große Halle herum. Durch ein offenstehendes Fenster konnte sie ehemalige Tiere sehen, mit dem Kopf nach unten hängend und in Hälften zerteilt. Außen vor der Hallenwand standen Kübel mit Schweineohren, Innereien oder Blut. Hedi assoziierte Schlachthof mit Schlachtfeld.

Sie blieben am Fuhrpark stehen, wo sechs Regellaster parkten.

»Ach, sind nicht alle im Einsatz?«, fragte Hedi.

»Ne, Frollein. Ne, ne. Nich mehr.«

Fiete erzählte, dass im vergangenen Jahr die Bestände an Borstenvieh auf behördliche Anordnung drastisch reduziert worden waren, um Futter zu sparen. Und jetzt gab es nur noch wenige Schweine, die geschlachtet werden konnten. Hedi erinnerte sich. Als Getreide, Kartoffeln und Gemüse bereits knapp geworden waren, hatte es für ein paar Monate Fleisch im Überfluss gegeben.

»Dor het he gestanden.« Fiete zeigte auf einen leeren Stellplatz und erzählte, dass der Laster vorletzte Nacht gestohlen worden war und dass er den Diebstahl ordnungsgemäß der Polizei gemeldet habe.

»War was drin?«, wollte Hedi wissen.

»De Fuhre för de nächsten Dach«, antwortete Fiete und zählte auf: ein paar Schweinehälften, ein paar Kübel Schweineblut, ein paar Eisblöcke zum Kühlen und eine Schubkarre.

Dann öffnete er die Türen eines der geparkten Laster und zeigte Hedi den Innenraum mit Zurrgurten, an der Decke eine Stahlschiene mit Fleischerhaken, am Boden ein Lattenrost, darunter eine Wanne für die Eisblöcke und ein Abfluss für Schmelzwasser. Aber so genau wollte Hedi das gar nicht wissen.

V

Rosenbaum ging ein paarmal vor der Militärarrestanstalt in der Lehrter Straße auf und ab. Trotz freundlichem Frühsommerwetter wirkte das Gebäude dunkel und bedrohlich, ein Bollwerk militärischer Autorität, mitten in der Stadt.

Rechts der Gerichtstrakt, links der Zellentrakt. Rosenbaum klopfte an das linke Tor. Er zeigte den Besuchsschein vor, den er sich kurz vorher von Sophie abgeholt hatte, wurde in einen kleinen Raum begleitet und wartete, bis Karl Liebknecht hereingeführt wurde. Die Freunde standen sich lächelnd gegenüber. »Hallo, Josef« und »Hallo, Karl« sagten sie und hätten sich gern umarmt, aber das war verboten.

Als Halbwüchsige hatten sie über Militarismus, Klassengesellschaft und Imperialismus diskutiert und was man dagegen tun müsste. Sie waren im Wesentlichen derselben Meinung gewesen, nur dass Rosenbaum nicht so radikal war wie Liebknecht und dass er nie wirklich etwas gegen die herrschenden Zustände unternahm. Er wagte nicht einmal, in die SPD einzutreten. Im Gegensatz dazu tat Liebknecht, was er konnte. Wie Rosenbaum studierte er Jura, im Gegensatz zu ihm schloss er sein Studium erfolgreich ab und promovierte sogar mit *magna cum laude*. Anschließend wurde er Rechtsanwalt und erlangte eine gewisse Popularität als politischer Strafverteidiger, SPD-Politiker und später Reichstagsabgeordneter, jedoch ohne sich zu etablieren oder seine fundamentale Gesinnung aufzugeben. Ständig provozierte er die herrschenden Klassen, ständig verstieß er gegen Konventionen, die er für Instrumente repressiver Herrschaft hielt. Mehrfach saß er dafür im Gefängnis. Nach Kriegsbeginn kam es allmählich zum Bruch mit der Reichstagsfraktion, weil Liebknecht die Burgfrieden-Politik der SPD nicht mittragen wollte. Er agitierte offen gegen Militarismus und Krieg. Sein Weg war moralisch und konsequent. Neben ihm hatte Rosenbaum sich immer klein gefühlt.

Vor der Tür stand ein Wärter und beobachtete sie. Später würde er über den Besuch wohl einen Bericht verfassen. Die Freunde setzten sich. Liebknecht hatte sich verändert, seit Rosenbaum ihn zum letzten Mal gesehen hatte. Er war alt und grau geworden, sein fester Blick verloren gegangen, die Haare kurz geschoren. Nichts war mehr übrig von den nach hinten gekämmten energischen Wellen, die ihn früher hatten aussehen lassen, als wäre er Leo Trotzkis Zwillingsbruder.

»Sophie und Rosa machen sich Sorgen«, sagte Rosenbaum nach einigen Momenten des Schweigens.

»Das brauchen sie nicht. Der ganze Prozess ist eine Farce.«

»Auf Kriegsverrat steht die Todesstrafe.«

»Paragraf 58 Militärstrafgesetzbuch: › ... mit dem Vorsatz, einer feindlichen Macht Vorschub zu leisten ... ‹«, dozierte Liebknecht.

»Du hast vor Tausenden Menschen ›Nieder mit der Regierung‹ gerufen. In deiner Wohnung haben sie Flugblätter gefunden, in denen zum Widerstand aufgerufen wird.«

»Aber das leistet keiner feindlichen Macht Vorschub. Jede imperialistische und verbrecherische Regierung ist mein Gegner, ob im Inland oder im Ausland.«

»›Nieder mit der Regierung‹ bedeutet ›Nieder mit *unserer* Regierung‹, oder nicht?«

»Josef, ich bitte dich! Es ist die Pflicht der Regierung, diesen verbrecherischen Krieg sofort zu beenden. Sie tut es aber nicht freiwillig. Deshalb muss Druck auf sie ausgeübt werden. Und dazu rufe ich auf. Das ist keine Straftat, das ist Politik mit anderen Mitteln.«

»Die Verfassung hat dir ein Forum für deine Politik gegeben: den Reichstag. Nicht die Straße.«

»Die Regierung kann den Krieg nicht mehr freiwillig beenden. Sie braucht dazu den Druck von der Straße. Anders geht es nicht.«

»Wieso denn nicht?« Unversehens war Rosenbaum mit Liebknecht in eine politische Debatte geraten. Das hatte er vermeiden wollen.

»Ab einer gewissen Größe und einer gewissen Dauer setzt der Krieg sich selbst fort. Und dieses Stadium ist jetzt erreicht.«

»So ein Unsinn!«

»Das ist makroökonomisch zwingend. Es gibt Formeln, mit denen kann man das ausrechnen. Der Krieg kostet das Reich jeden Tag 65 Millionen Mark. Seit zwei Jahren. Und das Reich hat kein Geld mehr. Zuerst wurde neues gedruckt, aber dadurch steigt die Inflation und das Geld ist weniger Wert, das nützt nichts. Also leiht sich der Staat das benötigte Geld. Zuerst vom Volk, doch das hat auch nichts mehr. Ein bisschen hat die Industrie noch und ansonsten nur die Banken. Irgendwann geht auch denen das Geld aus und spätestens dann bricht alles zusammen.«

»Also muss die Regierung vorher Frieden schaffen.«

»Das sag ich doch! Alle beteiligten Regierungen glauben aber, dass es dafür bereits zu spät ist. Kein Staat hat mehr genug Geld, die Kriegskredite zurückzuzahlen. Deshalb – und inzwischen nur noch deshalb – setzen alle auf den Sieg. Dann hat der Verlierer alles zu zahlen, unabhängig von der Kriegsschuld.«

»Aber der Verlierer hat doch das Geld auch nicht.«

»Genau, es gibt keinen Ausweg. Es ist gleichgültig, wer den Krieg begonnen hat und warum. Und es ist nur ein kleiner Unterschied, wer zum Schluss siegt. Die bestehenden Strukturen werden zusammenbrechen. Und deshalb schieben die Machthaber aller beteiligten Staaten diesen Moment so lange auf, wie sie können. Bis eine Kriegspartei zusammenbricht. Und jede Seite hofft, es trifft den Gegner. Sie hoffen, der Patriotismus im eigenen Volk wird dann so stark sein, dass man sie an der Macht lässt.«

Rosenbaum mochte nicht entscheiden, ob Liebknecht recht hatte oder nicht. Darum ging es ihm auch gar nicht.

»Ich bitte dich doch nur, ernst zu nehmen, dass dir die Todesstrafe droht«, sagte er. »Nimm einen Verteidiger.«

»Ich bin selbst Strafverteidiger. Ich habe dem Gericht meine Sicht der Dinge geschrieben.«

Seine Sicht der Dinge. Die waren geleitet von politischen Interessen, nicht von prozessualer Strategie.

»In Kiel habe ich oft mit einem Rechtsanwalt zu tun, Dr. Wilhelm Spiegel, Jude, SPD-Mitglied, Stadtverordneter und ein hervorragender Strafverteidiger. Er bringt mich manchmal zur Weißglut.«

»Ich kenne ihn. Er ist Revisionist.«

»Er ist gegen den Krieg, wie du. Und er macht Politik dagegen, nur nicht mit deinen Mitteln.«

»Sag ich doch: Er ist Revisionist.«

»Er ist Reformer.«

»Nenne es, wie du willst. Solche Leute haben wir hier auch. Die brauche ich nicht. Außerdem hat mir das Königliche Kommandanturgericht einen Verteidiger beigeordnet.«

»Aber du sprichst nicht mit ihm.«

»Ich verteidige mich selbst.«

Rosenbaum schaute seinem Freund tief in die Augen, als könnte er so herausfinden, ob ihm die Bedrohlichkeit seiner Situation wirklich bewusst war.

»Sie wollen dich zerquetschen«, sagte er.

»Sie werden es versuchen, das glaube ich auch.« Liebknecht legte seine Hand auf Rosenbaums Hand, als wäre es an ihm, Rosenbaum zu trösten. »In diesen Zeiten hast du nur die Wahl zwischen Moral und Unmoral. Wenn du dich für Moral entscheidest, entscheidet das Schicksal zwischen Narr und Held. Beides ist mir recht.«

Rosenbaum schaute seinen Freund an und konnte in dessen müden Zügen ein dezentes Lächeln erkennen, ein Lächeln der Zuversicht. Rosenbaum schwieg, obwohl er gern widersprochen hätte. Seine Argumente hatte er genannt und Liebknecht hatte sie verstanden. Eine Wiederholung wäre nur Hilflosigkeit und Trotz gewesen und hätte nichts bewirkt. Natürlich wusste Liebknecht um die Gefahr, er ging sie mit voller Absicht ein. Rosenbaum wurde allmählich klar, dass sein Freund seinen Strafprozess als Mittel des politischen Kampfes sah. Jedes Urteil würde er hinnehmen und für die Agitation ausschlachten. An seine Verantwortung für Sophie und die Kinder zu appellieren, wäre sinnlos. Rosenbaum erwiderte nichts mehr. Zum Abschied umarmten sich die Freunde. Der Wärter ließ es geschehen.

VI

Es war nach sieben. Franz Eickmann befand sich im Feierabend und saß mit seiner Frau und den drei Kindern beim Abendbrot. Er hatte eine Flasche Spätburgunder geöffnet, Brathering vom Markt und Salat aus dem eigenen Garten lagen auf dem Teller. Kurz nach Ausbruch des Krieges hatte Eickmann auf Selbstversorgung gesetzt, das zahlte sich nun aus. Ein gemütlicher Abend hätte bevorstehen können, wenn nicht Waldemar Meyer unangemeldet vorbeigekommen wäre und Eickmann mit ihm hätte mitgehen müssen.

Eickmann war Kriminalkommissar, Meyer sein Assistent, und sie hatten einen neuen Fall. Zwei Leichen waren gefunden worden, außerhalb der Dienstzeit natürlich. Sie fuhren zu einer hübschen Villa im Mühlenhof von Neumünster, nicht so pompös wie die umliegenden Villen, aber recht nett, und im Garten wäre viel Platz für Kartoffeln und Rüben gewesen, wenn die Bewohner für so etwas einen Sinn gehabt hätten.

»Es sollen ein Heeresoffizier und seine Frau sein«, sagte Meyer, als sie aus dem Automobil stiegen.

»Raubmord?«, fragte Eickmann.

»Soweit ich weiß, keine Anzeichen von Gewalt.«

Sie betraten das Haus und gingen durch die Diele in den Salon. Uniformierte Kollegen fassten sich an ihre Pickelhauben und riefen hastig: »Guten Abend, Herr Kommissar!« Eickmann und Meyer grüßten mit angedeutetem Kopfnicken zurück. Im Salon lagen ein Mann in Hauptmannsuniform und eine Frau auf dem Dielenboden. Der Offizier unter dem Esstisch, die Frau in einer Lache aus Erbrochenem vor einem Sessel – beide tot. Der Tisch war zum Frühstück eingedeckt. Es roch übel, obwohl die Wachtmeister bereits sämtliche Türen und Fenster aufgerissen hatten.

»Denen ist das Essen nicht bekommen«, sagte Meyer und rümpfte die Nase.

Eickmann hätte fast darauf hingewiesen, dass Selbstversorgung in diesen Zeiten überaus wichtig wäre, hielt sich aber zurück. Er beugte sich über den toten Offizier, berührte dessen Stirn und zog eines seiner Augenlider hoch. »Ist wohl schon ein paar Tage her«, sagte er.

Neumünster war eine Kleinstadt, da hatte man nicht den Komfort wie in Kiel oder Hamburg und nicht für alles einen Fachmann, da musste man schon mal selbst eine Leiche beschauen.

»War ein Arzt da?«, fragte Meyer den Oberwachtmeister,

der sich zu Auskunftserteilung und Befehlsempfang neben die Kriminalisten gestellt hatte.

»Ja, wir haben den Doktor von nebenan geholt.«

»Und was sagt er?«

»Dass die beiden tot sind.«

Eickmann schaute auf. »Finden Sie das witzig?«

»Nein, Herr Kommissar! Aber mehr hat er nicht gesagt.«

Eickmann überlegte kurz, ob er die Flapsigkeit rügen sollte, ließ es dann aber auf sich beruhen, nicht zuletzt weil er selbst und Meyer damit angefangen hatten. »Was wissen wir über die beiden?«, fragte er.

Der Oberwachtmeister blätterte hastig in seinen Notizen, nannte die Namen der Opfer, Hauptmann Antonius Weber und Gattin Elfriede, und einige Personalien.

»Geburtsdatum des Hauptmannes?«, fragte Eickmann nach.

»10.6.77«, antwortete der Oberwachtmeister nach weiterem Blättern.

Eickmann erhob sich, deutete auf den Frühstückstisch, eine niedergebrannte Kerze vor dem Gedeck des Hauptmannes und einen Geschenkkarton. »Dann sind die beiden also am Morgen des 10. Juni gestorben«, sagte er in der Manier eines Sherlock Holmes.

Meyer nickte, als habe er das auch gerade gedacht. »Ich frage mal bei seiner Dienststelle nach, ob er dort vermisst wird. Vielleicht ist noch jemand da.« Er ging hinaus in die Diele, wo sich der Telefonapparat des Hauses befand.

Eickmann schaute sich um. Der Raum war gediegen eingerichtet. Konservativ, kaisertreu, preußisch. An der einen Seite stand eine schwere Anrichte aus Eiche, schräg gegenüber eine Vitrine, dazwischen der Esstisch, in der anderen Zimmerecke eine Sitzgruppe mit Chaiselongue, vor dem Fenster ein Rauchertisch. An den Wänden hingen schwere

Ölgemälde, darunter ein Porträt des Kaisers und eine Totale von der Völkerschlacht bei Leipzig.

Meyer kam zurück. »Hauptmann Weber hat Urlaub, er sollte erst am Montag wieder zum Dienst erscheinen. Und dann habe ich noch erfahren: Sein Fahrer hatte den Auftrag, die Eheleute Weber am 10.6. um 10 Uhr abzuholen und zum Bahnhof zu bringen. Aber er stand vor verschlossener Tür und fuhr dann wieder weg.«

»Hm«, quittierte Eickmann die Information. »Wo wollten die beiden denn hin?«

»Das wusste das Fräulein nicht. Aber sie vermutet, dass sie zur Familie fahren wollten.«

»Der Geburtsort von Hauptmann Weber ist Bitburg«, ergänzte der Oberwachtmeister, der unscheinbar und schweigsam in einer Zimmerecke ausharrte und vermutlich danach trachtete, seinen Fehltritt wettzumachen. »Im Flur steht Reisegepäck bereit und wir fanden zwei Fahrkarten nach Bitburg, erste Klasse.«

»Da werden wir morgen mal ein wenig nachforschen«, sagte Eickmann. Er wandte sich wieder dem Uniformierten zu, den er schon fast außer Acht verloren hatte. »Wer hat die Leichen entdeckt?«

»Das Hausmädchen.« Der Oberwachtmeister blätterte wieder. »Gundel Petersen. Wartet in der Küche.«

»Ich spreche mit ihr«, sagte Eickmann zu Meyer. »Und Sie fotografieren hier alles.«

Nicht nur das Beschauen von Leichen gehörte in Neumünster zur Arbeit der Kriminalisten, auch die Tatortfotografie. Der Kriminalassistent holte Kamera, Stativ und Blitzvorrichtung aus dem Automobil. Das Hantieren mit Blitzlichtpulver, einem Gemisch aus Magnesium, Aluminium und allerlei anderer Substanzen, war etwas umständlich. Ungeübte Fotografen brauchten etliche Versuche, bis das Foto weder weiß noch schwarz war – jedoch war danach die Zimmerdecke oft schwarz. Gefährlich war das Blitzen auch, besonders wenn sich Gardinen in der Nähe befanden. Vor ein paar Jahren hatte ein Kollege den Tatort abgefackelt, bevor er seine Fotos hatte schießen können. Als man später dem Gerichtsarzt erklärte, man wisse bereits, dass das Mordopfer nicht durch einen Brand ums Leben gekommen war, soll es einigen Erklärungsbedarf gegeben haben. Doch das war nur ein Gerücht. Jedenfalls versuchte man seither, das Blitzen in geschlossenen Räumen zu vermeiden, was allerdings oft nur möglich war, wenn keine bewegten Objekte abgelichtet werden mussten. Dann konnte man beliebig lange belichten und, wenn man die Belichtungszeit sorgfältig wählte, waren oft sogar bessere Ergebnisse zu erzielen als bei Blitzlichtaufnahmen – das Fotografieren von Leichen besaß auch Vorteile. Meyer entschied sich heute gegen den Blitz. Er hatte Spaß am Fotografieren, Eickmann wusste das und ließ ihn machen.

In der Küche saß ein elend in sich zusammengefallenes, wimmerndes und schluchzendes Häufchen von Dienstmädchen. Eickmann kam herein, stellte sich vor und schien allein dadurch einen erneuten Heulanfall auszulösen. Er setzte sich schweigend daneben und wartete, bis sich das Häufchen beruhigt und in das Dienstmädchen Gundel Petersen zurückverwandelt hatte. Dann erzählte das Mädchen von sich und den Herrschaften, die Worte quollen aus ihr heraus wie vorher die Tränen. Sie arbeite schon seit vielen Jahren in diesem Haus als Dienstmädchen, gekocht habe sie auch und den Garten in Ordnung gehalten. Gerade habe sie ein paar Tage freibekommen, weil die Herrschaften verreisen wollten, und als sie vor einer Stunde wiedergekommen sei, um alles für die Rückkehr der Herrschaften vorzubereiten, da habe sie den Hauptmann und die gnädige Frau reglos auf dem Boden liegen gesehen. Welch Grausamkeit, welch Tragödie! Der Herr Hauptmann sei eher streng gewesen, aber auch gerecht, auch zu den beiden Söhnen. Es seien so liebe Jungen, sie kenne sie schon, seit sie klein waren. Jetzt seien sie an der Front, das Vaterland verteidigen.

Eickmann hatte Mühe, den Redefluss von Gundel Petersen zu kanalisieren. Jede Zwischenfrage, ob es Feinde oder besondere Vorkommnisse gegeben habe, löste eine knappe Verneinung aus und führte anschließend auf ein neues breites Feld von Berichtenswertem. Erfahrenswert war dagegen aus Eickmanns Sicht eher nichts. Tatrelevant erst recht nichts.

Er bedankte sich schließlich und ging zurück in den Salon, wo Meyer die letzten Fotos schoss. Die Kriminalisten tauschten ihre neuen Erkenntnisse aus, als es plötzlich an der Haustür polterte und schwere Stiefel durch die Diele knallten.

»Wer ist hier der Ermittlungsführer?«, rief eine Kasernenhofstimme.

Eickmann eilte zur Diele hinaus. Dort stand ein Heeresoffizier vor einem eingeschüchterten Polizeiwachtmeister, zwei Unteroffiziere hatten links und rechts des Hauseingangs Stellung bezogen, als wollten sie sicherstellen, dass kein Polizist fliehen konnte. Alle drei trugen graue Felduniformen und metallene Ringkragen mit der Aufschrift ›Feldgendarmerie‹.

»Kriminalkommissar Eickmann«, sagte Eickmann.

»Rittmeister Kuhrengrund«, sagte der Offizier.

Eickmann war kurz davor, Kuhrengrund die Hand zu reichen, hielt sich aber zurück, als er sah, dass der Offizier seine Hand zum militärischen Gruß an die Stirn zackte.

»Was ist hier los?«, fragte Kuhrengrund bellend.

»Was kann ich für Sie tun?«, fragte Eickmann freundlich.

Die beiden Fragen hätten, zumindest in der geschehenen Reihenfolge, Anlass zum Nachdenken geben können. Oder zum Aufbrausen. Doch es kam anders. Nachdenken war offensichtlich nicht Sache des Rittmeisters und das Aufbrausen unterdrückte er mit erkennbarer Mühe.

»Uns wurde gemeldet, dass eine aktive Militärperson eines nicht natürlichen Todes gestorben ist. Damit ist die Zuständigkeit der Militärgerichte begründet, mithin die Ermittlungszuständigkeit der Feldgendarmerie«, bellte er erneut.

Ein Satz wie ›Ihr könnt doch nur desertierende Soldaten erschießen‹ lag Eickmann in diesem Moment auf den Lippen und fast hätte er ihn auch gesagt, doch Aufbrausen war nicht seine Sache und Nachdenken unterdrückte er.

Die Feldgendarmen waren nicht beliebt. Vor dem Krieg mochten diese Männer noch ehrenwerte und vielleicht sogar gesellige Landgendarmen gewesen sein, die im Wald Räuber jagten und samstagabends mit dem Bürgermeister und dem Herrn Apotheker am Stammtisch im Dorfkrug ein paar Runden Skat droschen. Aber im Moment der Mobilmachung wuchsen ihnen Hörner auf der Stirn und ihre Eckzähne verlängerten sich, die Landgendarmerie mutierte zur Feldgendarmerie. Ihre Reihen komplettierten Heeressoldaten, die für den Fronteinsatz nicht vorgesehen waren. Man munkelte – oft nicht zu Unrecht –, dass dies an einer außergewöhnlichen Minderbegabung lag. Plötzlich erkannten die Gendarmen in jedem zufällig auf der Straße entstandenen Grüppchen eine Zusammenrottung und sie vermuteten Schwarzhandel, Spionage, Sabotage oder Hochverrat. Das Kriegsrecht gab ihnen die Macht, dagegen vorzugehen. Die Intelligenz der Gendarmerie war gesunken, ihre Wichtigkeit und ihr Selbstbewusstsein immens gestiegen.

Sie hatten ihre Aufgaben nicht nur in der Heimat, sondern auch in den besetzten Gebieten und vor allem unmittelbar hinter der Front bei der Disziplinierung und Strafverfolgung der Frontschweine, also der kämpfenden Kameraden, zu erledigen. Auch dort erreichten ihre Macht und die Überheblichkeit ihres Auftretens ein Maß, das die Frontschweine nur schwer ertrugen. So kam es, dass an der Front hin und wieder ein Feldgendarm getötet wurde, doch nur selten durch Feindeshand.

»Aha«, sagte Eickmann, nachdem er über die Zuständigkeiten nachgedacht hatte und ihm keine bessere Antwort eingefallen war. Außer dem Satz mit den desertierten Soldaten vielleicht, aber den hatte er bereits verworfen. Was auch immer Eickmann sagen würde, eines war jedenfalls offensichtlich: Dieser Rittmeister hatte nicht das Zeug für eine anständige Mordermittlung. Doch wenn er den Fall übernehmen wollte, bitte, dann sollte er es tun.

Meyer kam aus dem Salon und rettete die Situation. »Ich bin mit den Fotografien fertig und habe Anweisung gegeben, dass die Wachtmeister jetzt die Spuren sichern sollen.«

»Und wer sind Sie?«, bellte Kuhrengrund.

»Kriminalassistent Waldemar Meyer, Herr Rittmeister.«

»Berichten Sie!«

Meyer schaute Eickmann an. Eickmann nickte und ging in die Küche, wo er von Gundel Petersen wieder in Beschlag genommen wurde. Er hörte ihr nicht zu und hielt es bei ihr auch nicht lange aus. Durch die offene Tür konnte er beobachten, wie Meyer den Rittmeister in den Salon führte und ihm die Tatortsituation schilderte. Zu Meyers Fähigkeiten gehörte, detailliert, präzise und schnell zu sprechen, für manchen Zuhörer zu schnell. Eickmann vertraute darauf, dass Meyer dieses Talent jetzt voll ausschöpfte. Und er hoffte, dass er es bei der Schilderung der Tatortsituation beließ und keine kriminalistischen Überlegungen hinzufügte.

Nach einer Weile schlenderte Eickmann wie zufällig in den Salon und stellte sich zu dem Assistenten und dem Rittmeister.

Mit den Worten »Ich schicke Ihnen die Fotografien morgen gerne rüber« hatte Meyer seinen Bericht gerade beendet.

»Gut«, sagte Kuhrengrund, »dann muss jetzt also ermittelt werden.« Seine Stimme klang nicht mehr bellend, eher ratlos.

Meyer schaute Eickmann mit einem mäßig unterdrückten Grienen an. Er hatte Kuhrengrund auflaufen lassen.

Umständlich zog Eickmann seine Taschenuhr aus der Weste. Die neue Mode, Uhren mit Bändern um das Handgelenk zu schnüren, wie Kuhrengrund es tat, war nichts für ihn. Das brauchten Piloten, die ihre Hände am Steuerknüppel haben mussten, oder Soldaten, die ihre Gewehre festhalten mussten, oder Feldgendarmen, die angeben mussten. Aber für jemanden, der mit dem Kopf arbeitete, war das nichts.

»20.50 Uhr«, sagte Eickmann und wandte sich seinem Assistenten zu. »Wir beide machen dann mal Feierabend.«

»Nicht so schnell, meine Herren«, erwiderte Kuhrengrund. Zu der Ratlosigkeit in seiner Stimme gesellte sich ein wenig Jovialität. »Was meinen Sie? Giftmord?«

»Der Gedanke liegt nahe«, antwortete der Kommissar und warf seinen Kopf in den Nacken.

»Dann sollten entsprechende Untersuchungen angestellt werden«, sagte der Rittmeister.

Meyer ergriff das Wort: »Die Wachtmeister haben bereits Anweisung, die Leichen und die Speisereste zur Gerichtsmedizin in Kiel transportieren zu lassen.«

»Das ist gut, das ist gut.« Kuhrengrund ging ein paar Schritte nachdenklich hin und her. »Denken Sie, es könnte vielleicht ein Doppelselbstmord sein?«, fragte er.

»Möglich«, antwortete Eickmann.

»Ja, möglich ist das«, antwortete Meyer.

»Aber?«

Es dauerte ein wenig, bis Eickmann sich zu einer Antwort durchrang. Nicht weil er sich hierzu noch keine Gedanken gemacht hätte. Ihm war klar, dass es sich kaum um einen Doppelselbstmord handelte – so klar, dass er von sich aus darüber nicht gesprochen hätte. »Es wurde kein Abschiedsbrief gefunden«, sagte er.

Und Meyer ergänzte: »Außerdem packt man normalerweise kein Reisegepäck, wenn man vorhat, sich umzubringen. Und einen Chauffeur bestellt man sich auch nicht.«

»Ja, äh, so sehe ich das auch«, sagte Kuhrengrund und schritt wieder ein wenig auf und ab. »Der Täter wird vermutlich im privaten Umfeld zu finden sein.« Noch ein paar Schritte. »Ich meine, wenn der Täter ein Soldat wäre, der würde eine richtige Waffe wählen. Der würde seinen Vorgesetzten erschießen und kein Gift auslegen, nicht wahr? Er würde es auf der Straße oder auf der Dienststelle machen, nicht zu Hause. Und er würde die Ehefrau nicht gleich mit umbringen, oder?«

»Möglich«, antwortete Eickmann.

»Dann wäre es wohl taktisch empfehlenswert, dass die zivile Polizei die Ermittlungen führt. An vorderster Front selbstverständlich nur«, überlegte Kuhrengrund.

Eickmann hatte es schon immer für bemerkenswert gehalten, wenn Polizeibeamte als Zivilisten bezeichnet wurden, aber in diesem Fall hatte er nichts dagegen. »Wenn Sie es wünschen«, sagte er.

»Ja, das wünsche ich.« Ratlosigkeit und Jovialität versiegten allmählich. »Ich will Sie da ein wenig gewähren lassen. Aber Sie erstatten mir täglich Bericht.«

Den täglichen Bericht konnte er sich ans Knie nageln, dachte Eickmann, und Meyers Gesicht sah so aus, als dachte er dasselbe.

»Gut«, sagte der Rittmeister und blieb stehen. »Ich habe das Hausmädchen in Verdacht.«

»Das Hausmädchen?«, fragte Meyer nach und Kuhrengrund nickte.

Erfahrene Kriminalisten versuchten regelmäßig, zu Beginn der Ermittlungen noch keinen konkreten Tatverdacht zu fassen. Den Blick zu früh einzuengen, führte allzu oft in eine Sackgasse. Aber so etwas konnte ein Feldgendarm nicht wissen.

»Ja, sie ist hier doch auch die Köchin. Das sagten Sie doch, nicht wahr? Und das Gift befand sich wahrscheinlich in den Speisen, nicht? Also war es vermutlich das Hausmädchen.«

»Vielleicht«, sagte Eickmann. »Sie macht auf mich aber keinen sonderlich verdächtigen Eindruck.«

»Nehmen Sie die Frau erst einmal in Personengewahrsam. Kriegsgerichtsrat von Wehren wird morgen darüber entscheiden, ob sie vorläufig in Haft bleibt.«

Eickmann war es recht. Im Haus konnte die Frau ohnehin nicht bleiben und in ihrem Zustand war es besser, wenn sie unter Aufsicht blieb.

VII

Als Josef Rosenbaum am nächsten Morgen sein Büro betrat, erwartete Hedi ihn bereits mit Kaffee und Zeitung. Offiziell hatten sie zur selben Uhrzeit Dienstbeginn. Rosenbaum nahm das oft nicht besonders genau, wohingegen Hedi immer fünf Minuten früher da war und meist eine Tasse Kaffee für ihren Chef und sich besorgt hatte. Rosenbaum hatte einmal angemerkt, dass sie nicht seine persönliche Sekretärin sei und deshalb nicht vor ihm erscheinen müsse. Auch Hedi empfand sich nicht als Sekretärin, sondern als Assistentin, das war in ihren Augen ein großer Unterschied, an ihrer Überpünktlichkeit änderte das nichts.

Als er hereinkam, lächelte sie ihn an. Sie schien erleichtert, fast fröhlich zu sein, dass er wieder da war.

»Guten Morgen, Chef«, rief sie und sprang von ihrem Stuhl auf. Vielleicht hätte sie ihn umarmt, wenn er ihr nicht die Hand entgegengestreckt hätte.

Auch er freute sich, Hedi wiederzusehen, ließ sich allerdings nichts anmerken. Sie trug eine braune Flanellhose, das fiel Rosenbaum sofort auf. Er hatte sie noch nie in Hosen gesehen, wie man Frauen ohnehin nie in Hosen sah, wenn sie nicht gerade in Rüstungsfabriken oder auf dem Feld arbeiteten. Eine unschöne Entwicklung kündigte sich an, dachte Rosenbaum. Jedenfalls wenn eine Frau solche Beine hatte wie Hedi, dann war diese Entwicklung bedauernswert. Aber um nicht oberflächlich zu erscheinen, sparte er sich einen Kommentar zu Hedis neuer Garderobe.

»Wie war es bei der Familie in Berlin?«, fragte Hedi.

»Nett, ganz nett.« Rosenbaum wollte jetzt nicht über Privates sprechen. Hedi war durchaus jemand, mit dem er über Privates sprach. Genau genommen war sie sogar der einzige Mensch in Kiel, mit dem er darüber sprach. Aber nicht in diesem Moment, nicht heute.

Sie setzten sich und Hedi schob Rosenbaum seine Tasse Kaffee rüber. Mit viel Milch und Zucker, das hatte Rosenbaum sich in den letzten zwei Jahren so angewöhnt. Denn Bohnenkaffee, wie vor dem Krieg, war es nicht, was in der Kantine als Kaffee ausgegeben wurde. Der Wirt mischte, was er bekommen konnte. Meist die gerösteten Wurzeln der Wegwarte, aber auch Malz, Gerste, Roggen, Mais, Dinkel, Hagebutten oder Zuckerrüben wurden in wechselnden Anteilen mitverarbeitet. An ereignisarmen Tagen entbrannte in der Blume ein lebhaftes Rätselraten über die aktuelle Zusammensetzung. An diesem Tag nicht, es gab Wichtiges zu tun.

Hedi führte Rosenbaum in den neuen Fall ein und zeigte ihm in den Kieler Neuesten Nachrichten das Bild von der aufgefundenen Leiche und die Überschrift ›Wer kennt diesen Mann?‹.

»Gerade ist eine Notiz aus der Gerichtsmedizin gekommen«, berichtete Hedi abschließend. »Im Blut des Opfers fanden sich Abbauprodukte von Chloroform. Der Mann muss betäubt gewesen sein.«

Plötzlich riss Kriminaldirektor Freibier die Tür auf und stürmte herein. »Lagebesprechung«, rief er und wedelte mit den Händen. »Kommen Sie, kommen Sie, Rosenbaum. Da müssen Sie mit.« Dann schaute er Hedi an. »Sie können auch mitkommen.« Während er die beiden über den Korridor scheuchte, ließ er in schwer verständlichem Zusammenhang Worte wie ›Krawall‹ und ›Mob‹ fallen, fragte dann, ob Rosenbaum einen angenehmen Urlaub gehabt habe, wartete die Antwort jedoch nicht ab, sondern stieß Begriffe wie ›Aufstand‹ und ›Wehrkraftzersetzung‹ aus. Eine Treppe tiefer erreichten sie den Sitzungsraum der Blume.

Der Raum war nahezu voll. Alle Revierleiter der Kieler Polizei hatten sich dort versammelt, teilweise mit ihren Vertretern. Hinzu kamen sämtliche Beamte der Dienstgrade von Kommissar bis Polizeipräsident. Hedi war die einzige Frau, die einzige nicht beamtete Person, die einzige Person ohne hoheitliche Befugnisse.

Rosenbaum und Hedi suchten sich Plätze am Rand nahe der Tür aus. Sie hatten nicht vor, Gesprächsbeiträge zu liefern, im Grunde hatten sie auch nicht vor zuzuhören, ein interessierter Gesichtsausdruck musste genügen. Es ging um den Hungerkrawall der letzten Tage und das gehörte nicht zu ihrem Ressort, sie waren die Mordkommission. Neben Rosenbaum saß der Kollege Dumrath, ein dummer und opportunistischer Mensch, der es kurz nach Kriegsbeginn vom Kriminalsekretär zum Kommissar geschafft hatte, ähnlich wie Rosenbaum, nur dass Dumraths Karriere nicht durch jüdische Abstammung, sondern durch die Bescheidenheit seiner Fähigkeiten gebremst war. Die beiden grüßten sich kurz und hatten sich nichts weiter zu sagen, sie hatten sich nie viel zu sagen. An der Frontseite des Saals saßen die Polizei- und Kriminaldirektoren, zwischen ihnen der Polizeipräsident und – fast war es zu erwarten gewesen – saß Iago Schulz auch dort. Nach einer langen Zeit als Kriminalkommissar hatte er sich zur Politischen Polizei gemeldet, als auch in Kiel eine solche Abteilung eingerichtet worden war. Seither stand seine Beförderung zum Direktor an.

Der Hungerkrawall stellte für die Kieler Polizei ein neues Phänomen dar. In anderen Städten hatte es bereits ähnliche Unruhen gegeben. Die Verantwortlichen waren darauf gefasst gewesen, dass so etwas auch in Kiel passieren könnte.

Als es nun aber eintrat, steigerte sich ihre Nervosität in empfindliche Höhen, denn niemand hatte Erfahrung mit diesem Phänomen. Die Kieler Bevölkerung war schon immer bieder gewesen. Ab und an hatte es mit Gewerkschaften und Sozialdemokraten Auseinandersetzungen gegeben, wenn sie sich in ungenehmigten Demonstrationszügen zum Rathaus aufgemacht hatten, doch zu Gewalt war es dabei allenfalls dann gekommen, wenn die Polizei die Demonstrationen auflöste. Jetzt sah sich die Polizeiführung erstmals einem aggressiven Mob gegenüber, dessen Gewaltpotenzial nicht einzuschätzen war.

Freibier erhob sich von seinem Sitz, schwenkte kurz eine Glocke und das Gemurmel im Saal versiegte. Dass gerade er die Sitzung leitete, hatte ein Vorspiel gehabt. Man war sich nämlich nicht darüber im Klaren, welcher polizeiliche Aspekt bei den Krawallen im Vordergrund stand. Aus präventiver Sicht ging es um die Aufrechterhaltung der öffentlichen Sicherheit und Ordnung, dafür war die Schutzpolizei zuständig. Aus repressiver Sicht ging es um die Verfolgung von Straftaten, was die Kriminalpolizei auf den Plan rief. Der Polizeipräsident entschied kurzerhand, dass der dienstälteste Direktor die Gesamtleitung zu übernehmen habe, und das war nun mal Freibier.

Protokollgerecht überließ er das Wort zunächst dem Präsidenten, der etwas von Defätismus sagte und dass die Moral an der Heimatfront das Rückgrat für ein fortbestehendes Kriegsglück sei. Dann verließ er die Sitzung, er hatte anscheinend Wichtigeres zu tun.

Anschließend verlas Iago Schulz einen Bericht: »Vorgestern, am Mittwoch den 14. Juni, gab es bei den Wochenmärkten in Gaarden und auf dem Exerzierplatz gegen Mittag vereinzelte Proteste wegen der Lebensmittelpreise. An der Ausgabestelle der Zusatzbrotkarten im Rathaus kam es zu ersten Übergriffen des Publikums gegen das dortige Personal. Im Laufe des Mittwochnachmittags versammelte sich eine größere Zahl von Frauen und Kindern vor der Turnhalle in der Goschstraße in Gaarden, wo bekanntlich die einzige städtische Verkaufsstelle für Kartoffeln auf dem Ostufer eingerichtet ist. Obwohl der Verkauf der dortigen Vorräte erst ab Donnerstagfrüh angesetzt war, hatte sich das Gerücht verbreitet, dass die Abgabe schon am Mittwochabend erfolgen sollte. Die Unruhe vor der verschlossenen Verkaufsstelle wuchs und die Menschenmenge drohte mit Gewalt. Das Hauptamt beschloss daraufhin, mit dem Verkauf sofort zu beginnen. Da zu diesem Zeitpunkt nur wenig Personal anwesend war, verlief die Abgabe überaus schleppend, sodass sich die Unruhe weiter vergrößerte und die Verkaufsstelle durch die Kollegen von der Wache Karlstal wieder geschlossen werden musste. Daraufhin warf die Menschenmenge mit Steinen, die Fenster in der Halle gingen zu Bruch. Werftarbeiter kamen hinzu. Die Meute stürmte die Halle und überrannte die Polizeibeamten. Die Vorräte wurden nahezu vollständig geplündert, es kam zu Verletzungen und umfangreichen Sachbeschädigungen. Erst durch Unterstützung des 1. Seebataillons aus der Pickertkaserne konnte die Lage unter Kontrolle gebracht werden.«

Schulz räusperte sich, nahm einen Schluck Wasser und fuhr dann fort.

»Nächtens durchgeführte Verhöre ergaben, dass die Bevölkerung der Meinung war, die Kartoffeln in der Turnhalle gehörten einem privaten Händler und würden nur deshalb einen Tag zurückgehalten, um eine Preiserhöhung am 15. Juni abzuwarten. Diese Annahme war jedoch falsch. Die Kartoffeln gehörten der Stadt und eine Preiserhöhung war nicht vorgesehen.«

Noch ein Räuspern. Noch ein Schluck.

»Gestern kam es zu dem bislang schlimmsten Vorfall, und zwar am Rathaus: Der Andrang in der Ausgabestelle für Brotkarten wuchs bedrohlich an und wurde bald so groß, dass die Ausgabestelle geschlossen werden musste. Im weiteren Verlauf des Tages zogen streikende Werftarbeiter zum Rathaus, drangen gewaltsam in die geschlossene Ausgabestelle ein und erzwangen die Herausgabe von Bezugsheften. Nachdem die Kollegen der benachbarten Reviere die eingedrungenen Massen wieder aus dem Rathaus entfernt hatten, übernahm das angerückte Militär die Gebäudesicherung.«

Die Beamten schauten sich an, teils entschlossen, teils ratlos. Es folgte eine nervöse Debatte, wie man der Lage wieder Herr werden könnte. Vereinzelte Zwischenrufe, dass eine bessere Versorgung mit Kartoffeln Abhilfe schaffen würde, quittierte Freibier mit Ordnungsrufen. Eilig wurde ein Stab zusammengestellt, in den Freibier auch Rosenbaum berufen wollte.

»Ich habe einen Mordfall aufzuklären,« erwiderte der Kommissar.

Freibier stutzte. Möglicherweise hätte er entgegnet, das sei jetzt Nebensache, wenn Schulz, der offenbar die Leitung des Stabes anstrebte, nicht eilig erklärt hätte, dass auf Rosenbaum verzichtet werden könne. Statt Rosenbaum wurde Dumrath in den Stab berufen.

Wie es sich inzwischen eingebürgert hatte, wurde der Stab als Sonderkommission bezeichnet und man verlieh ihm den Namen ›Krawall‹. Der Vorschlag, angesichts zukünftig zu erwartender Krawalle eine ›1‹ anzuhängen, wurde von Freibier als fatalistisch, wenn nicht sogar defätistisch abgetan.

Nach der Lagebesprechung machten sich Rosenbaum und Hedi auf den Weg zum Fundort der Leiche. Nach Hedis Vorbild hatte Rosenbaum sich vor Kurzem ebenfalls mit einem Fahrrad ausgestattet, Marke NSU mit Zweigangnabenschaltung und Freilauf, das Neueste vom Neuen. Im Sommer und bei gutem Wetter stellte es für kürzere Strecken das ideale Fortbewegungsmittel dar. Straßenbahnen und Omnibusse waren umständlich, Droschken oft nicht zu bekommen und Dienstwagen seit Kriegsbeginn knapp geworden. Rosenbaum hatte vor einigen Jahren eher widerwillig und erst auf dienstliche Weisung eine Fahrerlaubnis erworben, sodass er auf die seit Kriegsbeginn noch knapper gewordenen Fahrer verzichten konnte. Doch eine Fahrt musste umständlich angemeldet werden und es war nie sicher, dass ein Wagen rechtzeitig bereitstehen würde. Das Fahrrad war besser und inzwischen gesellschaftlich akzeptiert. Selbst die berittene Gendarmerie war auf Fahrräder umgestiegen, weil ihre Pferde vom Heer requiriert worden waren. Und sogar den Oberbürgermeister hatte Rosenbaum vor Kurzem mit dem Fahrrad ins Rathaus fahren gesehen.

Rosenbaum hatte Spaß daran, mit Hedi durch die Stadt zu radeln, und auch Hedi schien Spaß zu haben.

»Fast hätte Freibier Sie mir noch weggeschnappt. Dabei wären Sie gar nicht in Kiel, wenn ich Sie nicht angerufen hätte«, sagte Hedi und lächelte Rosenbaum an.

»Ja. Sicher«, antwortete Rosenbaum. Hedi wusste offenbar nicht, dass Freibier ihn bereits hatte anrufen lassen, bevor sie es getan hatte. Er beließ es dabei und wechselte das Thema.

»Sie tragen ja Hosen«, rief er ihr zu, als sie vor ihm nach links in den Lorentzendamm einbog. Ihm fiel nichts Besseres ein.

»Ich war gestern nach Dienstschluss noch kurz im Warenhaus Jacobsen und hab mir welche gekauft. Ist viel praktischer«, antwortete Hedi. »Gefällt's Ihnen?«

»Irgendwie birnig«, sagte Rosenbaum.

Den gängigen Schnitt von Damenhosen hielt er für ausgesprochen unglücklich. Röcke besaßen üblicherweise Röhren- oder Glockenformen. Damenhosen hingegen sah man als Arbeitskleidung an, sie folgten nicht ästhetischen, sondern praktischen Bedürfnissen. Die Hüfte war weit geschnitten, damit jedes Gesäß darin Platz fand, und die Beine eng, damit man nirgends hängen blieb.

Hedi schien enttäuscht zu sein. Rosenbaum wusste, dass sie ihm gefallen wollte, sein Ausspruch tat ihm leid.

»Aber hübsche Farbe«, sagte er, um ein Kompliment anzubringen. Dabei betonte er ›hübsch‹ derart übertrieben, dass sich das Kompliment wie Ironie anhörte. In charmanter Konversation war er nie gut gewesen.

»Was anderes gibt's nicht«, verteidigte sich Hedi nach wie vor enttäuscht.

Tatsächlich waren sogar die Farben der Kleidung vom Weltgeschehen beeinflusst. Man trug feldgrau und bombenbraun. Weiß war selbst im Sommer aus der Mode gekommen, und der nach der Jahrhundertwende schüchtern angebahnte Trend zu kräftigeren Farben war in diesem Krieg noch vor der Wahrheit gestorben.

Der Kommissar entschloss sich, den Mund zu halten. Auch die Assistentin schwieg. Wortlos kamen sie an der Bellevuebrücke an.

Gern wäre Hedi mit Rosenbaum in einem Boot unter den Anleger gepaddelt und hätte ihm die Stelle gezeigt, an der der Block gehangen hatte. Es gab nur kein Boot. Aber Rosenbaum besaß genügend Fantasie, sich die Sache vorzustellen. Er begutachtete die Örtlichkeit und Hedi berichtete von der Fundortsituation.

»Ein Block, wahrscheinlich von einem Schiff, und ein Beiboot, das lässt vermuten, dass die Täter vielleicht Seeleute waren«, schloss Hedi ihren Bericht. »Wir haben überprüft, ob in der Nähe ein Boot vermisst wird: Fehlanzeige.«

»Und wie verträgt sich die These von den Seeleuten mit dem Lastwagen vom Schlachthof?«

»Das weiß ich nicht«, antwortete Hedi. »Vielleicht hat der Laster mit der Sache gar nichts zu tun. In jedem Fall müssen die Leute mit einem Boot gekommen sein.« Hedi versuchte sich an einer ersten Rekonstruktion: »Also, das Opfer wurde mit Chloroform betäubt, anschließend geknebelt, gefesselt und in einen Sack gesteckt. Dann schleppten die Täter den Mann in ein kleines Boot, schipperten unter den Anleger, schraubten eine Umlenkrolle drunter, legten einen Strick darum und verknoteten ihn mit dem Sack. Dann hievten sie das Opfer an und ließen es langsam zu Wasser. Bevor der Mann ertrank, war er wieder zu sich gekommen und hätte sich fast befreit.«

»Genau«, sagte Rosenbaum. »Der Mann rief um Hilfe, die Kollegen vom Revier Düppelstraße kamen und die Täter flüchteten überhastet, ohne ihre Konstruktion wieder abzubauen.«

Hedi sah ihren Chef enttäuscht an. »Was ist daran auszusetzen?«, fragte sie.

»Die Kollegen hätten dann wohl ein kleines Ruderboot davonschippern gesehen.«

»Dann haben die Täter sich eben unter der Brücke versteckt, bis die Kollegen wieder weg waren.«

»Danach hätten sie aber wieder genügend Zeit gehabt, den Block abzumontieren.«

»Vielleicht sind sie schon geflohen, als das Opfer anfing, um Hilfe zu rufen. Dann waren sie bereits weg, bevor die Anwohnerin aus dem Fenster schaute.«

»Hm«, sagte Rosenbaum. »Wenn es Seeleute waren, wie Sie vermuten, sind sie vielleicht mit einem U-Boot gekommen und konnten unbemerkt abtauchen, als die Kollegen kamen.«

Hedi setzte ihren Warum-nimmt-mich-der-Kerl-nur-nicht-ernst-Blick auf und Rosenbaum wusste, dass er etwas gutzumachen hatte.

Die Kriminalisten gingen ans Ufer, knieten nieder und versuchten einen Blick unter die Anlegebrücke zu erspähen. Passanten beobachteten sie und schienen sich zu fragen, was bürgerlich gekleidete Menschen zu solchen Verrenkungen trieb.

»Wie lange dauert es eigentlich zu ertrinken?«, fragte Hedi.

»Solange man Luft anhalten kann, würde ich sagen. Drei, vier Minuten vielleicht, in Panik schneller.«

»So schnell kann man sich aber nicht von seinen Fesseln befreien und anschließend noch versuchen, den Sack aufzubeißen. Also musste der Mann damit angefangen haben, bevor er ins Wasser geworfen wurde, oder?«

»Das würde bedeuten, die Täter sind mit einem strampelnden und schreienden Opfer über die Förde gerudert. Glauben Sie das?«

»Okay, Chef. Wenn Sie alles besser wissen, dann sagen Sie doch, wie es war.«

Rosenbaum sagte nichts. Er blickte auf und schaute über die Förde, eine weithin unbehinderte Sicht, ein oder zwei Kilometer nur friedliches, fast spiegelglattes Wasser. Ein paar kleine Wellen schwappten an. Sie stammten von einem Dampfer, der vor einer halben Minute in der Mitte der Förde durch die Fahrrinne getuckert war. Südlich lagen auf dem Ostufer die Werftanlagen der Howaldtswerke, wo in großer Eile neue Kriegsschiffe gebaut wurden. Nördlich am Westufer der Kriegshafen, wo die Kriegsschiffe auf ihren Einsatz warteten, wenn sie fertiggestellt waren.

»Was sollte aber die Konstruktion mit dem Seil?«, fragte Rosenbaum. »Wenn die Täter den Mann betäuben, brauchen sie ihn weder zu fesseln noch in einen Sack zu stecken. Wenn sie ihn fesseln, brauchen sie ihn nicht in einen Sack zu stecken. Wenn sie ihn in einen Sack stecken, brauchen sie ihn nicht zu fesseln. Wenn sie ihn fesseln oder in einen Sack stecken, brauchen sie ihn nicht langsam an einem Seil ins Wasser zu lassen.« Rosenbaum konnte sich keinen Reim darauf machen. »Warum sind sie so umständlich, so aufwendig vorgegangen?«, wiederholte er sich. »Warum haben die ihr Opfer nicht einfach über Bord geworfen?«

»Vielleicht sollte das Opfer langsam versenkt werden, damit es keine Geräusche macht?«, mutmaßte Hedi. Dann verzog sie das Gesicht und sagte: »Nein, Unsinn.«

»Es ist fast eine Art Ritual.« Rosenbaum schaute Hedi in die Augen. Eine leichte Brise kam vom Meer und verwirbelte ihr Haar. »Ein Ritual«, wiederholte er langsam. Auch sein Haar wurde vom Wind bewegt. Er trug es länger als früher. War es vor Jahren noch peinlich akkurat geschnitten, dank Pomade schwarz glänzend und streng nach hinten gekämmt, fiel es jetzt in eigensinnigen Wellen und mit grauen Strähnen über seinen Kopf, nachlässig, etwas ungepflegt, unpreußisch und vor allem gegen den Trend der Zeit. Denn heutzutage pflegte man mit militärisch kurzem Haarschnitt seine Unterstützung für das Vaterland auszudrücken.

»Ein Ritual«, wiederholte jetzt auch Hedi. »Die haben ihr Opfer in einen Sack gesteckt. Heißt es nicht ›in Sack und Asche gehen‹? Und ist das nicht ein besonderes Ritual in der Seefahrt?«

»Das hat nichts mit Seefahrt zu tun. Das kommt aus dem Tanach.« Rosenbaum wusste das, er war Jude. Kein gläubiger Jude zwar, für ihn war jede Form der Religion Aberglaube, aber ein paar Erinnerungen aus seinem mosaischen Unterricht waren hängen geblieben.

»Aber trotzdem, Chef. ›Sack und Asche‹, das ist ein Büßergewand, oder? Der Mann hat Böses getan und musste deswegen sterben. Und er wurde langsam ins Wasser herabgelassen. Hat das nicht etwas von einem Stapellauf?«

Hedis Spekulationen waren nicht wirklich abwegig, fand Rosenbaum, aber auch nicht naheliegend. Und doch: ›Sack und Asche‹. Sack.

Sack.

»Der Sack bestand aus zwei zusammengenähten Kartoffelsäcken, sagten Sie?«, fragte Rosenbaum und hob den Zeigefinger. Als Hedi nicht reagierte, wiederholte er: »Kartoffeln?«

»Sie meinen, das hat was mit den Hungerkrawallen zu tun?«, fragte Hedi.

Rosenbaum führte seinen Zeigefinger an den Mund. Möglicherweise wurden Kartoffelsäcke nur gewählt, weil es gerade viele leere Kartoffelsäcke gab. Vielleicht auch nicht.

»Erinnern Sie sich noch an den Skandal mit der Holsatiamühle? Die Volkszeitung hat nachgewiesen, dass die drastischen Preiserhöhungen der Mühle seit Kriegsbeginn nicht durch Kostenanstieg gerechtfertigt waren, und eine aufsehenerregende Kampagne gestartet. Der Mühlenbesitzer, ein Herr Kruse, erhielt daraufhin Morddrohungen. Ähnliches ist später einigen Kartoffelgroßhändlern passiert.«

Hedi nahm den Faden auf. »Inzwischen sind zwar Höchstpreise eingeführt worden, aber jetzt heißt es, dass die Großhändler ihre Kartoffeln zurückhalten und lieber den Schwarzmarkt versorgen oder Schnaps daraus brennen.«

Die beiden Kriminalisten schauten sich an und dachten dasselbe: Es passte nicht. Ein wütender Mob würde sein Opfer brutal erschlagen, aber keine rituelle Handlung begehen.

»Wenn sich niemand auf das Zeitungsbild meldet, schauen wir uns mal bei den Kartoffelgroßhändlern um«, sagte Rosenbaum schließlich.

VIII

Joseph Bangert saß auf der Bank im Park der Kieler Nervenklinik und Erika, seine Frau, im Rollstuhl davor. Er schaute sie an und lächelte, sie lächelte zurück.

Bangert war in den letzten Monaten enorm gealtert. Seine Gesichtsfarbe hatte sich in ein fahles Grau verwandelt, die Haarfarbe auch. Augen und Wangen wirkten eingefallen und mit der täglichen Rasur nahm er es nicht mehr so genau. Er lächelte nur noch, wenn Erika ihn anschaute. Er trug einen schwarzen Anzug, den er sich gekauft hatte, als sein Vater vor vielen Jahren gestorben war. Seitdem hatte er ihn nur sonntags zum Gottesdienst und zweimal zum Hochzeitstag angezogen. Jetzt trug er ihn ständig und fiel damit auf. Schwarz war die Farbe der Abendgarderobe, aber seit Kriegsbeginn galt Abendgarderobe als deplatziert. Wer jetzt abends ausging, tat es in Straßenkleidung. Schwarz war auch die Farbe der Trauer, doch öffentlich Trauer zu zeigen, galt als defätistisch, selbst für Soldatenwitwen. Und weil auch fröhliche Farben verboten waren, blieben nur die erdigen Töne des Krieges übrig. Bangert scherte sich nicht darum,

Konventionen waren ihm gleichgültig geworden. Er trug Schwarz, denn er trauerte.

»Ist dir kalt? Soll ich dir eine Decke holen?«, fragte er.

Bald wurde es Mittag, die Sonne hatte bereits eine angenehme Wärme in den Tag gehaucht. Doch Erika war eine gebrechliche Frau, nicht sehr alt, Mitte 50, aber dürr und schwach, sie konnte kaum zehn Meter gehen, ohne sich ausruhen zu müssen. Und sie hatte das Gefühl für ihr eigenes Befinden verloren. Wenn ihr kalt war, spürte sie es nicht oder es war ihr egal. Und wenn sie Durst hatte, trank sie nicht.

»Kommt Bruno nachher?«, fragte sie, als hätte sie die Frage ihres Mannes nicht gehört.

»Nein, Bruno kommt nicht«, antwortete Bangert.

Er hätte jetzt sagen sollen, dass ihr Sohn tot war, brachte es jedoch nicht fertig. Er hatte es ihr vorhin schon gesagt und gestern zweimal. Von Mal zu Mal würde es ihm leichter fallen, hatte er erwartet. Aber es blieb jedes Mal derselbe stechende Schmerz, wenn er es aussprach.

»Und Hildchen?«

»Hilde auch nicht.«

Auch die Tochter war tot.

»Bruno war ja gestern da. Er kann nicht jeden Tag kommen, er hat zu tun«, sagte Erika. Ihr Blick streifte das große Klinikgebäude, dann die Kastanie, in deren Schatten sie saßen, und landete auf einem Foto in ihrer Hand, ein Foto von Hilde. In der anderen Hand hielt sie einen Brief von Bruno. Auf ihrem Schoß lag eine kleine Spieldose, die sie Bruno zum Abschied geschenkt hatte, bevor er an die Front gefahren war. Vor ein paar Wochen hatte Joseph sie ihr wieder in die Hand gedrückt. Sie bewahrte sie jetzt für Bruno auf. Das Foto war an den Rändern gestoßen, der Brief zerknittert, die Spieldose zerkratzt. Erika hatte die Sachen fast ständig bei sich.

»Hilde will am Nachmittag kommen. Hat sie gesagt. Sie ist so ein liebes Kind.« Erika strich mit dem Daumen über das Foto. »Ist schon Nachmittag?«

»Nein, Liebes, gerade 11 Uhr durch«, antwortete Bangert. »Möchtest du die Spieluhr noch einmal hören?«

Erika strich weiter über das Foto.

»Oder soll ich dir den Brief noch einmal vorlesen?«

Erikas Augen weiteten sich, sie schaute ihren Mann an und zitterte vor Freude. »Ja, bitte.«

Bangert zog den Brief aus ihren Händen und entfaltete ihn. Er konnte ihn auswendig, aber wenn er ihn aus dem Gedächtnis aufsagen wollte, würden die Worte durch sein Bewusstsein gehen, er würde mit den Tränen kämpfen müssen. Leichter war es, wenn er die Worte vorlas, dann konnte er sie vom Auge direkt zum Mund leiten.

14. August 1914
Liebe Mutter,
lieber Vater,
liebes Schwesterchen,

alles ging Schlag auf Schlag. Tausende und Abertausende Reservisten und Landwehrleute standen innerhalb weniger Tage unter Waffen, es ist ein grandioses Schauspiel. Ich bin meinem alten Bataillon zugeteilt worden und habe schon viele der Kameraden wiedergesehen. Alle sind stolz darauf, die Männer der ersten Stunde zu sein. Und auch ich empfinde nun eine heilige Ehre.

Wusstest Du, lieber Vater, dass noch im Krieg von 70/71 viele Soldaten nicht an ihrer eigentlichen

Verletzung gestorben waren, sondern Tage oder Wochen später an Wundbrand? Dank des medizinischen Fortschritts ist das heutzutage anders. Wir leben in großartigen Zeiten!

Unser Korps hatte sich zuerst Richtung Lüttich bewegt. Doch als wir dort eintrafen, war die Stadt bereits im Handstreich genommen. Die Front rast auf Frankreich zu, wir kommen kaum hinterher. Einige Kameraden befürchteten schon, dass der Große Krieg zu Ende gehen könnte, bevor wir Feindberührung haben würden. Doch vorgestern geschah es endlich: unsere Feuertaufe! An der Gette, 150 Tote. Jetzt ziehen wir weiter nach Mons und bald ist die Grenze zu Frankreich erreicht. Bei diesem Tempo haben wir den Sieg in wenigen Wochen errungen.
Die belgische Bevölkerung beschimpft uns, und Partisanen schlagen voller Heimtücke aus dem Hinterhalt zu. Diese Menschen verstehen nicht, dass der Franzmann uns zu unserer Strategie gezwungen hat.

Mit Gott für Kaiser und Vaterland!

Euer Bruno

Bangert faltete den Brief wieder zusammen und legte ihn in Erikas Hand zurück. Dabei berührte er sie und strich sanft über die dünne, pergamentartige Haut.

»Ein sonniger Tag heute«, sagte er. »Es wird bestimmt ein schöner Sommer.«

»Ja, schön«, antwortete Erika.

Dann schwiegen sie. Um sie herum saßen verhärmte Menschen in Morgenmänteln auf den Parkbänken oder in Rollstühlen oder sie wurden von Menschen in weißen Kitteln über die Wege geführt.

»Ich bringe dich jetzt rein«, sagte Bangert nach einer Weile. »Gleich ist Mittagessen. Dann schläfst du ein wenig und am Nachmittag komme ich wieder.«

Eine gute Stunde später betrat Bangert die Friedhofskapelle auf dem Eichhof. Er war den größten Teil des Weges zu Fuß gegangen, die Esmarchstraße, dann die Gneisenaustraße. Am Knooper Weg hatte er für ein paar Haltestellen die Straßenbahn genommen, war aber bald wieder ausgestiegen, Bewegung sollte ihm guttun. Am Nachmittag würde er für den Weg zur Irrenanstalt das Automobil nehmen müssen.

Bangert setzte sich in der Kapelle auf die Bank und betrachtete das vor ihm hängende Triumphkreuz. Er betete. Am Ende des Gebets fragte er den Herrn, warum er ihm eine so schwere Prüfung auferlegt hatte. Der Herr antwortete nicht.

Dann zog Bangert einen Brief aus der Jackentasche, einen weiteren Brief von Bruno. Er trug ihn immer bei sich. Jetzt las er ihn Gott vor.

21. September 1914
Liebe Mutter,
lieber Vater,
liebes Hildchen,

seit Überschreiten der belgischen Grenze sind
wir marschiert, nur unterbrochen durch Kämpfe
und kurzen Schlaf, selbst beim Essen sind wir

marschiert. Zuerst hin, dann wieder ein Stück zurück, insgesamt 800 Kilometer. Überraschend starker Widerstand, schwere Verluste durch feindliches Maschinenfeuer.

Wusstest Du, lieber Vater, dass das Maschinengewehr im amerikanischen Bürgerkrieg erfunden wurde? Man sagte, ein Maschinengewehr würde sechs Mann ersetzen, und man glaubte, die Armeen würden sich deshalb verkleinern und es gäbe dann nicht mehr so viele Tote. Welch ein Irrtum.

Jetzt liegen wir an der Aisne und haben Befehl, die Stellung zu halten. Granattrichter und Böschungen boten überraschend guten Schutz. Das Generalkommando gab deshalb die Losung, Schützengräben auszuheben. An den Gräben brachten wir Maschinengewehre in Stellung. Die Franzosen rannten tagelang dagegen an, aber keiner von ihnen kam durch. Keiner. Es war wie im Traum. Dann ließen sie nach und gruben sich ebenfalls ein. Seit gestern ist hier Ruhe.

Er scheint, dass der Feind inzwischen seine letzten Kräfte mobilisiert. Vielleicht bin ich Weihnachten noch nicht zu Hause, aber Ostern bestimmt.

Mit Gott für Kaiser und Vaterland!

Euer Bruno

Dieses Mal führte Bangert die Worte durch das Bewusstsein und ließ den Tränen freien Lauf.

Wenig später stand er vor dem Grab, einem Doppelgrab, erst kürzlich angelegt. Es war teuer gewesen. Er und seine Erika hatten immer sparsam gelebt und ein wenig Geld zur Seite legen können. Es sollte für die Kinder und ihre Ausbildung sein. Bruno hatte seine Zimmermannslehre schon vor dem Krieg abgeschlossen, sodass mehr als ausreichend Geld für Hilde übrig war. Also zeichneten die Bangerts Kriegsanleihen, wie es ihre patriotische Pflicht war, dreimal taten sie das. Und an den Goldtauschaktionen nahmen sie auch teil. Viel Gold hatten sie zwar nicht, sie waren keine reichen Leute, aber ein paar Münzen und etwas Schmuck konnten sie geben. Nur die Reserve für Hilde, die hatten sie nicht angerührt. Als Hilde gestorben war, ist die Reserve in das Grab geflossen.

Links lag Hilde, rechts Bruno. Joseph Bangert betete für sie, besonders für Bruno. Der Junge hatte schwer gesündigt. So schwer, dass er nicht auf dem Garnisonsfriedhof am Ravensberg beigesetzt werden konnte. Es war zunächst nicht einmal klar gewesen, ob er überhaupt in geweihter Erde bestattet werden konnte. Bruno brauchte jetzt jede Unterstützung.

IX

Nachdem Rosenbaum und Hedi wieder in der Blume angekommen waren, aßen sie in der Kantine zu Mittag: dünne Nudeln mit Tomatensoße. Es waren lange Nudelschnüre aus Hartweizen, die es in Deutschland seit dem Dreibund mit Österreich und Italien vereinzelt gab und die früher Spaghetti genannt worden waren. Seit Eintritt Italiens in den Weltkrieg aufseiten der Entente hießen die Spaghetti ›dünne Nudeln‹.

Rosenbaum setzte sich mit seinem Teller zu Hedi und fragte, warum die dünnen Nudeln immer so lang sein mussten. Hedi grinste. Dann sprachen sie über ihren Fall. Rosenbaum war froh, einen neuen Fall zu haben, so konnte er private Gesprächsthemen vermeiden. Darunter fiel sogar der Krieg, denn seit Kurzem war auch er für Rosenbaum zu etwas Privatem geworden.

Nach dem Essen gingen die beiden in ihr Büro hinauf. Auf der Treppe und in den Korridoren spürten sie nervöse Betriebsamkeit, die eine Auswirkung des Hungerkrawalls zu sein schien. Die ›Sonderkomm. Krawall‹ hatte sich im Erdgeschoss eingerichtet und Kollege Schulz hatte tatsächlich die Leitung übertragen bekommen. Rosenbaum war erneut froh, einen neuen Mordfall zu haben.

In ihrem Büro angekommen fand Hedi eine Notiz auf dem Schreibtisch. »Vom Revier Kronshagen«, sagte sie. »Eine Frau Althoff hat sich dort gemeldet. Sie glaubt, auf dem Zeitungsfoto ihren Ehemann erkannt zu haben.«

Rosenbaum nickte zufrieden. Es ging voran.

»Die Frau wartet zu Hause auf uns. Kronshagen, Ulmenallee«, sagte Hedi und griff zum Telefon. »Ich besorg einen Wagen.«

Kronshagen galt als wohlhabender Wohnvorort von Kiel. Der Weg dorthin war nicht wesentlich weiter als der nach Düsternbrook, wo Rosenbaum und Hedi am Vormittag gewesen waren. Man hätte ihn durchaus mit dem Fahrrad bewältigen können. Aber zwei solche Ausflüge an einem Tag erschienen Hedi zu viel. Nicht für sich selbst, sondern für Rosenbaum.

»In einer Stunde steht ein Wagen bereit«, sagte sie, als sie den Hörer auf die Gabel zurücklegte.

Anschließend widmete sie sich der Etymologie von ›Sack und Asche‹, während Rosenbaum versuchte, sich auf den aktuellen Stand zum Thema Schwarzmarkt zu bringen. Am ehesten würde er von der Gendarmerie etwas erfahren, denn zu ihrer Aufgabe gehörte die Bekämpfung der Schattenwirtschaft. Rosenbaum zog sich in sein Büro zurück, nahm am Schreibtisch Platz und ließ sich verbinden. Nach kurzer Zeit hatte er einen Rittmeister Kuhrengrund am Telefon.

»Kommissar Rosenbaum? Aus Neumünster?«, bellte es durch die Ohrmuschel.

»Nein, aus Kiel.«

»Kiel? Dann geht es nicht um Hauptmann Weber?«

»Nein, ich …«

»Machen Sie schnell, ich hab keine Zeit für Kinkerlitzchen!« Aus dem Bellen war ein Kotzen geworden.

»Moment«, sagte Rosenbaum und zählte stumm bis zehn. »Ich benötige Informationen zu aktuellen Ereignissen beim Schwarzhandel mit Kartoffeln«, sagte er freundlich, nachdem er bei zehn angelangt war. Hätte er nur bis neun gezählt, wäre ein anderer Tonfall herausgekommen.

»Und was genau?«

Rosenbaum berichtete von der Leiche. »Der Kartoffelsack begründet die Vermutung, dass die Tat mit dem Hungerkrawall zu tun haben könnte.«

»Und?«

»Meine Frage lautet: Gab es in letzter Zeit im Umfeld des Schwarzhandels mit Kartoffeln Ereignisse, die auf einen Mord hinausgelaufen sein könnten?«

»Nein«, lautete Kuhrengrunds Antwort. Kein Zögern, kein Nachdenken, keine weitere Erklärung, kein Verdacht, nur ein Nein.

»Aha«, sagte Rosenbaum. »Gab es denn überhaupt irgendwelche Konflikte mit oder unter Schwarzhändlern?«

»Nein.«

»Vielen Dank.« Rosenbaum legte auf. Er wollte keine weitere Frage mehr stellen, weil ein weiteres Nein voraussichtlich zu einem Wutausbruch geführt hätte. Ein Gutes hatte das Telefongespräch wenigstens: Rosenbaum war dabei eingefallen, dass er auch die ›Sonderkomm. Krawall‹ um Informationen bitten sollte. Er rief dort an, erreichte nur einen Assistenten, weil Schulz gerade wichtige Anordnungen zu treffen hatte. Rosenbaum war froh darüber und hinterließ eine Nachricht. Dann lehnte er sich in seinen Stuhl zurück und betrachtete die Schiefertafel, die er sich ganz zu Anfang seiner Kieler Zeit ins Büro hatte bringen lassen. Es war eine der ersten Schiefertafeln, die in einer Kieler Amtsstube aufgebaut worden war, jedenfalls wenn man Schulklassen nicht als Amtsstuben bezeichnete. Mit Kreide hatte er darauf den Namen ›Althoff‹ notiert, mehr bislang nicht. Neben der Tafel hing ein Porträt des Kaisers an der Wand. Es hing bereits dort, als Rosenbaum das Büro vor Jahren bezogen hatte. Immer wieder hatte er sich vorgenommen, es abzunehmen, um seinen Vorsatz kurz darauf wieder zu vergessen. Heute würde er es tun. Vorher wollte er noch eine Zigarette rauchen. Er war auf Zigaretten umgestiegen, Zigarren gab es seit Jahren nicht mehr oder, wenn doch, dann zu unverschämten Preisen. Zwar waren auch Zigaretten teurer geworden und oft bekam er nur türkische, aber irgendwas musste man schließlich rauchen. Rosenbaum holte Streichhölzer und Zigarettenschachtel aus der Sakkotasche und zog den Aschenbecher zu sich heran. Gerade als er eine Zigarette angezündet hatte, kam Hedi herein und hüstelte demonstrativ. Sie rauchte selbst Zigaretten, für sie war es ein Zeichen der Emanzipation. Das Hüsteln hatte sie sich vor Jahren angewöhnt, als Rosenbaum noch – vornehmlich bei geschlossenem Fenster – Zigarren geraucht hatte, und sie hatte die Angewohnheit beibehalten.

»Ich habe gerade mit einem Dr. Neuhaus von der Universität gesprochen, Institut für Klassische Altertumskunde«, sagte sie und setzte sich auf den Besucherstuhl. »Können Sie mir sagen, warum Menschen, die beruflich mit Sprache zu tun haben, immer so langsam reden?«

»Tun sie das?«

»Ich habe den Eindruck. Jedenfalls hat das Gespräch doppelt so lange gedauert, wie es hätte dauern müssen.«

Seins nicht, dachte Rosenbaum und fragte: »Hat es denn was erbracht?«

»Ja, ›Sack und Asche‹ stammt tatsächlich aus der Bibel und stellt Trauerkleidung dar. Insofern haben Sie ganz richtig vermutet, Chef.«

»Gewusst, nicht vermutet«, unterbrach Rosenbaum und lehnte sich in seinem Stuhl zurück.

»Gut, Sie haben es gewusst. Der Sack ist aber auch ein Büßergewand, insoweit allerdings eher heidnischen Ursprungs. Damit steht es eins zu eins.« Hedi holte tief Luft. »Und jetzt das Siegtor: Der Trauerbrauch wurde in der christlichen Seefahrt adaptiert. Wenn ein Kapitän oder

Offizier stirbt, setzen die Matrosen die Flagge auf Halbmast und bringen Segel und Takelage in Unordnung; das Schiff liegt dann in Sack und Asche. Zwei zu eins.«

Rosenbaum nickte anerkennend. »Büßer, Tod und Seefahrt. Alles da«, sagte er und gönnte Hedi ihren kindlichen Triumph.

Eine halbe Stunde später nahmen Rosenbaum und Hedi im Innenhof der Blume von einem mürrischen Fuhrparkleiter einen graugrünen Opel 10/12 in Empfang. Der Opel war einer der ersten Personenkraftwagen, die die Kieler Polizei vor einigen Jahren gebraucht von der Hamburger Polizei gekauft hatte, und einer der wenigen, die das Militär nach Kriegsausbruch nicht requirierte, weil das Modell für zu alt und zu unzuverlässig befunden worden war.

Beide – Rosenbaum und Hedi – besaßen eine Fahrerlaubnis. Hedi hatte Freibier überzeugen können, dass sie als Rosenbaums Assistentin Auto fahren musste. Sie hatte Spaß daran. Dennoch ließ Rosenbaum sie nie ans Steuer, wenn sie zusammen in einem Dienstwagen unterwegs waren.

Sie fuhren nach Kronshagen und bogen dort in die Ulmenallee ein. Kronshagen wurde von seinen Bewohnern neuerdings als Gartenstadt bezeichnet. Garten mochte noch zutreffen, eine Stadt war Kronshagen allerdings nicht. Man gab diesem Ort nur noch wenige Jahre, bis er durch Eingemeindung von Kiel geschluckt werden würde – Städte wurden immer gefräßiger. In Kronshagen wohnten junge Marineoffiziere, höhere Beamte und Angestellte mit ihren Familien. Es waren Menschen, die auf dem Weg nach Düsternbrook Etappe machten oder stecken geblieben waren. Man war konservativ, heimatverbunden und karriereorientiert.

Rosenbaum brachte den Opel vor einer neuen Villa im Landhausstil mit rotem Ziegel und Walmdach zum Stehen. Hier wohnte die Frau, die auf dem Foto ihren Mann erkannt hatte. Auf dem Türschild stand ›Dr. Althoff‹.

Elisabeth Althoff war eine hübsche Frau, Ende 30, schlank, mit feingliedrigen Händen, ersten Fältchen um die großen Augen und sittsam hochgestecktem Haar – eine Frau, die bestens zur Villa passte. Sie empfing die beiden Polizeibeamten in gedeckter Kleidung und bat den Besuch im Salon um den Esstisch Platz zu nehmen. Dort lag aufgeschlagen die Kieler Neueste mit dem Foto des Toten nach oben.

»Sie haben Ihren Mann erkannt?«, fragte Rosenbaum und deutete auf das Foto.

»Ja, das ist er. Dr. Theodor Althoff.«

»War er Arzt?«

»Oberarzt in der Nervenklinik.« Die Frau gab sich angemessen zurückhaltend und höflich. Ihre Stimme war fest, aber leise.

»Haben Sie eine Vorstellung, was passiert sein könnte?«, fragte Rosenbaum.

Sie schüttelte den Kopf. Dann fragte sie, wie ihr Mann ums Leben gekommen war. Hedi berichtete von dem Sack, dem Strick, dem Block und dem Chloroform. Davon, dass Althoff vor dem Ertrinken wieder zu sich gekommen war und einen verzweifelten Todeskampf ausgetragen haben musste, erzählte sie nicht. Nach der Schilderung herrschte eine Weile Stille. Rosenbaum kannte diese Momente nur zu gut. Sie spielten sich nach einer Todesnachricht immer wieder in ähnlicher Weise ab. Dann stand die Witwe wortlos auf, schwebte aus dem Raum, um nach einer Minute ebenso wortlos zurückzukehren und sich wieder zu setzen.

»Haben Sie Kinder?«, fragte Rosenbaum. Natürlich interessierte er sich auch für die Familienverhältnisse seiner Mordopfer, aber die Frage hatte in erster Linie die Funktion, eine angemessene Gesprächsatmosphäre herzustellen.

»Zwei Jungs. Sie sind bei Freunden. Sie wissen noch nichts.«

Rosenbaum nickte. »Wann haben Sie Ihren Mann zum letzten Mal gesehen?«

»Vorgestern früh, als er zur Arbeit ging.«

»Dienstagmorgen? Und am Abend war er nicht nach Hause gekommen? Warum?«

»Das weiß ich nicht.«

»Haben Sie ihn denn nicht vermisst?«

»Vermisst?«

»Warum haben Sie nicht nach ihm gesucht, sich Sorgen gemacht, keine Vermisstenmeldung aufgegeben, als er abends nicht nach Hause kam?« Rosenbaums Ungeduld wuchs und er verbarg sie nur unzureichend.

»Er kam öfter abends nicht nach Hause.«

»Und wo war er dann?«

»In der Klinik. Ich dachte, er würde in der Klinik übernachten. Das tat er manchmal.«

»Ohne Bescheid zu geben?«

Elisabeth Althoff zuckte mit den Schultern.

»Kann ich Ihnen einen Tee anbieten?«, fragte sie.

»Nein«, sagte Rosenbaum und Hedi stimmte fast gleichzeitig mit »Nein, danke« ein. Keiner der beiden wiederholte die unbeantwortete Frage. Sie hing noch eine Weile im Raum.

»Wir haben uns gestritten«, sagte die Witwe schließlich. Sie war erkennbar um einen Tonfall bemüht, der ausdrücken sollte, dass ein Streit unter Eheleuten vollkommen natürlich war, schaffte jedoch nur einen Tonfall, der ausdrückte, dass ihr die Erwähnung peinlich war. Damit lag ihre Selbstbeherrschung in Trümmern. Sie brach in Tränen aus.

Rosenbaum stand auf und ging zum Fenster, Hedi legte ihre Hand auf die Schulter der Frau.

»Mein Mann war in letzter Zeit sehr gereizt. In der Klinik hatte er viel Ärger mit Kollegen und dem Chef.«

»Dem Chefarzt?«, fragte Rosenbaum nach.

»Ja. Professor Siemerling.«

»Und den Ärger hat er mit nach Hause gebracht und deshalb gab es Streit?«

Elisabeth Althoff nickte und putzte sich die Nase. »Er war so abweisend. Zuerst dachte ich, er hätte eine andere ...« Sie stockte. Nicht nur eine ›andere‹ zu haben, war ehrenrührig. Man durfte so etwas auch nicht vermuten, wenn man es nicht sicher wusste, und darüber sprechen durfte man erst recht nicht.

»Was für ein Ärger war das denn?«, fragte Hedi und handelte sich damit einen strafenden Blick von Rosenbaum ein. Sie hatten sich oft über Vernehmungsstrategien und Gesprächsführung unterhalten, und Rosenbaum hatte es als Kreuzfehler bezeichnet, jemanden grundlos zu unterbrechen. Nur manchmal hielt Hedi sich daran.

»Das hat er nicht gesagt«, antwortete die Witwe und blickte stumpf vor sich hin.

»Sie dachten, er hätte eine andere?«, versuchte Rosenbaum, die Quelle wieder sprudeln zu lassen.

»Es war nur der Ärger.«

Die Kriminalisten schauten sich an. Sie mussten sich mit dieser Auskunft wohl zufriedengeben. Die Quelle war versiegt.

»Hatte Ihr Mann Feinde?«, wollte Rosenbaum wissen.

»Nicht dass ich wüsste.«

»Hatte er etwas mit der Seefahrt zu tun?«, fragte Hedi. »Ist er vielleicht Mitglied in einem Segelclub? Im KYC vielleicht? Dem Kaiserlichen Yacht-Club? Ich habe gehört, dass viele Ärzte dort segeln.«

»Nein.«

Rosenbaum räusperte sich. »Ist Ihr Mann jemals mit dem Schwarzmarkt in Berührung gekommen?«

»Was für ein Schwarzmarkt?«

»Lebensmittel. Kartoffeln vielleicht? Hat er mal Kartoffeln besorgt, außer der Reihe?«

»Nein. Wir haben eine Küchenhilfe. Die macht meistens die Besorgungen.«

»Oder Obst? Fleisch? Zigarren?«

»Nein.«

»Vielleicht hat Ihr Mann mal erwähnt, dass er Leute kennen würde, die so etwas besorgen könnten.«

»Nein.«

Rosenbaum fühlte sich an das Telefonat mit Rittmeister Kuhrengrund erinnert. Elisabeth Althoff war genauso präzise und auskunftsfreudig. Er und Hedi schauten sich an. Sie schienen beide zu wissen, dass es sie nicht weiterführen würde, die Frau noch länger zu bedrängen.

»Das war schon alles, Frau Althoff«, sagte Rosenbaum. »Ich würde Sie noch bitten, möglichst bald die Leiche Ihres Mannes in der Gerichtsmedizin zu identifizieren.«

Elisabeth Althoff schaute zu Rosenbaum und dann zu Hedi rüber. Musste sie?, schien der Blick zu bedeuten. Der Gang in die Gerichtsmedizin würde ihr schwerfallen. Dann schaute sie zu Boden. Ja, sie musste.

»Wenn Sie sich jetzt dazu bereit fühlen, würde ich Sie begleiten«, sagte Hedi. Elisabeth Althoff nickte.

Rosenbaum war überrumpelt. Wenn Hedi mit der Witwe zur Gerichtsmedizin fuhr, bedeutete dies, dass sie den Wagen nahm. Das war eine hinterhältige Methode, das Autofahren zu erschleichen.

»Na gut«, sagte Rosenbaum. »Sie fahren mit Frau Althoff zur Pathologie. Vorher setzen Sie mich bei der Nervenklinik ab.«

Es folgte die erste Fahrt in der Geschichte der Kieler Kriminalpolizei, bei der Rosenbaum neben Hedi auf dem Beifahrersitz saß.

X

Franz Eickmann und Gundel Petersen saßen einander in einem kleinen, schmucklosen Raum im Polizeipräsidium von Neumünster gegenüber. Eine Stenotypistin hatte sich an einem Nebentisch eingerichtet und wartete nun mit weißem Schreibblock und gespitztem Bleistift auf Arbeit. Das Hausmädchen hatte die Nacht im Polizeigewahrsam verbracht und verstand nicht, warum.

»Ich habe doch nichts getan«, jammerte sie.

Eickmann tat sich schwer mit der Begründung. Zurzeit war noch nicht einmal sicher, dass die Opfer überhaupt vergiftet worden waren. Früher hätte man eine Festnahme nicht auf derart magere Verdachtsmomente gestützt. Auch das hatte der Krieg verändert.

»Wir warten jetzt erst einmal ab, wie der zuständige Kriegsgerichtsrat entscheidet«, sagte er und blätterte in seiner Akte. Dann ließ er Gundel die wesentlichen Aussagen vom Vorabend wiederholen und die Stenotypistin begann, auf ihrem Schreibblock zu kratzen.

Allmählich fand das Hausmädchen zu ihrem alten Redefluss zurück. Offenherzig und mit erstaunlicher Naivität berichtete sie von allem, was ihr in den Sinn kam. Dass einzelne Details sie eventuell belasten könnten, kam ihr offenbar nicht in den Sinn.

»Was haben denn die Eheleute Weber am Vorabend ihres Todes gegessen?«, fragte Eickmann.

»Brot mit Margarine, Wurst und Käse. Und Tee getrunken. Wie jeden Abend. Nehme ich an. Ich kann das nicht mit Sicherheit sagen, ich hab ja bereits um 17 Uhr das Haus verlassen und die Herrschaften pflegten um 19 Uhr zu Abend zu essen.«

»Wo kamen die Speisen her?«

»Das waren unsere ganz normalen Vorräte. Einen Teil habe ich eingekauft, manches wurde geliefert oder der Herr Hauptmann brachte mal etwas Besonderes mit.«

»Haben Sie auch von diesen Vorräten gegessen?«

»Selbstverständlich. Ich durfte immer von allem essen, so viel ich wollte. Das hat mir die gnädige Frau ausdrücklich erlaubt. Es waren sehr, sehr gute Menschen.« Gundel unterbrach sich für ein paar Tränen.

»Und am nächsten Morgen hat das Ehepaar Weber Malzkaffee, Brot, Butter, Marmelade, Kuchen und Weinbrand gefrühstückt?«

»Kuchen und Weinbrand waren nicht im Haus.«

Eickmann nickte und schaute Gundel Petersen fest in die Augen. »Wir vermuten, dass die Speisen vergiftet waren«, sagte er.

Die Tränen des Hausmädchens waren so gut wie versiegt, da brach sie in einen Heulkrampf aus. Vielleicht war sie entsetzt, weil ihr klar wurde, dass es auch sie hätte treffen können. Vielleicht war sie erschrocken, weil man ihr auf die Schliche kam. Eickmann hätte es nicht unterscheiden können.

»Wir werden bald mehr wissen«, sagte er, »und dann sehen wir weiter.«

Er ließ Gundel in ihre Zelle zurückbringen und verließ den Raum.

Minuten später betrat er im darüber gelegenen Stockwerk das Büro der Mordkommission, in dem Waldemar Meyer die Ermittlungen zur Familie der Mordopfer aufgenommen hatte.

»Haben Sie was herausbekommen?«, fragte er.

»Hauptmann Weber hatte zwei Brüder, eine Schwester, mehrere Tanten und Vettern, die meisten leben in Bitburg. Ich habe gerade mit seiner Schwägerin telefoniert. Sie hatte ihn und seine Frau tatsächlich am Samstagabend erwartet. Als niemand kam, rief die Schwägerin bei den Webers zu Hause an, aber niemand hob ab. Sie machte sich Sorgen und gab am nächsten Tag eine Vermisstenanzeige bei der Polizei auf. Mehr weiß sie nicht.«

»Vermisstenanzeige?«

»Ich habe bei unserer Vermisstenstelle nachgefragt. Die Anzeige aus Bitburg ist zwar dorthin weitergeleitet, aber noch nicht bearbeitet worden. Der Kollege meint: Dreimal so viele Vermisstenanzeigen wie vor dem Krieg, aber nur halbe Personalstärke. Er war ganz fröhlich, als ich sagte, dass er die Akte zuklappen kann.«

»Da hat die Sache ja auch etwas Gutes«, kommentierte Eickmann und setzte sich auf den Besucherstuhl.

»Dann kam noch eine Nachricht von Professor Ziemke: Wir sollen in zwei Stunden in der Gerichtsmedizin sein.«

Das bedeutete eine Fahrt nach Kiel. Eickmann ließ sich nicht gern Termine aufdrücken, auch von Ziemke nicht. Zwar schätzte er ihn, doch in seinen Augen nahm sich der Gerichtsarzt ein wenig zu wichtig. Mehr als einmal hatte er Eickmann geheimnisvoll einbestellt, um dann Belangloses zu verkünden.

»An einen Dienstwagen ist heute nicht zu denken, ich hab schon nachgefragt – alles ist in Aufregung wegen der Hungerkrawalle in Kiel«, setzte Meyer seine Ausführungen fort. »Der nächste Zug geht in einer Stunde.«

Eickmann dachte mit Sorgen an die Ausschreitungen. Wenn die Leute gleich bei Ausbruch des Krieges in ihren Gärten Kartoffeln und Rüben angepflanzt hätten, gäbe es jetzt keinen Grund, auf die Straße gehen. Aber damals hatte kaum jemand an so etwas gedacht und die staatlichen Stellen hatten es nicht propagiert. Im Gegenteil, der Staat hatte die Euphorie befördert und die Bevölkerung glauben lassen, dass der Große Krieg in kürzester Zeit gewonnen sein würde. Als sich nach einem Jahr die ersten Versorgungsengpässe abzeichneten, gingen viele Leute zur Selbstversorgung über, doch es war bereits zu spät.

»Sollen wir uns in der Zwischenzeit mit dem Haftbefehl für Frau Petersen beschäftigen?«, fragte Meyer.

»Bereiten Sie den Antrag schon mal so weit vor. Bevor wir ihn losschicken, warten wir ab, was Professor Ziemke zu sagen hat.«

Die Fahrt nach Kiel dauerte mit dem Zug und Omnibus nicht länger als mit dem Automobil, sie ging sogar schneller. Aber sie war deutlich weniger komfortabel.

Nun standen Eickmann und Meyer vor dem Eingang des Kieler Instituts für Gerichtliche Medizin, das in einem

Flügel des Pathologischen Institutes in der Hospitalstraße untergebracht war. Sie gingen hinein und stiegen die Treppe hinunter ins Souterrain. Es wurde dunkler, der Linoleumboden quietschte, die Schritte hallten durch den Gang. Immer wenn Eickmann die Gerichtsmedizin betrat, fragte er sich, ob Besucher hier absichtlich eingeschüchtert wurden.

Professor Ziemke kam den Kriminalisten lächelnd, kauend und mit einem Butterbrot in der Hand entgegen. Er entschuldigte sich für sein Benehmen – seit dem Frühstück habe er nichts gegessen – und führte seine Besucher in den großen Sektionssaal: Steinfußboden, an den Wänden gelbe Kacheln, fünf Sektionstische mit Granitplatten, einige Rollwagen und Beistelltische mit brutalen Werkzeugen, verschiedene Moulagen auf einem Wandregal. Ein Sektionshelfer mit gewachster weißer Schürze hatte gerade flüssige menschliche Überreste in einen Gully gespült und wischte gerade den Boden trocken. Es war deutlich ungemütlicher als in einem polizeilichen Vernehmungsraum.

Der Professor führte seine Besucher zu zwei Sektionstischen und schlug die darüber geworfenen Tücher mit der rechten Hand zurück, während er in der linken sein Brot hielt. Zum Vorschein kamen die ausgehöhlten Überreste des Hauptmanns und seiner Frau. Was sich nicht mehr im Körper der beiden befand, lag als roter, gelblicher oder weißlicher Klumpen in emaillierten Schalen auf einem Beistelltisch.

»Wir sind gerade fertig geworden«, sagte der Gerichtsmediziner und kaute weiter. »Es wird Sie nicht weiter verwundern: Die beiden sind tatsächlich vergiftet worden.« Ziemke hüstelte kurz, er hatte sich an einem Brotkrümel verschluckt. Dann fuhr er fort: »Merkwürdig ist allerdings, dass sie an zwei verschiedenen Giften starben. Bei dem Mann fanden wir Atropin, das Gift der Tollkirsche. Er hat es mit Weinbrand, der sich in dieser Metallflasche befand, zu sich genommen.« Ziemke deutete auf den Flachmann, der neben den Emailleschalen lag. »Die Frau starb an Physostigmin, dem Gift der Kalabarbohne. Es war im Rührkuchen enthalten.«

Eickmann nickte, obwohl er mit dieser Information nichts anfangen konnte. Ihm fehlte auch jede Vorstellung, ob sie überhaupt von Bedeutung war.

Meyer dagegen hatte eine Idee. »Zwei Gifte, zwei Täter«, sprudelte es aus ihm heraus.

»Ja sicher«, antwortete Eickmann, »zwei Täter schlagen unabhängig voneinander zufällig zur selben Zeit zu.« Dann wandte sich Eickmann dem Professor zu. »Kann es ein Unfall gewesen sein?«

Ziemke schüttelte den Kopf. »Beide Stoffe kommen in privaten Haushalten normalerweise nicht vor. Sie werden in der Medizin eingesetzt, in der Augenheilkunde vor allem. Doch kein Arzt würde so etwas seinen Patienten mit nach Hause geben. Allenfalls das Atropin vielleicht, es wird bei bestimmten Herzkrankheiten eingesetzt. Aber keiner der beiden Opfer litt an einer solchen Krankheit.«

Eickmann warf Meyer einen Blick zu, was bedeutete, dass hierzu ermittelt werden sollte: den Hausarzt der Opfer befragen, auch das Hausmädchen, in der Wohnung nach entsprechenden Medikamenten suchen. Meyer verstand, zog einen Schreibblock aus der Jackentasche und machte sich Notizen.

»Aber wenn es nicht zwei Täter waren, warum dann zwei Gifte?«, fragte der Assistent anschließend und es klang ein wenig nach Trotz.

»Vielleicht hatte der Täter von einem Gift nicht genug für beide Opfer«, mutmaßte Eickmann.

»Die Opfer hatten jeweils genug Gift für beide in ihren Körpern«, warf Ziemke ein.

Die Herren schauten einander stumm an, das Rätsel würde jetzt wohl nicht gelöst werden.

Eickmann trat an den Beistelltisch heran und nahm den Flachmann in die Hand. »Hier war der Weinbrand drin?«, fragte er.

»Ja. Und der Kuchen lag da drauf.« Ziemke zeigte auf ein Papptablett. »Vermutlich in Wachspapier gehüllt.«

Eickmann stutzte. »Gundel Petersen sagte aus, Weinbrand und Kuchen seien am Vorabend noch nicht da gewesen.«

»Würde ich auch sagen an ihrer Stelle«, entgegnete Meyer und hörte sich dabei noch immer trotzig an.

»Gab es nicht einen Geschenkkarton? Wo ist der?«, fragte Eickmann.

Ziemke zog die Schultern hoch. »Wahrscheinlich in der Asservatenkammer, nehme ich an.«

Jetzt mischte sich der Sektionshelfer ein. »Der ist drüben«, sagte er, verschwand kurz und kam mit einem Karton wieder. »Der wurde zusammen mit den Speiseproben hergebracht.«

Eickmann und Meyer betrachteten den Karton skeptisch. Eine Geburtstagskarte lag darin und wies den Schenker aus: ein Wilhelm Kosniak aus Köln. Die Ermittler legten das Papptablett und den Flachmann hinein – es passte.

XI

Eine Spieldose fiel zu Boden und sprang auf. Kleine Stahlzungen vibrierten, als die Stifte der Messingwalze an ihnen vorbeizogen, und die Melodie von ›Üb immer Treu und Redlichkeit‹ erklang. Rosenbaum hob die Dose auf und reichte sie einer verhärmten Frau im Rollstuhl, der sie vom Schoß gefallen war.

»Die gehört Bruno«, sagte sie. »Er ist so ein guter Junge. Morgen kommt er mich besuchen.«

Rosenbaum lächelte die Frau an.

»Das ist Hilde«, sagte sie und zeigte eine Fotografie vor, die sie in der Hand hielt. »Sie kommt übermorgen.«

»Ein hübsches Mädchen«, antwortete Rosenbaum. »Meine Tochter heißt auch Hilde.« Er tätschelte die Schulter der Frau und ging weiter.

Ein Krankenwärter führte Rosenbaum zum Direktor der Nervenklinik, vorbei an Menschen mit stumpfen Blicken oder eigentümlicher Mimik. Manche grüßten freundlich, einige sagten etwas, das Rosenbaum nicht verstand, andere grunzten oder stöhnten.

Die Klinik war 15 Jahre zuvor gebaut worden, nach modernen psychiatrischen Erkenntnissen, mit viel Licht, Luft und Grünlagen und weithegend ohne Gitter vor den Fenstern. Sie lag ein wenig abseits am Düsternbrooker Gehölz. Menschen hatten nicht gern Irre als Nachbarn, also waren die Nachbarn der Irren Bäume.

Professor Ernst Siemerling war ein vornehmer, nahezu kahlköpfiger Mann mit feingliedrigen Händen, weißem Schnurrbart und Nickelbrille. Er genoss unter Fachkollegen einen hervorragenden Ruf und hatte seine Irren gern. Bereits früh war er gegen ihre Diskriminierung eingetreten. Er lehnte den üblichen Begriff ›Irrenhaus‹ ab und setzte für sein Haus die offizielle Bezeichnung ›Psychiatrische und Nervenklinik‹ durch – mit mäßigem Erfolg, die Kieler hatten andere Bezeichnungen dafür: ›Spökelbarg‹, ›Klapsmöhl‹ und manchmal euphemistisch ›Villa Siemerling‹.

Als Rosenbaum ihm die Nachricht vom Tod seines Oberarztes überbrachte, sank er mit offenem Mund in seinen Sessel. Er erkundigte sich stotternd nach den Umständen des Todes und dem Befinden der Witwe. Als er sich ein paar Minuten später wieder gefangen hatte, konnte Rosenbaum seine Fragen stellen.

»Frau Althoff erwähnte, dass es für ihren Mann in letzter Zeit viel Ärger in der Klinik gegeben hat. Was für eine Art Ärger war das?«

»Nichts Besonderes. Meinungsverschiedenheiten im beruflichen Bereich. Nichts Persönliches.«

»Aber immerhin so besonders, dass es Dr. Althoff zu schaffen machte.«

Siemerling schaute Rosenbaum an, als wäre die Bemerkung ehrenrührig gewesen. »Dr. Althoff war ein engagierter Arzt, dem das Wohl seiner Patienten am Herzen lag, und manche von ihnen tragen ein schweres Schicksal mit sich. Das kann einen schon mal bis nach Hause verfolgen.«

»Natürlich. Was waren das denn im Einzelnen für Schicksale?«

»Ich kann ihnen jetzt unmöglich die Behandlungsdetails unserer Patienten darlegen. Wir haben hier 250 nervöse und psychiatrische Patienten und zusätzlich 110 chirurgische. Ich selbst kenne nur einen Bruchteil unserer Akten.«

»Aber über diejenigen, deren Schicksal einen bis nach Hause verfolgen, wissen Sie vielleicht mehr.«

»Tut mir leid.«

Rosenbaum schaute den Professor eine Weile stumm an. Weiterbohren hatte wenig Sinn. »Hatte Dr. Althoff eigentlich etwas mit Seefahrt zu tun?«, fragte er.

»Nicht dass ich wüsste.«

»Oder mit Schwarzmarkthandel?«

Siemerling blickte zum Fenster und schluckte. »Ich verstehe Ihre Frage nicht.«

»Ich meine, wie ist denn die Versorgungslage an Ihrer Klinik? Haben die Patienten genug zu essen?«

»Die Versorgungslage ist miserabel. Wie an allen Kliniken. Wie überall. Außer vielleicht bei der Marine. Was man so hört.«

»Könnte es da nicht sein, dass ein engagierter Arzt versucht, für seine Patienten neue Versorgungsquellen zu erschließen?«

»Davon weiß ich nichts.« Siemerling stand von seinem Sessel auf, ging zum Fenster und blickte in den Garten, in dem es von Patienten und Krankenwärtern nur so wimmelte. Er schaute auf sie wie ein Hirte auf seine Schäfchen. Dann drehte er sich zu Rosenbaum um. »Und ich glaube das auch nicht. Unsere Patienten werden schlecht versorgt, aber sie werden versorgt. Keiner wird hier verhungern. Sie haben ganz andere Probleme.«

»Na schön«, sagte Rosenbaum mit dem sich verdichtenden Gefühl, dass der Professor mauerte. »Was waren denn die Aufgaben von Dr. Althoff?«

»Er war mein Vertreter. Darüber hinaus hat er sich auf die Forschung konzentriert. Er bereitete seine Habilitation vor.«

»Zu welchem Thema?«

»Schizophrenie.«

»War er Ihr einziger Oberarzt?«

»Er saß auf der einzigen Planstelle. Wir haben allerdings noch einen chirurgischen Oberarzt, Dr. Schwarzenfeld, dazubekommen, seit wir hier auch Kriegsverletzte behandeln.«

»Kriegsverletzte?«

»Die Lazarette des Militärs sind voll. Da müssen wir aushelfen wie alle zivilen Krankenhäuser. In erster Linie bekommen wir Soldaten mit Giftgasverätzungen, Kriegsirre, aber auch rein chirurgische Fälle. Hinzu kommt, dass auch die Zivilbevölkerung vermehrt den Krieg nicht aushält. Planmäßig haben wir 139 Betten, aber zeitweise bis zu 400 stationär versorgte Patienten. Wenn wir es verantworten können, entlassen wir die Leute nach Hause. Aber oft können wir es nicht verantworten.« Siemerling winkte Rosenbaum zu sich ans Fenster und deutete dann auf einen Mann, der mit Atemmaske und Sauerstoffflasche auf einer Parkbank saß. »Schauen Sie den, Lungenverätzung durch Chlorgas. Er hat Glück gehabt, er wird durchkommen. Er ist so stabil, dass er mit Sauerstoffversorgung zu Hause im Wohnzimmer sitzen könnte. Aber er hat niemanden, der sich dort um ihn kümmert. Also können wir ihn nicht entlassen.«

Neben dem Mann saß ein anderer, ohne Atemmaske, der ständig hüstelte und dessen Brustkorb sich schnell hob und senkte.

»Und der daneben?«, fragte Rosenbaum.

»Ein Simulant. Wird morgen entlassen. Dann kommt er entweder wegen Defätismus vors Kriegsgericht oder man schickt ihn zurück an die Front.«

Rosenbaum nickte. Er verstand, dass das Betreiben einer Klinik in Zeiten unzureichender Kapazitäten ein schwieriges Geschäft war.

»Sie sprachen vorhin von Kriegsirren. Was muss ich mir darunter vorstellen?«, fragte er.

»Jeder Mensch verträgt nur ein bestimmtes Maß an Grauen. Die Grenze mag individuell verschieden sein, aber jeder Mensch hat eine Grenze, jenseits der er irrewird. Auch Soldaten.«

»Und wie äußert sich das?«

»Manche bringen sich um, manche bringen andere um. Viele können nicht mehr schlafen, sie reden nicht, essen nicht, trinken nicht. Einige haben Wahnvorstellungen, hören Stimmen und Detonationen oder sehen gefallene Kameraden. Bei manchen ist das Gehör beeinträchtigt, bei anderen das Schmerzempfinden ausgeschaltet. Und schauen Sie, der da vor dem Pavillon.« Siemerling zeigte auf einen jungen Mann, Anfang 20 mit kahl geschorenem Haupt, der auf einem Stuhl saß und mit Kopf, Armen und Beinen zappelte, als jagten permanent Stromstöße durch seinen Körper. Zwei Krankenwärter versuchten mehrmals, ihm auf die Beine zu helfen, aber er sank immer wieder in seinen Stuhl zurück.

»Ein Kriegszitterer. Viele von denen sterben, weil sie nicht mehr schlucken können.«

»Was ist der Auslöser?«, fragte Rosenbaum. »Giftgas?«

»Das hat man tatsächlich zuerst vermutet, weil es die Zitterer in früheren Kriegen nicht gab. Es sind aber auch Soldaten erkrankt, die nie einem Giftangriff ausgesetzt waren. In der Forschung meint man heute mehrheitlich, dass die Störungen durch Knall oder Druckwellen explodierender Granaten ausgelöst werden, wodurch kleine Gehirnerschütterungen entstehen, die sich bei einem mehrtägigen Dauerfeuer aufsummieren. Ich denke aber eher, dass es sich um ein psychiatrisches Phänomen handelt: Es sind Neurosen als Folgen des Zwangs, trotz einer unbezwingbaren Angst weiterkämpfen zu müssen.«

»Dann sind es alles Simulanten?«

»Nein, das würde ich nicht sagen. Simulanten täuschen absichtlich Symptome vor. Die mag es auch geben, aber die meisten Kriegsneurotiker entwickeln die Symptome unwillkürlich.«

»Wie kann man das denn unterscheiden?«

»Schwer. Einige Kollegen denken, dass Simulation vorliegt, wenn die Symptome erstmals Wochen nach dem letzten Fronteinsatz auftreten. Aber wenn sie, wie ich meine, nicht allein durch die Erinnerung an das Geschehene ausgelöst werden, sondern durch die Angst, das Geschehene würde sich wiederholen, ist dieses Argument nicht schlüssig.«

»Und wie behandeln Sie diese Männer?«

»Wir haben noch keine wirksame Therapie. Dafür ist das Phänomen zu neu. Manche Kollegen experimentieren mit Schocktherapien. Sie vermuten, dass ein Zustand, der durch einen psychischen Schock ausgelöst wurde, auch durch einen psychischen Schock wieder beendet werden kann. Andere versuchen, gezielt Ängste auszulösen. Bei Patienten, die nicht sprechen, werden beispielsweise Sonden in den Kehlkopf verbracht, um ein Erstickungsgefühl zu provozieren. Es wird berichtet, dass einige Patienten dann anfangen zu schreien und manche danach sogar wieder sprechen. Bei uns führen wir so etwas aber nicht durch. Wir versuchen stattdessen, die Patienten dazu zu bringen, ihre Traumata noch einmal zu durchleben und dadurch die Ängste in den Griff zu bekommen. Aber eigentlich tappen wir im Dunkeln, wie alle anderen Kollegen auch.«

»Das heißt, es ist möglicherweise ein Dauerzustand? Es wird sich nie bessern?«

»Wir wissen es nicht.«

Rosenbaum war beeindruckt. Im Krieg litten die Menschen, und sie litten schwer. Das wusste er. Daran, dass die

Leiden auch seelisch sein konnten, hatte er nie gedacht. Er schaute sich den Zitterer, den Mann mit der Atemmaske und einige andere Gestalten an, die den Garten bevölkerten. Für kurze Zeit verlor er sich in den Abgründen menschlicher Schicksale. Albert tauchte vor ihm auf, wie er bald mit Tränen auf den Wangen im Schützengraben liegen würde. Der Zitterer fiel von den Beinen und katapultierte Rosenbaum in die Gegenwart zurück.

»Kommen wir wieder zu Dr. Althoff«, sagte er. »Er war also Nervenarzt. Und der andere Oberarzt ist Chirurg. Dann haben die beiden also nicht miteinander konkurriert?«

»Nein. Dr. Althoff und Dr. Schwarzenfeld verstanden sich sogar ausgesprochen gut.«

Rosenbaum bat darum, mit Schwarzenfeld und dem weiteren Personal, mit dem Althoff enger zusammengearbeitet hatte, sprechen zu können. Siemerling ließ ein paar Assistenzärzte, Krankenwärter und Wärterinnen hereinrufen. Die Ärzte waren an ihren langen weißen Kitteln zu erkennen, die Wärter an ihrer kräftigen Statur, die Wärterinnen ebenfalls. Sie betraten zögerlich den Raum, wie Primaner, die etwas ausgefressen hatten und nun zum Direktor mussten. Siemerling stellte Rosenbaum vor, teilte mit, dass Althoff Opfer eines Gewaltverbrechens geworden war und übergab das Wort an den Kommissar. Rosenbaum erklärte, ein Zusammenhang mit der beruflichen Situation Althoffs könne nicht ausgeschlossen werden. Das versammelte Personal war entsetzt. Auch Siemerling traf die Brutalität der Worte offensichtlich härter, als Rosenbaum erwartet hatte.

Es klopfte an der Tür, die Sekretärin kündigte »ein Fräulein Kuhfuß von der Polizei« an. Hedi war aus der Gerichtsmedizin zurückgekehrt und hierher gefahren. Sie stellte sich neben Rosenbaum, wobei sie kurz in seine Richtung nickte, ein Zeichen, dass Frau Althoff die Leiche ihres Mannes identifiziert hatte.

Rosenbaum fuhr mit seinen Ausführungen fort. Dann bat er darum, etwaige Beobachtungen in Bezug auf Dr. Althoff mitzuteilen, wie er als Mensch war und als Kollege, und ob es in letzter Zeit besondere Vorkommnisse gegeben habe. Niemand meldete sich, weshalb Rosenbaum darauf aufmerksam machte, dass auch Kleinigkeiten hilfreich sein könnten. Die Anwesenden schwiegen weiterhin. Aber Unbehagen war zu spüren. Kurze Blicke zu den Kollegen und zu Siemerling, lange Blicke auf die eigenen Schuhspitzen.

»Wir gehen zu Einzelbefragungen über«, entschied Rosenbaum und bat Siemerling darum, zwei Räume zur Verfügung zu stellen.

*

Kurz darauf bezog Hedi im Erdgeschoss eine Ecke des Speisesaals. Sie hatte nacheinander mit acht Assistenzärzten und Wärtern zu sprechen, zuerst mit Dr. Neumann, einem der jungen Ärzte.

»Hier herrscht Raumnot, nicht wahr?«, sagte sie zur Einleitung.

»Die Schlaf- und Aufenthaltsräume der Patienten befinden sich hauptsächlich im Erdgeschoss, die Behandlungs- und Verwaltungsräume in den Obergeschossen«, erklärte Neumann.

»Das ist eher ungewöhnlich, nicht?«, fragte Hedi nach.

»Die Anlage wurde so konzipiert, dass auf Fenstergitter weitgehend verzichtet werden kann. Die Patienten sollen sich möglichst wenig in den Obergeschossen aufhalten, damit sie sich nicht in den Tod stürzen können.«

»Und hilft es?«

»Wenn sich einer wirklich umbringen will, findet er andere Mittel und Wege«, antwortete Neumann und stöhnte. »Bei der jetzigen Überbelegung geht sowieso alles durcheinander.«

»Die Überbelegung wegen der Soldaten?«

»Ja, und manchmal kommen deren Angehörige nach«, antwortete Neumann.

Hedi verstand seine Anmerkung nicht.

»Haben Sie die Frau im Gang vor dem Speisesaal gesehen?«, fragte er. »Sie spricht nicht mehr, geht seit Wochen nur auf und ab, seit sie die Nachricht bekommen hat, dass ihr Sohn an der Front gefallen ist. Und schauen Sie dort, die Frau im Garten.« Neumann deutete aus dem Fenster. »Erst starb die Tochter an Auszehrung, zwei Monate später starb der Sohn. Ihr Mann kommt sie täglich besuchen, aber an manchen Tagen erkennt sie ihn nicht mal. Die Natur hat nicht vorgesehen, dass die Kinder vor den Eltern sterben.«

Hedi sah die Frau im Rollstuhl unter einer Kastanie sitzen und mit den Fingern zärtlich über ein Foto streichen. Ihr Mann saß ihr gegenüber auf einer Parkbank, beugte sich vor und streichelte ihre Wange. Er sprach zu ihr, obwohl sie nicht zuzuhören schien. Mehrmals schaute er auf und einmal blickte er in Hedis Richtung. Sie schaute schnell weg. Die Situation war eigenartig, der Mann war eigenartig. Kein Wunder, dachte sich Hedi.

»Ist die Frau selbstmordgefährdet?«, fragte sie.

»Ich denke aktuell nicht. Sie lebt in einer Art schizophrenen Traumwelt. Sollte sie eines Tages daraus erwachen, kann es aber kritisch werden.«

Sie waren vom Thema abgekommen. Hedi hatte es schwer, sich auf den Mordfall zu konzentrieren. Diese Klinik stellte einen eigenen Kosmos dar, in dem alles anders war als draußen. Die Menschen waren anders, die Patienten und in gewisser Weise auch das Personal. Zurück zum Thema.

»Wie oft kommt es denn vor, dass sich einer umbringt?«, fragte Hedi.

»Ich würde sagen: Einmal pro Woche versucht es einer und einmal pro Monat schafft es einer.«

»Und das kann man nicht verhindern?«

»Wenn man die Leute einsperrt und fesselt, ihnen die Gürtel wegnimmt und zum Essen kein Besteck aushändigt, wenn man sie in den Waschräumen und auf den Toiletten beaufsichtigt, dann könnte man einiges verhindern. So war es früher üblich und wird in vielen Psychiatrischen Anstalten auch heute noch so gehandhabt. Die meisten Patienten treibt man damit aber nur noch tiefer in ihre Krankheit. Deshalb gehen wir hier ein gewisses Risiko ein. Und manchmal scheitern wir.«

»Das ist für das Personal bestimmt sehr belastend.«

»Man gewöhnt sich daran. Ich bin jetzt ein halbes Jahr hier, und ich hab mich daran gewöhnt. In anderen Krankenhäusern sterben die Patienten auch.«

»Aber in anderen Krankenhäusern sterben die Patienten an ihren Krankheiten.«

»Hier auch.«

»Ja. Selbstverständlich«, sagte Hedi und errötete. Selbstverständlich, eine seelische Krankheit ist eine Krankheit, dachte sie. Im Grunde war es ihr klar, manchmal aber auch nicht.

»Vielen Leuten fällt es schwer zu akzeptieren, dass es Krankheiten gibt, die man organisch nicht nachweisen kann«, sagte Neumann.

Hedi bat um Entschuldigung und Neumann entschuldigte.

»Wenn Sie erst ein halbes Jahr hier sind, können Sie wahrscheinlich über Dr. Althoff nicht allzu viel sagen?«, fragte Hedi.

»Ich hatte nicht viel mit ihm zu tun. Er schien mir sehr korrekt zu sein, sehr förmlich. Vielleicht überkorrekt.«

»Was meinen Sie damit?«

»Er soll manchmal sehr unerbittlich mit Patienten umgegangen sein und wurde dann vom Chef zurechtgewiesen.«

»Genauer?«

Neumann zögerte. »Ich weiß nichts Genaues. Das sind alles nur Gerüchte.«

»Hatte Dr. Althoff Feinde?«

Neumann zog die Schultern hoch. »Ich kann Ihnen nichts weiter sagen.«

Hedi stellte noch ein paar Fragen zu Althoff. Neumann konnte sie nicht beantworten oder er wollte es nicht.

*

Rosenbaum hielt seine Befragungen im Personalraum im Obergeschoss ab. Zuerst nahm er sich Dr. Schwarzenfeld, den chirurgischen Oberarzt, vor.

Er war ein rundes kleines Männchen, wirkte wie Anfang 50, dürfte aber viel jünger gewesen sein. Seine Bäckchen glänzten rot, seine Äuglein lagen tief in ihren Höhlen, sein Lächeln war schmierig. Und er wusste nicht viel von seinem Oberarztkollegen. Man habe zwar organisatorisch zusammengearbeitet, aber medizinisch habe er sich um Arme, Beine und Bäuche gekümmert und Althoff um Köpfe. Was Althoff für ein Mensch gewesen sei, wisse er nicht, seine berufliche Qualifikation könne er nicht beurteilen und von besonderen Vorfällen nicht berichten. Schwarzenfelds Antworten waren kürzer als Rosenbaums Fragen. Der Kommissar ließ bald von ihm ab.

Auch ein weiterer Arzt und zwei Wärter schienen Althoff kaum zu kennen. Erst eine Wärterin wusste mehr: »Vor einer Woche hat es eine lautstarke Auseinandersetzung zwischen Dr. Althoff und Dr. Neuber gegeben. Ich ging gerade den Flur entlang, da stieß Dr. Neuber die Tür eines Behandlungszimmers auf und stürmte hinaus. Fast rannte er mich um. Dabei rief er ins Zimmer zurück: ›Das werden Sie noch bereuen!‹«

»Damit meinte er Dr. Althoff?«

»Sonst war niemand im Behandlungszimmer.«

»Was sollte er denn bereuen?«

»Weiß ich nicht, ich ging schnell weiter. Aber es wirkte schon sehr bedrohlich.«

»Und wer ist Dr. Neuber?«

Die Wärterin schaute Rosenbaum mit hochgezogenen Augenbrauen an. »*Der* Dr. Neuber. Von der Neuber'schen Privatklinik am Königsweg«, antwortete sie schließlich.

Rosenbaum zog ebenfalls die Augenbrauen hoch: *der* Dr. Neuber.

Dr. Gustav Adolf Neuber war eine Institution in Kiel. Im Arbeiterviertel Gaarden betrieb er eine Chirurgische Klinik für Patienten der dritten Klasse, am Königsweg eine Klinik für Patienten der zweiten Klasse und in seiner Privatvilla, zwei Häuser daneben, ließ er die Patienten der ersten Klasse versorgen. Es hieß, dass die Klinik am Königsweg bei Weitem genug abwarf, um ein standesgemäßes Auskommen zu sichern, und dass die Klinik in Gaarden keine Gewinne einfuhr. Trotzdem brachte Neuber einen großen Teil seiner Arbeitszeit in Gaarden zu. Er wurde gefeiert bei Arm und Reich.

»Was macht denn Dr. Neuber bei Ihnen?«, fragte Rosenbaum.

»Manchmal gibt er chirurgische Patienten an uns ab. Erst

werden sie am Königsweg operiert – wir haben hier nämlich keine richtigen Operationssäle – und dann werden sie hierher verlegt. Hin und wieder kommt Dr. Neuber vorbei, um nach dem Rechten zu sehen. Ich glaube, er traut uns die Chirurgie nicht so richtig zu.«

»Davon weiß ich nichts«, sagte Professor Siemerling und es hörte sich an wie: ›das ist doch dummes Zeug‹. Schwarzenfeld schüttelte den Kopf. Die beiden Ärzte hatten im Direktionszimmer zusammengesessen, als Rosenbaum hereinplatzte und sie mit der mutmaßlichen Auseinandersetzung zwischen Althoff und Neuber konfrontierte.

»Türknallen und Schreie sind in einer Nervenklinik nichts Besonderes«, ergänzte Schwarzenfeld.

Offensichtlich waren die Ärzte brüskiert und versuchten, es zu überspielen, Siemerling eher mit Entrüstung, Schwarzenfeld mit Süffisanz.

»Aber irgendeinen Konflikt muss es doch gegeben haben, nicht wahr?«

Der Professor und sein Oberarzt schauten sich stumm an. Sie mauerten, das war klar.

»Wissen Sie, Herr Kommissar, wir sind eine Universitätsklinik«, sagte Siemerling. »Wir betreiben Forschung. Und in Grenzfällen ist es bei neuen Methoden nicht immer ganz eindeutig, wie weit man gehen darf.«

»Und wie weit ging Dr. Althoff?«

»Weit.«

»Und das hat Dr. Neuber kritisiert?«

»Der Kollege Neuber ist Chirurg. Er spricht mit seinen Patienten darüber, wie er sie behandeln soll. Das ist bei psychiatrischen Patienten so nicht möglich. Sie sind nicht einsichtig. Entweder behandeln wir sie, wie wir es für richtig halten, auch gegen ihren Widerstand, oder wir lassen es sein. *Wenn* wir es tun, sind sie uns im Nachhinein oft dankbar.«

»Aber oft auch nicht?«

»Oft schlägt eine Behandlungsmethode nicht an. Das ist in der Chirurgie nicht anders.«

»Was sind denn das für Methoden?«

»In den letzten Jahren wurde die Beobachtung gemacht, dass sich Schockzustände bei bestimmten psychiatrischen Erkrankungen günstig auswirken können. In geeigneten Fällen kann man versuchen, einen solchen Schock künstlich herbeizuführen, durch Insulin oder elektrischen Strom zum Beispiel. Aber da stehen wir erst ganz am Anfang der Forschung.«

»Hatten Sie nicht vorhin gesagt, dass Sie Schocktherapien nicht durchführen?«

»Das ist etwas anderes. Erstickungsgefühle zu provozieren, ist Barbarei. Insulin und Elektrizität hingegen erzeugen im Wesentlichen nur körperliche Schocks.«

»Und das war das Forschungsgebiet von Dr. Althoff?«

»Ja, im Zusammenhang mit Schizophrenie und Melancholie.«

»Und darüber sind Dr. Althoff und Dr. Neuber letzte Woche in Streit geraten?«

»Ich kann Ihnen wirklich nicht sagen, worum es im konkreten Fall ging.«

»Dann frage ich am besten Dr. Neuber.«

»Tun Sie das.«

Rosenbaum verabschiedete sich. Kurz darauf war auch Hedi mit ihren Befragungen fertig und die beiden verließen die Klinik. Hedi atmete auf und auch Rosenbaum war froh, den Ort des Irrsinns zumindest vorübergehend hinter sich zu lassen. Als sie am Automobil ankamen, setzte sich

Rosenbaum auf den Fahrersitz und teilte Hedi ihr Fahrtziel mit: die Neuber'sche Klinik im Königsweg. Sie tauschten sich über ihre neuen Erkenntnisse aus und bestätigten einander den Eindruck, dass ihnen Informationen vorenthalten worden waren. Sonst redeten sie nicht viel. Sie nahmen den Weg an der Bellevuebrücke vorbei, schauten auf den Anleger und das Wasser und die Wolken am Himmel, als hofften sie, dort den Namen des Täters geschrieben zu sehen. Weiter ging es durch die Altstadt und die Vorstadt. Sie lauschten dem Tuckern des Motors und beobachteten die Menschen, die mehr oder weniger seelisch gesund durch die Straßen hasteten. Es waren nur wenige Leute unterwegs und sie hatten es eilig. Die ›Sonderkomm. Krawall‹ hatte aufgerufen, möglichst in den Häusern zu bleiben und eine Ansammlung von mehr als zwei Personen unter freiem Himmel zu vermeiden. Die Last des Irrsinns drückte auf Rosenbaums Seele.

»Vielleicht ist es wirklich nicht gut«, sagte er in das monotone Tuckern hinein. »Wenn man einen Irren nur mit Methoden heilen kann, die wie Folter aussehen, vielleicht sollte man wirklich nicht darüber sprechen.«

Dann sprachen sie kein Wort mehr.

XII

Erika Bangert summte die Melodie der Spieldose mit. Joseph Bangert konnte nicht gut singen, er sprach den Text im Rhythmus des Liedes: »… bis an dein kü-hü-le-hes Grab.« Dabei lächelte er seine Frau an.

»Die gehört Bruno«, sagte Erika und lächelte zurück.

»Du bist ganz dürr. Du musst mehr essen«, sagte Bruno und dachte an Hildchen.

Sie war auch ganz dürr geworden, über Monate hinweg immer dünner und schwächer. Zum Schluss hatte eine einfache Erkältung ausgereicht, ihr Leben zu beenden. Es lag nicht daran, dass sie zu wenig zu essen hatten. Hildchen aß ihre Portionen nicht auf, manchmal rührte sie sie nicht einmal an. Sie half im Krankenhaus aus, von der Schule wurde sie dafür freigestellt. Sie half, die Mahlzeiten für die Patienten zuzubereiten, manche Patienten wurden von ihr gefüttert und selbst hatte sie kaum etwas gegessen. Sie hatte sich vor Sorge um ihren Bruder verzehrt, um Bruno.

»Ich sag der Wärterin, sie soll darauf aufpassen, dass du deine Mahlzeiten aufisst«, sagte Bangert.

Erika schloss die Spieldose und betrachtete Hildchens Foto. »Das ist Hildchen«, sagte sie und strich zärtlich mit der Hand darüber.

»Ja«, antwortete Bangert, was sollte er sonst sagen.

Er betrachtete seine Frau. Vor ein paar Monaten war sie noch voller Tatkraft gewesen und voller Zuversicht, dass es Hildchen bald besser gehen, der Krieg bald enden und Bruno gesund nach Hause kommen würde. Sie war eine schöne Frau gewesen und jetzt konnte man sie kaum wiedererkennen.

Noch vor einem halben Jahr war sie fast so schön gewesen wie vor 25 Jahren am Tag ihrer Hochzeit. Nie war sie schöner gewesen als an jenem Tag. Sie waren schon drei Jahre verlobt und eigentlich wollten sie mit der Heirat warten, bis Bangert eine Familie ernähren konnte. Doch ein ungestilltes körperliches Begehren erreichte unerträgliche Dimensionen, Bangert konnte nicht mehr warten und vorehelicher Verkehr war für ihn – streng protestantisch und mit evangelikalen Einflüssen erzogen – nicht vorstellbar. Also heirateten sie, obwohl Bangert keine feste Arbeit hatte.

Sie zogen von Wolgast in das wirtschaftlich aufstrebende Kiel, wo Bangert sich eine Anstellung in seinem erlernten Beruf als Konditor erhoffte. Tatsächlich konnte er bald eine gute Stelle ergattern, später war er sogar für ein paar Jahre Pâtissier im Restaurant des Kaiserlichen Yacht-Clubs. Sie fanden auch eine hübsche Wohnung in der Sternstraße zwischen Wilhelmplatz und Hohenzollernpark – keine Selbstverständlichkeit am Ende des 19. Jahrhunderts in Kiel, als der Wohnungsbau mit dem wirtschaftlichen Aufschwung der Stadt nicht Schritt halten konnte.

Bruno wurde geboren, später Hildchen. Sie waren eine glückliche Familie. Vielleicht nicht außergewöhnlich glücklich, hin und wieder gab es auch Probleme. Bruno war als Kind ein Rabauke, jedenfalls in Bangerts Augen. Wenn er auf die eine Wange geschlagen wurde, mochte er nicht die andere hinhalten, auch wenn das gegen die evangelikale Lehre war. Und Hildchen war immer ein wenig kränklich, ein Grund, weshalb Bangert nie Geld und Zeit genug hatte, zur Meisterschule zu gehen, obwohl es sein Traum gewesen war, eine eigene Konditorei zu eröffnen. Sie waren vielleicht keine überglückliche Familie gewesen, aber eine durchschnittlich glückliche schon. Stets hatte es ein enges persönliches Band zwischen den Eltern und den Kindern gegeben. Und Bangert hatte nie aufgehört, seine Erika zu lieben. Übermorgen würden sie silberne Hochzeit haben.

»Soll ich dir den Brief noch einmal vorlesen?«, fragte Bangert.

Erika reagierte nicht. Sie war weit weg. Heute hatte sie keinen guten Tag. Bangert schaute zu einigen Patienten und Wärtern, dann auf das große Klinikgebäude. Hinter einem Fenster standen eine Frau und ein Arzt, sie unterhielten sich. Als die Frau zu Bangert herübersah, schaute er hastig weg. Er hatte sie schon einmal gesehen.

»Ach, hier sind Sie«, rief eine männliche Stimme.

Bangert drehte sich um, Oberwärter Friedrichsen hastete heran.

»Wir sitzen oft hier, meiner Frau gefällt es«, antwortete Bangert und stand von der Bank auf.

»Professor Siemerling will Sie kurz sprechen.«

»Ja, ich komme gleich«, sagte Bangert etwas zögerlich. »Ich bringe meine Frau nur kurz rein.« Dann nahm er den Oberwärter ein paar Meter zur Seite. »Ich hätte eine kleine Bitte«, flüsterte er. »Übermorgen haben meine Frau und ich Hochzeitstag und ich kann leider nicht herkommen.« Er zog umständlich eine kleine Pappschachtel aus seiner Aktentasche und öffnete sie. Zwei Kügelchen aus Schokolade lagen darin: zwei Pralinen, eine mit einer Mandel belegt, die andere mit einer Pistazie. »Die hab ich selbst gemacht«, sagte Bangert und erntete einen anerkennenden Blick des Oberwärters. Nicht wegen der Arbeit, Bangert war Konditor, er wusste, wie man Pralinen herstellte. Aber es war in diesen Zeiten nicht leicht, an die Zutaten zu kommen. Mandeln und Pistazien konnte man mit großer Anstrengung noch halbwegs legal ergattern. Sie stammten aus der Türkei und es gab passierbare Wege nach Deutschland. Aber Schokolade war selbst über den Grauen Markt so gut wie nie zu erhalten. Früher hatte man Kakao hauptsächlich aus Togo und Kamerun bezogen. Doch Togo war gleich nach Kriegsausbruch von Großbritannien und Frankreich besetzt worden und in Kamerun hatten sich die letzten deutschen Schutztruppen Anfang des Jahres ergeben.

»Würden Sie meiner Frau eine Praline geben – als Geschenk von mir? Aber erst übermorgen, das ist ganz wichtig. Die andere gebe ich ihr, wenn ich wiederkomme.«

»Welche?«

»Tja, ich kann mich nicht entscheiden. Was meinen Sie? Pistazie oder Mandel?«

»Pistazie.«

Bangerts Mundwinkel hoben sich zu einem dezenten Lächeln. »Ja, das ist eine gute Entscheidung«, sagte er.

Er nahm die Mandel-Praline aus der Schachtel, wickelte sie in ein Tuch und legte sie in seine Aktentasche. Dann schloss er sorgfältig die Schachtel mit der Pistazien-Praline und drückte sie Friedrichsen in die Hand. »Aber erst übermorgen, an unserem Hochzeitstag. Versprochen?«

Friedrichsen versprach es, zwinkerte Bangert zu und verschwand. Bangert schaute ihm nach, drehte sich zu seiner Frau und schob sie ins Haus.

»Hier ist es nicht gut für dich«, sagte er und tätschelte ihr Haar. »Ich bring dich hier weg, dorthin, wo es schön ist. Bald, ganz bald. So Gott will. Ich bin sicher, dass er es will.« Er kniete sich vor sie und strich ihr eine Haarsträhne aus dem Gesicht. Er müsse jetzt weg, flüsterte er ihr dabei zu, zuerst müsse er zum Professor und dann habe er noch etwas zu erledigen. Aber in drei Tagen würden sie sich wiedersehen, ganz sicher.

Zu Professor Siemerling ging Bangert nicht, er schlich am Pförtner vorbei und verließ die Klinik. Langsam und mit schweren Schritten stapfte er den Hügel hinab zum

Niemannsweg und wusste nicht, was er nun tun sollte. Er hatte noch etwas vor, aber dafür musste er erst mal warten. Gegenüber lag das Düsternbrooker Gehölz. Bangert überquerte die Straße und setzte sich auf einen umgefallenen Baumstamm, eine alte Buche, die vermutlich den letzten Sturm nicht überlebt hatte. Von hier aus hatte Bangert einen freien Blick auf die Zufahrt zur Irrenanstalt. Wer hier sitzt, kann sich schnell mal festklemmen, dachte er und scharrte mit dem Fuß ein wenig zwischen Stamm und Boden. Er kontrollierte den Inhalt seiner Aktentasche – alles Notwendige lag bereit – und wartete. Nach einer Weile zog er einen Brief aus der Tasche und las:

25. Dezember 1914
Liebe Eltern!
Liebe Hilde!

Die letzten Tage war es hier recht ruhig. Der Munitionsnachschub ist ins Stocken geraten und wir mussten Patronen sparen. Auch die Tommys schossen wenig.
Gestern war Heiligabend. Am Nachmittag kamen die Tommys mit weißen Fahnen aus ihren Gräben und sammelten ihre Toten ein. Der Kompaniechef sagte, wir sollten erst mal nicht schießen; wahrscheinlich ist ein Waffenstillstand vereinbart worden, von dem man uns nicht rechtzeitig Meldung gemacht hat. Wir krochen dann auch aus unseren Unterständen und suchten unsere Gefallenen. Nach einiger Zeit liefen die Männer völlig kreuz und quer, Engländer und Deutsche. Später brachten wir ihnen engli-

sche Gefallene, die wir gefunden haben, und sie brachten uns einige von unseren Kameraden. Es gab Gerüchte, dass deutsche Soldaten den Tommys ein paar Kilometer nördlich einen Schokoladenkuchen geschenkt haben sollen; wir konnten es kaum glauben.

Am Abend hielten wir gemeinsam mit den Engländern einen Gottesdienst ab, zuerst in Englisch, dann in Deutsch. Und wir sangen gemeinsam. Ich sah zum ersten Mal in meinem Leben in Ruhe einen Engländer. Die haben Tränen wie wir. Die haben Blut wie wir. Und die haben denselben Gott wie wir.

Vater, das kann doch nicht sein! Mit Gott für Kaiser und Vaterland, so ist das doch! Gott hat dem Kaiser befohlen, uns in den gerechten Krieg gegen Frankreich und England zu führen. So ist das doch!

Euer Bruno

Bangert kannte den Brief zwar auswendig, aber er musste ihn jetzt lesen. Gott war gerecht, Gott liebte ihn. Und Gott liebte Bruno. Manchmal konnte man im Weltgeschehen die Gerechtigkeit vielleicht nicht erkennen, manchmal war der Blick getrübt. Das hieß nicht, dass Gott ungerecht war. Gott war gerecht und er würde ihn führen. Er las den Brief noch einmal. Dann steckte er ihn weg und wartete. Er wusste nicht genau, wie lange er würde warten müssen, ein paar Minuten, eine Stunde; der Weg der Gerechtigkeit war lang.

Ein Automobil kam aus der Zufahrt zur Nervenklinik, bog in den Niemannsweg und anschließend in die Lindenallee. Ein Mann und die Frau von vorhin saßen darin. Auch den Mann kannte er, er wohnte am Großen Kuhberg. Bangert arbeitete stundenweise in der Bäckerei am Kuhberg, seit das Restaurant im Kaiserlichen Yacht-Club nach Kriegsbeginn hatte schließen müssen. Wenn er abends Feierabend machte, begegnete er dem Mann manchmal im Treppenhaus. Er arbeitete bei der Polizei, mehr wusste Bangert nicht über ihn. Minuten später fuhr ein Wärter der Irrenanstalt mit seinem Fahrrad die Zufahrt hinauf, um seinen Dienst anzutreten. Dann wieder minutenlang nichts, bevor eine Frau die Klinik verließ. Wahrscheinlich hatte sie gerade jemandem einen Krankenbesuch abgestattet. Dann wieder nichts.

Schließlich kam Dr. Schwarzenfeld die Zufahrt herunter, zu Fuß, wie er es immer tat. Er hatte Feierabend und wollte nach Hause in die Düppelstraße, nur ein paar hundert Meter entfernt. Bangert wusste das. Auf ihn hatte er gewartet.

Er erhob sich von seinem Baumstamm und ging im selben Moment zu Boden. »Hilfe!«, rief er und winkte Schwarzenfeld zu. »Hilfe, ich habe mir den Fuß gebrochen!«

Schwarzenfeld schaute auf, erblickte Bangert, wie er wild fuchtelnd vor dem Baumstamm lag, und eilte zu ihm herüber.

»Verdammt, verdammt!«, schimpfte Bangert, verzerrte das Gesicht und zog mit beiden Händen an seinem Bein.

»Erst mal ruhig Blut«, sagte Schwarzenfeld und kniete vor Bangert nieder. Es war nicht ganz klar, ob er Bangert oder sich selbst beruhigen wollte. Er schnaufte, ein wenig vor Aufregung, ein wenig auch vor Anstrengung, nachdem seine kurzen Beinchen den runden Körper 20 Meter im Laufschritt getragen hatten. »Wie ist denn das passiert?«, fragte er.

»Ich wollte aufstehen und dann ist der Fuß darunter gerutscht. Ich glaube der Knöchel ist gebrochen«, antwortete Bangert und verzog zum Beleg seiner Vermutung erneut das Gesicht.

Schwarzenfeld kratzte sich am Kopf. »Wir müssen den Stamm anheben«, sagte er, stand auf und klopfte sich Waldboden von der Hose. »Ich hole Hilfe.«

»Da braucht man mindestens fünf Mann, wenn nicht noch mehr«, entgegnete Bangert.

Die beiden schauten sich an.

»Vielleicht könnten wir versuchen, den Fuß frei zu graben«, schlug der Arzt vor.

Bangert nickte. Wenn Schwarzenfeld diesen Vorschlag nicht gemacht hätte, hätte Bangert ihn unterbreitet.

Der Doktor kniete sich wieder hin, beugte sich tief hinunter und begann mit den Händen, unter Bangerts Bein in Laub und Erde zu wühlen. Der Waldboden war nicht sehr dicht, man konnte ohne Hilfsmittel darin graben. Wie zufällig lag Bangerts Aktentasche neben ihm. Er öffnete sie, ergriff eine Blechdose, aus der er einen eigenartig süßlich riechenden, fast triefenden Lappen herauszog. Schwarzenfeld bekam davon nichts mit. Er war damit beschäftigt, in der Erde zu wühlen, bis Bangert ihn von hinten mit dem linken Arm umschlang und mit der freien Hand den Lappen auf Nase und Mund drückte. Schwarzenfeld wehrte sich nur geringfügig, zuerst wegen der Überraschung, dann wegen eines beginnenden Chloroformrausches. Nach drei Atemzügen war er bewusstlos.

Bangert musste kurz verschnaufen, bevor er Schwarzenfelds Atmung und dessen Puls kontrollierte. Es war riskant, jemanden mit Chloroform zu betäuben. Selbst unter den kontrollierten Bedingungen in einem Operationssaal bestand ein gewisses Risiko. Denn wenn die Dosis etwas zu gering ausfiel, erzielte es keine Wirkung, fiel sie zu hoch aus, konnte es den Tod bedeuten. Man musste den Lappen mit der richtigen Menge Chloroform tränken und sofort wegziehen, wenn Bewusstlosigkeit eintrat. Schwarzenfeld selbst hatte es ihm vor einigen Tagen gezeigt.

Bangert bedankte sich bei seinem Lappen, als wäre er ein Flaschengeist, legte ihn zurück in die Dose und diese zurück in die Tasche. Er schaute sich in alle Richtungen um. Niemand da. Dann klemmte er die Tasche unter den Arm, rannte davon und kam kurz darauf mit einem Lastwagen wieder, einem Regellaster mit Kastenaufbau, aus dem er eine Schubkarre holte und mit großer Mühe zehn Meter bis zu Schwarzenfeld schob. Der Waldboden war tief, mehrmals blieb die leere Karre fast stecken. Der Rückweg mit dem dicken, kleinen Mann als Ladung glückte jedoch nicht, nicht schiebend, nicht ziehend. Bangert verschnaufte ein wenig. Ihm blieb nichts anderes übrig, als den bewusstlosen Arzt huckepack zu nehmen. Die Last war schwer, fast wäre Bangert unter ihr zusammengebrochen. Doch mit letzten Kräften erreichte er den Laster. Er legte Schwarzenfeld vorsichtig im Laderaum ab, holte die Schubkarre nach und brauste davon.

XIII

Gustav Adolf Neuber war ein vornehmer Herr, Mitte 60, standesgemäß in Anzug, Weste, Krawatte und weißen Kittel gekleidet, mit pedantisch überkämmter Stirnglatze und festem Blick unter verquollenen Schlupflidern. Gerade kehrte er aus der Gaardener Klinik, wo er vier Stunden am Stück operiert hatte, in den Königsweg zurück, wo er bereits am Vormittag vier Stunden operiert hatte. Er war müde und abgespannt, schon seit Monaten, seit Jahren eigentlich. Das ständige Hin und Her zwischen Gaarden und dem Königsweg war nichts mehr für ihn. Und die endlosen Auseinandersetzungen mit den Universitätsprofessoren auch nicht. Er würde die Kliniken bald abgeben, zumindest eine der beiden. Aber jetzt, mitten im Krieg, ging das nicht.

Und dann Anna: Seit vielen Jahren lag sie ihm in den Ohren, dass sie die Villa gern für die Familie allein hätte und nicht mit Patienten teilen wollte. Einmal hatte sie ihm vorgeschlagen, alles zu verkaufen, aufs Land zu ziehen und dort eine Praxis zu eröffnen, eine kleine Landarztpraxis ohne Klinik. Aber Neuber war Chirurg. Ein Chirurg auf dem Land ohne Klinik, wie sollte das gehen? Egal, jetzt war es ohnehin unmöglich.

Vor ein paar Tagen hatte er ihr vorgeschlagen, ein hübsches Haus am Stadtrand zu kaufen, in Düsternbrook oder Kronshagen oder Kitzeberg vielleicht, und die Patienten in der Villa am Königsweg wohnen zu lassen. Aber jetzt wollte Anna nicht mehr. Weil die Kinder aus dem Haus seien, sagte sie. Da wolle sie sich lieber um die Kranken kümmern, als zu Hause zu vereinsamen.

Nach dem Krieg würde er die Kliniken verkaufen und sich zur Ruhe setzen. Nach dem Krieg.

Neuber saß an seinem Schreibtisch, trank einen Malzkaffee – oder was sich auch immer in der Tasse befinden mochte – und rieb sich die Augen. In einer Stunde zur Spätvisite, danach eine Beinamputation, vorher die Post erledigen.

Die Tür öffnete sich und Fräulein Schreiber kündigte einen Telefonanruf von Professor Siemerling an. Neuber stöhnte, er verspürte keine Neigung, mit Siemerling zu telefonieren. Selten war es etwas Angenehmes, was der von ihm wollte. Im günstigsten Fall ging es darum, einen Patienten zurückzuverlegen, meist gab es aber handfesten Ärger. Wie auch immer, Neuber hatte keine Lust, aber er musste den Anruf wohl entgegennehmen.

»Die Polizei war hier«, sagte Siemerling durch den Hörer. »Wegen Althoff.«

Neuber konnte mit dieser Information nicht recht etwas anfangen. Außer dass Siemerling vielleicht dachte, er hätte Althoff angezeigt. »Ich habe damit nichts zu tun«, antwortete er, um jedem Vorwurf zuvorzukommen.

»Althoff ist tot, ermordet. Wussten Sie das nicht?«

Neuber wusste es nicht und Siemerling schien sich darüber zu wundern. Neuber schluckte. Jeden Tag sah er Tote, aber wenn ein Kollege starb, war das etwas anderes. Und noch mal anders war es, wenn er ermordet wurde. Neuber brauchte Zeit, um sich darüber im Klaren zu werden, was Siemerling von ihm dachte und was er von ihm wollte.

»Jetzt ist die Polizei auf dem Weg zu Ihnen«, sagte Siemerling schließlich.

»Zu mir? Was wollen die von mir?«

»Das wissen Sie besser als ich. Jedenfalls: Passen Sie auf, was Sie sagen!«

»Drohen Sie mir?«

Siemerling antwortete ausweichend. Natürlich war es eine Drohung. Bevor das Gespräch eskalieren konnte, kam erneut Fräulein Schreiber ins Zimmer und kündigte den unangemeldeten Besuch zweier Herrschaften von der Kriminalpolizei an.

*

Die Neuber'sche Privatklinik war eine andere Art von Hospital als die Nervenklinik. Hier wurde zwar genauso gelitten und gestorben wie dort, aber leiser und friedlicher. Jedenfalls machte es auf Rosenbaum den Eindruck. Außerdem roch es hier deutlich stärker nach Lysoform und die Wärter hießen Schwestern, waren ausschließlich Frauen und hatten durchweg eine andere Statur.

Als Rosenbaum und Hedi zu Neuber vorgelassen wurden, begrüßte man sich, stellte sich vor, nahm Platz und Rosenbaum nannte den Grund seines Besuches. Neuber wirkte nervös, unsicher vielleicht. Er rieb sich die Hände als müsse er etwas tun, ohne dass ihm einfiele was.

»Sie kannten Dr. Althoff?«, fragte Rosenbaum.

»Ja natürlich. Er hat drüben bei Siemerling gearbeitet.«

»Und Sie wussten bereits, dass er tot ist?«

Das war Hedi. Bei aller Kollegialität, Rosenbaum konnte es nicht leiden, wenn ein Assistent ihn bei seinen Fragen störte. Hedi wusste das, er hatte es ihr oft genug gesagt. Doch es half nicht, nicht bei Hedi. Offenbar war sie einer spontanen Eingebung gefolgt. Auch Rosenbaum hatte den Eindruck, dass Neuber nicht überrascht war, als er von Althoffs Tod hörte, doch diese Munition hätte er sich gern für später aufgehoben. So oft hatte er Hedi erklärt, dass man einen Zeugen erst frei reden lässt und nicht sofort in die Enge treibt. Aber es half nicht, nicht bei Hedi.

»Nein, woher sollte ich das wissen?«, antwortete Neuber.

»Heute war eine Fotografie von der Leiche in der Zeitung abgedruckt«, sagte Hedi.

»Ich habe heute noch keine Zeitung gelesen. Dazu bin ich bislang nicht gekommen.«

»Ja, das kenne ich. Auch ich komme oft erst abends dazu«, sagte Rosenbaum in dem Bemühen, eine angemessene Gesprächsatmosphäre herzustellen. »Zwei Kliniken gleichzeitig zu leiten, lässt wahrscheinlich nicht mehr viel Zeit für anderes übrig.«

»Sie sagen es«, seufzte Neuber, »vor allem in Kriegszeiten.«

»Wegen der verwundeten Soldaten?«

»Wir haben hier fünf Operationssäle, viele andere Hospitäler haben nach alter Tradition nur einen. Und die Militärverwaltung denkt, sie könnte uns jetzt fünfmal so viele Verwundete schicken.«

»Stimmt das denn nicht?«

Neuber schaute den Kommissar wie einen dummen Jungen an. Rosenbaum störte es nur wenig, wenn sich auf diese Weise Neubers Gesprächigkeit herstellen ließ.

»Schauen Sie, lieber Herr Kommissar«, sagte der Doktor schließlich, »Sie können unsere Klinik nicht mit einer Chirurgischen Klinik vergleichen, die vor 30 Jahren errichtet wurde. Damals baute man einen riesigen Operationssaal für alle Belange, mit allen denkbaren Gerätschaften ausgestattet, inklusive Subsellien für Studenten. Meine Operationsräume sind klein und verfügen nur über die für die jeweils anstehende Operation notwendigen Instrumente. Unterschiedliche Eingriffe finden in unterschiedlichen Räumen statt. Und jede Operation muss aufwendig vorbereitet werden. Ich verfüge über keine größere Kapazität als eine normale Klinik. Das System ist nur anders. Verstehen Sie?«

Rosenbaum verstand nicht. »Mangelt es an Personal oder Ausstattung?«, fragte er.

»Nein, es mangelt an der Asepsis, an der Freiheit von krankheitserregenden Stoffen. Das wurde früher unterschätzt. Als ich mein Medizinstudium begann, verfügten die Chirurgen bereits über exzellente Operationsmethoden. Aber trotzdem war die Sterblichkeit hoch, und zwar wegen der Wundinfektion. Man ging dazu über, das Operationsfeld zu säubern, indem man Karbol darüber zerstäubte. Der Operateur stand in einem dichten Nebel und konnte kaum etwas sehen. Doch das Karbol wirkte zum einen nur unzureichend, griff zum zweiten das Gewebe in der Operationswunde an und zum Schluss erkrankten die Ärzte an der Lunge. Dann habe ich mir gedacht, man müsse die Infektionserreger nicht nachträglich abtöten, sondern schon vorher dafür sorgen, dass sie erst gar nicht in das Operationsfeld gelangen. Das bedeutet peinlichste Sauberkeit im Raum. Und das beginnt beim Raum selbst: keine Vorhänge vor den Fenstern, keine unnötigen Ecken, kein Zierrat, glatte, pflegeleichte Flächen, keine unnötigen Geräte, einteilige Instrumente ohne Holz. Und das Aufwendigste: verwirbelungsfreie Zufuhr reinster Luft. Wir haben im Keller eine spezielle Heizungsanlage stehen. Dort wird frische Luft durch Gaze gefiltert, dann stark erhitzt, anschließend wieder abgekühlt und direkt in die Operationsräume geleitet. Ein ständiger leichter Luftzug spült so alle in der Luft schwebenden Stoffe aus dem Raum. Der Fußboden besitzt ein leichtes Gefälle. Alle Abwasser, Blut, Urin, Eiter rinnen durch ein Siel aus dem Raum. So etwas müssen Sie bereits beim Neubau einer Klinik planen – nachrüsten lässt sich das nur schwer. Jede Operation wird mit peinlichster

Sauberkeit vorbereitet: Zuerst wird der gesamte Raum auf das Gründlichste gereinigt, dann werden sämtliche Flächen mit Sublimatwasser benetzt. Nach einer Einwirkzeit von mindestens einer halben Stunde betritt das Operationspersonal den Raum und der Patient wird hereingebracht. Sämtliche Instrumente verbleiben im Raum und werden dort gereinigt und mit Hitze entkeimt. Außerdem benutzen wir die Räume ausschließlich in einem abgestuften aseptischen System. In dem einen Raum werden nur Operationen in frischem Gewebe durchgeführt, in einem anderen Raum nur Operationen in infiziertem Gewebe, im dritten Raum Operationen mit Eiter, Urin und so weiter. Auf diese Weise haben wir die Wundinfektionen drastisch reduziert. Bei diesem aufwendigen System ist aber auch die Operationsfrequenz deutlich reduziert.«

»Und in den anderen Krankenhäusern macht man es anders?«

»Ich habe meine Klinik 1885 eröffnet, weltweit die erste, die nach aseptischen Grundsätzen gebaut wurde. Inzwischen haben viele Kollegen nachgezogen. Einige haben aber nicht genügend Kapital für den Umbau und andere haben bis heute den Nutzen nicht erkannt.«

Rosenbaum fand, dass sie allmählich zum Grund des Besuches zurückkehren sollten. »Die frisch Operierten geben Sie an die Nervenklinik ab und haben insoweit mit Dr. Althoff zusammengearbeitet?«

»Wir verlegen in mehrere Hospitäler, nicht nur in die Nervenklinik. Der berufliche Kontakt zu den dortigen Ärzten ist nicht intensiv. Wenn ein Patient erst einmal verlegt ist, habe ich mit ihm meist nichts mehr zu tun.«

»Aber Sie hatten jedenfalls Kontakt zu Dr. Althoff. Was können Sie uns über ihn sagen?«

»Nichts Besonderes. Ich kannte ihn nicht gut.«

»Es soll zu Auseinandersetzungen gekommen sein.«

Neuber lehnte sich in seinem Stuhl zurück. Spätestens jetzt musste er erkannt haben, wohin die Reise ging. Er wurde wieder einsilbig.

»Ich habe oft berufliche Meinungsverschiedenheiten mit den Kollegen der Akademischen Heilanstalten, das ist ganz normal. Da hat wohl jemand gewaltig übertrieben.«

Die Wortwahl und die Art, wie Neuber ›Akademische Heilanstalten‹ aussprach, hörte sich an, als spräche er über eine kriminelle Organisation.

»Welche Auseinandersetzungen hat es denn in den letzten zwei, drei Monaten gegeben?«, fragte Rosenbaum.

»Unterschiedliche.«

»Ging es vielleicht um die Nahrungsmittelversorgung der Kliniken?«

»Wieso Nahrungsmittelversorgung?«

»Wie ist denn bei Ihnen die Versorgungslage?«

»Schlecht.«

»In der Nervenklinik auch. Da gäbe es schon mal eine Gemeinsamkeit.«

»Überall ist die Versorgungslage schlecht. Ich verstehe nicht, worauf Sie hinauswollen.«

»Vielleicht hat Dr. Althoff eine inoffizielle Quelle gehabt und Sie wollten daran teilhaben. Oder umgekehrt.«

»Das ist doch Unsinn!«

Neubers Entrüstung erschien ein wenig zu dick aufgetragen, um glaubhaft zu sein.

»Wir sehen uns Ihre Bücher an«, drohte Rosenbaum.

Neuber schaute ihm eine Weile tief in die Augen. Die Entrüstung in seinem Gesicht schwoll allmählich ab und ein serviles Lächeln mischte sich darunter.

»Schauen Sie, Herr Kommissar«, sagte er, »für Kranke ist ausreichende und gute Nahrung sehr wichtig, viel wichtiger als für Gesunde. Die offiziellen Lieferungen reichen da schon lange nicht mehr aus. Und wenn man hin und wieder die Gelegenheit hat, etwas außer der Reihe zu bekommen, dann greift man zu. Manchmal müssen dafür horrende Preise bezahlt werden, und die zahle ich aus meinen privaten Rücklagen.«

»Also haben Sie mit Dr. Althoff gemeinsame Sache gemacht?«

»Nein, Althoff hatte damit nichts zu tun. Und ich bezweifele auch sehr, dass er sich in diesem Bereich für seine Patienten engagiert hat. Siemerling vielleicht, Althoff nicht.«

»Althoff in Siemerlings Auftrag vielleicht?«, bohrte Rosenbaum nach.

Neuber zuckte mit den Schultern.

»In dieser Hinsicht habe ich mit beiden nichts zu tun gehabt, das sagte ich doch schon«, antwortete er. »Außerdem hängt man so etwas nicht an die große Glocke.«

»Wir sehen uns trotzdem Ihre Bücher an.«

Neuber zuckte noch einmal mit den Schultern und rief seiner Sekretärin zu, dass sie die Einkaufsbücher der letzten drei Monate heraussuchen solle.

»Wenn es nicht um die Versorgung ging, worum ging es bei den Auseinandersetzungen mit Dr. Althoff denn sonst?«

»Um die Behandlung von Patienten.«

»Genauer?«

»Das kann ich nicht sagen.«

»Sie müssen.«

»Ich habe die Privatgeheimnisse meiner Patienten zu bewahren.«

»Nicht bei Mord.«

So ging es eine Weile hin und her. Neuber wollte nicht offenbaren, was Rosenbaum gern erfahren würde. Der Doktor fand, dass seine Auseinandersetzungen mit Althoff für die Ermittlungen keine Rolle spielten. Rosenbaum fand, dass er das beurteilen sollte. Neuber fand, dass er das beurteilen müsse. Rosenbaum meinte, dass letzten Endes der Untersuchungsrichter das beurteilen werde. Neuber pflichtete ihm bei. Dann war zu diesem Thema alles gesagt.

»Wo waren Sie in der Nacht zum Mittwoch?«, fragte Rosenbaum.

»Zu Hause im Bett.«

»Ihre Frau kann das bestätigen?«

»Natürlich.«

»Und wo waren Sie am nächsten Morgen?«

»Vorgestern früh?« Neuber zog seinen Tischkalender zu sich heran. »Da habe ich von acht bis zwölf operiert«, sagte er und ließ Dr. Hagedorn, einen seiner Oberärzte rufen, der ihm bei den Operationen an jenem Tag assistiert hatte. Hagedorn bestätigte Neubers Angaben und verließ wieder das Zimmer.

»Segeln Sie?« Das war nach einer längeren Pause wieder Hedi und wieder einer spontanen Intuition folgend. Dieses Mal fand Rosenbaum ihre Frage in Ordnung.

»Ich habe eine kleine Yacht. Aber ich komme so gut wie nie zum Segeln. Außerdem kann man ja sowieso kaum aus der Förde hinausfahren.«

Diese Anmerkung bezog sich darauf, dass die Außenförde seit Kriegsbeginn vermint war. Wer von der Förde in die Ostsee hinausfahren oder andersherum in die Förde hineinfahren wollte, musste bei der Standortverwaltung einen Antrag stellen, oftmals ellenlang warten und wurde dann – vielleicht – von einem Lotsenboot der Marine durch den Minengürtel geführt. Meist wurden Anträge privater Skippern aber abgelehnt, wenn nicht ein besonderer Grund vorlag. Dann blieb nur, ein- oder auslaufenden Kriegsschiffen auf Kiellinie hinterherzufahren, wenn man unbedingt durch das Minengebiet hindurchwollte. Das war zwar nicht legal, wurde aber toleriert. Die Passage war trotzdem nie ganz ungefährlich. Die ersten Minensperrnachweise, die die Standortverwaltung an die eigenen Kriegsschiffe ausgegeben hatte, waren noch lückenhaft und ungenau. Ein Torpedoboot hatte wenige Wochen nach der Verminung Kontakt mit einer nicht eingezeichneten Seemine – fünf Tote. Viele Fischerboote, kleinere Handelsschiffe und Segelyachten versuchten der Prozedur zu entgehen, indem sie nahe gelegene Häfen außerhalb der Minensperre, also Strande, Laboe oder Wendtorf, anliefen und sie damit hoffnungslos überfüllten.

»Wo befindet sich die Yacht?«, fragte Hedi nach.

»Beim KYC.«

Der Kaiserliche Yacht-Club. Sein Bootshafen lag weniger als einen Kilometer von der Bellevuebrücke entfernt. Dass Neuber seine Yacht gerade hier liegen hatte, musste nichts bedeuten. Selbst in Kiel gab es nicht allzu viele private Segelyachten. Wer sich eine leisten konnte, gehörte meist zur feinen Kieler Gesellschaft und war Mitglied im KYC.

»Wissen Sie, ob Dr. Althoff gesegelt hat?«

»Weiß ich nicht. Im KYC war er jedenfalls nicht.«

»Sagt Ihnen ›Sack und Asche‹ etwas?«

»In Sack und Asche gehen?« Neuber kratzte sich an der Schläfe. »Ein altorientalischer Brauch, nicht?«

»Ein Ritual aus der christlichen Seefahrt.«

»Hm. Ich segele in meiner Freizeit, ich bin kein Seemann.«

Fräulein Schreiber kam mit einem dicken Buchungsjournal herein und Neuber übergab es Rosenbaum, der versprach, es am nächsten Tag zurückzubringen. Neuber deutete an, dass er dringend zur Visite müsse. Rosenbaum und Hedi verabschiedeten sich.

Als die Ermittler wieder ihren Opel bestiegen, Rosenbaum auf dem Fahrersitz, war das Fahrtziel klar, ohne dass einer der beiden es zu erwähnen brauchte.

Nördlich der Marineakademie stand das Clubhaus des Kaiserlichen Yacht-Clubs; also es stand nicht, es thronte. Der KYC stellte mit Abstand den größten und traditionsreichsten Segelclub Deutschlands dar. Sogar der Kaiser war Mitglied – man hatte ihn natürlich zum Kommodore ernannt – und seine Segelyachten hatten hier ihre Heimat. Bei so viel Ehrwürde musste auch das Clubhaus in angemessenem Prunk erstrahlen. Die Finanzen des Clubs hatten bei Weitem nicht ausgereicht, aber man konnte ein anderes Mitglied zu einer großzügigen Unterstützung bewegen. Der Essener Industrielle Friedrich August Krupp erwarb das Areal nördlich der Marineakademie, modernisierte die vorhandene Seebadeanstalt, baute ein pompöses Clubhaus, daneben ein luxuriöses Logierhaus und richtete davor einen exquisiten Segelhafen ein. Wo man sich nun schon mal zu Superlativen durchgerungen hatte, galt die Clubanlage der Royal Yacht Squadron in Cowes, also des altehrwürdigsten Yachtclubs Großbritanniens, als Maßstab für den anzustrebenden Prunk. Nur wertvollste Materialien wurden verbaut, teuerste Ölgemälde an die Wände gehängt und detaillierteste Modelle von Großsegelschiffen aufgestellt. Riesige Panoramafenster öffneten den Blick auf den prächtigen Bootshafen mit seinen imposanten Yachten. Die gesamte Anlage übertraf alles, was die Segelwelt bis dahin gekannt hatte. Krupp überließ das Clubhaus dauerhaft dem KYC, für eine Jahresmiete von einer Mark – einzige Bedingung: Seine Yacht durfte neben der des Kaisers liegen. Seit Kriegsausbruch war es damit allerdings vorbei. Das Clubhaus hatte sich in ein Hilfslazarett verwandelt.

Rosenbaum und Hedi schauten sich um. Der Bootshafen war weitgehend verwaist. Die Kaiserliche Yacht ›Meteor V‹ wurde von ein paar Marinesoldaten bewacht. Neben ihr langweilten sich einige andere Großyachten. Außer dass sie ein ständiges Schrubben von Rumpf und Deck über sich ergehen lassen mussten, hatten sie nichts zu tun. Die kleineren Liegeplätze standen größtenteils leer. Die Bootseigner hatten ihre Yachten meist abgetakelt, ausgewassert und eingemottet.

Ein Mann mit dunkelblauer Schirmmütze und Kolani-Jacke musterte routiniert die Stege. Es war der Hafenmeister. Von ihm erfuhren die Kriminalisten, dass die ›Fanny‹, die Yacht von Dr. Neuber, an Steg drei lag. Gemeinsam suchten sie sie auf.

»Hier, eine Dansk Jagt, Langkieler, klassische Gaffel-Takelung«, sagte der Hafenmeister. Dann fügte er noch hinzu: »Nich so good gepflegt.«

»Dr. Neuber ist wohl nur selten hier?«, fragte Rosenbaum.

»Ick heff em seit Monaten nich gesehn. Manchmol schickt he een paar Dirns vun de Jugendabtoilung her, nach de Rechtn sehn.«

»Hat die ›Fanny‹ ein Beiboot?«, wollte Hedi wissen.

»Nö.«

»Und wenn man mal Außenarbeiten am Rumpf vornehmen muss?«

Der Hafenmeister erklärte, dass den Clubmitgliedern ein Dingi zur allgemeinen Verfügung stehe, und führte die Ermittler an dessen Liegeplatz. Rosenbaums Hoffnung, das Boot würde dort nicht zu finden sein, zerstreute sich. Es lag mit einer Persenning überzogen schunkelnd im Wasser, fest vertäut, genau dort, wo es hingehörte, und war augenscheinlich lange nicht bewegt worden, nutzlos, wie fast alles in diesem Bootshafen. Der Hafenmeister zog die Persenning ab, kletterte hinein, musterte dieses und jenes, klopfte hier dagegen und schaute dort nach und konnte doch nichts Auffälliges entdecken.

»Aalns schick so wiet«, sagte er und kletterte wieder heraus.

»Fehlt nichts? Ein Strick oder ein Block?«, fragte Rosenbaum.

»Nö.«

»Können Sie vielleicht frische Gebrauchsspuren feststellen?«

»Swer to seggen«, antwortete der Seemann. Dann sagte er »Außer …« und stutzte. Nicht das Boot brachte ihn ins Grübeln, sondern die Leine, mit der es festgemacht war. »Dor, an de Klampe, dat is nicht ordentlich belegt. Dat is keen Schipperknoten. Dat is nich mol Murks, dat is … gor nix.«

Rosenbaum war sich unschlüssig, ob dieser Beurteilung eine Relevanz zukam. »Heißt das, dass diesen Knoten kein Segler geknüpft hat?«

»Tominnst keen echten Seemann. Bi de feine Herrschaften, de hier segeln tun, bin ick mir nich ömmer so ganz sicher.« Dann erzählte der Hafenmeister von den Ehefrauen einiger Wochenendsegler. Sie steckten mit Vorliebe solche Knoten, die man nur mit einem scharfen Messer öffnen konnte.

Rosenbaum nickte. Eine letzte Frage hatte er noch: »Wie hält man es im Club eigentlich mit dem Brauchtum? ›Sack und Asche‹ zu Beispiel?«

»Wenn mol eener vun de feine Herrn starvt, denn heet de Parole ›Sack un Asch‹. Is ober ook nich mehr so wie fröher.«

»Dann werden die Schiffe in Sack und Asche gelegt?«
»Jo.«
»Macht man dann auch etwas mit Kartoffelsäcken?«
»Kartüffelsack?«, fragte der Hafenmeister zurück und in seinem Blick steckte bereits die Antwort: nein.
Es war eine Frage wert.
»Schon gut«, sagte Rosenbaum.
Die Ermittler verabschiedeten sich mit einem ›Auf Wiedersehen‹ und bekamen ein ›Tschüssing‹ zu hören.

Auf dem Rückweg in die Blume – Rosenbaum am Steuer – fragten sie sich, ob die Knoten vom Tatort Seemannsknoten waren, und gestanden sich ein, nicht darauf geachtet zu haben. Rosenbaum dachte, dass dies ein Versäumnis und genauer Hedis Versäumnis sei. Hedi dachte wohl dasselbe. Keiner sprach es aus.

»Das lässt sich nachholen«, sagte der Kommissar. »Es gibt ja Tatortfotos und im Übrigen liegen die Stricke noch in der Gerichtsmedizin. Professor Ziemke wird die nicht aus lauter Langeweile alle aufgefummelt haben.«

Sie nahmen nicht den direkten Weg zur Blume, sondern fuhren die Fleethörn entlang, am Rathaus vorbei, nur um sich zu vergewissern, dass die Krawalle unter Kontrolle waren. Sie waren es. Marinesoldaten bewachten mit aufgesetztem Bajonett weiterhin das Gebäude der städtischen Selbstverwaltung, Patrouillen sollten in der Altstadt jede Zusammenrottung verhindern und an den Straßenecken waren Posten aufgestellt, die für Ruhe sorgten. Die Straßenbahnen und die Hafenfähren hatten den Dienst eingestellt, ebenso die Droschken, die von ihren Besitzern an einen sicheren Ort außerhalb der Innenstadt gebracht worden waren. Eine gespenstische Leere hatte die Straßen ergriffen. Die Menschen saßen zu Hause in ihren Stuben. Die einen hatten genug zu essen, während die anderen die letzte Kartoffel aufteilten. Wenn sie eine besaßen.

Es war fast 20 Uhr. Rosenbaum dachte an Feierabend und dass er auf andere Gedanken kommen sollte. Gern hätte er Hedi zum Essen eingeladen, aber die Gaststätten hatten geschlossen. Gern würde er für sie kochen, aber auch die Läden hatten geschlossen.

In der Blume stellten sie den Opel in den Fuhrpark zurück. Der Fuhrparkleiter hatte bereits Dienstschluss. Rosenbaum war es recht, so musste er sich nicht für die fortgeschrittene Zeit entschuldigen.

»Feierabend, Hedi«, sagte er.

Gleich würde er allein nach Hause fahren. Es gab keinen Grund, es nicht zu tun, außer dem, dass er gern noch mit Hedi zusammen sein wollte. Aber das ging natürlich nicht. Vielleicht wäre es gegangen, wenn er jünger oder sie älter oder hässlicher wäre, wenn er nicht verheiratet und nicht ihr Chef wäre, wenn sie nicht immer wieder kokette Anspielungen machen würde, wenn er nicht manchmal von ihr träumen würde, wenn er Frauen lieben würde.

»Wollen Sie nicht zum Essen mit zu mir kommen?«, fragte Hedi. »Es gibt Erbsensuppe und Brot. Und Bier ist auch da.«

Rosenbaum stutzte. War das wieder Hedis Koketterie? »Sie wohnen doch noch bei Ihren Eltern«, erwiderte er.

»Die Suppe hat ja auch meine Mutter gekocht«, sagte Hedi. Dann begann sie zu kichern. »Nur essen, sonst nichts.«

Rosenbaum quetschte seine Zunge mit den Zähnen und spürte, dass er errötete. Dadurch errötete er noch mehr. Er log, er habe zu Hause noch so viel zu essen und das würde nur schlecht werden, wenn er es jetzt nicht verspeise.

Zu Hause im Großen Kuhberg 48 klingelte er bei Bäcker Bunte, dem Hauswirt, der im Erdgeschoss neben seiner Wohnung eine Backstube und einen Bäckerladen eingerichtet hatte. Eigentlich war Bunte eher Konditor als Bäcker und der Bäckerladen eher eine Konditorei. Aber in diesen Zeiten musste auch ein Konditor kleine Brötchen backen. Bunte öffnete die Tür, Rosenbaum bat verlegen um Nachsicht für die späte Störung und fragte, ob zufällig noch ein Laib Brot übrig sei, das er ihm abkaufen könne. Tatsächlich war noch genau ein Roggenbrot übrig. Bunte hatte es nicht mehr verkaufen können, weil er den Laden auf polizeiliche Anordnung am Mittag hatte schließen müssen. Rosenbaum ließ dem Bäcker 30 Pfennige und eine Brotbezugskarte da. Dann schleppte er sich in seine Wohnung. Der Weg nach oben war anstrengender als sonst, vielleicht waren auch nur seine Schritte schwerer. In der Küche aß er stumm das Brot mit Schweineschmalz und Salz. Er dachte ein wenig an seinen Fall, mehr aber an Hedi.

Sie hatte nie einen Hehl aus ihrer Zuneigung zu ihm gemacht. Es war natürlich nur die Schwärmerei eines jungen Mädchens für einen älteren Mann. Wobei, so außerordentlich jung war sie nicht mehr und er nicht wirklich alt. Dennoch, er machte sich nichts aus Frauen und sie wusste das. Sie spielte nur mit ihm, das war offensichtlich. Andererseits, ein wenig körperliche Nähe hätte er an diesem Abend gut vertragen können. Auch Hedis körperliche Nähe. Vielleicht gerade Hedis körperliche Nähe.

Rosenbaum ging zum Telefonapparat im Flur und rief Lotte an. Sie erzählte, dass Albert am Nachmittag bei der Musterung gewesen und für tauglich befunden worden sei. »Dann hat er seine Meldung als Freiwilliger ausgefüllt. Du musst sie noch unterschreiben. Sie ist per Post auf dem Weg zu dir.«

»Wieso denn das?«, empörte sich Rosenbaum. »Er wollte doch bis zum Wochenende warten!«

»Er glaubt nicht, dass du am Wochenende kommst. Und er glaubt nicht, dass eine weitere Aussprache etwas ändert.«

Lottes Sätze offenbarten Vorwurf und Hoffnungslosigkeit zugleich, und mit beidem hatte sie wohl recht. Rosenbaum wusste nichts zu erwidern.

»Sie gehören uns nicht, Josef. Sie haben ihren eigenen Kopf«, sagte sie.

Die Rosenbaums hatten ihre Kinder nicht autoritär erzogen, und jetzt war es zu spät, damit anzufangen. Lotte hatte recht. Rosenbaum wusste, dass sie recht hatte, aber er wollte es nicht.

Nach dem Telefonat setzte er sich wieder an den Küchentisch, schaute aus dem Fenster in den Hinterhof und beobachtete Bäcker Bunte, wie er Kohle aus dem Keller holte. In wenigen Stunden würde er damit seinen Ofen befeuern und das Brot für den nächsten Tag backen. Wann schlief der Mann eigentlich?

Rosenbaum holte ein kleines, bräunlich gefärbtes Fläschchen aus der Speisekammer, das er vor ein paar Monaten am Bahnhof gekauft hatte. Das Etikett mit der Aufschrift ›Kokainhydrochlorid – nur für den medizinischen Gebrauch‹ hatte er vorsorglich entfernt. Eigentlich hatte er es nicht kaufen wollen, und nachdem er es doch gekauft hatte, hatte er es nicht konsumieren wollen. Doch eine seltsame Melancholie hatte ihn bei seinem Besuch in der Nervenklinik ergriffen und nicht wieder losgelassen. Die Irren dort waren nicht irrer als die Zeit, in der sie lebten.

XIV

Es war tiefe Nacht, noch zwei Stunden bis zum Sonnenaufgang. Joseph Bangert hatte nicht geschlafen. Er hatte versucht einzuschlafen, aber es war ihm nicht gelungen. Jetzt saß er bei einer Tasse Tee in der Küche und las einen Brief von Bruno.

23. April 1915
Liebe Eltern!
Liebes Schwesterchen!

Mir geht es gut, jedenfalls soweit es einem an der Front gut gehen kann. Wir wechseln wöchentlich den Posten. Zuerst im dritten Graben, da wird gelitten. Dann im ersten Graben, da wird gestorben. Dann Erholung in der Etappe mit Alkohol und Huren - sie stellen uns offiziell Huren zur Verfügung! Den zweiten Graben nutzen wir nicht mehr. Nachts zünden wir dort Feuerstellen an, das zieht die feindliche Artillerie auf sich.

Als wir ankamen, standen hier Bäume, Häuser, es gab Wiesen und Äcker. Nichts davon ist mehr zu sehen, so weit das Auge reicht. Jeder Quadratmeter ist mehrfach umgepflügt.

Seit der Winter vorüber ist, liegt ein ständiger Geruch von Verwesung über dem Land und schnürt unsere Kehlen zu. Nachts kriechen die Sanitäter bis 20 oder 30 Meter ins Niemandsland und sammeln Leichen ein. Wenn der Feind es auch so macht, bleibt ein Streifen von vielleicht 50 Metern, in dem seit Monaten alles liegen bleibt, was dort gestorben ist. Typhus fordert fast so viele Todesopfer wie feindlicher Beschuss. Allein die Ratten haben ein auskömmliches Leben.

Neulich nahmen wir uns Rübe vor, den Koch. Seinen richtigen Namen kenne ich nicht, bei uns heißt er nur Rübe. Er sieht auch so aus. In den ersten Monaten hatte es noch reichlich zu essen gegeben, bis die Verpflegungsstelle feststellte, dass zwischen Anforderung und Lieferung der Rationen immer wieder Kameraden gefallen waren. Also wurden zehn Prozent weniger Portionen geliefert, als bestellt worden waren. Das hat die Moral in der Truppe gewaltig angekratzt. Die Erbsenzähler lieferten also wieder die volle Portionszahl, verringerten dafür die Portionsgröße und glaubten, dass wir das nicht merken würden. Natürlich merken wir das. Aber Rübe gab trotzdem nur eine Portion pro Mann aus. Was er mit dem Rest gemacht hat, weiß keiner von uns. Vorletzte Nacht haben wir ihm einen Sack übergeworfen, ins Niemandsland vor dem ersten Graben gezerrt und drei Stunden liegen gelassen. Seit gestern gibt er alles aus, was er in der Feldküche hat.

Die Bajonette setzen wir nicht mehr auf. Sie haben uns mehr Tote gebracht als dem Feind.

Wenn wir durchs Niemandsland stürmen, nützen sie ohnehin nichts. Und in den engen Gräben sind sie zu sperrig; bevor du ausgeholt hast, steckt schon ein Messer in deinem Hals.

Ständig kommen hier frische Rekruten an. Ganz junge Burschen, oft nur 16 Jahre alt. Bei ihrer Grundausbildung wurde ihnen gezeigt, wie man einem Mann ein Bajonett in den Bauch rammt. Was sie wirklich brauchen, hat man ihnen nicht gezeigt. Bevor sie es hier lernen, sind die meisten schon tot. Wer sechs Wochen an der Front überlebt, hat gute Chancen, es dauerhaft zu schaffen.

Euer Bruno

Bangert las den Brief noch einmal. Und noch einmal. Die Arme waren schwer, die Beine auch, und mit jedem Mal lesen wurden sie schwerer. Bangert mochte sich nicht bewegen, doch er musste. Er musste jetzt seine Aufgabe erledigen. Mit den Armen stützte er sich auf den Küchentisch, während die Beine den Körper emporstemmten. Mit hängenden Schultern und gesenktem Blick schlurfte er aus der Wohnung, die Treppe hinunter und ging zum Laster. Er fuhr Richtung Wilhelmplatz, dann auf den Hasseldieksdammer Weg, hinter dem Obdachlosenasyl links rein. Hier, am Prüner Schlag, hatte er einen Schrebergarten gepachtet. Die Stadtoberen sprachen darüber, das gesamte Kleingartengelände einem großen Schulzentrum weichen zu lassen, doch das war Bangert egal. Schulzentren gehörten zu den übergeschnappten sozialistischen Ideen, die sich wohl nie durchsetzen würden – und wenn doch, dann erst in vielen Jahren oder Jahrzehnten. Das würde Bangert sowieso nicht mehr erleben.

Seine Parzelle lang am Ende eines langen Kiesweges. Die Laube hatte er selbst gebaut. Zuerst hatte sie nur ein mit Teerpappe überzogenes Holzdach, das vor der Sonne schützen sollte, später hatte er einen Geräteschuppen angebaut und schließlich die restlichen Seiten mit Holzwänden verschlossen. Wenn im Sommer die Sonne auf das schwarze Dach schien, war es in der Laube unerträglich heiß. Also baute Bangert ein Vordach, das zusammen mit dem Westwind die Klimatisierung der Hütte übernahm. Bruno half ihm bei allen anfallenden Arbeiten. Obwohl zu Beginn noch fast ein Kleinkind konnte er einen Hammer von einer Kneifzange unterscheiden und Bangert das jeweils benötigte Werkzeug reichen. Beim Errichten der Holzwände war er bereits ein vollwertiger Helfer. Und beim Bau des Vordachs hatte er die beschwerlichsten Arbeiten allein übernommen. Seit einigen Monaten verwilderte der Garten.

Bangert betrat die Laube. Ein Tisch, mehrere Stühle, ein kleines Wandregal, auf dem Tisch eine Petroleumlampe, die er anzündete. In einer Ecke lag Schwarzenfeld und schaute Bangert aus vor Furcht weit aufgerissenen Augen an. Er war geknebelt und gefesselt und konnte sich kaum rühren. Es roch derb, Schwarzenfeld dürfte in die Hose gemacht haben.

»Wollen Sie etwas trinken?«, fragte Bangert.

Schwarzenfeld nickte. Bangert löste den Knebel, befahl »Nicht schreien!« und gab dem Doktor einige Schlucke Wasser aus einer Feldflasche. Vom Tisch holte er die Blechdose, die er bereits am Nachmittag benutzt hatte, entnahm den Lappen und drückte ihn über Schwarzenfelds Mund und Nase. Bevor der Arzt ohnmächtig wurde, flüsterte Bangert ihm zu: »Sie werden nichts spüren.« Danach flüsterte er: »Wahrscheinlich.«

Der Weg zum Laster mit Schwarzenfeld auf der Schubkarre stand bevor. Es würde beschwerlich werden, aber nicht gefährlich. Bangert brauchte um diese Tageszeit keine Angst vor Entdeckung zu haben. Am Nachmittag, als er Schwarzenfeld hergebracht hatte, war das anders gewesen. Zweimal waren ihm Gartennachbarn entgegengekommen, sodass er die Schubkarre hinter Büschen verstecken musste. Jetzt begegnete ihm niemand. Am Laster angekommen hievte er den Bewusstlosen hinein und legte ihn auf der Ladefläche ab, wo sich eine große Pfütze von geschmolzenem Eis gebildet hatte. Es war 4 Uhr, in einer Dreiviertelstunde würde die Sonne aufgehen, die Dämmerung kündigte sich bereits an. Bangert beeilte sich. Er fuhr Richtung Süden, dann Richtung Osten, auf die Chaussee nach Preetz. In der Kurve am Langsee hielt er an. Er zog den Doktor aus dem Wagen, legte ihn quer auf die Fahrbahn und nahm ihm die Fessel ab. Dann kontrollierte er Puls und Atmung und gab für zwei Atemzüge Chloroform nach. Zwei Atemzüge, das hatte er ausgerechnet, mehr durften es nicht sein. Bodennebel war angesagt.

XV

Am Morgen machte Rosenbaum sich auf den Weg zur Blume. Trotz erbärmlicher Kopfschmerzen nahm er das Fahrrad. Er wählte einen Umweg am Rathaus vorbei, um zu sehen, ob sich die Lage wieder beruhigt hatte. Sie hatte. Zwar wachten nach wie vor Marinesoldaten an den Eingängen, aber die Straßenbahnen fuhren wieder, die Taxen waren zurückgekehrt und die Leute standen geduldig und unaufgeregt in den Schlangen vor den Ausgabestellen oder befanden sich auf ihrem Weg zur Arbeit. Rosenbaum kaufte einem Zeitungsjungen die neueste Ausgabe der Volkszeitung ab, setzte sich an den Schwertträgerbrunnen auf dem Neumarkt und studierte die lokalen Nachrichten:

Oberbürgermeister Lindemann habe sich am Vortag in einer Ansprache vom Balkon des Bürgermeisterzimmers aus an die Bürger gewandt, ihnen umgehende Besserung der Versorgungslage versprochen und sie an ihre patriotischen Pflichten an der Heimatfront erinnert. Darüber hinaus habe die Reichskartoffelstelle zugesichert, die Stadt schnell und bevorzugt zu beliefern, und einen aus Dänemark kommenden und ursprünglich für Hamburg vorgesehenen Güterzug mit 2.000 Zentnern Kartoffeln kurzerhand nach Kiel umgeleitet. Außerdem werde für zehn Tage eine um 100 Gramm pro Kopf und Tag erhöhte Mehlration ausgegeben. Zu guter Letzt seien die Landräte in Schleswig-Holstein durch den Oberpräsidenten angewiesen worden, alle nicht dringend benötigten Kartoffelvorräte nach Kiel zu schicken.

Die Worte hatten gewirkt. Und solange die Engpässe vorübergehend und lokal begrenzt waren, wirkten sie weiter beruhigend auf die Kieler.

Als Rosenbaum kurz darauf das Büro betrat, wartete nicht nur Hedi auf ihn, sondern auch Iago Schulz. Rosenbaum konnte sich kaum erinnern, dass der Kollege sich jemals zu so etwas wie einem Besuch herabgelassen hatte.

Seit Rosenbaum sieben Jahre zuvor nach Kiel versetzt worden war, hatte Schulz keine Gelegenheit ausgelassen, seine Geringschätzung gegenüber dem jüdischen Kollegen zu demonstrieren. Für ihn waren Juden minderwertig und schädlich, weil sie wichtige Schlüsselpositionen in Staat und Wirtschaft besetzten, die sie nicht verdienten und zu ihrem eigenen Vorteil missbrauchten. Er empfand alle Juden als Ungeziefer, dem man nicht Herr werden konnte. Über Jahre hinweg hatte Schulz mürrisch mit ansehen müssen, dass Rosenbaum die prestigeträchtige Mordkommission leitete, obwohl er nicht nur Jude, sondern auch nur Obersekretär war. Als er zum Kommissar befördert worden war und damit in denselben Rang wie Schulz aufstieg, verdunkelte sich das Verhältnis der beiden weiter. Als die Pensionierung Freibiers näher rückte und man in der Blume begann, über dessen Nachfolge zu diskutieren, ersann Schulz' Ehrgeiz einige boshafte Intrigen. Rosenbaum hätte sich das Leben deutlich erleichtern können, wenn er wahrheitsgemäß verkündet hätte, dass er die Position des Kriminaldirektors nicht anstrebte. Doch sein Stolz hatte ihn zurückgehalten. Mehr noch: Allein wegen Schulz spielte er schließlich doch mit dem Gedanken, sich auf Freibiers Stelle zu bewerben, wenn dieser eines Tages in den Ruhestand gehen sollte.

Und ausgerechnet dieser Schulz wartete nun bei Hedi in Rosenbaums Vorzimmer. Er stand sogar von seinem Stuhl auf, als Rosenbaum hereinkam. Sie wechselten kurz ein ›Moin‹ und genau in diesem Moment wurde Rosenbaum die Besonderheit der Konkurrenzsituation klar. Die Bruchstücke schwirrten ohnehin schon lange in seinem Kopf herum, aber erst in dieser Sekunde fügten sie sich zu einer neuen Erkenntnis zusammen: Sollte er zum Direktor und damit zu Schulz' Vorgesetztem befördert werden, würde sich Schulz sicherlich zur PP nach Berlin wegbewerben, wo er mit seinem schäbigen Charakter im Grunde auch hingehörte. Sollte Schulz Direktor werden, würde Rosenbaum sich wegbewerben, nur dass er in Berlin nicht angenommen werden würde. Berlin ging nicht – die Ereignisse, die zu Rosenbaums Versetzung nach Kiel geführt hatten, waren zwar schon etliche Jahre her, aber sie waren so schwerwiegend, dass er noch immer nicht zurückgehen könnte. Und woanders wollte Rosenbaum nicht hin. Es blieb ihm nur eine Wahl: Er musste Freibiers Nachfolge antreten. Die Entscheidung stand fest, sie wurde zwischen zwei ›Moin‹ getroffen.

»Sie wollten eine Auskunft von mir?«, fragte Schulz den mit seinen neuen Erkenntnissen beschäftigten Rosenbaum. »Wir haben die Lage jetzt im Griff, da konnte ich mich kurz losreißen, um Ihnen ein wenig zu helfen.«

Schulz triumphierte, für ihn war klar, dass *er* die Lage in den Griff bekommen hatte. Als Leiter der ›Sonderkomm. Krawall‹ hatte er in Rekordzeit einen durchschlagenden Erfolg erzielt. Jedenfalls heftete er sich die jüngste Entwicklung als Erfolg an seine geschwollene Brust. Und genau in dieser Situation bot er Rosenbaum seine Hilfe an. Natürlich besaß er kein Interesse daran, dass Rosenbaum mit seinem Fall vorankam. Er wollte nur eine Marke setzen, ein Rüde, der das Bein hob. Das war offensichtlich. Genauso offensichtlich war, dass Rosenbaum von ihm nie eine Auskunft bekam, die ihn wirklich weiterbringen würde.

»Alles im Griff? Das haben Sie ja sehr gut gemacht«, antwortete Rosenbaum.

»Ja. Jetzt müssen wir nur noch die letzten Rädelsführer ausfindig machen, damit sie ihrer gerechten Strafe zugeführt werden.«

»Die Rädelsführer?«, fragte Rosenbaum nach und dachte an den Kaiser und den Generalstab.

»Natürlich! Man muss ein Exempel statuieren. Keiner von diesen Halunken darf ungestraft davonkommen«, sagte

Schulz und taxierte seinen Kollegen. »Falls wir denen das durchgehen lassen, werden eines Tages die Matrosen meutern, wenn der Befehl zur Feindfahrt kommt, oder der Mob wählt Räte und möchte die Regierungsgeschäfte übernehmen.«

Wenn Rosenbaum jetzt sagte, was er dachte, würde Schulz keinen Moment zögern, ihn vors Kriegsgericht zu bringen. Rosenbaum sagte nichts.

»Zurück zu Ihrem Fall«, entschied Schulz. »Die Kollegin Kuhfuß hat mir bereits alles Wesentliche berichtet. Sie vermuten, dass der Mord mit den Krawallen zu tun haben könnte?«

Die süffisante Art, mit der Schulz ›Kollegin‹ aussprach, ließ Rosenbaum aufhorchen und Hedis Augen sich zu Schlitzen zusammenziehen.

»Nur eine Vermutung. Gab es Übergriffe auf Schwarzhändler?«

Schulz überlegte, jedenfalls tat er so. »Die Ereignisse der letzten Tage weisen nach unserem jetzigen Kenntnisstand keine Verbindung auf«, antwortete er schließlich.

»Gibt es Erkenntnisse, die mit Kieler Krankenhäusern oder Lazaretten zu tun haben?«

Wieder Überlegen.

»Gestern ging bei der Stadtverwaltung ein Brandbrief vom Direktor der Akademischen Heilanstalten ein. Man habe dort nur noch Kartoffelvorräte für einen Tag und die Händler könnten nicht liefern. Sonst gibt es nichts.«

Ob Schulz nicht helfen konnte oder nur nicht wollte, war Rosenbaum gleichgültig. Er bedankte sich herzlich für die Auskunft, betonte dabei ›herzlich‹ in besonderer Weise und alle Anwesenden verstanden.

Als Hedi und Rosenbaum wieder allein waren, machte sich Hedi über Neubers Buchungsjournal her und Rosenbaum tippte einen Antrag auf Neubers richterliche Vernehmung in die Schreibmaschine. Diese Arbeitsaufteilung war, außer bei Rosenbaum und Hedi, nicht nur ungewöhnlich, sie brachte ihnen unter den Kollegen auch Spott ein. Das kümmerte Rosenbaum weniger als Hedi. Er hatte es auf der Schreibmaschine zu einer gewissen Drei-Finger-Virtuosität gebracht, sodass die Geschwindigkeiten, mit denen er fehlerarm tippen und im Amtsstil formulieren konnte, sich in etwa deckten. Eine Schreibkraft brauchte er nicht.

Der Amtsweg war deutlich komplizierter als das Tippen. Rosenbaum musste seinen Antrag zu Staatsanwalt Kramer tragen und mit ihm darüber diskutieren. Diese Aktion benötigte regelmäßig die meiste Zeit, nicht weil die Sachlagen so kompliziert wären, sondern weil Kramer redete wie ein quirliger Bach. Wenn er genug geredet hatte, unterschrieb er regelmäßig, was Rosenbaum ihm vorlegte. Dieses Mal konnte er sich allerdings nicht so recht entscheiden, an wen der Antrag gerichtet werden sollte. In Betracht kamen der Ermittlungsrichter beim Amtsgericht und der Untersuchungsrichter beim Landgericht. Bei Kapitaldelikten musste vor Erhebung der Anklage eine gerichtliche Voruntersuchung durch den Untersuchungsrichter stattfinden. Sobald Kramer diese beantragte, war er aus dem Verfahren raus, und der Richter übernahm. Das passte aber nicht so richtig zu Kramers selbstgefühlter Wichtigkeit, er schob den Untersuchungsantrag immer so lange auf, wie er konnte. Jetzt lagen die Dinge besonders. Erst eine richterliche Zeugenvernehmung beim Ermittlungsrichter zu beantragen und später doch alles zum Untersuchungsrichter zu bringen, könnte den Zorn beider Richter erregen – des einen, weil er nicht frühzeitig eingeschaltet worden war, und des anderen, weil er eine

Vernehmung durchführen musste, die ihn nicht interessierte. Kramer hatte es schwer. Er entschied sich für den Ermittlungsrichter.

Als Rosenbaum von seinem Ausflug zur Staatsanwaltschaft zurückkam, empfing ihn Hedi mit der Erkenntnis, dass Neubers Buchungsjournal keine Anhaltspunkte für eine Verbindung zu Althoff ergab.

»Mehrere Lebensmittellieferungen zu horrenden Preisen von ungenannten Lieferanten in bar aus der Kasse bezahlt und anschließend durch Bareinlage von Neuber wieder ausgeglichen«, sagte Hedi. »Also stimmt, was er sagte: Er zahlt die Verpflegung seiner Patienten teilweise aus seinem Privatvermögen.«

Rosenbaum grunzte.

»Und dann hat Professor Ziemke angerufen«, fuhr Hedi fort, nachdem Rosenbaum die vorherige Nachricht verarbeitet hatte. »Die Leine, die an der Leiche hing, war an beiden Enden durchnässt, aber nur das mit der Leiche verknotete Ende wies eine dem Fördewasser entsprechende Salzkonzentration auf.«

»Und wie erklärt sich das? Leitungswasser?«

»Sieht so aus.«

»Hm.«

Pause.

»Seemannsknoten?«

»Der Professor sagt, das könne er nicht beurteilen«, antwortete Hedi. »Ich hab mir die Tatortfotografien noch einmal angeschaut, da sind die Knoten zu sehen.« Hedi öffnete die Akte und zeigte Rosenbaum einige Aufnahmen. Doch auch er konnte nicht beurteilen, ob es sich um Seemannsknoten handelte, Hedi ebenso wenig. Sie entschlossen sich, einen weiteren Ausflug mit dem Rad zu unternehmen, erst bei der Gerichtsmedizin vorbei, die Leine holen, danach zum KYC.

»Nö, allns Murks«, sagte der Hafenmeister, als er die Fotos und die Leine begutachtete. Bei dem einen oder anderen Knoten war er sich zunächst nicht ganz sicher gewesen, ob er nicht doch einen verunglückten Palstek oder Rundtörn erkennen konnte, aber am Ende sagte er: »Nö, allns nur Murks.«

Die Ermittler ließen ihre Fahrräder stehen und gingen zu Fuß die Uferpromenade entlang zur Bellevuebrücke. Es war später Vormittag, der Frühnebel hatte sich verzogen, die Sonne schien. Hedi hielt in dem einen Arm die Aktentasche, in der sich die Fotos und die Leine befanden. Mit dem anderen Arm hakte sie sich bei Rosenbaum unter. Rosenbaum zog seinen Arm weg.
Als sie die Hälfte des Weges bewältigt hatten, blieben sie stehen und drehten sich zum Wasser. Hedi hakte sich wieder unter. Rosenbaum ließ es geschehen.
»Also, von dort«, sagte er und wies mit dem Kopf zurück zum Bootshafen des KYC, »von dort haben die Täter das Dingi geholt und paddelten damit dorthin.« Jetzt wies Rosenbaum mit dem Kopf zur Bellevuebrücke. »Wo haben sie Althoff ins Boot gehievt?«
»Beim KYC ist's leichter«, antwortete Hedi, »aber mit einem Automobil kommt man am Bellevue näher ran. Es sei denn, man ist Clubmitglied, dann darf man auch am Bootshafen mit einem Fahrzeug bis ganz an die Kaimauer fahren.«
»Wie auch immer. Sie haben ihn dann unter die Brücke gehängt und das Dingi zurückgebracht. Sie waren aber vermutlich keine Seeleute oder Segler.«

»Also scheidet Dr. Neuber aus. Trotzdem kannten sich die Täter im Bootshafen des KYC aus. Sie mussten wissen, dass dort ein Dingi lag – vom Ufer aus konnte man es bei Dunkelheit nicht sehen.«

»Vielleicht doch ein Segler, der uns an der Nase herumführen will. Oder die Ehefrau eines Seglers«, spekulierte Rosenbaum. »In jedem Fall sollten wir uns im KYC umhören.«

»Mit ›wir‹ meinen Sie mich, ja?«

Rosenbaum dachte kurz nach und sagte dann: »Ja.«

»Finden Sie es nicht ziemlich chauvinistisch? ›Ehefrau eines Seglers‹? Ich meine: Wieso ist es für Männer selbstverständlich, dass es immer Frauen sind, die etwas nicht können? Das ist doch chauvinistisch, oder?«

Rosenbaum dachte noch einmal nach und sagte dann: »Nein.«

Sie gingen weiter. Hedi presste sich an Rosenbaums Arm. Er konnte ihre Brüste spüren. Er sollte seinen Arm wieder wegziehen. Er tat es nicht.

»Ein größeres Rätsel scheint mir zu sein, wieso das Seil mit Süßwasser getränkt war«, sagte er. Dann schwiegen sie und dachten an Knoten, Leinen, Umlenkrollen, Boote, Süßwasser, Rituale und Automobile. Rosenbaum dachte auch an Brüste.

Als sie an der Bellevuebrücke angekommen waren, stutzte Hedi. Sie ging zu der Enterleiter, von der aus sie zwei Tage vorher das Ruderboot bestiegen hatte, schaute auf die Anlegebrücke, dann hinter sich, die Böschung zum Düsternbrooker Gehölz hinauf, schließlich zu Rosenbaum.

»Eis!«, rief sie plötzlich aus. »Natürlich, der Mann mit dem Kühllaster!«

Rosenbaum schaute Hedi an. Er verstand nicht sofort, ein Teil seiner Aufmerksamkeit war noch mit Brüsten beschäftigt.

»Na, Eis, Chef. Eis!« Hedi versuchte, ihm auf die Sprünge zu helfen. »Ein Eisblock, der langsam wegtaut, als Gegengewicht!«

Allmählich begann Rosenbaum zu verstehen. In der Schlaufe am Seil hatte ein Eisblock gesteckt und hielt Althoff eine Zeit lang über Wasser.

»Wie groß müsste denn so ein Block sein?«, fragte Rosenbaum und begann zu rechnen: Ein Liter Wasser wog ein Kilo, man brauchte also ungefähr 80 Liter. Hm, 60 mal 40 mal 40 Zentimeter Seitenlänge ergäbe 96 Liter.

Hedi holte die Leine aus der Aktentasche, die Schlaufen waren groß genug, um so einen Eisblock aufzunehmen. »Ein Eisblock aus dem Kühllaster … Wie lange dauert es denn, bis so ein Block schmilzt?«, fragte sie.

»Lange. Aber die Leine ist nicht sehr dick. Sie könnte sich in wenigen Stunden durch das Eis hindurchfressen. Der Block fällt ins Wasser und wird von der Strömung davongetrieben.«

»Dann war Althoff wahrscheinlich noch betäubt, als er aufgehängt wurde, und die Täter waren schon lange wieder weg, als er erwachte und um Hilfe schrie«, kombinierte Hedi.

Rosenbaum nickte.

»Und wenn Althoff nicht bei Bewusstsein war und sich nicht wehren konnte, als er aufgehängt wurde, könnte es doch ein Einzeltäter gewesen sein. Also doch Dr. Neuber?«, mutmaßte Hedi. »Andererseits: Er hat für den nächsten Morgen ein Alibi. Er kann nicht der Mann gewesen sein, der vor mir davonlief.«

Rosenbaum nickte.

»Und überhaupt, was soll der ganze Zauber? Eisblock und Sack und Asche, das ist doch irre«, urteilte Hedi.

Rosenbaum nickte.

»Sie denken an das Irrenhaus?«, fragte Hedi.

Rosenbaum dachte wirklich an das Irrenhaus. Die Nervenklinik lag nur ein paar hundert Meter westlich von der Bellevuebrücke, ebenso wie der KYC nur ein paar hundert Meter südlich lag.

Zurück in der Blume rief Hedi beim Amtsgericht an, um sich zu erkundigen, ob der Vernehmungsbeschluss bereits erlassen war, während Rosenbaum die Verkehrsabteilung im ersten Stock aufsuchte, um nachzufragen, ob der Kühllaster vom Schlachthof inzwischen wieder aufgetaucht war.

»Oh, Herr Kommissar«, haspelte der Wachtmeister und sprang von seinem Stuhl auf, als Rosenbaum zur Tür hereinkam. »Ich wollte gerade …«

»Setzen Sie sich«, befahl Rosenbaum. Er hätte mit dem Mann gern freundlich gesprochen, aber dessen unterwürfiges Getue widerte ihn an. Eigenartig war, dass genau solche Uniformierten sich Zivilisten gegenüber meist sehr autoritär gaben.

»Jawohl. Ich …«

»Gibt es etwas Neues vom gestohlenen Kühllaster?«

Der Wachtmeister stutzte, stierte auf seinen Schreibtisch, eilte zum Fächerregal und kam mit einem Zettel zurück. »Ja, der Regellaster mit Kühlaufbau, er ist heute Morgen auf einem abgelegenen Weg bei Projensdorf gefunden worden, steht jetzt im Innenhof. Ich wollte noch …«

»Spuren?«

»Keine Spuren, nur getautes Kühlwasser, eine Schubkarre und verdorbenes Fleisch. Ein Kübel mit Schweineblut fehlt. Aber …«

»Schweineblut?«

»Jawohl, Herr Kommissar, Schweineblut, zehn Liter. Außerdem …« Der Wachtmeister hielt inne und schaute

Rosenbaum an, als erwartete er die nächste Unterbrechung.

Rosenbaum sagte nichts.

»Außerdem hat sich am frühen Morgen ein Verkehrsunfall auf der Preetzer Chaussee ereignet«, fuhr der Wachtmeister fort. »Ein Pferdefuhrwerk hat einen Fußgänger überfahren. Er liegt jetzt in der Akademischen Chirurgie. Dort hat man festgestellt, dass der Mann offenbar mit Chloroform betäubt gewesen war.«

XVI

Mehr als zehn Stunden dauerte die Fahrt. Eickmann hatte Meyer nach Köln geschickt, um Wilhelm Kosniak, den Absender von Webers Geburtstagsgeschenk, zu befragen.

»So blöd kann ein Mörder nicht sein, dass er eine Karte mit seinem Namen hinterlässt«, hatte Meyer dem Auftrag entgegengehalten. »Also ist Kosniak nicht der Mörder, also reicht eine Befragung in Amtshilfe durch die örtliche Polizei aus.«

Der Einwand hatte nicht geholfen. Eickmann fand zwar auch, dass der Tatverdacht zweifelhaft erschien, sonst wäre er selbst gefahren, aber es war eine erste Spur. Meyer musste fahren.

Der größte und aus Meyers Sicht auch einzige Vorzug

Kölns lag in der hervorragenden Anbindung an den Zugverkehr. Schnellzüge aus dem ganzen Reich kamen an, mehrmals am Tag auch aus Hamburg oder Kiel – kriegsbedingt schafften es jedoch nicht alle bis ans Ziel. Meyers dagegen schon.

Er hatte den Nachtzug gewählt. In den Jahren vor dem Krieg hatte sich für Fernreisende der ersten und zweiten Klasse die nächtliche Fahrt in komfortablen Schlafabteilen etabliert. Die Fahrgäste der dritten Klasse – man konnte sie leicht an den mitgebrachten Wolldecken erkennen – mussten sich mit Holzbänken begnügen. Meyers Status als Kriminalbeamter verschaffte ihm die Reise in der zweiten Klasse, also in einem mit Etagenbetten ausgestatteten Abteil. Dennoch bekam er kaum ein Auge zu. Wenn die Lok mit atemberaubenden 70 oder 80 Stundenkilometern über die Gleise pflügte, ruckelte und quietschte es nervtötend, und wenn es einmal nicht ruckelte oder quietsche, schnarchte einer der Mitreisenden. Meyer verbrachte die meiste Zeit vor dem Fenster im Gang, rauchte Zigaretten und betrachtete die Landschaft. Es war Mitte Juni, die Sonne ging spät unter und früh wieder auf und nachts schien der Mond am wolkenlosen Himmel. Eine friedliche, fast idyllische Atmosphäre herrschte – wäre nur nicht diese Müdigkeit.

In Köln nahm sich Meyer eine Droschke nach Ehrenfeld. Als er vor Kosniaks Wohnhaus stand, erklärte ihm dessen Frau, dass ihr Mann zur Arbeit sei, als Buchhalter bei der Rheinischen Gummiwarenfabrik in Köln-Nippes, ein paar Kilometer nördlich. Natürlich wäre Meyer der Umweg erspart geblieben, wenn er seinen Besuch angekündigt hätte, aber er wollte mit Kosniak sprechen, wenn dieser unvorbereitet war. So brachte ihn die Droschke also nach Köln-Nippes. Dort stand er vor einem freundlichen

Wilhelm Kosniak mit Halbglatze, deutlichem Übergewicht, Nickelbrille und Ärmelschonern. Als Meyer sich als Kriminalassistent vorstellte, wurde Kosniak zurückhaltend. Als er das Geburtstagsgeschenk für Hauptmann Weber ansprach, wurde Kosniak nervös. Als er erklärte, dass Weinbrand und Kuchen vergiftet gewesen seien, wurde Kosniak bleich. Als er erwähnte, Weber und seine Frau seien jetzt tot, war Kosniak fassungslos.

»Das war ich nicht,« stotterte er.

Meyer mochte das glauben, wollte Kosniak aber noch nicht von dem unausgesprochenen Vorwurf befreien.

»Woher kannten Sie Hauptmann Weber denn?«, fragte er.

»Schulfreunde. Und in den letzten Jahren war ich hin und wieder am Kaiser-Wilhelm-Kanal, da habe ich ihn mal besucht.«

»Am Kaiser-Wilhelm-Kanal?«

»Wir verlegen Land- und Seekabel. Das Azorenkabel zwischen Emden und New York von 1904, fast 5.000 Seemeilen, das waren wir. Unter anderem haben wir auch den Kaiser-Wilhelm-Kanal verkabelt.«

»Und zum Geburtstag haben Sie Weber Weinbrand und Kuchen geschenkt?«

»Also, in erster Linie habe ich ihm einen verzierten Flachmann geschenkt – Luxusartikel bekommt man heutzutage ja recht günstig. Und dann dachte ich, es wäre eine schöne Überraschung, den Flachmann gleich zu füllen.«

»Mit Weinbrand, den bekommt man nicht so leicht.«

Kosniak nickte verlegen. Weinbrand konnte man meist nur zu horrenden Preisen auf dem Grauen Markt erwerben. Anders als der Schwarzmarkt bei den rationierten Nahrungsmitteln war der Graue Markt zwar nicht illegal, aber illicit schon, hochgradig unmoralisch in einer Zeit, in der die Soldaten an der Front und die Zivilisten an der Heimatfront größte Opfer entrichteten. Man gab so eine Verfehlung nicht gern zu.

Meyers nächste Frage wurde noch peinlicher. »Wo haben Sie den Weinbrand denn her?«

»Gekauft. Am Domplatz.«

»Von wem?«

»Weiß ich nicht. Kannte ich nicht. Aber ich habe davon selbst getrunken. Das war nicht vergiftet.«

»Haben Sie noch etwas davon?«

»Zu Hause.«

»Das muss ich beschlagnahmen.«

Wieder ein verlegenes Nicken.

»Und der Kuchen?«

»Von einer Konditorei aus Kiel. Ich habe in der Zeitung eine Anzeige gefunden, dass man dort aus der Ferne die Lieferung von Torten ordern kann. So bin ich überhaupt erst auf die Idee gekommen. Ich habe den Flachmann gekauft und abgefüllt, eine Glückwunschkarte besorgt, alles an die Konditorei geschickt, die haben es zu dem Kuchen gelegt und ausgeliefert.«

Krieg macht erfinderisch, dachte Meyer. Tatsächlich war diese Art der Dienstleistung schon vor dem Großen Krieg erfunden worden. Zunächst nur mit Blumen, weil das Versenden frischer Sträuße regelmäßig dazu geführt hatte, dass die Sträuße nicht mehr frisch waren, wenn sie ankamen.

Kosniak konnte den Namen der Konditorei nicht aus dem Gedächtnis nennen. Also fuhren die beiden in seine Wohnung. Der Zeuge suchte die Rechnung der Konditorei heraus und holte den Weinbrand aus dem Wohnzimmerschrank. Beides übergab er Meyer, der sich anschließend auf den Rückweg nach Neumünster machte. Amtshilfe durch die örtliche Polizei wäre vollkommen ausreichend gewesen.

XVII

Schon wieder Chloroform. Verkehrsunfälle kamen vor, aber im Allgemeinen waren die Beteiligten nicht betäubt worden. Und erst recht nicht mit Chloroform, wenn zwei Nächte zuvor ein Mord mithilfe von Chloroform stattgefunden hatte. Hedi hatte sich für den Vormittag vorgenommen, beim KYC zu ermitteln, machte sich jetzt aber auf den Weg zur Wache Gaarden, um mit den Kollegen zu sprechen, die den Unfall aufgenommen hatten.

Rosenbaum machte sich auf den Weg ins Krankenhaus, in dem das Unfallopfer lag. Unterwegs nahm er einen Umweg in Kauf, fuhr mit dem Rad am Rathaus vorbei – alles ruhig –, bog am Bootshafen links ab. Es war fast derselbe Weg wie zum KYC. Und auch fast derselbe Weg wie zur Nervenklinik oder zur Bellevuebrücke, nur etwas kürzer. Rosenbaum dachte darüber nach, ob es ihm etwas sagen müsste.

In der Brunswik war vor rund 60 Jahren ein nahezu unbebautes Areal ausgewählt worden, zu einem geschlossenen Campus für die Akademischen Heilanstalten heranzuwachsen. Als zentrales Gebäude diente das Akademische Krankenhaus in der Hegewischstraße. Dort war die Chirurgische Klinik eingerichtet worden, Rosenbaums Ziel. Die Irrenanstalt lag in gewisser Nähe zum Campus, natürlich etwas abgeschieden und vor allem dort, wo in den vorangegangenen Jahrzehnten noch viel Platz für Neubauten war: am nördlichen Westufer. Genau dort – wo sonst? – befanden sich auch der KYC und die Bellevuebrücke. Also alles nur Zufall.

Sie sahen alle gleich aus, die preußischen Krankenhäuser. In Grunde sahen sie alle wie Kasernen aus. Ein zentraler Mittelbau, links und rechts ein Flügel und alles war vom wilhelminischen Obrigkeitsstaat durchströmt. Man hätte sie leicht verwechseln können, wenn man nicht wusste, vor welchem Gebäude man gerade stand, zumal die Krankenhäuser in den letzten Jahren noch dichter mit Soldaten bevölkert waren als die meisten Kasernen. Das Krankenhaus in der Hegewischstraße hob sich in der Fassade ein wenig ab. Sie bestand nicht wie üblich aus dunklem Backstein, sondern aus hellem Putz und verschob so die Atmosphäre von Obrigkeit weg hin zu Paternalismus.

Rosenbaum musste beim Pförtner warten, bis ein Arzt erschien, sich als Oberarzt Dr. Martens vorstellte und ihn in einen kleinen Ambulanzraum führte.

Der Doktor setzte sich hinter den Schreibtisch. »Sie sind wegen des Kollegen Dr. Schwarzenfeld hier?«

»Nein, ich ...« So weit kam Rosenbaum, bevor er stutzen musste.

Schwarzenfeld?, dachte er.

»Schwarzenfeld?«, sagte er.

»So hatte ich den Pförtner verstanden.«

»Ich komme wegen des Unfallopfers von heute Morgen, am Langsee.«

Martens nickte, das Unfallopfer war Dr. Schwarzenfeld von der Nervenklinik.

Rosenbaum brauchte ein paar Sekunden, um die neue Information einzuordnen.

»Wird er durchkommen?«, fragte er.

Der Oberarzt zuckte mit den Achseln. »Schwere Brustverletzung, viel Blut verloren. Der rechte Lungenflügel ist hin. Wir haben eine Stunde operiert. Mehr Zeit haben wir nicht.«

Rosenbaum mag in diesem Moment betroffen gewirkt haben, war aber nur nachdenklich. Beides musste bei ihm ähnlich aussehen und war schon mehrfach verwechselt worden. Als beispielsweise das Meerschweinchen seiner Tochter vor vielen Jahren vom Tierarzt eingeschläfert worden war, hatte Rosenbaum darüber nachgedacht, wie er einen Ersatz beschaffen könnte. Der Tierarzt schaute ihn mitleidsvoll an, klopfte ihm auf die Schulter und sagte: ›Wird schon wieder.‹ Und plötzlich befand Rosenbaum sich in der Situation, das Missverständnis aufklären zu müssen, ohne dabei den Eindruck zu erwecken, herzlos zu sein. Wahrscheinlich war es ihm nicht gelungen. Am ehesten dürfte der Tierarzt den Eindruck gewonnen haben, dass Rosenbaum versuchte, seine Sensibilität zu verstecken. Das war ihm von allen denkbaren Alternativen noch die peinlichste gewesen, sodass er sich entschlossen hatte, mit dem neuen Meerschweinchen auch den Tierarzt zu wechseln.

So weit wollte Rosenbaum es jetzt nicht kommen lassen. Er beendete seine missverständliche Nachdenklichkeit und fragte mit betont sachlicher Stimme: »Sie hätten ihn länger operieren müssen?«

»Eine erfolgreiche Beinamputation in gesundem Gewebe dauert weniger als eine Stunde, und wir haben hier Soldaten, die etliche Tage darauf warten müssen. Eine sorgfältige Brustoperation bei Knochentrümmern und umfangreichen Quetschungen dauert vielleicht sechs Stunden. In welcher Reihenfolge würden Sie vorgehen?«

»Ich wollte Sie nicht kritisieren«, antwortete Rosenbaum.

Martens grunzte zufrieden. »Wir nahmen Chloroformgeruch wahr und verständigten die Gerichtsmedizin. Merkwürdig ist noch, dass die Kleidung an der Rückseite mit Wasser durchtränkt war, als hätte der Mann in einer Pfütze gelegen.«

»Leitungswasser? Meerwasser?«

»Haben wir nicht untersucht, könnte man aber nachholen.«

»War das Opfer gefesselt oder lag es in einem Kartoffelsack?«

»Nicht dass ich wüsste.«

Rosenbaum bat um Schwarzenfelds Kleidung, er würde sie gleich in die Gerichtsmedizin bringen.

»Wie lange wäre der Mann denn von dem Chloroform noch betäubt gewesen?«, fragte er.

»Kann ich nicht sagen. Wir haben aber eine Blutprobe in die Gerichtsmedizin geschickt, die können das dort nachuntersuchen.«

»Ich nehme an, Dr. Schwarzenfeld ist nicht vernehmungsfähig?«

»Er dürfte wohl nicht bei Bewusstsein sein«, antwortete Martens. »Aber wir können gerne mal nachsehen.«

Der Oberarzt führte den Kommissar über das Treppenhaus in den anderen Gebäudeflügel. Durch eine zweiflüglige Tür, deren Verglasung blickdicht verklebt war, betraten sie einen großen Krankensaal, in dem gestöhnt, geächzt und vereinzelt unterdrückt geschrien wurde. Menschen in weißer Kleidung rannten mit Tüchern, Krügen und Spritzen durch die Gänge. Einige Patienten lagen in Krankenbetten, die meisten auf Feldbetten. 40, 50 Mann dicht gedrängt, ohne Raum für Privatheit. Vereinzelt aufgestellte Spanische Wände brachten Scham zum Ausdruck. Es roch nach Lysoform und Erbrochenem. Wer hier liegen musste und noch nicht krank war, würde es bald werden.

»Oben haben wir die Erste Klasse, wo die Offiziere liegen. Da sieht es ein wenig besser aus. Ist aber kein Platz frei«, entschuldigte sich Martens dafür, dass Schwarzenfeld bei den einfachen Soldaten liegen musste.

Auch das hatte der Krieg verändert. Die über viele Jahrhunderte übliche Einteilung der Bevölkerung in drei Klassen, wie sie in den einzelnen Epochen auch immer heißen mochten, wich zunehmend einer Zweiteilung: Soldat, Offizier. Vielleicht gewöhnte man sich im Krieg so sehr daran, dass man die Unterscheidung später beibehielt, dachte sich Rosenbaum. Aber ein wirklicher Fortschritt wäre es nicht. Karl, Rosa, vielleicht auch Hedi hätten Martens auf seinen Entschuldigungsversuch entgegnet, dass unten bei den Soldaten wahrscheinlich bessere Zustände herrschen würden, wenn man oben bei den Offizieren näher zusammenrückte. Rosenbaum sagte nichts. Er dachte an seinen Sohn, Albert würde zwischen den Soldaten liegen.

Schwarzenfelds Bett stand neben dem Eingang. Neben ihm lag ein Soldat, noch in Felduniform oder was davon übrig geblieben ist. Das Gesicht war fast vollständig verbunden. Nur ein Schlauchende ragte aus dem Verband, wo einmal der Unterkiefer gewesen war. Martens berichtete, dass ein Schrapnell dem Mann das halbe Gesicht weggeschossen hatte. Der Oberarzt betrachtete ihn kurz, legte die Hand flach auf seinen Bauch, suchte am Arm und am Hals nach dem Puls und gab mit einer Handbewegung den Wärtern zu verstehen, dass sie den Patienten wegbringen sollten. Martens wirkte nicht betroffen, und selbst der Hauch von Scham, der ihn wenige Minuten zuvor umgeben hatte, hatte sich verflüchtigt.

Rosenbaum dagegen war aufgewühlt, versuchte aber, sich nichts anmerken zu lassen. Er wandte dem toten Soldaten den Rücken zu, wartete, bis er weggeschafft war, und trat nahe an Schwarzenfeld heran. Im Gesicht hatte der Arzt Schürfwunden, ein Arm war geschient, die Brust mit Gazeverband umwickelt. Schwarzenfeld atmete schwer. Seine Augen waren halb geöffnet, sie folgten keiner Bewegung.

Rosenbaum legte seine Hand auf die von Schwarzenfeld. Sorgsam achte er darauf, nicht zärtlich oder mitfühlend zu wirken, sondern Aufmerksamkeit fordernd. Er sprach Schwarzenfeld an, rüttelte ihn und wartete auf eine Reaktion. Die Reaktion blieb aus. Rosenbaum konnte sich mit Schwarzenfeld nicht verständigen.

Melancholie hatte den Kommissar ergriffen, vor Tagen schon, unmerklich zunächst, jedenfalls von ihm selbst unbemerkt, aber sie wurde stärker. Auf dem Rückweg vom Akademischen Krankenhaus gab er Schwarzenfelds Kleidung zur Untersuchung in der Gerichtsmedizin ab. Dabei fragte ihn der Sektionshelfer, ob es ihm nicht gut gehe. Nein, es ging ihm nicht gut, aber er konnte es nicht begründen. Außer mit dem Krieg und all den Umständen, die jeden anderen genauso belasteten wie ihn. Aber weil sie jeden belasteten, konnte man damit nichts begründen. Rosenbaum antwortete, er habe Kopfschmerzen, und verabschiedete sich.

Als er eine Viertelstunde später in der Blume angekommen war, dauerte es nicht lange, bis auch Hedi erschien.

»Chef, es ist Dr. Schwarzenfeld, der zweite Oberarzt aus der Nervenklinik!«

»Ja, Hedi. Ich weiß.«

Rosenbaum sprach langsam und leise.

»Ist was, Chef?«

Jetzt fragte auch noch Hedi.

»Ich bin etwas müde.«

»Was haben Sie letzte Nacht denn so gemacht?« Hedi grinste.

Rosenbaum wusste, dass er ihr nichts vorspielen konnte. Sie kannte ihn gut genug, um zu wissen, dass er nicht müde, sondern schwermütig war. Aber sie spielte mit, sie war seine Verbündete. Und dennoch konnte er sich ihr nicht öffnen. Woran es auch gelegen haben mag, vielleicht weil ein Mann nicht schwermütig zu sein hatte, er konnte sich ihr nicht offenbaren und sie akzeptierte es. Sie spielten das Chef-ist-müde-Spiel.

Rosenbaum riss sich zusammen, trat ans Fenster, öffnete es, streckte sich und atmete tief ein. Er versuchte, Spannung in seine Körperhaltung und seinen Gesichtsausdruck zu pumpen. Und Kraft in seine Stimme.

»Was haben Sie herausgefunden?«, fragte er.

»Heute früh um fünf befuhr der Landwirt Gustav Jensen mit seinem Pferdefuhrwerk die Preetzer Chaussee stadtauswärts. Er gab zu Protokoll, dass plötzlich ein Hindernis auf der Straße gelegen habe. Die Pferde seien vor Schreck durchgegangen und der Wagen sei dann über das Hindernis gerollt. Als Jensen sein Fuhrwerk zum Stehen gebracht habe und zurückgelaufen sei, habe er erkannt, dass es sich bei dem Hindernis um einen Menschen gehandelt habe. Wegen dichten Bodennebels habe er ihn vorher nicht sehen können. Auf Nachfrage erklärte Jensen, der Mann sei nicht von den Pferden umgeworfen worden, sondern habe bereits auf der Straße gelegen. Hinweise auf Fesselungen oder Kartoffelsäcke wurden nicht gefunden.« Hedi zog ein paar Blätter Papier aus ihrer Tasche und legte sie auf Rosenbaums Schreibtisch. »Hier das Aussageprotokoll.«

Rosenbaum ließ es unbeachtet und berichtete stattdessen von seinem Besuch im Krankenhaus und dass Schwarzenfelds Aussichten nicht gut seien. Ein wortloser Moment folgte. Rosenbaum bemühte sich, ihn zu einem Moment des Nachdenkens zu machen, nicht zu einem Moment der Betroffenheit.

Hedi beschloss, die Ermittlungen beim KYC noch ein wenig zurückzustellen. »Ich fahr zu Schwarzenfelds Frau. Sie weiß noch nichts«, sagte sie.

»Ich fahr in die Irrenanstalt«, sagte Rosenbaum und dachte: vielleicht für länger. Aber das dachte er nur scherzhaft. Wenn er ernsthaft etwas denken wollte, hätte er gedacht, dass er das Kokain nicht hätte einnehmen sollen.

Siemerling behandelte irgendwo im Gebäude einen Patienten, als Rosenbaum in dessen Vorzimmer auftauchte und nach ihm fragte. Die Direktionssekretärin schickte nach dem Professor und Rosenbaum wartete. Er saß Auge in Auge mit der Sekretärin, die über ihn wachte und nebenbei etwas von ihrem Stenoblock in eine Schreibmaschine tippte. Die Frau war vom alten Schlag, noch keine 40, aber schon graues Haar, das sie zu einem Dutt gewickelt und gouvernantenhaft mit einem Haarnetz überzogen hatte.

Rosenbaum schoss durch den Sinn, dass es interessant sein dürfte, wie diese Frau die Situation einschätzte. Sie wusste wohl nichts von Schwarzenfelds Unfall, ahnte vielleicht etwas. Und der Grund ihrer Ahnung könnte Licht in die Sache bringen.

»Es wird nicht leicht sein, für Dr. Althoff schnell Ersatz zu finden, nicht wahr?«, fragte Rosenbaum in das Getippe hinein.

»Wahrscheinlich nicht«, sagte sie während einer Tipppause und schaute Rosenbaum mit strengem Blick an, als hätte er etwas Unflätiges gesagt. Die Antwort zeigte, dass die Frau nichts wusste oder ahnte. Oder dass sie beides nur gut verbarg.

Rosenbaum wurde direkter. »Wissen Sie, wann heute Dienstbeginn von Dr. Schwarzenfeld war?«

»Nein.« Jetzt unterbrach die Sekretärin nicht einmal das Tippen.

»Wann kam er denn meistens so?«

Rosenbaum wählte das Präteritum. Es war die wohl schärfste Aufforderung, Ahnungen zu formulieren. Aber die Sekretärin blieb verschlossen.

»Die Ärzte benutzen hier keine Stechuhr«, antwortete sie, ohne aufzuschauen. Ihre Antworten sagten im Grunde gar nichts.

Als Siemerling kam und Rosenbaum gewahrte, wandelte sich sein Blick. Er schaute den Besucher an wie ein Patient einen Arzt ansieht, kurz bevor ihm die Diagnose einer schweren Krankheit offenbart wurde. Der Professor führte Rosenbaum in das Direktionszimmer, bot ihm den Besucherstuhl vor dem Schreibtisch an, schloss sorgfältig die Tür, setzte sich und wartete auf die ›Diagnose‹. Rosenbaum ließ sich Zeit, nicht aus sadistischen Trieben oder der Dramatik wegen, sondern um in Siemerlings Gesicht zu lesen. Dort stand, dass der Professor etwas verbarg. Und das hatte zweifellos mit Althoff, Schwarzenfeld und Neuber zu tun. Rosenbaum nahm sich vor, Siemerling hart ranzunehmen.

Dann berichtete er von Schwarzenfelds Unglück, von seinem Zustand und dass es vermutlich ein Mordanschlag gewesen war. Der Professor war bestürzt, einerseits. Andererseits erleichtert. Jedenfalls stand das in seinem Gesicht. Vielleicht weil er Schlimmeres befürchtet hatte, vielleicht weil er endlich Gewissheit hatte – wie der Patient, der jetzt seine Diagnose kannte. In Gesichtern lesen war, wie in Kaffeesatz zu lesen. Das wusste Rosenbaum und doch versuchte er es immer wieder.

»Haben Sie eine Erklärung?«, fragte er, als er genug gelesen hatte.

»Ich? Nein.«

»Was für Gemeinsamkeiten hatten Althoff und Schwarzenfeld?«

»Sie arbeiteten zusammen und sie arbeiteten gut zusammen. Mehr weiß ich nicht.«

»Haben sich die beiden außerhalb der Klinik getroffen? Waren sie befreundet? Hatten sie vielleicht ein gemeinsames Hobby?« Rosenbaum begann, Nachdruck in seine Stimme zu legen.

»Davon weiß ich auch nichts. Dafür habe ich mich nicht interessiert.« Siemerling begann, störrisch zu werden.

»Vielleicht sollten Sie sich mehr für das interessieren, was in Ihrer Klinik vor sich geht!«

So hatte seit seiner Studentenzeit wahrscheinlich niemand mehr mit dem Professor gesprochen.

»Was erlauben Sie sich?«

»Ihnen werden kurz nacheinander die Oberärzte weggemordet und Sie zucken mit den Schultern und wissen von nichts!« Rosenbaum schlug mit der flachen Hand auf Siemerlings Schreibtisch. Ein Zeichen, dass seine Geduld erschöpft war. »Kooperieren Sie, Herr Professor!«

Siemerling schaute Rosenbaum eine Weile argwöhnisch an, stand von seinem Stuhl auf, ging zum Fenster und schaute in den Park hinunter auf seine Verrückten.

»Sie verstehen nicht, was es bedeutet, in Zeiten wie diesen eine Nervenklinik zu leiten«, sagte er leise. Sein Blick kehrte langsam zurück in den Raum, strich über den Teppich und blieb an Rosenbaums Augen hängen. Siemerling wirkte, als würde er Rosenbaum im nächsten Moment anflehen wollen. »Man wird gejagt von denjenigen, die Nervenheilkunde schon immer für unpreußisch gehalten haben, für verweichlichten Luxus. Wenn ich jetzt einen Fehler mache, kann ich den ganzen Laden schließen.«

War das der Grund für die Heimlichtuerei, die seit Rosenbaums erstem Besuch wie Nebel über der Irrenanstalt lag? Hatte man hier Angst um die Klinik, die Zukunft der Verrückten, zumindest um die eigene Zukunft?

»Es wäre ein Fehler, die Kooperation weiter zu verweigern«, erwiderte Rosenbaum. Dabei wurde er nicht von Einsicht geleitet, sondern von seinen Wünschen. Er war so offensichtlich von ihnen geleitet, dass ihm das Stümperhafte seines Versuchs, Siemerling zum Reden zu bringen, noch im selben Moment peinlich wurde. Er konnte nicht wissen, ob weiteres Schweigen ein Fehler war, und für Siemerling musste klar sein, dass Rosenbaum es nicht wissen konnte.

»Hat es jemand auf Sie abgesehen? Auf die Klinik?«, fragte Rosenbaum in der Hoffnung, dass sein Rat zur Kooperation schnell vergessen würde.

Siemerling antwortete nicht. Es schien, als hätte sich Rosenbaum als Gesprächspartner disqualifiziert.

»Ich könnte jetzt gehen und in knapp zwei Stunden mit einem Durchsuchungsbefehl und zehn Schupos zurück sein«, drohte Rosenbaum. Den Durchsuchungsbefehl würde er wahrscheinlich bekommen, die Schupos eher nicht, weil alle verfügbaren Kräfte wegen der Hungerunruhen zur Bewachung der Ausgabestellen für Lebensmittelkarten benötigt wurden. Rosenbaum war das klar, Siemerling wahrscheinlich nicht.

»Deshalb ist es für mich besser, wenn ich gleich kooperiere?«, fragte der Professor nach. »Meinten Sie es so?«

Rosenbaum antwortete nicht, Siemerling hatte ihn durchschaut. Jeder gute Rat, jedes Verständnis, das Rosenbaum gezeigt hatte, alles war gelogen, vorgeschützt, um an eine Aussage zu kommen. Nichts war echt. Gesprächstaktik, Verhörstrategie, Unaufrichtigkeit.

Mit Kooperation war nicht mehr ernsthaft zu rechnen. Doch genau in diesem Moment trat sie auf, zögerlich zunächst, dann entschiedener. Siemerling hatte sich für Kooperation entschieden. Unabhängig von Rosenbaums Bemühungen, vielleicht trotz ihrer.

»Man weiß nie, mit wem man es zu tun hat, bevor man nicht weiß, was er getan hat. Das gilt ohne Ausnahme, Herr Kommissar«, orakelte Siemerling.

Käme diese Aussage nicht von einem klugen und gelehrten Mann, hätte Rosenbaum sie als wichtigtuerisches Geschwafel abgetan. Aber so wurde sie zu tiefer Erkenntnis, über die sich lohnte weiter nachzudenken.

»Doch was ist, wenn Sie jetzt über jemanden urteilen müssen, aber nicht sicher wissen, was er getan hat? Wie entscheiden Sie?«

Urteilsfindung ohne befriedigende Entscheidungsgrundlage war das tägliche Brot von Strafrichtern und damit auch Rosenbaums alltägliche Konfliktsituation.

»Hier kamen über einen längeren Zeitraum Arzneimittel abhanden«, sagte der Professor. Jetzt schien ausgesprochen zu sein, was ihn gequält hatte.

»Arzneimittel?« Rosenbaum hatte das Wort genau verstanden, er brauchte nicht nachzufragen. Aber ihm fiel keine passendere Reaktion auf die überraschende Nachricht ein. Dann fiel ihm doch etwas ein: »Auch Chloroform?«

»Chloroform, Kokain, Morphin. Diese Mittel sind auf dem Schwarzmarkt hoch im Kurs, die Nachfrage vor allem bei den Frontsoldaten ist enorm.« Siemerling setzte sich wieder an seinen Schreibtisch. »Althoff und Schwarzenfeld haben die Medikamente verwaltet, aber keinem von ihnen konnte etwas nachgewiesen werden. Ich habe die Verwaltung dann zwei anderen Kollegen übertragen. Danach war zunächst alles in Ordnung, bis vor einer Woche wieder Fehlmengen zu verzeichnen waren.«

»Und Sie glauben, Althoff und Schwarzenfeld waren das?«

»Nach den ersten Diebstählen hatte ich angeordnet, dass einige der Medikamente unter Verschluss zu halten waren. Aber Althoff und Schwarzenfeld hatten einen Schlüssel zurückbehalten, als sie die Medikamentenverwaltung abgaben. Althoff sagte, der Schlüssel kam ihm abhanden. Wieder konnte ich ihm nichts beweisen.«

»Haben Sie Strafanzeige erstattet?«

»Nein, natürlich nicht!« Siemerling entrüstete sich angesichts des Ausmaßes an polizeilicher Naivität. »Stellen Sie sich vor, was passiert, wenn sich herumspricht, dass man bei uns illegal Rauschgifte bekommt? Neuber und einige andere würden so lange insistieren, bis die Klink geschlossen wird.«

»Neuber?«

»Ja, er führt einen Privatkrieg gegen die Akademischen Heilanstalten.«

XVIII

Joseph Bangert saß in der Friedhofskapelle des Eichhofs auf der Bank und betrachtete das vor ihm hängende Triumphkreuz. Für ihn symbolisierte es den Sieg Christi über den

Tod. Bangert faltete die Hände und bat den Herrn um Vergebung für Bruno. Immer wenn er Zeit hatte, kam er hierher und betete für seinen Sohn. Der Sieg über den Tod bedeutete Ewigkeit. Da machten ein paar Jahre, selbst ein paar Jahrzehnte irdischer Plackerei, nicht viel aus. Wichtig war, dass man die Ewigkeit nicht verpasste, und da sorgte Bangert sich sehr um Bruno. Er war ein herzensguter Junge gewesen und er war schwer geprüft worden. Zum Schluss, erst ganz zum Schluss hatte ihm die Kraft gefehlt und er hatte die Prüfung für die Ewigkeit vielleicht nicht bestanden. Aber es war eine überaus schwere Prüfung gewesen und Bruno hatte erst ganz zum Schluss versagt und auch nur sehr knapp. Das würde Gott berücksichtigen, sicher würde er das tun. Immerhin ging es um die Ewigkeit. Und schließlich hatte der Herr Bruno die Möglichkeit gegeben, es zu tun. Er hatte ihm die Hand gestützt, dann konnte es doch nicht falsch sein, am Abzug zu ziehen.

Vielleicht war die Prüfung aber schon vorbei gewesen, als Brunos Scheitern offensichtlich geworden war. Vielleicht hatte Gott von ihm gewollt, dass er den Kriegsdienst verweigerte. Vielleicht waren die Erlebnisse an der Front nicht die Prüfung, sondern bereits die Strafe.

Bangert zog einen Brief von Bruno aus der Tasche – nicht den Brief von gestern, einen anderen, er hatte viele Briefe von ihm – und las laut vor. Er las ihn Gott vor, aber eigentlich las er ihn sich selbst vor.

15. Juli 1915
Liebe Eltern,

seit einigen Wochen kämpfen wir auch mit
Gas. Bei günstigem Wind werden Hunderte von

Druckflaschen herangeschafft und geöffnet. Das Gas bleibt am Boden, fällt in die feindlichen Gräben und treibt die Männer heraus. Zuerst war es Chlorgas, dann Phosgen, schließlich unterschiedliche Gasmischungen, die den Soldaten kampfunfähig machen, aber nicht unbedingt töten. Denn die Versorgung von Verletzten bindet Kräfte. Muss ich mich schämen?

Wochenlang härteste Kämpfe, dann wieder Wochen der Ruhe und Warten auf den Tod. Der offene und ehrliche Kampf mit ritterlichen Waffen, alles Lüge.
Mut, Tapferkeit und Geschick, alles überflüssig.

Bangert wischte sich die Augen trocken. Er hatte einen weiteren Brief bei sich, den er gern vorgelesen hätte, aber er konnte nicht. Das lag nicht an den tränenden Augen – Bangert kannte den Brief auswendig –, sondern an seiner gebrochenen Stimme. Er hätte kein verständliches Wort herausgebracht. Also zog er stattdessen eine Pistole aus der Jackentasche, eine Parabellum P08, Brunos ehemalige Ordonnanzwaffe, und zeigte sie dem Herrn. Damit hatte Bruno sich erschossen. Sechsmal hatte er zitternd danebengeschossen und einmal hatte er getroffen. Das Magazin fasste acht Patronen. Die letzte war noch immer drin. Die Pistole war Bangert mit Brunos Sachen versehentlich ausgehändigt worden. Sie hatte tief unten neben einer Handgranate in einem Lederbeutel gesteckt. Das hätte nicht sein dürfen und so ein Versehen kam normalerweise nicht vor. Aber es war vorgekommen. Und es war ein Zeichen. Bangert hatte verstanden. Er brauchte nichts zu sagen. Er hielt die Pistole dem Triumphkreuz entgegen, zum Zeichen, dass er verstanden hatte. Dann steckte er die Parabellum sorgfältig wieder zurück, erhob sich stumm, grüßte tief und machte sich mit trägen Schritten auf zum Grab der Kinder. Er dachte an Bruno und Erika und an Brunos Spieldose, der Erika jetzt ständig zuhörte. ›Üb immer Treu und Redlichkeit bis an dein kühles Grab.‹ Es musste etwas falsch sein, wenn ein alter Mann zum Grab seiner Kinder ging. Der Krieg war falsch.

8. November 1915
Liebe Mutter,
lieber Vater,
wir sind in die Champagne verlegt worden, um eine Offensive der Franzosen zurückzuwerfen. Fazit: 6 Wochen Schlacht, 70.000 Tote, keine wesentliche Veränderung im Frontverlauf.
Und so läuft es ab: Wenn der Befehl kommt, kriechen wir aus unseren Gräben und rennen in das Mündungsfeuer vom Franzmann. Wer nicht mitrennt, wird von den Feldgendarmen erschossen. Wir laufen, den einen zerreißt eine Granate, den anderen trifft die Kugel. Wenn wir vor den Gräben vom Franzmann stehen, sind wir oft so wenige, dass wir uns zurückziehen müssen. Der Feind kommt hinterher und jagt uns, bis wir unsere Unterstände erreicht haben. Dann werfen wir ihn wieder zurück. Am nächsten Tag ist die Reihenfolge genauso oder vielleicht anders herum, es spielt keine Rolle. Wenn mal einer unserer Gräben eingenommen wird, ziehen wir uns in die Unterstände auf zweiter oder drit-

ter Linie zurück und tags darauf holen wir uns unseren Graben zurück.

Liebe Eltern, in der Heimat hat sicher niemand eine Ahnung, wie es an der Front zugeht. Eure Vorstellungskraft wird nicht ausreichen, bei Weitem nicht. Habt Ihr jemals eine Fotografie von einem gefallenen deutschen Soldaten gesehen? Nein? Natürlich nicht. Sie dürfen nicht fotografiert werden. Habt Ihr jemals in einen ausgebombten Schützengraben geschaut? Die Soldaten dort sind nicht nur einfach tot. Sie liegen zwischen abgerissenen Gliedmaßen und aufgeschlitzten Bäuchen, einige röcheln noch oder schütteln sich vor Krämpfen. Andere versuchen, auf Beinstümpfen aus dem Graben zu klettern. Wieder andere schreien eine ganze Nacht lang nach ihrer Mutter, bis sie sterben. Aus den Nachbargräben, die noch nicht getroffen wurden, springen manchmal Männer heraus, weil sie die Schreie nicht mehr aushalten, und je nachdem, in welche Richtung sie dann laufen, werden sie vom Feind oder von den eigenen Leuten erschossen.

Gott hat uns mit mächtigen Waffen an diesen Ort geschickt und dann hat er diesen Ort verlassen.

XIX

Rosenbaum und Hedi waren um 14 Uhr vor dem Pathologischen Institut in der Hospitalstraße verabredet, und zwar dort, wo früher eine große Buche gestanden hatte. Der Baum war schon vor Jahren eingegangen, weil sich hinter ihm zu viele Menschen übergeben hatten. In einem Flügel des Pathologischen Instituts war das Institut für Gerichtsmedizin eingerichtet worden, wo oftmals Besucher einer Sektion beiwohnen oder mehr oder weniger verweste oder verstümmelte Verwandte identifizieren mussten. Viele dieser Besucher hatten einen schwachen Magen.

Rosenbaum hatte sich gleich nach seinem Besuch bei Siemerling auf den Weg gemacht. Mit dem Fahrrad waren es nur rund eineinhalb Kilometer den Niemannsweg entlang, am Düsternbrooker Gehölz vorbei, jetzt im Frühsommer an einem sonnigen und warmen Tag ein Genuss. Das Herz hätte Rosenbaum aufgehen müssen, aber es blieb verkrampft. Vor der Pathologie stellte er das Fahrrad ab und zündete sich eine Zigarette an. Ein tiefer Zug, noch einer, aber das Herz blieb, wie es war, und öffnete sich nicht einmal, als Hedi um die Ecke bog.

»Chef?«

»Hedi?«

Hedi sprach wie jemand, der sich wunderte, nicht wahrgenommen zu werden, und Rosenbaum sprach wie jemand, der seinen Seelenzustand verschleiern wollte.

Chef und Assistentin sahen einander an, sie in birnige Hosen gekleidet und von der Fahrradtour noch ein wenig außer Atem und mit leicht geröteten Wangen, er in Schwermut versunken. Hedi stellte ihr Fahrrad ab und berichtete, dass Schwarzenfelds Ehefrau erschüttert und offenbar ahnungslos war. Rosenbaum nahm noch ein paar Züge, tief und hektisch, im Gegensatz zum Phlegma der für ihn typischen Bewegungen. Vorbei die Ruhe, mit der er früher seine Zigarren liebkost hatte. Er erzählte von seinem Besuch bei Siemerling. Bei den Worten ›Arzneimittel‹ und ›Privatkrieg‹ horchte Hedi auf.

»Sagt er die Wahrheit?«, fragte sie nach.

»Ich habe den Eindruck. Warum sollte er etwas erfinden, das ihm schaden könnte?«

»Um den Fokus von sich zu lenken.«

»Das bedeutet, er selbst wäre der Mörder. Oder jemand in seiner näheren Umgebung.« Rosenbaum seufzte. »Möglich oder auch nicht.« Noch ein Seufzer. »Schauen wir mal, was Ziemke uns zu sagen hat.«

Als die Kriminalisten das Gebäude betraten und die Treppe zur Gerichtsmedizin hinunterstiegen, wurde es düsterer, klinischer, lebloser. Wer hier hinabstieg, dessen Stimmung sank gleich mit. So ging es auch Hedi, jedes Mal. Rosenbaum hielt heute mit etwas Anstrengung seine Gemütsverfassung auf gleichbleibendem Niveau.

»Oben soll ja gerade Sommer sein, hab ich gehört.« Das war Professor Ziemke. Er kam den Besuchern lächelnd entgegen, begleitet von einem lustigen Quietschen, das seine Ledersohlen auf dem Linoleumboden verursachten. Auch unter Rosenbaums Füßen quietschte es. Es hörte sich aber an, als wäre er auf eine Maus getreten. Der Unterschied musste etwas mit Ziemkes Persönlichkeit zu tun haben, mit einer Unbeschwertheit, die man vielleicht brauchte, wenn man sich entschied, sein Leben in der Todesnähe des pathologischen Kellers zu verbringen. Rosenbaum lächelte, als er den Gerichtsmediziner sah, und es war ein ehrliches Lächeln.

Der Professor führte den Besuch in seine Studierstube, Ziemkes Gruselkabinett, geschmückt von allerlei Glasgefäßen mit Formaldehyd und Fleischigem, ähnlich dem, was Hedi zwei Tage vorher im Schlachthof hatte sehen können.

Ziemke erkundigte sich nach Schwarzenfelds Zustand. Er kannte ihn, nicht sehr gut, eben so, wie Ärzte vom selben Klinikum einander kannten. Für eine Dosis ehrliche Betroffenheit reichte es aus. Während Rosenbaum berichtete, schenke sich Ziemke eine Tasse Tee ein und bot seinen Besuchern ebenfalls eine an. Rosenbaum und Hedi schlugen aus, sie wollten nichts zu sich nehmen, was an diesem Ort zubereitet wurde.

»Tja«, sagte Ziemke nach einigen Momenten der Empathie und begann, in den Unterlagen auf seinem Schreibtisch zu blättern. »Schwarzenfeld ist 39 Jahre alt, 1,64 groß, 96 Kilo schwer. Seine Blutprobe wurde um 6.45 Uhr genommen und um 9.10 Uhr bei uns untersucht. Nach dem Verhältnis der Chloroform-Konzentration und der Abbauprodukte zu urteilen und eine durchschnittliche Konstitution unterstellt, hätte der Kollege möglicherweise schon zum Zeitpunkt der Blutentnahme wieder bei Bewusstsein sein können, vielleicht auch erst ein oder eineinhalb Stunden später. Dann dürfte ihm das Chloroform etwa um 3 Uhr verabreicht worden sein.«

Während der Ausführungen hielt Hedi sich ein mit feiner Spitze geklöppeltes Taschentuch vor die Nase und gab dabei einem Drang nach, den sie in den Räumen der Gerichtsmedizin meistens spürte. Sie tat es, obwohl diese Aktion nie eine wahrnehmbare Wirkung besaß. Es war ein bloßes Ritual.

»Wissen Sie, Fräulein Kuhfuß, früher hatten wir keine Kühlanlage. Da roch es hier noch deutlich deftiger«, sagte Ziemke, als er Hedis Ekel bemerkte.

Hedi lächelte ertappt und steckte das Taschentuch weg.

»Können Sie sagen, wie lange Schwarzenfeld auf der Straße lag?«, fragte Rosenbaum und widerstand der Versuchung zu grinsen. In einer solchen Situation wäre es durchaus üblich gewesen, dass die anwesenden Herren sich ihre Überlegenheit über das weibliche Geschlecht durch Kopfnicken gegenseitig bestätigten. Die Andeutung eines Schmunzelns in Ziemkes Gesicht hätte als entsprechende Aufforderung verstanden werden können. Doch Rosenbaum widerstand. Nicht aus Überzeugung, er war selbstredend auch ein Chauvinist, sondern um sein Verhältnis zu Hedi nicht zu belasten. Er war auch ein Opportunist.

Ziemke stöberte kurz in den Unterlagen und zog die Mundwinkel abwägend hinunter. »Nach dem Bericht aus der Chirurgie war sein Körper deutlich unterkühlt, als er eingeliefert wurde, die Kerntemperatur wurde aber nicht genommen. Seine Kleidung war nass, die Außentemperatur lag etwa bei 13, 14 Grad – also vielleicht drei Stunden.«

»Und wenn er vorher in einem Kühllaster gelegen hatte?«, fragte Hedi nach.

Rosenbaums und wohl auch Ziemkes Gefühl der Überlegenheit verabschiedeten sich abrupt. Wieder zog der Professor seine Mundwinkel hinunter, noch ein wenig tiefer, noch ein wenig nachdenklicher. »Dann hat er kürzere Zeit auf der Straße gelegen«, murmelte er undeutlich, »sonst wäre der Körper weiter ausgekühlt. Einerseits. Andererseits hätte sich sein Stoffwechsel verlangsamt, das Chloroform müsste dann früher appliziert worden sein. Quantitative Aussagen kann ich dazu aber nicht machen – da fehlen uns Erfahrungswerte.«

»Ist es denn möglich?«, fragte Rosenbaum nach. »Ich meine, kann die nasse Kleidung von Tauwasser aus einem Kühllaster herrühren?«

»Möglich, ja. Der Kollege hatte in einer Pfütze aus Süßwasser gelegen. Das Szenario könnte passen.«

Hedi und Rosenbaum schauten einander stumm an. Mit ihren Blicken fragten sie sich gegenseitig, antworteten einander aber nicht. Es schien, als könnte man einen logischen Schluss ziehen, den der andere formulieren sollte.

Nach einiger Zeit schüttelte der Kommissar mit dem Kopf. »Das passt nicht zusammen«, sagte er. »Die Preetzer Chaussee ist nachts und früh morgens so gut wie nicht befahren. Die Wahrscheinlichkeit war nicht gering, dass Schwarzenfeld unversehrt aus der Sache wieder rausgekommen wäre. Da betreibt jemand einen riesigen Aufwand mit Entführung, Kühllaster, Chloroform, nur um sein Opfer auf eine kaum befahrene Straße zu legen, sodass er einfach wieder zu sich kommen und weggehen könnte, bevor er überfahren wird. Warum sollte jemand so etwas tun?«

»Vielleicht eine Warnung?«, mutmaßte Hedi.

»Dafür war es wiederum zu gefährlich. Wenn ich jemanden nur warnen, aber nicht töten will, würde ich ihn nicht einer solchen Gefahr aussetzen.«

»Ein Ritual? Wie bei Althoff?«, mutmaßte Hedi. »Wenn es in beiden Fällen derselbe Täter war und er die Tat im ersten Fall in einer rituellen Weise begangen hat, dann dürfte es auch im zweiten Fall so gewesen sein.«

»Und was für ein Ritus soll das sein? Die verbindenden Elemente sind Chloroform und dass die Opfer Ärzte in der Nervenklinik waren. Was hat das mit ›Sack und Asche‹ zu tun?«

»Dann bleibt wirklich nur, dass der Täter irre ist«, folgerte Hedi. »Verbindende Elemente: Chloroform, Irrsinn, Nervenklinik. Der Täter ist ein Irrer aus der Anstalt, vielleicht kürzlich entlassen oder geflohen.«

»Tja«, sagte Rosenbaum, »so könnte es sein.«

Er schaute Hedi bedächtig an und beide dachten dasselbe: Man müsste die wahrscheinlich endlosen Listen ehemaliger Patienten der Irrenanstalt durchgehen.

Hedi nickte. »Es gibt noch eine Gemeinsamkeit«, sagte sie. »In beiden Fällen war die Tatausführung sehr kompliziert und beide Opfer hatten eine reelle Überlebenschance. Letztlich hat bei beiden der Zufall bestimmt, ob sie den Anschlag unversehrt überstehen oder sterben.«

Die Ermittler und der Mediziner schauten einander ratlos an. Jeder schien darauf zu warten, dass der andere etwas hinzufügte, bis Rosenbaum schließlich die Initiative ergriff: »Offenbar kommt es dem Täter nicht darauf an, ob seine Opfer überleben.«

»Also doch eine Warnung?«, resümierte Hedi.

»Eher ein Zeichen. Der Täter will ein Zeichen setzen, öffentliche Aufmerksamkeit erregen.«

»Das ist doch verrückt!«, urteilte Hedi. »Doch ein Irrer? Aus der Anstalt? Wir drehen uns im Kreis, Chef. Ich werd selbst schon ganz irre.«

»Oder der Täter will der Klinik schaden.« Das war seit einigen Sekunden Rosenbaums Verdacht. Er blickte Hedi an, nickte ihr zu und war vorläufig halbwegs zufrieden mit sich. Der Name ›Neuber‹ ging durch seinen Kopf und sprang dann auf Hedi über. Während sie noch innerlich die Augenbrauen hochzog, wandte sich Rosenbaum an Ziemke. »Wo wir schon mal hier sind: Was gibt es eigentlich über Dr. Neuber zu sagen?«

»Der Hygiene-Neuber? Kommt drauf an, wen Sie fragen: Die einen sehen in ihm einen Wegbereiter der modernen Chirurgie, die anderen einen Intriganten und Nestbeschmutzer.«

»Und Sie?«

Ziemke gefiel das Thema nicht. Er wand sich mit einigen ›Hms‹ und ›Na jas‹ um eindeutige Aussagen herum. Intrigen und Loyalitäten zwischen Lebenden war nicht sein Metier, er bevorzugte die Ruhe mit seinen Toten. Aber Rosenbaum ließ nicht nach, bis Ziemke zum Schluss einlenkte.

»Neuber hat mit harten Bandagen für seine Hygienestandards gekämpft«, sagte er. »Mit besten Absichten, davon bin ich überzeugt, aber auch mit harten Bandagen. Doch er blieb weitgehend erfolglos. Hier und da wurden bei Renovierungsmaßnahmen an der Chirurgischen Klinik ein paar Veränderungen nach seinen Vorschlägen vorgenommen, aber das eigentliche Konzept hat man erst viel später übernommen, als Neuber schon lange nicht mehr dort war. Als klar wurde, dass er sich nicht durchsetzen konnte, drohte er damit, in Kiel eine eigene Klinik zu eröffnen. Das nahmen ihm viele sehr übel. Nachdem er tatsächlich seine eigene Klinik aufgemacht und seine Standards eingeführt hatte, hatte er sofort durchschlagenden Erfolg. Das nahmen ihm einige noch übler. Nach und nach setzten sich seine Methoden in der ganzen Welt durch, was endgültig böses Blut bei denen schaffte, die vorher dagegen waren.« Ziemke schaute in seine leere Teetasse, als wollte er von ihr eine Bestätigung, dass seine Neutralität richtig war. »Ich hab mich da rausgehalten, meine Patienten legen keinen besonderen Wert mehr auf Hygiene.«

»Wer sind denn ›einige‹?«, fragte Rosenbaum nach.

»Neuber hatte bei Esmarch habilitiert. Sie wissen: Esmarch, der große Esmarch.«

Hedi und Rosenbaum schauten sich gegenseitig an.

Ziemke stöhnte auf und leierte runter: »Friedrich von Esmarch war Direktor der Chirurgischen Klinik in Kiel und weltweit einer der renommiertesten Mediziner, der einflussreichste deutsche Kriegschirurg, der Begründer des modernen Samariterwesens, der Verfasser des für viele Jahrzehnte unangefochtenen Standardwerks für Kriegschirurgie, der Erfinder des Verbandpäckchens, des Dreiecktuchs, des Esmarch-Handgriffs und der Esmarch'schen Blutleere, kurz: ein wahrer Halbgott. Und als solcher hat er sich zumindest in seinen späteren Lebensjahren auch selbst gesehen: Wer ihm widersprach, zog den Zorn des Olymps auf sich. Neuber galt lange Zeit als Esmarchs Kronprinz. Bis es zum Zerwürfnis kam. Warum genau, weiß wohl niemand. Man vermutet, sie haben sich wegen der Hygienestandards in die Haare gekriegt. Esmarch war für neumodischen Kram nicht zu haben, wenn er ihn nicht selbst ausgetüftelt hat.«

»Kampf der Titanen«, schoss es mit einem ehrfürchtigen Vibrieren aus Hedis Kehle.

»Könnte man fast so sagen.« Ziemke nickte bedächtig. »Jedenfalls, die Öffentlichkeit stellte sich mehrheitlich auf die Seite Neubers, die Universitätsprofessoren fast geschlossen auf Esmarchs Seite. Zumindest sagte Althoff das.«

»Althoff?«

Rosenbaum schaute Ziemke verblüfft an. Ziemke schaute konsterniert zurück.

»Nicht *der* Althoff, sondern sein Vater: Friedrich Althoff, der heimliche Kultusminister, der Schrecken der Universitäten.«

Rosenbaum hatte vom preußischen Ministerialdirektor Friedrich Althoff gehört – wer hatte nicht von ihm gehört. In seiner Zuständigkeit hatte über Jahrzehnte hinweg die Personalverwaltung der preußischen Universitäten gelegen, er hatte etliche der bedeutendsten internationalen Wissenschaftler – wie Max Planck, Paul Ehrlich, Ferdinand von Richthofen oder Robert Koch – verpflichtet und damit den hervorragenden Ruf deutscher Universitäten gesichert.

»Unser Opfer Dr. Althoff war der Sohn von Geheimrat Althoff?«, fragte Rosenbaum nach und war noch immer verblüfft.

»Ja. Böse Zungen behaupten, sein Vater habe ihm kurz vor seinem Tod die Stelle als Oberarzt in der hiesigen Nervenklinik besorgt. Und nach dem Tod des Vaters habe er keine Chance mehr auf eine Beförderung gehabt. Ressentiments, Sie verstehen?«

Rosenbaum verstand, mit Ressentiments kannte er sich aus. »Na gut. Und was hatten der Geheimrat und Neuber miteinander zu tun?«

»Esmarch hatte nach dem Zerwürfnis mit Neuber alle Einflüsse geltend gemacht, um zu verhindern, dass er einen Ruf auf einen Lehrstuhl bekam. Neuber wandte sich daraufhin an den allmächtigen Geheimrat Althoff und bekam von ihm die Auskunft, dass er insoweit machtlos sei. Das wiederum glaubte Neuber nicht. Ich glaube das übrigens auch nicht. Althoff hätte gekonnt, wenn er gewollt hätte.«

»Althoff und Esmarch steckten unter einer Decke?«, fragte Hedi nach.

»Sieht so aus. Jedenfalls hat Neuber nie einen Ruf bekommen. Aber ich nehme an, seit er seine Privatkliniken betreibt, will er auch keinen Lehrstuhl mehr haben.«

»Und Neuber dachte sich jetzt, dann könne er sich mal an Althoffs Sohn rächen?« Rosenbaum runzelte die Stirn. »Jetzt, 30 Jahre später?«

»Das habe ich nicht gesagt. Und ich glaube das auch nicht.« Ziemke stellte seine leere Teetasse zurück auf den Schreibtisch und schaute, als wäre der Tee von Bitterstoffen durchsetzt gewesen. Wahrscheinlich war er nur entsetzt über seine eigene Indiskretion. »Vergessen Sie einfach, was ich gesagt habe.«

Das ging nicht. Neuber, Esmarch und Althoff kreisten wie Vögelchen um Rosenbaums Kopf. Die Verbindung war hergestellt, aber sie beruhte allein auf Neubers verletzter Eitelkeit. Gustav Adolf Neuber, der – das war bekannt – reihenweise Bedürftige behandelte, obwohl er wusste, dass sie seine Liquidation nicht würden begleichen können, sollte sich am Sohn eines Ministerialbeamten gerächt haben, weil er 30 Jahre zuvor nicht zum Professor berufen worden war?

»Wir müssen unbedingt herausfinden, worüber Neuber und Althoff gestritten haben«, sagte Hedi und holte ihren Chef damit auf den Boden des kriminalistischen Handwerks zurück.

Rosenbaum nickte. »Wir schauen uns die Behandlungsunterlagen derjenigen Patienten an, die sowohl von Althoff, als auch von Neuber behandelt wurden.«

Das war viel Arbeit, die vornehmlich darin bestand, in unlesbaren Handschriften medizinische Fachbegriffe, lateinische Wendungen und arkane Abkürzungen zu entziffern. Eine Arbeit, die vorzüglich zu Rosenbaums allgemeiner Stimmung passte.

Als die Ermittler bereits im Begriff waren zu gehen, stieß Ziemke statt eines Abschiedsgrußes ein Grunzen aus. »Neulich habe ich zwei Leichen herbekommen, Doppelmord an einem Ehepaar«, sagte er, schaute durch die Wand in die Ferne und stutzte. »Das hat in gewisser Weise Parallelen. Sie sagten doch, die Fälle Althoff und Schwarzenfeld hätten Ähnlichkeit, weil bei beiden eine gewisse Überlebenswahrscheinlichkeit bestand. Fifty-fifty?«

Jetzt stutzten auch Rosenbaum und Hedi, zum Teil wegen Ziemkes Ausdrucksweise: Fifty-fifty war ein kurz vor dem Krieg etablierter Lehnbegriff aus dem Englischen, aber seit Kriegsbeginn schien er vollständig aus dem Sprachgebrauch verschwunden.

Bevor sie antworten konnten, setzte Ziemke seine Ausführungen fort. »Fifty-fifty müsste man jedenfalls bei dem Ehepaar sagen. Das Eigenartige daran war, dass den beiden verschiedene Gifte appliziert wurden, Atropin und Physostigmin. Zuerst hab ich mir nicht viel dabei gedacht, später fiel mir aber auf, dass es zwei Gifte waren, die gegenseitig als Antidot, also Gegengift, eingesetzt werden können. Beide Stoffe heben sich in ihrer toxikologischen Wirkung gegenseitig auf. Wenn ein gesunder Mensch beide Gifte gleichzeitig und im richtigen Verhältnis zu sich nimmt, passiert ihm nicht viel, außer Kopfschmerzen und Übelkeit vielleicht. Das therapeutische Verhältnis liegt bei eins zu zehn. Und genau in diesem Verhältnis waren die Gifte appliziert worden.«

»Und wie kommen Sie auf fifty-fifty?«, fragte Rosenbaum nach.

»Die Gifte waren getrennt in einem Kuchen und einer Flasche Weinbrand enthalten. Der Mann trank arglos den Weinbrand, die Frau aß den Kuchen. Hätten sie sich das Zeug geteilt, wäre ihnen nichts passiert. Fifty-fifty.«

»Ist der Täter gefasst?«, fragte der Kommissar.

Der Professor verneinte. Rosenbaum hätte sich die Frage schenken können, er hatte es im Grunde vorher gewusst.

»Wo kommen diese Gifte denn her?«

»Atropin wird aus der Tollkirsche gewonnen. Physostigmin aus der Kalabarbohne, einem Strauch, der nur in Westafrika vorkommt.«

»Nein, ich meine, wie der Täter da rangekommen sein könnte«, korrigierte sich der Kommissar. »Hat man so etwas in Krankenhäusern?«

»Natürlich: Krankenhäuser, Apotheken, Lazarette.«

»Also auch in chirurgischen Kliniken?«

»Ja, auch«, sagte Ziemke zögerlich. Ihm gefiel die Frage nicht.

»Und Irrenanstalten?«, hakte Hedi nach.

Diese Frage gefiel Ziemke noch weniger. Rosenbaum gefiel sie sehr.

»Wenn in einer Nervenklinik Schocktherapien durchgeführt werden, braucht es dafür Atropin. Und Physostigmin kann bei bestimmten Demenzformen eingesetzt werden.«

Rosenbaum nickte. Es war kein Nicken der Zustimmung oder des Verstehens, eher ein Nicken des Nachdenkens.

»Wieso kennen wir den Fall nicht?«, fragte Hedi in das Nicken hinein.

»Tatort war Neumünster.« Der Professor kreiste mit dem Zeigefinger über seinem Schreibtisch und ließ ihn auf einem mausgrauen Ordner landen. »Hier ist die Akte. Ich wollte einen Nachtrag zu meinem Bericht diktieren, bin noch nicht dazu gekommen.«

Rosenbaum überflog die Unterlagen, wobei er die Fotografien diskret überging: Antonius Weber, Ehefrau Elfriede, Hauptmann, Generalkommandantur, Beinamputation, Mordkommission Neumünster.

»Die Leichen sind noch da. Wollen Sie sie sehen?«

»Im Moment nicht nötig«, antwortete Rosenbaum. »Sie laufen ja nicht weg.«

Merkwürdig war es schon: Fast hätte man denken können, dass es Rosenbaum ins Reich der Toten zog. Aber sehen mochte er sie nicht.

XX

Rittmeister Kuhrengrund war schon ungehalten gewesen, weil er entgegen seiner ausdrücklichen Anweisung seit der Tatnacht keinen Bericht von Eickmann erhalten hatte und sich jetzt zu ihm bemühen musste, um den aktuellen Ermittlungsstand zu erfahren. Als er ihn erfuhr, konnte er seine Empörung kaum zurückhalten.

»Was haben Sie sich dabei gedacht?« Aus seinem Mund flogen kleine Tröpfchen.

Eickmann trat einen Schritt zurück. »Es gab keinen Grund, das Dienstmädchen länger festzuhalten«, antwortete er.

»Keinen Grund?«

Wieder Tröpfchen. Noch ein Schritt zurück.

»Im Haus der Webers wurde kein Atropin und kein Physostigmin gefunden. Die giftigen Substanzen befanden sich in einem Kuchen und in einer Flasche Weinbrand, die den Webers an Morgen des 10.6. überbracht wurden. Zu diesem Zeitpunkt war Gundel Petersen bereits nicht mehr im Haus.« So sehr Eickmann sich bemühte, eine Aussprache, die auch nur annähernd so spritzig wie die von Kuhrengrund war, vermochte er nicht zu erzeugen.

»Das ist doch kein Grund!«

Tröpfchen. Er konnte nicht weiter zurückweichen, ohne den Raum zu verlassen, und diesen Schritt wagte Eickmann nicht. »Eben«, sagte er stattdessen und das war gewissermaßen ein Schritt nach vorn.

»Sie! Sie ...«

Jetzt wagte Eickmann doch den Schritt zurück und erst als er die Tür von draußen zugeschlagen hatte, vergegenwärtigte er sich, dass es sein eigenes Dienstzimmer war, in dem er den Rittmeister allein zurückgelassen hatte. Kuhrengrund stand cholerisch sabbernd darin und er selbst im Korridor davor. Und damit nicht genug, jetzt hörte er noch sein Telefon klingeln. Er musste wieder rein. Die Krawatte zurechtgerückt, tief Luft geholt, die Hand auf die Klinke gelegt und schon wurde die Tür von Innen aufgerissen.

»Ich trage die Verantwortung!«, sprühte es Eickmann entgegen. »Sie können nicht gegen meine ausdrückliche Anweisung handeln!«

»Die Verdachtslage hatte sich geändert und Sie waren nicht zu erreichen!« Ob der Rittmeister wirklich nicht zu erreichen gewesen war, wusste Eickmann nicht. Er hatte es nicht versucht. Doch darauf kam es nicht an, wenn kein Widerspruch erfolgte. Und der erfolgte nicht.

»Sie nehmen die Frau sofort wieder fest und beantragen Haftbefehl«, ordnete Kuhrengrund an und fuchtelte mit dem Zeigefinger wie mit einem Degen.

Noch während er sprach, stieß Eickmann die Tür weit auf, ließ sie mit Bedacht offen stehen und steuerte an dem Rittmeister vorbei auf seinen Schreibtisch zu. Das Telefon war gerade verstummt, dennoch hob Eickmann den Hörer, schrie »Ja!« hinein, setzte sich, wandte sich zum Fenster und tat so, als hörte er einem wichtigen Anrufer zu. Kuhrengrund stand in seinem Rücken und harrte aus. Eickmann sprach nicht in den Hörer, das wäre ihm zu albern vorgekommen. Er saß nur da, mit dem Hörer am Ohr, schaute aus dem Fenster und versuchte, das Freizeichen zu überhören. Die Szene hatte etwas Groteskes, wie aus dem Kintopp, diese albernen Komödien, die vor dem Krieg aus Amerika oder Italien herübergeschwappt waren. Kollegen und Besucher liefen über den Korridor und schauten durch die noch immer offen stehende Tür. Lange hielt Eickmann die Situation nicht aus. Er legte den Hörer auf und sagte: »Ich bin bei dem jetzigen Ermittlungsstand davon überzeugt, dass der Täter im beruflichen Umfeld des Opfers zu finden ist.«

»Ihre Überzeugung ist hier nicht maßgeblich, sondern meine!«

Der Kommissar antwortete, es täte ihm leid, und schwieg. Tatsächlich tat es ihm nicht leid, und tatsächlich war er auch nicht wirklich davon überzeugt, dass der Täter im beruflichen Umfeld zu finden war. Wenn er es aber war, dann lag die Zuständigkeit für die Ermittlungen allein bei der Feldgendarmerie und Kuhrengrund konnte keine Anweisungen erteilen, sondern allenfalls um Amtshilfe ersuchen. Ob einem solchen Ersuchen stattgegeben würde, entschied die ersuchte Behörde, also Eickmann. Genial, dachte sich der Kommissar, wirklich genial.

In Kuhrengrunds Gehirn arbeitete es eine Weile angestrengt. Dann schloss er sanft die Tür. »Wir wollen uns doch nicht streiten«, sagte er. Keine Tröpfchen mehr. »Ein wenig kontroverser Gedankenaustausch, das hilft auch in der Sache weiter, aber kein Streit.« Bei aller fachlichen Inkompetenz, ein beachtliches Maß an Verhandlungsgeschick konnte man ihm nicht absprechen.

»Wir können den Haftbefehl noch ein wenig zurückstellen und erst mal schauen, wie sich die weiteren Ermittlungen gestalten. Vorerst lasse ich diese Frau Petersen beschatten, damit sie nicht ins Ausland flieht. Ich habe da noch ein paar Pappnasen, dumme Kerle, für die wäre das die passende Aufgabe. Die werden sich so blöd anstellen, dass die Frau die Observation bemerkt. Schadet aber nicht, das wird sie von einem Fluchtversuch abhalten.« Kuhrengrund lachte laut, ein Zeichen seines Versöhnungswillens. »Und Sie konzentrieren sich auf die Herkunft des Giftes – schlage ich vor.«

Besser hätte das Gespräch nicht ausgehen können, doch erst die letzten drei Worte veranlassten Eickmann beizudrehen. Jedenfalls waren es nach seiner Einschätzung diese Worte. Sie waren mehr, als er erwarten konnte. Sie waren das Angebot zur Kooperation, zur Arbeit auf gemeinsamer Augenhöhe. Er nickte und zog dabei die Mundwinkel leicht auseinander.

»Und der tägliche Bericht, nicht wahr?«, ergänzte der Rittmeister seinen Vorschlag und lächelte dabei. »Nur ganz kurz.«

Eickmann nickte und ließ die Mundwinkel erschlaffen.

Nachdem Kuhrengrund sich verabschiedet hatte, trat der Kommissar ans Fenster und beobachtete den Rittmeister, wie er sich auf sein Fahrrad schwang und davonfuhr. Rittmeister, dachte er, Kavallerie, Drahtesel, Esel.

Das Telefon klingelte.

Meyer war's. »Ich hab es gerade eben schon mal versucht, da ging niemand ran.«

»Sie müssen es viel länger klingeln lassen«, entgegnete Eickmann, »viel, viel länger.«

Meyer rief vom Telefonanschluss der Kölner Bahnpolizei aus an und berichtete kurz von seinem Besuch bei Kosniak. Sein Zug würde gleich losfahren.

Es gab Zeiten, in denen Eickmann monatelang nicht nach Kiel kam. Jetzt war er fast täglich dort, aber meist nur an Tagen, an denen es in der Innenstadt keinen Wochenmarkt gab, heute zum Beispiel: an einem Freitag. Der große Wochenmarkt auf dem Exer hätte den Besuch der Stadt retten können. Aber der Markt wurde nur mittwochs und samstags abgehalten und in der letzten Zeit wurde nicht viel angeboten, im Wesentlichen nur, was Eickmann ohnehin selbst im Garten hatte. Doch der Fisch, den es dort gab, war regelmäßig verlockend, etwas ganz anderes als die stinkenden und matschigen Leiber, die man in den Hafenstädten nicht mehr verkaufen konnte und dann in die Binnenstädte karrte. Das war, wenn Eickmann es sich genau überlegte, der einzige Nachteil, den Neumünster gegenüber Kiel hatte. Denn Kiel war laut, stählern und militärisch. Alles Eigenschaften, die Eickmann nicht leiden konnte. Was er am wenigsten leiden konnte: In der Innenstadt standen kaum Häuser mit Gärten, die groß genug waren, um sich selbst zu versorgen. Wenn überhaupt, dann lächerliche 50 oder 100 Quadratmeter im Hinterhof neben der Waschküche für sechs oder acht Mietparteien.

Eickmann war also wieder in Kiel und betrat die Bäckerei Bunte im Großen Kuhberg 48. Meyer hatte ihm am Telefon berichtet, dass der vergiftete Kuchen von hier stammte. Der Laden war fast leer, keine Kunden, nur eine traurige Verkäuferin. In den Regalen lagen einige Brote und auf dem Verkaufstisch harrten Rumkugeln ohne Schokolade. Im Schaufenster standen ein paar Schalen Erdbeeren und einige Spargelstangen. Hinter der Glasscheibe des Eisschrankes herrschte Leere.

Die Verkäuferin erschrak, als Eickmann sich vorstellte. Sie kreischte durch eine Tür, die Polizei sei da und wolle den Chef sprechen. Es hörte sich wie Feueralarm an. Eine unverständliche Antwort folgte, die Verkäuferin zerrte ihr Häubchen vom Kopf, rannte um den Verkaufstisch, riss die Ladentür auf, hechelte »Hier entlang!« und hastete in die nebenan gelegene Haustür. Es war wirklich wie bei einem Feueralarm. Eickmann hetzte hinterher, durch eine Tür auf der gegenüberliegenden Seite des Treppenhauses, dann über einen langen Gang. Links lag ein kleiner Büroraum, den die Verkäuferin hektisch betrat und ebenso hektisch wieder verließ. Sie stürmte weiter den Gang entlang Richtung Backstube. Immer wieder schrie sie »Herr Bunte! Herr Bunte!« und es klang wie »Es brennt! Es brennt!« Wäre Eickmann zu Wort gekommen, hätte er Gelassenheit angemahnt, aber dazu kam es nicht. Endlich in der Backstube angelangt stand er einem Mann gegenüber, der vermutlich dachte, dass es brannte.

Es war Konditor Bunte, ein wohlgenährtes Männchen mit roten Bäckchen und roter Halbglatze. Er trug eine weiße Jacke und schwarz-weiß karierte Hosen. Auf dem Kopf ein Schiffchen, eine Kopfbedeckung, die besser zur Marine gepasst hätte. Stattdessen trugen die Matrosen Tellermützen, und die Schiffchen mussten sich die Bäcker aufsetzen, wahrscheinlich weil sie nach dem Selbstverständnis der Marine zu albern aussahen.

»Haben Sie kurz Zeit? Es dauert nicht lange«, fragte Eickmann, nachdem er sich vorgestellt hatte. Dass es nicht lange dauern würde, war nach dem Ermittlungsstand eine optimistische Einschätzung, die Eickmann nicht teilte und sich nicht recht erklären konnte, wieso er das sagte. Er war noch von der Hektik der Verkäuferin angesteckt, vielleicht war das der Grund.

»Alle Zeit der Welt«, antwortete Bunte und führte den Kommissar in sein Kontor, ein kleiner schmuckloser Raum mit kleinem Fenster. An der Wand stand ein großer Tisch, darauf eine Schreibmaschine und ungeordnete Haufen von Zetteln, davor zwei Stühle. Darüber hing sorgsam eingerahmt ein Meisterbrief.

»Das Geschäft läuft nicht so gut?«, fragte Eickmann.

Bunte blies seine Pausbäckchen auf. »Ich bin Konditor, kein Bäcker. Und das hier ist eigentlich eine Konditorei, keine Bäckerei. In unserem Metier sind die Bäcker die Handwerker und die Konditoren die Künstler.«

»Aber in Zeiten des Krieges braucht man keine Künstler, nicht wahr?«

»Ganz genau. Ich versuche, mich mit Brotbacken über Wasser zu halten. Andere Konditoreien machen das auch. Und jetzt gibt es viel mehr Brotbäcker, als man braucht. Außerdem kriegen wir kaum Mehl und die Leute kriegen kaum Bezugsscheine.« Bunte wischte sich mit der Hand über die rote Glatze. »Am frühen Morgen backen wir das Brot, am Vormittag wird es verkauft, am Nachmittag bereiten wir den Teig für den nächsten Tag vor. Ansonsten langweilen wir uns. Die Filialen in der Fährstraße und in der Fleethörn musste ich schließen. Manchmal schicke ich meine Leute zum Bauern aufs Land. Da helfen sie aus und bekommen dafür Getreide oder Erdbeeren, das können wir hier verkaufen. Die Gemüsehändler beschweren sich und fangen an, Brot zu verkaufen.«

»Dürfen die das?«

»Ne, dürfen sie nicht. Tun sie aber.«

Dass alles ganz anders war als vor dem Krieg, wusste Eickmann schon. Und wenn alles anders war, konnte sich überall eine Konfliktsituation ergeben, die es früher nicht gegeben hatte und auf die ein Ermittler nicht so leicht kam.

»Herr Bunte, Sie lieferten am 10. Juni eine Torte und eine Flasche Weinbrand an einen Herrn Weber in Neumünster aus. Trifft das zu?«

Der Bäckerkonditor setzte seine Brille auf, drehte sich zu einem Schrank mit Rolltüren und suchte ein dünnes Büchlein heraus.

»10. Juni ... hier: Hauptmann Antonius Weber«, sagte er und schaute über seine Brille den Kommissar an. »Formkuchen, keine Torte.«

Eickmann berichtete, dass Kuchen und Schnaps vergiftet gewesen und der Hauptmann nebst Gattin jetzt tot seien.

Bunte schluckte mehrmals und begann ein Gestammel, das zunächst nur aus einigen Abers und Wenns, allmählich auch aus halbwegs verständlichen Satzfragmenten bestand. In seinem Betrieb sei es nicht üblich, Gifte zu verarbeiten, er könne für jeden seiner Männer die Hand ins Feuer halten, für die Frauen natürlich auch, und überhaupt, der Weinbrand sei vom Auftraggeber gestellt worden.

Der Kuchen aber nicht, hielt Eickmann mit der Autorität seines kriminalistischen Scharfsinns entgegen, und Bunte verstummte.

Nach einer Weile einigten sich die beiden darauf, der Sache unvoreingenommen auf den Grund gehen zu wollen. Der Konditormeister fand anhand seiner Stundenscheine heraus, dass wahrscheinlich der Geselle Willi den Kuchen für den Hauptmann gebacken habe. Willi war anwesend, er leerte gerade den Aschekasten des Backofens, als Bunte ihn zu sich rief. Der Kommissar bat, mit ihm allein sprechen zu dürfen.

»Een Röhrkook nach Neumünster? Jo, dat bün ik wesen«, antwortete Willi.

»Was können Sie dazu sagen?«

»Nix.«

Das Gespräch gestaltete sich zäh. Nicht wegen Willis Dialekt, Eickmann beherrschte Plattdeutsch ganz gut und verfiel nach ein paar Fragen sogar selbst in eine Art Salonplatt – in etwa das, was sich Hochdeutsche als Plattdeutsch vorstellten. Es war zäh, weil der Geselle überaus zurückhaltend antwortete. Der Kommissar kam fast nur mit Ja-Nein-Fragen voran. Ob Wortkargheit ein Persönlichkeitszug des Gesellen war oder ob er etwas zu verheimlichen hatte, wer konnte das sagen?

Das Ergebnis der Befragung gestaltete sich entsprechend. Willi hatte den Kuchen am Vortag gebacken, zusammen mit dem einige Tage zuvor per Reichspost gelieferten Flachmann verpackt und eigenhändig in Neumünster ausgeliefert. Mehr wusste er nicht. Von Atropin oder Physostigmin hatte er noch nie etwas gehört.

Bunte auch nicht. Es wäre jetzt angebracht, die Backstube nach Resten der Gifte zu durchsuchen. Aber Eickmann würde keine Männer dafür bekommen, noch immer war alles in Sachen Hungerkrawall unterwegs.

»Darf ich mich hier ein wenig umschauen?«, fragte er Bunte. Das war die abgespeckte Variante einer Durchsuchung.

Bunte ließ ihn Schranktüren und Schubladen im Kontor öffnen und führte ihn dann in der Backstube herum.

»Hier die neue Rührmaschine. Elektrisch«, sagte er und blieb vor einem über einen Meter großen Ungetüm mit riesigem Kupferkessel stehen. »Kurz vor dem Krieg angeschafft, können wir nicht mehr gebrauchen. Und hier ...« Er ging weiter zu einem Kühlschrank. »... ein Linde-Schrank, neuestes Modell, elektrisch. Heute können wir den Strom dafür nicht mehr bezahlen. Und dort ...«, weiter zum Backofen, »drei Etagen. Wir backen nur Brot für eine.«

»Das alles haben Sie vor dem Krieg teuer angeschafft?«, fragte Eickmann nach.

»Ja, alles kurz vor dem Krieg. Und den Kredit, den muss ich während des Krieges weiterbezahlen.«

Der Kommissar schaute in alle Schubfächer und Gefäße, an denen er vorbeikam. Einige Male fragte er nach, was sich darin befand. Mehl, Salz, Zucker, Milch, was sonst? Eickmanns Hoffnung, Gift zu finden, war vage. Er hätte nicht einmal gewusst, woran er es erkennen könnte.

»Wer hat alles Zutritt zur Backstube?«, fragte er, nachdem er die meisten Deckel angehoben hatte.

»Nur wir.«

»Und wer ist ›wir‹?«

»Außer Willi zwei weitere Gesellen und die Lehrlinge – sind aber alle nicht da –, meine Frau, die Verkäuferin, ich natürlich. Die Kinder kommen auch manchmal hier rein.«

»Machen Sie mir eine Liste mit den Namen und wie ich die Gesellen und Lehrlinge erreichen kann.« Eickmann ging zurück ins Kontor und nahm das Auftragsbuch an sich. »Und das hier nehme ich mit.«

Bunte nickte und fügte sich in sein Schicksal. Zeit genug hatte er.

XXI

Rosenbaum hatte Atropin und Physostigmin im Sinn. Hedi hatte Rosenbaum im Sinn.

»Was ist mit Ihnen, außer dass Sie müde sind, Chef?«, fragte sie.

»Nichts.«

»Doch.«

»Nein.«

Tatsächlich war Rosenbaums Stimmung in dem Moment wieder gesunken, als sie aus dem Keller der Gerichtsmedizin gestiegen waren.

»Sie sagen nichts. Während der gesamten Fahrt zurück in die Blume sagten Sie kein Wort. Und jetzt sitzen wir hier, Sie starren an die Wand und sind vollkommen stumm. Sie haben inzwischen einen Kaffee getrunken und drei Zigaretten geraucht, aber kein Wort gesagt!«

»Ich bin auch keine Frau, die ständig quasseln muss. Ich konzentriere mich. Wenn man einen Mordfall aufzuklären hat, dann wird man doch mal konzentriert nachdenken dürfen.«

Das mit ›keine Frau‹ war Rosenbaum auf der Suche nach einer Ausrede unbedacht herausgerutscht. Es war falsch, so in Hedis Anwesenheit zu reden, und Rosenbaum war das klar, allerdings erst in dem Moment, als er es ausgesprochen hatte.

»Nachdenken?« Hedis zuvor von Empathie geprägter Tonfall schwoll aggressiv, fast bedrohlich an. »Nachdenken? Es gibt hier gar nicht so viel nachzudenken. Die drei Morde hängen zusammen und wir müssen herausfinden, welche Verbindung sie haben. Dazu müssen wir die Kollegen aus Neumünster kontaktieren. Das ist das Ergebnis *meines* Nachdenkens. Und das dauerte ein paar Sekunden!«

»Ihr letzter Vorschlag lautete, unbedingt herauszufinden, worüber Neuber und Althoff gestritten haben. Außerdem wollten Sie sich im KYC umhören. Und wenn, wie Sie glauben, der Täter ein ehemaliger Patient der Irrenanstalt war, dann könnten Sie sich mal die dortigen Entlassungslisten ansehen. Schließlich ist die Geschichte mit Professor Esmarch und diesem Geheimrat Althoff ziemlich ominös. Da könnten Sie auch mal schauen, ob Sie etwas Interessantes finden.«

»Das auch«, sagte Hedi. »Aber Neumünster ist wichtiger.«

»Dann kontaktieren Sie doch die Kollegen aus Neumünster, wenn es Ihnen Spaß macht!« Rosenbaum sprang von seinem Stuhl auf. »Ich fahre zu Neuber.«

Der Kommissar raste aus der Tür und knallte sie hinter sich zu.

»Ist denn der Vernehmungsbeschluss schon da?«, hörte er Hedi noch rufen.

Genau genommen hörte er bis ›Vernehm-‹, dann war die Tür zu. Den Rest dachte er sich hinzu und kehrte um. Als er die Tür öffnete, sah er Hedi mit einem Notizzettel in der Hand vor ihrem Schreibtisch stehen.

»Hier«, sagte sie und hielt ihm den Zettel entgegen. »Beschluss ist erlassen, aber noch nicht zugestellt, weil sämtliche Gerichtsboten wegen ...«

»Des Hungerkrawalls unterwegs sind?«, unterbrach Rosenbaum.

Hedi nickte.

Auch gut. Rosenbaum würde selbst zustellen. Ob das so ging, ob die wirksame Zustellung eines Gerichtsbeschlusses durch einen Polizeibeamten erfolgen konnte, war ihm nicht ganz klar. Aber Neuber war es sicher noch viel weniger klar. Also ging es.

Mit dem festen Vorsatz, seine Kenntnisse der Strafprozessordnung demnächst aufzufrischen, machte er mit dem Fahrrad einen Abstecher zum Amtsgericht – am Rathaus vorbei, alles ruhig –, sammelte den Vernehmungsbeschluss nebst Terminsladung ein und radelte zur Neuber'schen Klinik, vom Amtsgericht in der Ringstraße aus nur rund hundert Meter entfernt.

»Was habe ich damit zu tun?«

Dr. Neuber erweckte nicht den Eindruck herausragender Betroffenheit, als Rosenbaum ihm vom Tod Schwarzenfelds erzählte. Die beiden standen sich im Büro des Arztes gegenüber und Neuber machte keine Anstalten, Rosenbaum einen Sitzplatz anzubieten.

»Ich verstehe nicht, was ich damit zu tun haben soll«, wiederholte sich der Doktor.

»Althoff und Schwarzenfeld waren Oberärzte der Nervenklinik, zu der Sie in Feindschaft stehen.«

»Aha, zuerst habe ich zusammen mit Althoff Lebensmittel geschmuggelt und dann habe ich ihn umgebracht, weil ich mich plötzlich daran erinnerte, dass wir in Erbfeindschaft stehen?«

Neuber zog seinen Mund in die Breite. Ein kleines Grübchen am linken Mundwinkel deutete sich an, und die Augen quollen leicht unter den Schlupflidern hervor. Er versuchte sich an Überheblichkeit und Süffisanz. Es gelang ihm nicht, und er brach den Versuch ab.

»Ich würde mit Siemerling nicht Segeln gehen«, sagte er, »aber wir sind keine Feinde im eigentlichen Sinne. Da gibt es ganz andere.«

»Und wer?«

»Die Halunken von der Universitätschirurgie zum Beispiel. Denen würde ich sogar zutrauen, dass sie Schwarzenfeld das Chloroform selbst verabreicht haben, nur um mir eins auszuwischen.«

Rosenbaum zwang sich zur Ruhe. Zu seinen Stärken hatte immer gezählt, dass er im richtigen Moment schwieg. Oft kam es dann dazu, dass die Gesprächspartner von sich aus erzählten, und nicht selten waren sie dabei ehrlich.

»Wissen Sie, Herr Kommissar, es gibt Feindschaften, die sind so tief, da weiß keiner mehr so richtig, wie sie einmal entstanden sind. Wie bei Capulet und Montague.«

»Oder zwischen Deutschland und Frankreich«, stimmte Rosenbaum ein. Es war ein schneller Erfolg.

»Ich war die rechte Hand von Professor Esmarch. Er förderte mich zunächst und ich dankte es ihm. Seinerzeit war er recht kränklich und fiel oft aus. Ich vertrat ihn bei der Leitung der Klinik, bei den Lehrveranstaltungen, bei Kongressen, einmal sogar fast ein halbes Jahr am Stück, und er unterstützte mich bei meinen Forschungen. Aber plötzlich war es aus damit, als hätte ihn der Schlag getroffen. Intrigen, Misstrauen. Er kündigte mir die Stellung und gab meine Forschungen als seine aus. Alle Welt redet von der Esmarch'schen Blutleere. Aber *ich* habe das Verfahren im Wesentlichen entwickelt. Das können Sie in meiner Habilitationsschrift nachlesen.«

»Was ist das?«

»Eine Habilitationsschrift?«

»Die Esmarch'sche Blutleere.«

Rosenbaum wollte es eigentlich gar nicht so genau wissen. Die Frage diente der Atmosphäre, nicht dem Interesse.

»Ein Verfahren, das chirurgische Eingriffe an Extremitäten unter geringen Blutverlusten ermöglicht, indem man mit einer elastischen Gummibinde Blutleere herstellt und von weiterer Blutzufuhr abschnürt. Im Prinzip ganz einfach, man muss nur wissen, wie es geht.«

»Und dann kam es zum Bruch zwischen Ihnen und der Universität?«

»Ich hatte ein besonderes Anliegen: die Hygienestandards. Auf Esmarchs Betreiben wurde alles blockiert. Man ließ mich noch weiter meine Vorlesungen machen, aber auf den Fluren wurde ich nicht gegrüßt. In den letzten Jahren haben sich die Wogen etwas gelegt. Trotzdem traue ich den Brüdern nicht über den Weg.«

»Und Professor Siemerling?«

»Er ist Nervenarzt, mit chirurgischer Hygiene hat er wenig zu tun. – Aber er ist auch Universitätsprofessor, da steht er doch im anderen Lager, nicht wahr?«

»Professor von Esmarch hat verhindert, dass Sie einen Lehrstuhl bekommen?«

»Ja, das hat er getan.«

»Und er hat Geheimrat Althoff angestiftet, das umzusetzen?«

Jetzt war es mit Neubers Redseligkeit vorbei. Er merkte, in welche Richtung der Zug fuhr, und er wollte keinen Fahrschein lösen.

»Wahrscheinlich«, sagte er zunächst noch zögerlich, dann verschärfte sich sein Ton. »Esmarch ist tot und der Geheimrat ist auch tot, seit vielen Jahren. Was wollen Sie von mir?«

»Kannten Sie Hauptmann Antonius Weber?«

»Nein. Wer ist das?«

»Verabreichen Sie in Ihrer Klinik Atropin und Physostigmin?«

»Natürlich, wir sind doch kein Kindergarten!«

»Gab es in letzter Zeit Fehlmengen?«

»Das weiß ich doch nicht! Ständig gibt es überall Fehlmengen!«

»Wo waren Sie gestern Nacht?«

»Zu Hause.«

»Ihre Frau wird das bestätigen können?«

»Selbstredend.«

Eine Pause trat ein. Die Kontrahenten luden nach. Rosenbaum schaute Neuber in die Augen, der Doktor blinzelte nervös. Er war tief verletzt, keine Frage. Aber das machte jemanden noch nicht zum Mörder.

»Ich habe hier eine Ladung zur richterlichen Vernehmung«, sagte Rosenbaum und zog die Vernehmungsanordnung aus seiner Jacketttasche. »Wenn ich sie Ihnen zustelle, müssen Sie am kommenden Montag um 10 Uhr eine Aussage vor dem Amtsgerichtsrat Plötzenberg über Ihre Auseinandersetzung mit Dr. Althoff machen.«

Davon, dass mit dem Vernehmungsbeschluss noch nicht über das Aussageverweigerungsrecht entschieden war, sagte

Rosenberg nichts. Eine kleine Ungenauigkeit am Rand. Der Gerichtsbeschluss hatte ohnehin nur noch taktischen Wert. Spätestens mit der Frage, wo Neuber in der Tatnacht gewesen war, hatte Neuber den Status eines Beschuldigten. Der Beschluss sah aber die Vernehmung als Zeugen vor. Wenn also nur noch ein taktischer Wert, dann richtig.

Neuber überlegte. »Sie zwingen mich, meine ärztliche Schweigepflicht zu verletzen?«

»Es geht um Mord, um zwei Morde sogar.«

Noch war nicht klar, wie Neuber sich entscheiden würde. Klar war nur, dass es dem Doktor nicht um die Privatsphäre seiner Patienten ging. Das war vorgeschoben. Und je mehr er sich zierte, desto interessanter wurde sein Geheimnis.

Neuber überlegte weiter. Dann setzte er sich hinter seinen Schreibtisch. Rosenbaum setzte sich davor.

»Ich will Ihnen sagen, was mit Siemerlings Nervenklinik nicht stimmt: Die behandeln ihre Patienten nicht anständig, das stimmt nicht. Sie binden sie an ihren Betten fest wie Tiere und verabreichen ohne Nutzen gefährliche Stoffe und elektrische Schocks. Sie brechen täglich den Hippokratischen Eid. Und Siemerling duldet es.«

»Sie haben Patienten, die nicht einwilligungsfähig sind. Was sollten sie tun? Ihnen nicht helfen?«

»Natürlich sollen sie ihnen helfen, mit bewährten Methoden. Aber einen Patienten, der nicht bei Verstand ist, zu fesseln und zweifelhaften Torturen zu unterziehen, zu denen sich niemand bereit erklären würde, wenn er bei Verstand ist, das sollen sie nicht.«

»Wenn nichts anderes mehr hilft?«

»Was die machen, hilft auch nicht. Es ist Neuland, es ist Forschung. Und die Patienten missbrauchen sie als Versuchskaninchen.« Neuber hatte sich in Rage geredet. Seine

Augen verdrängten die Schlupflider und das penibel gelegte Haar geriet durcheinander. »Die haben einen Kriegsirren, der die Nahrung verweigerte, als Simulanten eingestuft und nicht mehr gefüttert. Der Mann verdurstete. Und neulich wurde ein Patient als geheilt entlassen und kurz darauf nahm er sich das Leben.«

»Ging es bei der Auseinandersetzung zwischen Ihnen und Dr. Althoff um diese beiden Patienten?«

»Um den zweiten.«

»Was hatten Sie mit diesem Patienten zu tun?«

»Er war vorher mein Patient gewesen. Frontsoldat, noch ein ganz junger Kerl. Glatter Schulterdurchschuss, der sich entzündet hat. Mit der Zeit stellte sich aber immer deutlicher heraus, dass der Mann nervlich schwer traumatisiert war, er zitterte ständig am ganzen Leib und konnte damit nicht aufhören. Als wir die Infektion im Griff hatten, verlegten wir ihn in die Nervenklinik. Eine Woche später hat Althoff ihn als gesund entlassen, obwohl der Mann ganz offensichtlich schwer krank war. Etwas später teilte mir sein Vater mit, dass er sich das Leben genommen hat.«

»Und dann haben Sie Althoff zur Rede gestellt?«

»Ja. Aber ich hab ihn nicht umgebracht.«

»Sie hätten ihn anzeigen können, bei der Ärztekammer oder bei der Polizei.«

»Ich war kurz davor. Aber ich habe die Kraft nicht mehr für einen neuen Krieg mit der Universität.«

»Jetzt haben Sie es aber mir erzählt.«

»Und ich fühle mich erleichtert.« Neuber stand auf, ging zu einem kleinen Tisch, auf dem eine mit Wasser gefüllte Karaffe und mehrere ineinander gestapelte Gläser standen. Er schenkte ein Glas voll und trank es in einem Zug leer. »Ich fühle mich erleichtert«, wiederholte er sich.

»Dr. Althoff und Dr. Schwarzenfeld haben möglicherweise mit berauschenden Arzneimitteln illegalen Handel getrieben. Wissen Sie etwas davon?«

»Hm«, antwortete Neuber und setzte sich wieder auf seinen Stuhl. »Nein, davon weiß ich nichts. Aber diesen beiden Kandidaten traue ich das absolut zu.«

Rosenbaum bat um die Akte des Patienten. Neuber zögerte zunächst, ließ sie aber heraussuchen und ihm aushändigen. Auf dem Aktendeckel stand der Name ›Bruno Bangert‹.

Der Kommissar verabschiedete sich von Neuber förmlich und distanziert, er konnte ihn nicht recht einschätzen. Dennoch, er war weitergekommen, ein großes Stück. Wenn Neuber mit der Sache zu tun hatte – und das hatte er –, dann auch Bruno Bangert, und die Lösung lag im Dreieck Neuber-Althoff/Schwarzenfeld-Bangert. Nun war Geometrie eine exakte Wissenschaft und Kriminalistik eher ein konturloser Nebel, aber der Nebel hatte sich verdichtet, genau über diesem Dreieck.

Rosenbaums Stimmung war noch immer trüb, passte gut zu dem Nebel, hatte auch keine Kontur. Hatte etwas von Tod und Krieg. Wären Althoff und Schwarzenfeld nicht hier in der Heimat, sondern tausend Kilometer südlich an der Front getötet worden, hätte man sie in ein Massengrab geworfen und niemand wäre auf die Idee gekommen, ein Ermittlungsverfahren einzuleiten. Wenn sich dort an der Front die wirkliche Welt abspielte, dann waren Sitte, Moral und das Streben nach Gerechtigkeit nur eine Illusion. Dann wäre Albert, sein kleiner Albert, bald auf dem Weg ins wirkliche Leben.

Rosenbaums Schuhe quietschten über das Linoleum wie zuvor in der Gerichtsmedizin, nur hörte man es nicht oder es fiel zumindest nicht auf. Die Betriebsamkeit im Korridor übertönte jedes leise Geräusch. Patienten saßen auf Bänken und in Rollstühlen, noch waren sie Patienten auf dem Weg zur Besserung, bald würden sie Kriegskrüppel sein.

»Hallo, Chef.«

Es gab nur wenige Personen, die Rosenbaum so nannten und von denen hatte er in der letzten Zeit nur zu einer Kontakt. Und die hatte keinen Bariton.

»Steffen?«

Auf einer Bank am Rand des Korridors saß Rosenbaums ehemaliger Assistent gekleidet in einen grauen Morgenmantel und Filzpantoffeln. Rosenbaum wäre achtlos an ihm vorbeigegangen, so wie er an allen Patienten achtlos und in Gedanken versunken vorbeigegangen war. Und hätte er Steffen ins Gesicht geschaut, er hätte ihn vielleicht gar nicht erkannt. Dünn war er geworden, der Bär war zu einem Windhund abgemagert.

»Steffen«, sagte Rosenbaum als Antwort auf seine eigene Frage und dann noch einmal »Steffen!« zur Begrüßung. Schließlich ganz leise »Steffen«, als ihm klar wurde, dass Karl Steffen hier Patient war, und als er sah, dass dessen Morgenmantel rechts von seinem linken Bein flach auf der Bank auflag.

Seit Steffen vor fast einem Jahr zur Landwehr eingezogen war, hatten sie einander nicht wiedergesehen und nicht wieder voneinander gehört.

»Tscha«, sagte Steffen, »ischa mol bannig lang her, nich?«

»Können Sie auch Deutsch?«, entgegnete Rosenbaum mit einem wehmütigen Lächeln. Das war die erste Frage gewesen, die Rosenbaum Steffen gestellt hatte, als sie einander vor sieben Jahren kennengelernt hatten.

»Künd ick uck. Schall ick?« Das war die erste Antwort gewesen.

Die beiden schauten einander an, Rosenbaum setzte sich zu seinem ehemaligen Assistenten und umarmte ihn. Das hatte er noch nie getan.

»Mit dem Kriegsdienst ist's vorbei und mit dem Polizeidienst auch«, sagte Steffen und deutete dort auf seinen Morgenmantel, wo er flach auf der Bank lag. »Raucherbein.«
Pause.

»Nein, Chef, ein Schrapnell. Ich höre es pfeifen. Ich habe drei Sekunden, um in einen Graben zu springen. Ich springe in einen Graben, brauche aber dreieinhalb Sekunden.« Steffen war der Spaßvogel des Kommissariats gewesen. An diese Rolle knüpfte er an. Bis hierher gelang es ihm gut, dann wurde seine Stimme brüchig. »Lande im Graben. Bein weg, tut nicht weh. Neben mir ein Franzose. Sein Bauch ist von einem Schrapnell zerfetzt. Er schaut mich an, er drückt meine Hand. Ich gebe ihm den Gnadenschuss.«

Steffen versuchte ein Lächeln. Rosenbaum versuchte es auch.

Als seine Assistenten sich freiwillig zum Krieg gemeldet hatten, war Rosenbaum skeptisch gewesen. Sie hätten es nicht zu tun brauchen, im Gegenteil, als Polizeibeamte hätten sie gute Aussichten gehabt, unabkömmlich gestellt zu werden. Aber sie waren mit großer Begeisterung in den Krieg gezogen und hatten die Erwartung gehegt, sich als Offiziere zu bewähren und nach dem Krieg in die Kommissars-Laufbahn wechseln zu können. Dass sie die Zeit nach dem Krieg vielleicht nicht erleben würden, war in ihrem Kalkül nicht vorgekommen.

»Mensch, Junge, wie lange bist du denn wieder hier? Warum hast du dich nicht gemeldet?«, fragte der Kommissar. Er hatte Steffen noch nie geduzt. Wenn er mit ihm und Gerlach allein gewesen war, hatte er zu beiden schon mal jovial ›ihr‹ gesagt. Dass er jetzt ›du‹ sagte, bemerkte er nicht.

»Ich konnte hier bislang nicht raus.«

Das war eine Ausrede, er hätte anrufen oder jemanden schicken können. Rosenbaum ließ es gut sein. Er schaute Steffen an, hätte fast seine Hand gedrückt, traute sich aber nicht. Er fand, dass Steffen Ähnlichkeit mit Albert hatte. Komisch, dass ihm das noch nie aufgefallen war.

»Wann kommst du hier raus?«

»Nächste Woche wahrscheinlich.«

Und dann?, hätte Rosenbaum gerne gefragt, aber er traute sich nicht.

»Wie läuft es bei der Mördersuche?«, fragte Steffen beiläufig nach. Er hätte ebenso gut über das Wetter reden können.

Rosenbaum erzählte, dass Hedi jetzt seine Assistentin war und dass sie sich gut machte, dass Schulz jetzt bei der Politischen Polizei war und immer intriganter wurde und dass die Morde brutaler geworden sind.

»Die Zeit ist brutaler geworden. Warum dann nicht die Morde?«, sinnierte Steffen. »Die Front besucht die Heimat.«

Das war ein weiser Gedanke, den Rosenbaum seinem intellektuell eher langsamen Assistenten früher nie zugetraut hatte.

Sie saßen eine Weile nebeneinander und wussten nicht recht was zu sagen.

»Hast du etwas von Gerlach gehört?«, fragte Rosenbaum schließlich und Steffen verneinte.

Gerlach war schon kurz nach Kriegsbeginn zur Reserve eingezogen worden. Seither hatte Rosenbaum keine Nachricht von ihm erhalten. Er hatte oft an seine beiden Assistenten gedacht und sich immer damit getröstet, dass er spätestens dann von ihnen hören würde, wenn ihnen etwas zugestoßen wäre. Immerhin war er noch immer ihr ziviler

Vorgesetzter. Von Steffens Verletzung hatte er allerdings auch nichts gehört.

Dr. Neuber rannte an ihnen ohne Arztkittel vorbei zum Ausgang und nickte Rosenbaum zu, der zurücknickte.

»Und was wirst du tun?« Jetzt fragte Rosenbaum doch.

»Icke jeh nach Berlin, wa«, antwortete Steffen grinsend und ein wenig schwermütig. Er musste noch üben, aber fürs Erste war sein Dialekt nicht schlecht. »In meiner Kompanie war ein Theaterdirektor, Rudolf Nelsen. Der hat in Berlin ein Revuetheater, also vor dem Krieg. Und wenn der Krieg vorbei ist, will er ein neues eröffnen. Und da braucht er einen Komponisten. Wir kommen ganz groß raus.«

»Schön«, sagte Rosenbaum, »nach dem Krieg. Ist er noch an der Front?«

»Ne, er ist jetzt in Berlin.«

»Schön«, sagte Rosenbaum noch einmal und meinte damit: Schön, wenn wir alle nach dem Krieg noch leben.

XXII

Er wusste es. In dem Moment, als der Kommissar ihm mitgeteilt hatte, dass ein Anschlag auf Schwarzenfeld verübt worden war, hatte er es geahnt. Zunächst hatte er nicht darüber nachdenken können, er hatte sich auf die Fragen des

Kommissars konzentrieren müssen und auf seine Antworten und er hatte sich nichts anmerken lassen dürfen. Es war nur ein unreflektierter Verdacht gewesen, aber jetzt wusste er es. Er wartete fünf Minuten, dann dürfte der Kommissar das Haus verlassen haben. Neuber zog den Kittel aus und sein Jackett an, stürmte ins Vorzimmer, ließ die Termine für die nächsten zwei Stunden verlegen und eilte davon, nicht hastig, nicht auffällig, aber eilig. Auf dem Korridor sah er doch den Kommissar, der sich mit einem Patienten unterhielt, er nickte kurz und eilte weiter. Ein Arzt in einer Klinik, der es eilig hatte, dürfte nicht weiter auffällig sein.

Das Automobil ließ er stehen. Es war nicht weit in die Sternstraße, eine Viertelstunde zu Fuß. Außerdem würde sein Auto auffallen. Wer in der Sternstraße wohnte, hatte kein Automobil, schon gar keinen Mercedes Knight, und er würde auch kaum von jemandem besucht werden, der so ein Fahrzeug besaß.

Der Fußmarsch tat Neuber gut. Für sein Alter war er körperlich noch gut in Form, etwas übergewichtig vielleicht. Aus Südwest hauchte ein leichter Wind und machte die Gedanken klarer. Einige Male geriet Neuber ins Stocken, die Schritte zögerten, der Vorsatz wankte, aber nur kurz. Bald stand er vor Bangerts Wohnhaus. Ein letztes Zögern, dann stieg er die Treppe hoch in den dritten Stock und drehte an der Türschelle. Mehrmals. Sein Schellen wurde energischer, Neuber wurde entschlossener. Niemand öffnete. Bangert war bei der Arbeit oder in der Irrenanstalt bei seiner Frau. An beiden Orten konnte Neuber ihn kaum aufsuchen. Vielleicht war Bangert auch in seinem Schrebergarten, aber Neuber wusste nicht genau, wo dieser lag. So viel er in den letzten 15 Minuten auch nachgedacht hatte, aber dass Bangert jetzt nicht zu Hause sein könnte, hatte er nicht bedacht.

Unschlüssig stand er ein paar Momente vor der verschlossenen Tür. Dann zog er sein Notizheft und einen Stift aus seiner Jacketttasche, schrieb hinein, riss die Seite heraus und warf sie durch den Briefschlitz. Mehr konnte er jetzt nicht tun.

XXIII

In der Amtsstube hing dichter Qualm, obwohl das Fenster offen stand. Seit Rosenbaum von Neuber zurückgekommen war und begonnen hatte, Bruno Bangerts Krankenakte durchzulesen, hatte er vier Zigaretten, zwei Tassen Kaffee, oder was auch immer, und einen Hustenanfall hinter sich. Die Zigaretten waren in den letzten Monaten mehr geworden. Die Hustenanfälle auch.

Der Krankenakte konnte Rosenbaum nicht viel Nützliches entnehmen. Fieberkurven, verabreichte Arzneimittel und die Menge ausgeschiedenen Urins halfen ihm nicht weiter. Auf der Schiefertafel befanden sich inzwischen etliche Kreise und Pfeile und eine Reihe von Namen. Rosenbaum schrieb ›Bruno Bangert‹ und ›Täter‹ hinzu. Er setzte sich, betrachtete die Tafel und rauchte eine Zigarette, die fünfte. Dann stand er auf und zog einen Kreis um ›Bruno Bangert‹ und ›Täter‹.

Als Hedi hereinkam, hatte sie wieder den Was-ist-mit-Ihnen-los-Blick, aber sie sagte nichts. Es hätte auch nichts geholfen. Rosenbaum war erleichtert über ihr Erscheinen und genervt von ihrem Blick. Er legte die Kreide aus der Hand, setzte sich, zündete eine Zigarette an, die sechste, und lehnte sich zurück.

»Und?«, fragte er.

»Zuerst Sie.«

»Was?«

»Scherz.«

»Also?«

Hedi setzte sich zu ihm. »Morgen früh um zehn kommen die Kollegen aus Neumünster vorbei. Sie haben irgendeine Spur zu einem Kieler Bäcker, Genaues weiß ich nicht. Dann war ich noch kurz beim KYC, der war aber wie ausgestorben. Ich soll morgen Mittag wiederkommen, dann ist der Hafenmeister da und es wird auch ein wenig Betrieb sein, weil man die Boote bewegen muss, Gassi gehen sozusagen. Und dann hab ich bei Professor Siemerling nachgefragt, welche Arzneimittel dort verschwunden sind. Seine Sekretärin gab mir eine Aufstellung von den Fehlmengen. Atropin, Physostigmin und Chloroform sind dabei. Den Verdacht, der Täter könnte ein ehemaliger Patient sein, findet Siemerling abwegig. Zu Professor Esmarch und Geheimrat Althoff habe ich im Archiv der Universität gestöbert und ein paar Unterlagen mitgenommen. Die werde ich heute Abend durchsehen. Und Sie, Chef?«

Rosenbaum erzählte von seinem Besuch bei Neuber und dass er Steffen dort getroffen hatte.

»Kalle?« Hedi war ganz aufgeregt. Sie fragte, wie es ihm an der Front ergangen sei, wie es ihm jetzt gehe und all die anderen Fragen, die Rosenbaum seinem ehemaligen Assistenten gestellt hatte. Zum Schluss saßen die beiden schweigend voreinander und es schien, dass Rosenbaums Trübsinn im Begriff war, nun auch Hedi zu erfassen. Eine

Weile saßen sie so und dachten daran, was der Krieg alles angerichtet hatte und was er in Zukunft noch anrichten würde. Doch Trübsinn half nicht. Rosenbaum führte seine Gedanken wieder in die Gegenwart und zu ihrem Mordfall, zurück in den Alltag und zur Routine. Glücklich war, wer einen Alltag hatte, der hatte auch eine Krücke, an der er sich festhalten konnte.

»Wir benötigen die Entlassungslisten und vor allem Bruno Bangerts Krankenakte aus der Irrenanstalt«, sagte Rosenbaum unvermittelt.

»Die werden sie uns nicht freiwillig geben.«

Es brauchte kein weiteres Wort, Rosenbaum und Hedi waren sich unausgesprochen einig, was jetzt zu tun war. Gemeinsam formulierten sie einen Antrag auf Hausdurchsuchung in der Nervenklinik. Als sie fertig waren, radelte Rosenbaum damit zu Staatsanwalt Kramer. Das Gerichtsgebäude lag von der Neuber'schen Klinik nur 200 Meter entfernt. Rosenbaum hatte fast denselben Weg – am Rathaus war alles ruhig – wie drei Stunden zuvor. Kramer musste sich wieder zwischen Ermittlungsrichter und Untersuchungsrichter entscheiden, was ihm dieses Mal leichtfiel. Nachmittags einen Richter in seiner Amtsstube zu erreichen, war ohnehin ein Glücksspiel. Heute war dazu noch Freitag und später Nachmittag, einen Untersuchungsrichter vom Landgericht könnte man bestenfalls zu Hause antreffen und davon war eher abzuraten. Rosenbaum rannte anschließend mit dem unterschriebenen und gestempelten Antrag ein Stockwerk hinauf zur Geschäftsstelle des Amtsgerichts und hielt schließlich den ersehnten Beschluss in der Hand.

Am Abend saß Rosenbaum in seiner Küche und kaute auf einem Stück Brot herum. Er hatte sich vorgenommen, das Fläschchen mit dem Kokain unberührt zu lassen. Schon dreimal hatte er versucht, zu Hause bei Lotte anzurufen. Niemand war rangegangen, nicht Lotte, nicht Albert, nicht Hilde, niemand. Jetzt klingelte Rosenbaums Telefon. Der Rückruf, dachte er, doch es war Karl Liebknecht.

»Karl, mein lieber Karl«, sagte Rosenbaum. Überraschung lag in seiner Stimme, möglicherweise auch etwas Flehen. Jedenfalls wusste Liebknecht offenbar sofort über den Seelenzustand seines alten Freundes Bescheid.

»Wird schon wieder«, sagte er.

Rosenbaum dachte an ihre gemeinsame Zeit, die so lang zurücklag. Sie waren noch Halbwüchsige gewesen, Rosenbaum hatte in Berlin gelebt, Liebknecht in Leipzig. Sie sahen sich in den Ferien oder bei sozialistischen Veranstaltungen, zu denen ihre Väter sie mitgeschleppt hatten. Damals bildete sich ihr politisches Bewusstsein aus. Sie stritten über die sozialen Verhältnisse und wie man es besser machen könnte. Sie hatten Spaß an scharfen Schlussfolgerungen und treffenden Formulierungen. Wenn sie sich nicht sahen, lasen sie Marx, Hegel oder Nietzsche, um sich für den nächsten Schlagabtausch zu wappnen. Dann nahmen sie den Wettstreit wieder auf und vertraten oft konservative, liberale, manchmal sogar christliche Positionen, doch so sehr sie sich anstrengten, fast immer gewann der Kontrahent mit der sozialistischen Argumentation. Manchmal jedoch nicht, und manchmal waren sie sich nicht einig, wer gewonnen hatte. Ob die von den Anarchisten befürwortete ›Propaganda der Tat‹ wirklich richtig sei, ob zum Plündern von Bäckerläden aufzurufen, wie Louise Michel es getan hatte, oder Gewalttaten gegen Konterrevolutionäre gutzuheißen, wie Johann Most es getan hatte, richtig sei – darüber konnten sie sich nicht einigen. Liebknecht war immer ein wenig radikaler als Rosenbaum. Und bald nahmen sie nicht mehr zur Übung fremde Positionen ein, sondern vertraten ihre eigenen. Liebknecht ließ Taten folgen, Rosenbaum nicht. So trennten sich ihre Wege, aber im Geist blieben sie Brüder.

Liebknecht wollte nicht über sich sprechen, lieber über was anderes, über Rosenbaum vielleicht. Als hätte er gewusst, dass ihm etwas auf der Seele lag. Rosenbaum erzählte von Steffen und dem fehlenden Bein und er erzählte vom aktuellen Fall, dass alle gemeinsam etwas vertuschten und dass er nur das Schweigen brechen müsste und schon wäre das Rätsel gelöst. Er war nicht annähernd so optimistisch, wie sich seine Erzählung anhörte.

»Und wie geht es Lotte?«, fragte Liebknecht.

Rosenbaum zögerte. Die Frage kam so zielgerichtet, als hätte Liebknecht von Alberts Heldenfantasien gewusst.

»Albert will in den Krieg ziehen«, sagte er schließlich.

»Und ihr wollt es nicht«, ergänzte Liebknecht. Rosenbaum schwieg. Es war keine Frage, es war eher eine Schlussfolgerung. Für Liebknecht war es selbstverständlich, dass Rosenbaum und Lotte niemals ihre Kinder an der Front wissen wollten. »Das wollen sie alle. Sie sind verblendet von Vaterland und Ruhm. Werdet ihr es ihm erlauben?«

Keine Antwort.

»Ihr habt wahrscheinlich keine Wahl.«

Wieder keine Antwort.

»Und ihr seht ihn schon in einem Massengrab liegen, nicht wahr?«

»Ja.« Mehr als mit der Angst um Albert war Rosenbaum damit beschäftigt, sich zusammenzureißen. Dann hörte er damit auf. Er begann, leise zu weinen, das erste Mal seit vielen Jahren. Er schluchzte in den Hörer. Ab und an sagte Liebknecht ein paar Worte, dass Albert ja noch gar nicht tot sei, dass man erst um jemanden trauern solle, wenn er tot ist und nicht schon vorher, dass die Kriegszeit grausam sei und dass es bestimmt bald wieder besser werde. Was er sagte, half. Eigentlich nicht, was er sagte, sondern, dass er etwas sagte. Dass er da war, dass er Verständnis zeigte. Als Rosenbaum sich wieder gefangen hatte, war ihm sein Gefühlsausbruch peinlich und er dachte, zum Glück war es vor Karl. Vor niemand anderem hätte er sich so etwas geleistet, ohne anschließend im Boden zu versinken.

»Ja, der Krieg ist grausam«, bestätigte er, als seine Aussprache wieder verständlich war.

Sie schwiegen ein wenig, wie Männer es so taten.

»Wie geht es bei dir voran?«, fragte Rosenbaum in die Stille.

»Das Gericht hat meine Verteidigungsschrift abgelehnt«, antwortete Liebknecht. Jetzt sprachen sie doch über ihn.

»Wieso?«

»Sie sagen, ich sei in eigener Sache nicht postulationsfähig. Das ist Rechtsbeugung.«

»Du hast noch immer keinen Verteidiger?«, fragte Rosenbaum.

»Im Moment bist du mein Verteidiger. Sonst hätte ich dich nicht anrufen dürfen.«

»Du nimmst die Sache zu leicht.«

»Das tu ich ganz gewiss nicht. Vor der Verhandlung wird sich Bracke als Verteidiger melden.«

»Otto Bracke aus Braunschweig?« Rosenbaum staunte. Rechtsanwalt Dr. Otto Bracke war ein Freund aus Studienzeiten, ein moralischer Mensch, aber kein politischer. Er hatte sich zwar öffentlich gegen den Krieg erklärt, aber nicht aus einer sozialistischen Gesinnung heraus, sondern weil er Frankreich liebte. »Der wird dein Verteidiger sein?«

»Formal.«

»Aber nicht wirklich?«

»Bei der Gerichtsverhandlung habe ich gern jemanden bei mir, dem ich vertraue. Außerdem habe ich einen Pflichtverteidiger.«

»Der will aber nicht unterschreiben, was du ihm diktierst, nehme ich an.«

»Ich spreche nicht mit ihm. Weißt du doch.«

Natürlich hatte Liebknecht keinen wirklichen Wahlverteidiger und natürlich sprach er nicht mit seinem Pflichtverteidiger. Das war keine Sturheit, das war Berechnung. Liebknecht wollte den Staat bloßstellen, Empörung auslösen, den Druck von der Straße erhöhen. Er machte Politik mit anderen Mitteln und er setzte sein Leben dafür ein. Angst hatte er nicht, jedenfalls war davon nichts zu spüren.

»›Ils n'oseront pas‹«, sagte Rosenbaum leise.

»Was?«

»›Ils n'oseront pas‹ – ›sie werden es nicht wagen‹. Das sagte Danton, bevor ihm der Prozess gemacht wurde. Er glaubte, das Volk würde ihn retten. Er wurde aber verurteilt und guillotiniert.«

»Danton war ein dekadenter Bourgeois. Er hatte das Volk nicht auf seiner Seite.«

»Auch Danton war Rechtsanwalt, auch er hatte einen Verteidiger abgelehnt.«

»Hör auf, Josef! Wir sind keine Primaner mehr. Die Sache ist zu ernst, um jetzt Büchner zu zitieren, zu ernst und zu wichtig.« Liebknecht atmete tief durch. »Es geht nicht um mich. Es geht um die Soldaten, die an der Front sterben, es geht auch um deinen Sohn, Josef. Und um die Mütter, denen zu Hause das Herz bricht. Und es geht um den nächsten Krieg. Kriege sind fruchtbar, sie pflanzen sich fort.«

»Wenn ein Krieg zu Ende ist, kommt der Friede.«

»Wichtig ist, wie der Krieg zu Ende geht und wie man den Frieden beginnt. Denke an Karthago!«

Die dogmatischen Kommunisten haben für alles einen Beleg aus der Geschichte, dachte Rosenbaum. Und wenn die Französische Revolution gerade nicht passt, dann eben die Antike.

»Was meinst du?«, fragte er.

»Rom hat Karthago zerstört, weil Hannibal versuchte, Rom zu zerstören. Die Römer haben alle Karthager, derer sie habhaft werden konnten, getötet und streuten Salz auf die Erde von Karthago, damit dort nichts mehr wächst. Nur so kann man endgültig gewinnen: indem man den Feind vollkommen vernichtet. Sonst wird er sich rächen. Heute ist eine vollkommene Vernichtung nicht mehr möglich, also kann man einen Krieg nicht mehr endgültig gewinnen. Wenn man die endlose Kette sich fortpflanzender Kriegsgenerationen unterbrechen will, muss man einen Einigungsfrieden schließen. Auf Augenhöhe. Man muss das Gegenteil von dem machen, was alle beteiligten Regierungen anstreben. Und deshalb muss man sie zwingen.«

»Und was ist mit Sophie und den Kindern, wenn du dein Leben dafür einsetzt?«

Liebknecht hatte sich in Rage geredet. Jetzt wurde er leiser. »Sophie«, sagte er. »Vielleicht hätte ich nie heiraten sollen.« Einige Sekunden wurde es still, bis er mit erneut festem Ton sagte: »Was ich tue, tue ich auch für Sophie.«

Dem Reiz, erneut Kokain einzunehmen, widerstand Rosenbaum an diesem Abend. Unruhig lief er in der Wohnung auf und ab. In der Nacht fand er keinen Schlaf. Er machte die Angst um Albert für seine Melancholie verantwortlich. Aber sie war es nicht, nicht allein. Da war mehr. Die Schuldgefühle wegen Orlowskis Tod vielleicht. Doch sein alter Kollege Max Orlowski war schon über sieben Jahre tot und das hatte ihn bislang nie in derart tiefen Trübsinn gestürzt. Es war, dass er litt, aber nichts tat. Bei Liebknecht war es umgekehrt.

XXIV

»Sind Sie sicher? Ich meine, dass der Professor in die Mordanschläge verstrickt ist. Sind Sie sich da wirklich sicher?« Kriminaldirektor Freibier rutschte auf seinem Sessel herum und trommelte mit den Fingern auf der Schreibtischplatte.

»Nein, sicher bin ich mir natürlich nicht«, antwortete Rosenbaum. »Doch vieles spricht dafür, dass er uns etwas verheimlicht.«

»Aber muss man gleich eine Hausdurchsuchung machen? Ich meine, Siemerling gehört zu den Notabeln der Stadt. Beim Kieler-Woche-Empfang des Oberbürgermeisters sitzen wir regelmäßig am selben Tisch. Also ... vor dem Krieg. Und bei den Olympischen Spielen hätten wir sicher auf derselben Tribüne gesessen.«

»Olympische Spiele?«

»Ja, das wissen Sie doch, lieber Rosenbaum, die Olympischen Spiele.« Freibier schüttelt den Kopf. »Gerade jetzt denkt man wieder daran, es ist wirklich schade. Ohne den Großen Krieg würden sie diesen Sommer in Berlin stattfinden und in Kiel würden die Segelwettbewerbe ausgetragen werden. Aber so ... Na ja, wenn wir den Krieg erst gewonnen haben, dann wird das umgehend nachgeholt.«

»Und wenn wir verlieren?«

»Dann wohl auch, irgendwann. Aber wahrscheinlich erst viel später, in 20 Jahren vielleicht. Die Franzosen würden es nicht früher zulassen, sie sind sehr nachtragend.«

›Nachtragend‹ war ein Euphemismus. Rosenbaum hätte ein ganz anderes Wort gewählt.

»Aber keine Sorge, lieber Rosenbaum, wir gewinnen den Krieg natürlich.« Über Freibiers Gesicht huschte ein kurzes Lächeln. Was die große Politik anging, auch die mit anderen Mitteln, steckte in ihm ein unerschütterliches Urvertrauen. »Zurück zu Siemerling. Wollen Sie nicht erst einmal abwarten, was die Kollegen aus Neumünster zu berichten haben?«

»Mit den Kollegen beraten wir uns in einer halben Stunde. Und die Durchsuchung ist auf 12 Uhr angesetzt.«

Hedi hatte versucht, für die Durchsuchung gleich morgens um acht ein Dutzend Schupos und einen Zeugen von der Stadtverwaltung zu reservieren, der frühe Morgen war traditionsmäßig die Tageszeit für Hausdurchsuchungen. Sie hatte aber nur fünf Schupos bekommen, und zwar um zwölf und nur für zwei Stunden. Diese zeitliche Verschiebung brachte Rosenbaum jetzt ein schönes Argument ein.

»Ah ja. Dann erübrigt sich die Durchsuchung vielleicht.«

»Möglich. Ich glaube aber eher nicht.«

Freibier konnte sein Unbehagen nicht verbergen. »Gibt es da keinen anderen Weg?«

»Wir benötigen die Entlassungslisten und eine der Patientenakten aus der Nervenklinik.«

»Ja, da kann man den Siemerling doch erst mal fragen, ob er uns das nicht freiwillig gibt. Da muss man doch nicht gleich mit etlichen uniformierten Beamten alles in Aufruhr versetzen.«

»Siemerling wäre dann vorgewarnt und könnte die Akte heimlich verschwinden lassen.«

»Nicht Siemerling. Der macht so etwas nicht.«

»Und wenn doch? Dann würde sich die Presse fragen, warum die Polizei derart stümperhaft vorgegangen ist.«

Presse und Öffentliche Meinung gehörten für Freibier zu den wichtigsten Orientierungspunkten seines Handelns, gleich nach der Meinung des Polizeipräsidenten. Unter dieser Bürde trug er schwer.

»Tja, wenn Sie meinen«, sagte er. Die Furcht vor negativer Presse schien ihn zu überzeugen. »Der Durchsuchungsbefehl liegt vor?«

»Ja, seit gestern Abend.«

»Auf Antrag der Staatsanwaltschaft?«

»So sieht die Strafprozessordnung es vor.«

»Dann hat ja der Ermittlungsrichter bereits entschieden, nicht wahr? Da können wir uns doch nicht sperren, nicht?«

»Nein, der Richter will es so.«

»Also, in Gottes Namen, berichten Sie mir«, seufzte Freibier. Er hatte es schwer.

Als Rosenbaum in seine Amtsstube kam, empfing ihn Hedi mit Kaffee. Oder so. Sie trug einen halblangen Rock, darunter Seidenstrümpfe.

»Heute wieder glockenförmig?«, begrüßte Rosenbaum sie.

»Heute nicht mehr müde?«, entgegnete Hedi und warf ihrem Chef einen fröhlichen Blick zu.

So recht war es Rosenbaum noch nicht aufgefallen, aber: Ja, er schien sein Stimmungstief überwunden zu haben.

»Ich habe gut geschlafen, letzte Nacht.« Das hatte er nicht, egal.

»Gerade eben kam die Nachricht, dass Schwarzenfeld in der Nacht gestorben ist.«

Rosenbaum schwieg. Eine Todesnachricht war in Kriegszeiten nichts Außergewöhnliches und für eine Mordkommission sowieso nicht. An diesem Tag aber sorgte sie für ein paar Sekunden andächtiger Stille, bevor die beiden ihre routinemäßige Morgenbesprechung begannen.

Hedi hatte zwei zusätzliche Tassen bereitgestellt, und pünktlich um zehn waren die Kollegen aus Neumünster da. Mit dem Kollegen Eickmann hatte Rosenbaum bereits mehrfach zu tun gehabt. Als es vor ein paar Jahren zu einem Kaiserbesuch eine Attentatsdrohung gegeben hatte und alle Polizeikräfte der Nachbarstädte in Kiel zusammengezogen worden waren, hatte Eickmann Rosenbaum kompetent unterstützt. Sie kannten und respektierten sich. Privat waren sie sich nicht näher gekommen. Eickmann war für Rosenbaum zu provinziell und Rosenbaum für Eickmann vermutlich zu urban. Auch Meyer war in der Blume kein unbekanntes Gesicht. Er hatte sein erstes Jahr als Kriminalassistentenanwärter hier verbracht. Besonders Hedi schien sich gut an ihn zu erinnern. Zur Begrüßung sagten sie einander ›hallo‹ und Hedi warf ihm einen Augenaufschlag zu. Völlig unangemessen und unprofessionell, dachte Rosenbaum.

Die Kriminalisten nahmen rund um Rosenbaums Schreibtisch Platz – die Kommissare an den Längsseiten, die Assistenten an den Stirnseiten –, klärten sich gegenseitig über ihre Fälle auf und tranken eine lauwarme, schwarze Flüssigkeit, die sie mit Milch oder Zucker oder beidem halbwegs genießbar machten.

Als Rosenbaum von Neuber erzählte, unterbrach Eickmann ihn: »Professor Esmarch und Geheimrat Althoff? Das zieht ja allerhöchste Kreise.«

»Die Sache ist viele Jahre her, stellt aber eine Verbindung zwischen Dr. Neuber und Dr. Althoff her. Vielleicht ist das nur Zufall«, sagte Hedi und schob mit einem schuldbewussten Blick zu Rosenbaum hinterher: »Hab die Unterlagen noch nicht durch. Ich mach mich gleich dran.«

Als Eickmann von seinem Besuch bei der Konditorei Bunte erzählte, unterbrach Rosenbaum ihn: »Bunte? Konditor Bunte am Großen Kuhberg?«

»Ja, kennen Sie den?«

»Ich wohne in dem Haus. Er ist mein Vermieter.«

»Bunte beliefert unsere Kantine«, ergänzte Hedi. »Der Kaffee stammt auch von ihm.«

Alle vier schauten in ihre halb vollen Tassen. Rosenbaum fragte sich, wieso es ihn nie so recht interessiert hatte, was dafür alles verarbeitet worden war. Und hatte er nicht schon mal nach der einen oder anderen Tasse ein gewisses Unwohlsein verspürt?

»Ich kenne Bunte. Der vergiftet seinen Kaffee nicht«, sagte er. »Seinen Kuchen. Seinen Kuchen, meine ich.« Er kramte in seiner Jacketttasche nach den Zigaretten und bot den Kollegen eine an. Eickmann lehnte ab, Meyer nahm eine und auch Hedi, die Rosenbaum nur sehr selten hatte rauchen gesehen, griff nach einer. Meyer zückte sein Taschenfeuerzeug und gab Hedi und dann Rosenbaum Feuer. Vor wenigen Jahren wäre es noch ungehörig gewesen, nicht zuerst den Ranghöheren zu bedienen. Ob auch diese Wandlung mit dem Krieg zu tun hatte?

Rosenbaum nahm einen tiefen Zug und lehnte sich zurück. »Also, die drei Morde weisen zwei Gemeinsamkeiten auf«, sagte er. »Erstens, sie wurden durch oder mithilfe von Medikamenten begangen, die allesamt wahrscheinlich aus der Nervenklinik stammen. Zweitens, die Vorgehensweise war jedes Mal sehr komplex, vielleicht ritualisiert und beließ den Opfern eine reelle Überlebenschance.«

Doch die Spuren der beiden Kieler Morde wiesen in eine andere Richtung als die der Morde in Neumünster. Wenn die Fälle miteinander zu tun hatten, mussten sie von einem undurchsichtigen Geflecht zusammengehalten sein. Darüber waren sich die Ermittler einig. Sie mussten nach Gemeinsamkeiten der Opfer suchen.

»Wir überprüfen jetzt die Leute, die Zutritt zu der Backstube haben«, erklärte Meyer und schaute dabei nicht, wie es sich gebührte, nach links und rechts zu den Kommissaren, sondern geradeaus zu Hedi. »Gleich nach unserer Besprechung fahre ich zu Bunte.«

»Im privaten Umfeld von Weber haben wir keine Hinweise gefunden«, sagte Eickmann und seufzte. »Im beruflichen Bereich haben wir noch nicht ermittelt. Da sind uns die Hände gebunden, wenn die Feldgendarmerie nicht mitspielt.«

»Jedenfalls kann es sein, dass die Ehefrau von Hauptmann Weber gar nicht vergiftet werden sollte«, ergänzte Meyer und schaute weiter geradeaus. »Sie wurde vielleicht nur zufällig Opfer, weil sie vom Kuchen aß, der für ihren Mann bestimmt war. Also kann es gut sein, dass der Täter im beruflichen Umfeld von Weber zu suchen ist.«

»Gut. Wir müssen jetzt erst mal die Durchsuchung in der Irrenanstalt durchführen«, sagte Rosenbaum, blickte auf die Uhr und dann zu Hedi.

Hedi schaute zu Meyer, der ihren Blick erwiderte.

»Es wäre nett, mich anzusehen, wenn ich mit Ihnen rede«, fauchte Rosenbaum Hedi an, die irritiert zusammenzuckte.

»Also, zuerst die Durchsuchung«, wiederholte Rosenbaum, »danach durchstöbern Sie das Privat- und Berufsleben von Althoff und Schwarzenfeld. Ich werde mich um Siemerling, Neuber und Bangert kümmern.«

»Und der KYC?«, fragte Hedi nach.

»Stellen wir zurück.«

»Die Entlassungslisten?«

»Machen Sie danach.«

»Ich werde versuchen, das berufliche Umfeld von Hauptmann Weber zu beleuchten«, sagte Eickmann.

»Gut«, sagte Rosenbaum. Dann drehte er sich zu Meyer und fragte: »Sind Sie verheiratet?«

Meyer verneinte und Rosenbaum errötete. Er wollte das nicht fragen und ihm wurde erst im Nachhinein klar, dass er es getan hatte. Er hatte nicht einmal daran gedacht, jedenfalls nicht bewusst. Er hatte nur daran gedacht, dass Hedi nicht verheiratet war, und sich gefragt, ob sie heute den Rock für Meyer angezogen hatte. Eifersucht war bislang nicht Rosenbaums Leidenschaft gewesen.

Fünf Schupos würden für die Durchsuchung der gesamten Nervenklinik kaum ausreichen, für die Drohung damit aber sehr wohl. Regelmäßig gaben die Betroffenen die gesuchten Gegenstände freiwillig heraus, wenn sie befürchten mussten, dass gleich alles auf den Kopf gestellt werden würde. Im Grunde hätte man es einfacher haben können, indem man mit der Durchsuchung nur mündlich drohte. Aber die Praxis bestand nun einmal auf diesem Ritual.

Drei Dienstwagen fuhren vor, einer versperrte die Zufahrt, die beiden anderen – darunter ein graugrüner Opel 10/12 – hielten vor dem Haupteingang der Nervenklinik. Ein Schupo stellte sich an der Vorder-, ein anderer an der Rückseite des Gebäudes auf, die anderen drei begleiteten Rosenbaum und Hedi hinein. Patienten und Wärter verfolgten erstarrt das Schauspiel. Ein Mann schrie vor Entsetzen, eine Frau begann zu weinen, eine andere versteckte sich, mehrere Männer klatschten Beifall und grölten. Bei dieser Aktion war es wichtig, Eindruck zu machen. Aber das gewünschte Maß wurde übertroffen. Rosenbaum wies die Beamten zur Mäßigung an.

Professor Siemerling schlug mit der flachen Hand auf seinen Schreibtisch. Sein Gesicht war gerötet, an den Schläfen traten die Venen hervor und sogar seine Glatze schien gut durchblutet zu sein. »Sie behandeln mich wie einen Verbrecher«, schimpfte er.

»Es tut mir leid«, sagte Rosenbaum. Er stand mit Hedi in der Tür zum Direktionszimmer und zeigte den Durchsuchungsbefehl vor. »Wir benötigen die Patientenakte von Bruno Bangert und die Entlassungslisten der letzten drei Monate.«

»Bangert?« Siemerlings Aufregung legte sich und er wiederholte den Namen zweimal, zuerst klang es nachdenklich, dann fast andächtig.

»Sie erinnern sich an ihn?«

»Ja. Tragisch, sehr tragisch.«

»Wenn Sie uns die Akte freiwillig aushändigen, können Sie sich die Durchsuchung ersparen«, mischte sich Hedi ins Gespräch. Sie konnte es nicht lassen.

»Was hat Bangert mit der Sache zu tun?«

»Das können Sie uns vielleicht sagen.« Rosenbaum beeilte sich, Hedi zuvorzukommen.

Der Professor grübelte. »Ich lasse Ihnen die Akte heraussuchen und eine Entlassungsliste zusammenstellen. Und Sie ziehen die Männer ab.«

Rosenbaum nickte.

Siemerling rief seine Sekretärin. Sie hatte vom Vorzimmer aus alles mitgehört und benötigte keine weitere Anweisung. Sie hastete davon, ein Schupo hinterher. Bald kam sie mit einer dicken Akte zurück, wartete Siemerlings genehmigendes Kopfnicken ab und übergab Rosenbaum den Ordner.

»Die Liste mit den Entlassungen habe ich morgen fertig«, sagte sie.

Der Kommissar blätterte oberflächlich durch die Akte und wies den hinter ihm stehenden Beamten an, die Schupos abrücken zu lassen.

»Was können Sie uns über Bangert sagen?«, fragte Hedi. Schon wieder.

Siemerlings Schläfen waren wieder glatt, die Venen nicht mehr zu sehen. »Setzen Sie sich«, sagte er. »Kann ich Ihnen einen Kaffee anbieten?«

Die Ermittler nahmen vor Siemerlings Schreibtisch Platz. Sie schlugen den Kaffee aus und baten stattdessen um ein Glas Wasser.

»Er war ein Kriegszitterer. Offensichtlich. Wir haben über diese Leute schon gesprochen, Herr Kommissar.«

»Ich erinnere mich. Das sind Menschen, die verhungern, wenn man sie nicht füttert. Und Sie haben Bangert vorzeitig entlassen.«

»Althoff und Schwarzenfeld haben das getan, eigenmächtig. Ich erteilte ihnen dafür eine Rüge.«

»Wie konnten die das tun, wenn er keine Nahrung zu sich nehmen konnte?«, empörte sich Hedi.

»Ganz so schlimm war sein Fall nicht. Er konnte essen und trinken. Mit Unterstützung konnte er auch ein paar Schritte gehen.«

»Und warum haben Sie eine Rüge erteilt, wenn der Fall nicht schlimm war?« Hedi empörte sich weiter.

»Ach, Fräulein«, antwortete Siemerling, was Hedi noch mehr empörte. »Unsere Fälle sind nur selten eindeutig. Man kann sie so oder so beurteilen. Und wir stehen unter dem Druck, dass immer wieder neue Patienten nachkommen. Bruno Bangert war ein Grenzfall. Althoff und Schwarzenfeld hielten ihn für einen Simulanten. Sie hätten mich hinzuziehen müssen. Die Rüge bekamen sie für ihre Eigenmächtigkeit.«

»Aber Bruno Bangert hat sich umgebracht, nachdem er entlassen worden war!« Hedi war nicht zu bremsen.

»Sich umgebracht? Das habe ich nicht gewusst.«

»Sie wussten nicht, dass er tot ist?«

»Doch, das wusste ich. Nur nicht, dass er selbst Hand an sich gelegt hat. Nach der Entlassung habe ich nichts mehr von dem Mann gehört, bis seine Mutter hier eingeliefert wurde. Sie hatte einen Nervenzusammenbruch, weil ihr Sohn inzwischen verstorben war. Aber dass er sich selbst umgebracht hat – das habe ich wirklich nicht gewusst.«

Hedi war endlich ruhig und Rosenbaum nickte bedächtig. »Bangerts Mutter ist hier in stationärer Behandlung?«, fragte er.

»Sie sitzt meist unten im Garten.«

Siemerling ging zum Fenster, Rosenbaum und Hedi kamen hinterher, gemeinsam schauten sie hinaus.

»Jetzt ist sie nicht da. Dort unten auf der Bank neben der großen Kastanie, da sitzt sie immer mit ihrem Mann.«

»Ihr Mann?«, fragte Hedi nach, bevor Rosenbaum etwas sagen konnte. Ihre Stimme hörte sich fast so bedächtig an wie die von Siemerling.

»Ja, er kommt fast täglich vorbei und bleibt oft bis zum Abend. Merkwürdig, dass sie jetzt nicht da sind, bei diesem schönen Wetter.«

Siemerling rief seine Sekretärin durch die geschlossene Tür und beauftragte sie nachzufragen, ob Joseph Bangert im Hause sei. Dann wandte er sich wieder Rosenbaum zu.

»Dass Bruno sich das Leben genommen hat, wusste ich nicht«, bekräftigte er. »Ich habe nur mitbekommen, dass Joseph Bangert seine Frau in eine andere Klinik verlegen lassen wollte.«

»Warum?«, fragte Rosenbaum.

»Das weiß ich nicht.«

Diese Worte kannte Rosenbaum bereits vom Professor und sie gingen ihm allmählich auf die Nerven. Denn oft wusste Siemerling mehr, als er vorher zugegeben hatte. Und dass er von Bruno Bangerts Selbstmord nicht gewusst haben wollte, konnte sich Rosenbaum nicht vorstellen.

»Was hatten Sie eigentlich gedacht, woran Bangert junior gestorben wäre?«

»Ich weiß nicht. Darüber habe ich mir keine Gedanken gemacht. An der Front vielleicht. Er war Soldat.«

»Er konnte kaum laufen«, entgegnete Rosenbaum.

»Wie gesagt, ich habe mir darüber keine Gedanken gemacht.«

»Hören Sie, wir haben die Schupos zwar weggeschickt, aber wir können sie jederzeit zurückholen.« Das war weit aus dem Fenster gelehnt. Aber ob Rosenbaum die Männer während der Hungerunruhen noch einmal bekommen würde, nachdem er sie weggeschickt hatte, dürfte unwahrscheinlich sein.

Siemerling reagierte nicht. Rosenbaum schluckte und wandte sich einem anderen Thema zu. »Wer betreut denn Frau Bangert?«

»Althoff und Schwarzenfeld haben das gemacht.« Nach diesen Worten verdüsterte sich Siemerlings Miene. Der Verdacht, der unausgesprochen seit Minuten im Raum kreiste, hatte jetzt auch ihn erreicht.

Die Sekretärin kam herein. »Herr Bangert ist nicht im Haus. Er war schon seit zwei Tagen nicht hier.«

»Seltsam«, sagte Siemerling. »Ich hab ihn fast täglich unten im Garten gesehen.« Nach einer Pause fügte er hinzu: »Mir fällt ein, dass Althoff die Vermutung geäußert hat, Joseph Bangert könnte ihm den Schlüssel zum Medikamentenschrank gestohlen haben.«

»Wie kam er darauf?«

»Das weiß ich nicht.«

»Natürlich«, sagte Rosenbaum.

Die Kriminalisten hatten genug gehört. Hier gab es kaum noch etwas Interessantes zu erfahren, jedenfalls nichts, was so interessant sein würde wie das, was sie an einem anderen Ort erfahren könnten. Als sie wieder zu ihrem graugrünen Opel 10/12 kamen, kurbelte Rosenbaum den Motor an, während Hedi in der Krankenakte nach Bangerts Adresse suchte.

»Haben wir den Fall gelöst?«, fragte sie.

»Könnte sein. Wenn Sie mir noch kurz erklären würden, wie unser Fall mit dem aus Neumünster zusammenhängt.«

XXV

Der tägliche Bericht an Kuhrengrund stand an. Als der Rittmeister tags zuvor betont hatte, dass der Bericht nur kurz zu sein brauche, hatte Eickmann sich vorgenommen, jeden Tag drei oder vier nichtssagende Zeilen in unleserlicher Handschrift auf Papier zu bringen und per Boten an Kuhrengrund zu schicken. Heute brauchte er eine Zeile für die Konditorei Bunte, zwei Zeilen für die parallel gelagerten Kieler Fälle. Dann hielt er inne. So verlockend die Gelegenheit auch war, Kuhrengrund zu triezen, er brauchte den Rittmeister. Ohne dessen Unterstützung hatte er keine Möglichkeit, in Kreisen der Armee zu ermitteln.

Die Diensträume der Feldgendarmerie lagen im Quartier der Generalkommandantur des IX. Armeekorps in der Canossastraße. Dahin machte sich Eickmann jetzt auf den Weg.

Das Auffälligste an Kuhrengrunds Amtsstube waren die reichlich ausgestellten Ehrenzeichen und Urkunden. Nun hatte es vor dem Großen Krieg kaum Gelegenheit gegeben, sich bedeutende Orden zu verdienen, und seit Kriegsbeginn konzentrierte man sich bei der Vergabe auf die kämpfenden Truppenteile. Für Kuhrengrund fiel dabei nichts ab. Er musste auf zivile Ehrungen zurückgreifen, etwa einer Urkunde für den dritten Platz im Mannschaftsauziehen bei den Reichs-Leibesübungs-Tagen 1903, oder auf Ehrenzeichen, die seinen Vorfahren verliehen worden waren, etwa dem Alsenkreuz oder dem Erinnerungskreuz für 1866. Kuhrengrunds größter Stolz aber hing an der Wand, eine Fotografie des Kaisers bei der Abnahme einer Militärparade. In dritter Reihe hinter dem Kaiser stand ein Mann mit kaum erkennbarem Allerweltsgesicht in Rittmeisteruniform. Es gab niemanden, der Kuhrengrunds Dienstzimmer jemals betreten hatte und nicht darauf hingewiesen wurde, dass es sich bei diesem Rittmeister um ihn selbst gehandelt hätte. Und es gab niemanden, der diese Behauptung bestätigen konnte.

Kuhrengrund war ein viel beschäftigter Mann. Am meisten war er mit seiner eigenen Wichtigkeit beschäftigt und damit, andere davon zu überzeugen. Aktuell ging es ihm um die Kieler Hungerkrawalle, wo es viel Ruhm zu ernten gab. Doch die Ausschreitungen fielen nicht in den Zuständigkeitsbereich der Feldgendarmerie. Weder waren Militärpersonen betroffen – nicht als Täter und auch nicht als Opfer – noch ließen sich Bezüge zu Schwarzhandel, Spionage, Sabotage oder Hochverrat herstellen. Die Menschen hatten nur Hunger. Auch die Sicherheit des Garnisonsstandortes war nicht gefährdet, solange die Randalierer keine Schusswaffen einsetzten. Kuhrengrund hatte in den letzten Tagen mehrmals mit dem Kieler Garnisonsgouverneur und dem zuständigen Kriegsgerichtsrat telefoniert, um sie davon zu überzeugen, dass der Einsatz der Feldgendarmerie unumgänglich sei, um Schlimmstes zu verhindern. Er hatte keinen Erfolg.

»Ach was«, herrschte er Eickmann an. Zwischen ihnen stand ein Schreibtisch, Eickmann war vor Tröpfchen sicher. »Das sind doch haltlose Spekulationen.«

»Im privaten Bereich gibt es keine Verbindung zwischen Weber und den beiden Opfern in Kiel. Sie müssen im dienstlichen Bereich liegen.«

»Es gibt überhaupt keine Verbindung. Entweder war's dieses Dienstmädchen, der Bäcker oder sein Geselle. Nehmen Sie die drei fest und warten Sie, bis einer von ihnen gesteht.« Kuhrengrund brauchte einen Täter, nicht notwendigerweise *den* Täter. »Sie können nicht einfach in der Generalkommandantur ermitteln, nur weil die Fantasie mit Ihnen durchgeht. Wir haben Krieg!«

»Es besteht eine Verbindung. Und ich muss wissen, woran Weber in letzter Zeit gearbeitet hat und mit wem er zu tun hatte.«

»Haben Sie denn inzwischen herausgefunden, wo das Gift herkommt?«

»Wir sind dabei.«

»Dann bringen Sie das doch erst einmal zu Ende und danach sehen wir weiter.«

Eickmann wollte laut protestieren, doch das würde bei dem Rittmeister nicht helfen. Er musste eine andere Taktik wählen. »Sobald wir die Spur des Giftes bis vor die Tore der Armee zurückverfolgt haben, dürfte der private Bereich ausermittelt sein«, sagte er.

Kuhrengrund schaute den Kommissar argwöhnisch an. Wahrscheinlich vermutete er einen neuen Versuch, den Fall an ihn zurückzugeben. Diese Vermutung zu erwecken, war Eickmanns Absicht. Der Rittmeister konnte sich noch nicht durchringen, er brauchte offensichtlich ein weiteres Argument, eines, das Ruhm und Wichtigkeit ausströmte, das einen angemessenen Ersatz für den verwehrten Einsatz bei den Hungerkrawallen darstellte.

»Es geht auch um Schwarzhandel mit Arzneimitteln«, sagte er. »Das liegt ohnehin in der Zuständigkeit der Feldgendarmerie.«

Schwarzhandel in der Generalkommandantur, wenn Kuhrengrund so eine Untat aufdecken würde, könnte ihm das einen Orden einbringen, das Eiserne Kreuz oder vielleicht sogar den Pour le Mérite.

Drei Minuten später legte Kuhrengrund seinen metallenen Ringkragen mit der Aufschrift ›Feldgendarmerie‹ an, verließ mit schnellem und bestimmtem Tritt die Räume der Feldgendarmerie – den Tummelplatz für Minderbegabte – und marschierte über den Hof zum Gebäude III, wo die Adjutantur des Generalkommandos – der Tummelplatz für ausgediente Haudegen und ungediente Drückeberger – untergebracht war. Dort lag Webers ehemalige Dienststube. Eickmann konnte zwar Schritt halten, wenn auch nur mühsam. Aber er ließ sich vorsichtshalber etwas in den Hintergrund fallen, körperlich und verbal. In der Kanzlei erfuhr Kuhrengrund Webers Zimmernummer von einem strammstehenden und mit Ärmelschonern versehenen Unteroffizier. Kurz darauf stand er vor einem verschlossenen Raum, schritt zackig zum hintersten Büro des Korridors, wo im Allgemeinen die wichtigsten Männer saßen, befand den Namen am Türschild ›Major Boeden‹ für wichtig genug, klopfte an und trat ein, ohne eine Aufforderung abzuwarten. Eickmann blieb in seinem Rücken.

»Rittmeister Kuhrengrund, Feldgendarmerie«, schmetterte er in den Raum.

Der Major sah verdutzt von seinem Schreibtisch auf. Für einen kurzen Moment zuckte er, als wollte er gleich aufspringen und strammstehen, bevor er sich besann, dass nur ein Rittmeister vor ihm stand – ein archaischer Reflex langjährig hochgedienter Offiziere, wenn sich die Tür mit einem bestimmten Schmiss öffnete.

»Ich untersuche den Tötungsfall Weber und benötige Zutritt zu dessen Dienstzimmer.«

»Da werden Sie nichts mehr finden«, antwortete der Major. »Das Zimmer ist bis auf die Möbel leer geräumt.«

»Leer geräumt? Das wird in den Ermittlungsakten vermerkt!«, schrie Kuhrengrund und trat an den Schreibtisch heran. »Wieso war der Raum nicht versiegelt?«

Das wäre wohl deine Aufgabe gewesen, dachte sich Eickmann, sagte aber nichts. Auch Boeden schwieg.

»Dann lassen Sie mir alle Vorgänge bringen, an denen Weber in den letzten sechs Wochen gearbeitet hat!«

Der Major lehnte sich zurück, offenbar wegen Kuhrengrunds Aussprache. »Lieber Rittmeister, das ist geheim«, sagte er mit einem gequälten Lächeln, das vermutlich süffisant wirken sollte.

»Und eine Auskunftsperson«, schrie Kuhrengrund, als hätte er den Einwand des Majors nicht gehört. »Beeilung bitte, die Sache duldet keinen Aufschub!«

Der Major räusperte sich, bis er wieder in der Lage war, einen angemessenen Offizierston in seine Stimme zu legen.

»Auf welcher Grundlage?«, fragte er.

»Anordnung von Kriegsgerichtsrat von Wehren.«

Unwillkürlich hoben sich Eickmanns Augenbrauen und seine Augen vergrößerten sich. Das hätte er nicht gewagt.

»Kann ich die mal sehen?«

»Bekommen Sie morgen.«

»Ist von Wehren telefonisch zu erreichen?«

»Für Sie nicht!«

Pause.

Lange Pause.

Kuhrengrund und Boeden starrten sich an. Wer zuerst blinzelte, schien zu verlieren.

Die Feldgendarmerie war mit umfassenden Kompetenzen ausgestattet. Die höchsten Offiziersränge hatten Respekt. Doch das erklärte die Situation nicht. Es waren die Wucht und die Chuzpe von Kuhrengrunds Auftritt, die den ranghöheren Offizier schließlich in die Knie zwang. Boeden hätte seinen Obersten anrufen und um Entscheidung bitten können, aber das käme noch mehr einer Demütigung gleich. Das wäre so, als würde die Oberste Heeresleitung bei aussichtsloser militärischer Lage feige zurücktreten und die Kapitulationsverhandlungen zivilen Politikern überlassen, unvorstellbar.

»Gut«, sagte Boeden kapitulierend, »Sergeant Kallmut verwaltet die Akten aus Webers Dezernat. Ich bringe Sie zu ihm.«

Stumm und leicht gebeugt führte er die Ermittler zur Geschäftsstelle, wie einst Adolphe Thiers Bismarck in den Spiegelsaal von Versailles geführt haben mochte. Sergeant Kallmut legte sein Butterbrot zur Seite und erhob sich eilig. Als Boeden ihn mit dem Anliegen der Feldgendarmerie bekannt machte, atmete er durch gespitzte Lippen aus, als wollte er eine heiße Suppe kühlen.

»Tja. Alles, was Sie hier sehen«, sagte der Sergeant und präsentierte sein Stübchen, das mit Regalen und Schränken vollgestellt war. Graue, braune und dunkelblaue Ordner türmten sich auf jeder geeigneten Ablagefläche. »Und was im Umlauf ist natürlich.«

»Natürlich«, wiederholte Kuhrengrund, dem es erkennbar Mühe bereitete, von Aggression auf eine emotional sachliche Ebene herunterzuschalten.

Eickmann sprang in die Bresche: »Was war denn Webers Aufgabengebiet?«

»Wir erledigen hier im Wesentlichen die Koordinierung bei der personellen und materiellen Bedarfsdeckung, Rekrutierung und Gestellung. Insbesondere Planung und Kommunikation, Auswertung von Verlustmeldungen ...«

»Ja, danke«, unterbrach Eickmann den Sergeanten. »Schließt die materielle Bedarfsdeckung auch die Versorgung mit Medikamenten ein?«

»Alles außer Waffen und Munition. Das wird hier von der ...«

»Hatte Weber sich persönlich um die Medikamentenversorgung gekümmert?«

»Nein. Wir koordinieren eher. Die Lieferverträge werden direkt von der Intendantur, Abteilung für Naturalverpflegungs-, Reise- und Vorspannangelegenheiten ...«

»Wie sah denn Webers Dienstalltag im Allgemeinen aus?«

»8 Uhr Dienstbeginn, 8.30 Uhr Lagebesprechung im Stab, danach meist ...«

Eickmann versuchte noch eine ganze Reihe von Fragen, er fragte nach außergewöhnlichen Fällen, besonderen Vorkommnissen, persönlichen oder dienstlichen Auseinandersetzungen, ob Weber Kontakt zur Kieler Irrenanstalt oder dort beschäftigten Ärzten gehabt hatte, ob Fälle von Schwarzhandel aufgetreten waren oder ob es Unregelmäßigkeiten bei der Medikamentenversorgung gegeben hatte. Doch nichts brachte eine Antwort hervor, mit der etwas anzufangen war.

Schließlich platzte Kuhrengrund der Kragen. »Kerl, Sie sollen uns etwas erzählen, was mit Webers Tod zu tun haben könnte!«

Dem Sergeanten fiel dazu nichts ein.

»Ja, hat sich denn niemals jemand hier aufgeregt? Gab es nie Beschwerden?« Dass sich nie jemand aufgeregt haben könnte, lag außerhalb von Kuhrengrunds Vorstellungsvermögen. Das regte ihn auf und er fand allmählich wieder zurück in sein Element.

»Wir regen uns hier nicht auf«, antwortete Kallmut. »Höchstens im Beschwerdewesen, da kochen bei manchen Beteiligten die Emotionen schon mal hoch. Aber nur bei den Beteiligten, wir regen uns da nicht auf.«

»Na also«, sagte Eickmann. »Was gab's denn da so in letzter Zeit?«

Kallmut überlegte und durchsuchte zwei Aktenstapel, die in einer Zimmerecke auf dem Boden standen. »Hier zum Beispiel«, sagte er und zog aus der Mitte des Stapels einen Ordner heraus. »Ein Leutnant wollte für das Eiserne Kreuz vorgeschlagen werden.«

»Sie bearbeiten auch Ehrungen?« Kuhrengrunds Stimme hatte plötzlich etwas Freundliches.

»Nur das Vorschlagswesen und nur Beschwerden und nur vertretungsweise. Eigentlich macht das …«

»Und wie ging die Sache aus?«, unterbrach ihn Eickmann.

»Es gab viel hin und her und dann wurde der Mann vorgeschlagen, damit er endlich Ruhe gab.«

»Er hat seinen Orden also bekommen?«

»Ja, das war die einfachste Lösung.«

»Was gab es noch?«, wollte Eickmann wissen.

Wieder überlegte der Sergeant. »Vielleicht das hier, ist aber bereits abgelegt, muss nur noch ins Archiv. Zum Glück.« Er schlug mit der Hand auf ein 40 Zentimeter dickes Aktenbündel, das mit zwei Riemen zusammengehalten war. »Ein einfacher Soldat, der nach einer Verwundung nicht wieder an die Front zurückwollte. Der Mann machte einen unglaublichen Aufstand.«

»Musste er denn zurück?«

»Er hätte wohl gemusst, aber der Vorgang endete vorher mit einer Gefallenenmeldung.«

»Er fiel, als er noch in der Heimat war?«

Kallmut zuckte mit den Schultern. »Offensichtlich.«

»Das sehen wir uns näher an«, sagte Eickmann und wartete auf Kuhrengrunds Bestätigung, die allerdings ausblieb. Der Rittmeister war in Gedanken noch mit dem Eisernen Kreuz beschäftigt.

Eickmann nahm das Aktenbündel an sich und bat um einen Raum, in dem er es ungestört studieren könnte. Nachdem der Sergeant kurz die Backen aufblies, schlug er die ehemalige Dienststube von Hauptmann Weber vor.

Kuhrengrund hatte für so etwas keine Zeit. »Ich hoffe sehr für Sie, dass Sie etwas finden. Und benachrichtigen Sie mich unverzüglich«, sagte er zum Schluss und verschwand.

Wahrscheinlich hoffte er vor allem für sich selbst, dass Eickmann etwas fand, sonst könnte ihm die erfundene Anordnung des Kriegsgerichtsrats die Karriere kosten. Und dann würde keine weitere Urkunde seine Wand zieren, außer er gewann wieder einmal beim Tauziehen.

*

»Das ist ja purer Luxus«, schwärmte Meyer und löffelte Erdbeeren und Schlagsahne in seinen Mund. Er saß in der Küche von Konditor Bunte, um ihn herum der Gastgeber und seine Familie.

»Ein paar Vorteile muss unsere Profession schließlich haben, nich mien Schieter?«, bemerkte Bunte und wuschelte seinem jüngsten Sohn über den Schopf.

Der kleine Uwe verzog das Gesicht. Er hatte seine Schale kaum angerührt und schob sie angeekelt weg, in den letzten Wochen hatte er täglich Erdbeeren mit Schlagsahne essen müssen. Jetzt stand die Schale verwaist und verlockend vor Meyers Nase, bis Frau Bunte sie ihm anbot und er mit leichter Verlegenheit annahm. Als Meyer die zweite Schale geleert hatte, führte Bunte den Ermittler in sein Kontor und zeigte ihm die Liste, die er auf Eickmanns Bitte angefertigt hatte.

»Das sind alle?«, fragte Meyer. »Sonst hat niemand Zutritt zur Backstube? Keine Putzfrau?«

»Wo denken Sie hin? Wir machen selbst dreckig, also machen wir auch selbst sauber.«

Gemeinsam gingen sie die Liste durch. Zu jedem Namen stellte Meyer ein paar Fragen und machte sich Notizen. Fast am Ende las er ›Joseph Bangert‹ und erinnerte sich, dass Rosenbaum einen ›Bruno Bangert‹ erwähnt hatte.

»Der Bangert, ein guter Mann, meine rechte Hand, obwohl er noch nicht so lange bei uns ist. Früher war er im Restaurant vom KYC beschäftigt, bis sie schließen mussten.«

»Dann kennt er sich im Segelhafen wohl aus?«

»Das nehme ich an.« Bunte machte eine nachdenkliche Miene. »War in letzter Zeit oft krank. Wegen der Tragödie zu Hause.«

»Was für eine Tragödie?«

Meyer hörte, was er zum Teil schon wusste, aber auch durchaus Neues und überaus Interessantes: Joseph Bangert machte die Nervenklinik für den Tod seines Sohnes verantwortlich.

»Ich habe ihm vorgestern Urlaub gegeben, er war ja nur noch ein einziges Nervenbündel«, erklärte Bunte.

»Hatte er etwas mit der Kuchenlieferung an Weber zu tun?«

»Bangert? Nein, für den lege meine Hand ins Feuer«, sagte Bunte wie ein guter Patriarch.

»Wenn Sie für jeden Ihrer Leute die Hand ins Feuer legen, werden Sie sie wahrscheinlich irgendwann mal verbrennen.«

»Aber nicht Bangert. Nicht der.«

»Also? Konnte er?«

»Er macht viel Büroarbeit, da wäre es möglich, dass er die Bestellung bearbeitet hat.«

Meyer suchte aus seiner Aktentasche das Auftragsbuch heraus, das Eickmann beschlagnahmt hatte, schlug es auf und zeigte es Bunte vor.

»Ja, das ist seine Handschrift«, bestätigte Bunte.

»Hatte Bangert auch etwas mit der Zubereitung des Kuchens zu tun?«

»Nein, das war ja Willi, wie Sie wissen. Aber er hatte jederzeit Zutritt zur Backstube. Er hat hier neulich nach Feierabend ein paar Pralinen für seine Frau gemacht, die haben bald Hochzeitstag.«

Bunte schaute betreten in das Buch. Er musste sich fühlen, als hätte er einen Verrat begangen. Tröstend klopfte Meyer ihm auf die Schulter und bat, das Telefon benutzen zu dürfen. Dann versuchte er Eickmann anzurufen, den er nach einigen Stöpselungen mehrerer Fräuleins in Webers ehemaligem Dienstzimmer erreichte. Schließlich hinterließ er in der Blume eine Nachricht für Rosenbaum. Lieber hätte er sie an Hedi gerichtet, aber das wagte er nicht.

XXVI

Die Sternstraße lag in einer Gegend des einfachen, vielleicht mittleren Bürgertums, wie sie in den letzten Jahrzehnten in immer größeren Halbkreisen westlich um die Altstadt herum entstanden waren, im Norden etwas wohlhabender, im Süden etwas einfacher. Die Wohnungen waren oft nicht groß, drei Zimmer meist, aber durchaus mit Sinn für Ästhetik errichtet, mit verspielten Stuckdecken und geschwungenen Jugendstiltüren, einige hinter schmucken Vorgärten. Hier wohnten Handwerker und einfache Angestellte. Hier wohnte auch die Familie Bangert.

Hedi betätigte die Türschelle, zweimal, dreimal, niemand reagierte. Dann lugte sie durch den Briefschlitz. Bevor sie anklopfen und etwas wie ›Polizei! Bitte öffnen!‹ rufen konnte, unterbrach Rosenbaum sie. Hedis Aktion hätte nicht dazu geführt, dass sich Bangerts Wohnungstür öffnen würde, sondern eher die der Nachbarn. Rosenbaum schob Hedi zur Seite, zog ein Taschenmesser aus dem Jackett und hantierte damit im Schlüsselloch.

»Oh, offen«, sagte er.

»Chef!« Hedi drückte die Augenbrauen zu einem strafenden Blick hinunter und schüttelte den Kopf.

Langsam schob Rosenbaum die Tür auf. Ein kleiner Flur kam dahinter zum Vorschein, von dem einige Türen abgingen – nur eine war geschlossen. Ein paar Hauspantoffeln lugten unter der überfüllten Garderobe hervor. An der Wand hing ein Spiegel, daneben ein Kruzifix, gegenüber ein Bild mit dem gen Himmel auffahrenden Jesus.

Auf dem Boden hinter der Eingangstür lagen mehrere

Briefe und eine Zeitung. Rosenbaum hob sie auf. Darunter befand sich ein Zettel ohne Umschlag:

Bangert!
Ich muss dringend mit dir reden.
Ruf mich sofort an oder komm vorbei!
G. A. N.

»G. A. N.?«, fragte Hedi.

»Gustav Adolf Neuber«, antwortete Rosenbaum.

Die Ermittler schauten sich um, warfen einen Blick ins Wohnzimmer, ins Schlafzimmer und in die Küche. Die Wohnung war nett eingerichtet, aber seit Längerem von niemandem mehr aufgeräumt worden. Und von niemandem mehr gelüftet.

»Wenn Sie mich fragen, Chef: ein Fall beginnender Verwahrlosung.«

Ganz so schlimm sah es für Rosenbaum nicht aus, seine Wohnung hatte manchmal eine gewisse Ähnlichkeit. Er öffnete die einzige geschlossene Zimmertür und stand vor dem Kinderzimmer. Es wirkte halbwegs aufgeräumt, aber an den Wänden, den Möbeln und vor allem am Boden war es übersät mit angetrocknetem Blut.

»Hier hat der Sohn sich erschossen«, vermutete Rosenbaum.

»Und niemand hat danach sauber gemacht«, sagte Hedi.

Sie gingen ins Wohnzimmer. Auf dem Couchtisch lag neben einem Teller mit angetrockneten Essensresten eine Bibel, daneben ein gerahmtes Foto. Hedi nahm es in die Hand.

»Den kenne ich.«

Es war ein Familienfoto, die Eltern saßen stolz auf zwei Stühlen, Sohn und Tochter auf dem Boden davor. Anders als üblich schauten sie nicht streng oder ernst drein, sondern freundlich, ein wenig lächelnd sogar.

»Den Mann hab ich vorgestern in der Irrenanstalt gesehen«, sagte Hedi.

Rosenbaum schaute ihr über die Schulter. »Ich kenne ihn auch. Er ist Altgeselle bei Konditor Bunte.« Rosenbaum war ihm manchmal im Treppenhaus begegnet. Er hatte immer freundlich gegrüßt. »Und die Frau hab ich auch schon mal gesehen. Sie hielt eine Spieluhr in der Hand und erzählte von ihren Kindern.«

Nachdenklich tippte Hedi auf das Foto. »Es könnte auch der Mann gewesen sein, den ich am Tatort in Bellevue gesehen habe. Der Mann, der mit dem Kühllaster floh.«

Schräg hinter einem Vertiko wies die Tapete eine gelblich graue Umrahmung aus Ruß und Nikotin auf.

»Da fehlt ein Bild«, sagte Rosenbaum und trat näher heran, um den Abdruck genau zu mustern. »Nein, eher eine Wanduhr.«

Hedi stellte das Foto zurück und griff nach der Bibel, die daneben auf dem Tisch lag. Sie war aufgeschlagen, weit hinten, bei der Offenbarung des Johannes. Es handelte sich um ein kostbares Exemplar, in feinem Leder eingeschlagen und offensichtlich in ständigem Gebrauch.

Rosenbaum schaute zu Hedi herüber. »Die Apokalypse«, sagte er. »Wenn man das liest, wird einem klar, warum ihr Christen ständig Kriege führt.«

»Schauen Sie mal hier«, sagte Hedi unbeirrt. Bangert hatte mit Bleistift vier Wörter unterstrichen: ›Vier‹ – ›Grab‹ – ›Ende‹ – ›gerichtet‹. »Was mag das bedeuten?«

Rosenbaum wusste es nicht. Er wandte sich wieder dem Vertiko zu, auf dem zwei dicke Bücher übereinandergestapelt lagen. Das obere war ein Handbuch für Arzneimittelkunde. Rosenbaum schlug es auf und entdeckte den Stempel der Nervenklinik. Zwei Lesezeichen befanden sich bei den Seiten über Atropin und Physostigmin.

»Hatte Siemerling erwähnt, dass auch ein Arzneimittelbuch fehlte?«, fragte Rosenbaum und reichte Hedi das Buch.

»Nicht dass ich wüsste.«

»Wenn Sie Arzt sind und Schwarzhandel mit Medikamenten betreiben, brauchen Sie dafür ein Arzneimittelbuch?«

Hedi zuckte mit den Schultern. »Wenn ich Arzt bin, eher nicht«, sagte sie.

»Und wenn Sie als Arzt jemandem Gift in die Hand drücken und ihn anstiften wollen, einen anderen damit umzubringen, händigen Sie ihm dann auch gleich eine schriftliche Anleitung aus?«

»Wahrscheinlich würde ich ihm einfach sagen, wie er es machen soll.«

Der Kommissar nickte.

Das zweite Buch trug den Titel ›Die Bräuche der Völker Afrikas‹. Solche Bücher waren oft zu finden, und die Menschen lasen gern darin. Dem Staat gefiel diese Vorliebe für Naturvölker. Er begründete mit dieser Art der Lektüre die kulturelle Rückständigkeit der Kolonialvölker und rechtfertigte auf diese Weise den Kolonialismus. Es genügte nicht, fremde Völker zu unterdrücken und auszubeuten, man benötigte dafür eine gewisse Legitimation. Rosenbaum öffnete das Buch auf einer Seite, in deren obere Ecke ein Eselsohr geknickt war. Dort wurden heidnische Rituale des Volkes der Ibibio beschrieben. Daneben war eine Zeichnung von Männern mit Lendenschurz und dicken Lippen abgedruckt. Einer der Männer kniete auf dem Boden und wurde von zwei anderen festgehalten, ein dritter stopfte ihm kleine Kügelchen in den Mund. Unter der Zeichnung fand sich die Erklärung:

Die Ibibio in Westafrika verwendeten vor ihrer Missionierung die Kalabarbohne für ein Ordal. Wenn einem Stammesmitglied schwere Verbrechen zur Last gelegt wurden, seine Schuld aber nicht eindeutig zu beweisen war, kam es vor, dass der Medizinmann anordnete, ihm Kalabarbohnen zu verabreichen. Starb er daraufhin, so galt er als durch den heidnischen Gott zum Tode verurteilt. Erbrach er sich jedoch und spie die Bohnen unverdaut wieder aus, hielt man seine Unschuld für erwiesen.

»Sagte Ziemke nicht, dass eines der Gifte aus einer afrikanischen Bohne gewonnen wird?«, fragte Rosenbaum.

Hedi blätterte in dem Arzneimittelbuch. »Hier, Physostigmin ... ja, stimmt, aus der Kalabarbohne.«

»Bangert ist unser Mann«, sagte Rosenbaum und klappte das Afrika-Buch zu.

»Aha, und könnten Sie mir noch kurz erklären, was Bangert mit dem Fall aus Neumünster zu tun hat?«

Die gleiche Frage hatte Rosenbaum vor einer Stunde Hedi gestellt. Er hatte sie ironisch gemeint. Hedis Frage dagegen klang patzig.

»Wir finden Bangert und fragen ihn«, antwortete Rosenbaum.

Ihm war klar, dass der erste Teil seines Vorhabens nicht so leicht in die Tat umzusetzen sein würde. Sie wussten kaum etwas über Joseph Bangert. Normalerweise würde Rosenbaum einen Uniformierten abstellen, um die Wohnung zu bewachen. Aber er bekäme wohl niemanden und die Überwachung hätte ohnehin wenig Aussicht auf Erfolg.

»Die Zeitung unter der Tür«, sagte Rosenbaum. »Seit gestern ist niemand hier gewesen.«

»Auf der Flucht?«

»Mit einer schweren Wanduhr unterm Arm?«

»Vielleicht ist er bei Dr. Neuber.«

»Wegen des Zettels, meinen Sie?«

»Er könnte sein Komplize sein.«

»Und was hat Neuber mit Hauptmann Weber zu tun?«, fragte Rosenbaum.

»Und was hat Bangert mit Hauptmann Weber zu tun?«, fragte Hedi.

Wieder hörte sich Hedis Frage patzig an. Fand Rosenbaum.

Sie beschlossen, die Nachbarn zu befragen, und gingen zur anderen Wohnungstür im dritten Stock. Die Schelle war noch nicht verstummt, da öffnete sich bereits die Tür und eine riesige, übergewichtige Frau mit geblümtem Kittel und zu einer Haube geknotetem Kopftuch füllte den Türrahmen nahezu aus.

»Kommissar Rosenbaum, Mordkommission. Guten Tag, Frau ...« Ein Blick zum Türschild verriet den Namen. »Frau Rosski.«

»Früher Russki«, sagte die Frau. »Hab ich ändern lassen. Nach Kriegsausbruch.«

»Wir suchen Herrn Bangert.«

»Sagen Sie mir Bescheid, wenn Sie ihn gefunden haben. Er ist mit der Treppe dran.«

»Sie können uns nicht weiterhelfen?«

Die Nachbarin überlegte – vermutlich nicht darüber, ob sie weiterhelfen konnte, sondern ob sie es wollte.

»Der Bangert ist kaum noch zu Hause«, sagte sie schließlich. »Weiß nicht, wo der sich immer rumtreibt. In der Klapse bei seiner Frau vielleicht?«

»Da ist er nicht. Könnte er auf der Arbeit sein?«

»Als ich ihn vorgestern zum letzten Mal sah, sagte er, dass er sich Urlaub genommen hat.«

»Bekommt er manchmal Besuch? Hat er Bekannte, Verwandte, wo er jetzt sein könnte?«

»Die Bangerts sind ja nicht von hier. Die Verwandten leben irgendwo im Osten. Aber in letzter Zeit kam öfters ein feiner Herr vorbei.«

Den Namen wusste die Frau nicht, doch sie konnte ihn beschreiben. Und sie beschrieb einen Mann, der aussah wie Neuber. Rosenbaum dankte und wollte sich verabschieden, als die Frau anfügte: »Sonst fragen Sie doch den Pastor. Bangert rennt ständig in die Kirche, der Pastor weiß vielleicht mehr.«

XXVII

Die Polizei war ihm auf der Spur, die Kommissarin mit dem graugrünen Opel. Sie hatte Ähnlichkeit mit Hildchen. Bangert hatte nicht mehr viel Zeit, aber er würde auch nicht mehr viel brauchen. In der Wohnung war er seit gestern nicht gewesen, er schlief jetzt in seiner Gartenlaube. Der Kühllaster war zu auffällig gewesen, die Kommissarin hatte ihn damit gesehen. Inzwischen hatte er sich ein anderes Gefährt zugelegt, einen Flocken. Das war ein zwölf Jahre altes Automobil mit Elektromotor, eine völlig veraltete Technik, ein Irrweg der Ingenieurskunst, der um die Jahrhundertwende von den modernen Verbrennungsmotoren endgültig abgehängt worden war. In der vergangenen Nacht hatte Bangert den Bleiakkumulator des Wagens heimlich an einem Gleichstromanschluss der Baltischen Mühle an der Schwentinemündung aufgeladen. Jetzt würde der Wagen mit etwas Glück bis Neumünster durchhalten.

Bangert saß in seiner Gartenlaube, Tür und Fensterläden hielt er geschlossen. Die Petroleumlampe auf dem Tisch schuf eine ölig triefende Helligkeit. In den Nachbarparzellen wurde emsig umgegraben, gepflanzt, gedüngt und gegossen – Bangert tat, als wäre er nicht da. Er war nicht in der Stimmung für Gartenzaunpalaver und vor allem: Er hatte Wichtigeres zu tun.

Vor ihm auf dem Tisch lag die Wanduhr, die die Schwiegereltern ihnen zur Hochzeit geschenkt hatten. Sie besaß ein fein ziseliertes Zifferblatt aus Messing, ein massives Pendel und einen Kasten aus Eiche. Bald sollte sie ihre letzte Aufgabe erfüllen. Bangert brachte an der Rückwand des Kastens hinter dem Pendel einen Schnappmechanismus an, den er sich aus einem Kuchenblech zurechtgehämmert hatte, und verband ihn über eine Kette mit zwei Verriegelungsbolzen, die er je an eine Seitenwand geschraubt hatte.

Das Licht war schlecht und die Arbeit kniffelig, man brauchte Geduld und eine ruhige Hand. Als Kind hatte Bangert sich viel mit Uhrwerken beschäftigt, ihn faszinierte der feine und präzise Mechanismus. Er hatte die Uhren auseinander- und wieder zusammengebaut. Anfangs hatte er danach oft ein oder zwei Teile übrig gehabt. Die Uhren funktionierten meist dennoch, wenn vielleicht auch nur kurz oder sie gingen zu schnell oder zu langsam – einmal bewegten sich die Zeiger in die falsche Richtung. Bald optimierte Bangert seine Fähigkeiten, traute sich an Taschenuhren heran und durfte schließlich die große Standuhr im Wohnzimmer der Eltern reparieren. Er hatte beschlossen

Uhrmacher zu werden, doch es hatte keine Lehrstelle für ihn gegeben.

Als er die letzte Schraube festgedreht hatte, stellte er die Uhr aufrecht auf den Tisch, hob die Gewichte an und gab dem Pendel einen kleinen Stoß. Alles funktionierte. Mit jedem Pendelschlag schnappte abwechselnd einer der beiden Riegel zu.

Bangert schloss die Uhr und legte sie in eine Holzkiste. Brunos Handgranate, zwei schwere Bleigewichte, ein paar Stricke, Ösen und Rollen legte er hinzu. Dann betrachtete er sein Werk. Die Idee war ihm gekommen, als er mit dem Herrn gesprochen hatte. Gott hatte ihn beauftragt – nur so konnte es sein. Genauso wie er ihn durch das Buch über die afrikanischen Völker beauftragt hatte, als er es auf einer Bank in der Friedhofskapelle vom Eichhof fand. Zuerst dachte er, jemand hätte es dort vergessen. Aber niemand hatte es vergessen, der Herr hatte es dort für ihn abgelegt. Und dafür dankte er ihm.

Er kniete nieder und betete. Dann zog er einen Brief aus seiner Hosentasche und las dem Herrn vor:

17. Januar 1916
Liebe Mutter,
lieber Vater!

Tagelanges Artilleriefeuer der Tommys. Sie schießen Granaten, bis sie glauben, dass unsere Stellungen zerstört sind, dann plötzlich Ruhe, Totenstille und zwei Minuten später erfolgt der Angriff. Während des Dauerfeuers hört man keine einzelnen Granaten mehr, nur einen endlosen Donner, direkt aus der Hölle. Die Grana-

ten treffen meist nicht unsere Körper, sie treffen unsere Seelen. Neulich sprang im Unterstand ein junger Rekrut nach 24 Stunden Dauerfeuer auf und erschoss drei Kameraden, bevor er unschädlich gemacht werden konnte.

Wie geht es Hildchen? Ist sie wieder gesund? Schreibt mir bald!

Das war Brunos letzter Brief. Einen Tag später war er verwundet worden. Wo und wie es geschehen war, wusste Bangert nicht. Bruno hatte nie darüber gesprochen.

XXVIII

Die Akte enthielt alles, was es aus militärischer Sicht über den Obergefreiten Bruno Bangert zu wissen gab, beginnend mit dessen Lebenslauf und seinem Musterungsbericht, über die dienstlichen Beurteilungen während des aktiven Dienstes und der Reserveübungen, bis hin zu den Vorgängen um seine Verwundung. Der letzte Teil war der weitaus umfangreichste und der, auf den es Eickmann ankam.

Bis zu seiner Verwundung hatte Bruno als politisch zuverlässig, gehorsam und mutig gegolten, seine dienstlichen Beurteilungen waren recht ordentlich. Danach wurde alles anders:

›Glatter Schulterdurchschuss links ... Behandlung Feldlazarett Chauny ... wegen Wundinfektion Verlegung ins Reservelazarett IX K.V.‹

Das dürfte die Privatklinik Neuber sein, dachte Eickmann und blätterte weiter.

›Genesung ... Reservelazarett, Nervenklinik, Kiel.‹

Eickmann stutzte, dann fand er einen Vermerk: ›... hatte in Neuber'scher Klinik Kontakt zu einer Gruppe von Simulanten.‹

Dahinter die Verfügung: ›... Anrechnung auf Heimaturlaub.‹

Ein paar Blätter weiter zwei Vermerke: ›... Lt. Nervenklinik Kiel, OA Dr. Althoff, genesen und wg. Urlaub nach Hause entlassen.‹ ... ›Vater sprach vor, bat um Entlassung des Soldaten aus dem Kriegsdienst.‹

Es folgte die Abschrift eines Marschbefehls, dahinter eine Eingabe von Bruno Bangert – nach Diktat handschriftlich vom Vater niedergelegt –, in der er um Aufhebung des Marschbefehls bat: ›... wegen eines nervlich bedingten Zitterns bin ich nicht in der Lage, meinen Körper in einer Weise zu kontrollieren, wie es im Fronteinsatz unerlässlich ist.‹

Gegen den Befehl, sich bei seiner Einheit einzufinden, gab es zu Kriegszeiten nur unter engen Voraussetzungen einen Rechtsbehelf. Selbst wenn ausnahmsweise einer zulässig war, Erfolgsaussichten hatte er kaum.

Der Vorgang war erstmals Hauptmann Weber vorgelegt worden. Er holte einen Bericht von Althoff ein und verfügte die Akte zur Einholung einer gutachterlichen Stellungnahme an einen Dr. Warberger, Oberstabsarzt. Dieser stellte Dienstfähigkeit fest. Anschließend bestätigte Weber den Marschbefehl.

Ein Vermerk lautete: ›… Mutter unbefugt eingedrungen, verlangte Unterredung mit Hptm. Weber. Wurde entfernt.‹

Weitere Eingaben folgten, zunächst nur von Bruno selbst, dann auch von einem Anwalt, der die Anerkennung als Kriegsbeschädigter beantragte. Brunos Eingaben wurden flehentlicher, die des Anwalts besorgter. Die Akte endete abrupt mit der Gefallenenmeldung.

Eickmann blätterte zurück und las noch einmal Brunos Schilderungen, wie er ohne Pause zitterte, kaum gehen konnte, kaum allein essen konnte, kaum schlafen konnte und ständig von Albträumen gequält worden war. Er lehnte sich zurück und versuchte, sich vorzustellen, so zu leben. Ihm fehlte die Fantasie dafür.

Sergeant Kallmut klopfte an. »Ein Herr Kriminalassistent Meyer ist am Telefon.«

Eickmann ließ zu sich durchstellen. Die beiden Kriminalisten fügten ihre Puzzleteile aneinander und sahen ein erschreckendes, aber aufschlussreiches Bild. Eickmann beauftragte Meyer, den Kieler Kollegen einen telefonischen Zwischenbericht zu erstatten. Er selbst wollte jetzt zu Kuhrengrund gehen.

»Aber was hat das mit Medikamentenschmuggel zu tun?«, fragte Kuhrengrund.

Einerseits war er erkennbar erleichtert, die Durchsuchung hatte ein weiterführendes Ergebnis erbracht und der Kriegsgerichtsrat würde sie wohl gern anordnen, auch rückwirkend, auch wenn die Militärstrafgerichtsordnung Rückwirkung nicht vorsah – man musste da kreative Gestaltungsformen anwenden. Andererseits war der Rittmeister enttäuscht.

»Das müssen wir noch herausfinden«, antwortete Eickmann. Er glaubte nicht, dass es einen Zusammenhang gäbe, es interessierte ihn auch nicht, aber er musste dem Affen von der Feldgendarmerie Zucker geben.

»Und wie wollen Sie das machen?«, fragte Kuhrengrund.

»Ich befrage den Arzt, der das Gutachten geschrieben hat.«

»Oberstabsarzt Dr. Warberger?«

»Kennen Sie ihn?«

»Sicher. Er hält uns ja alle hier in Schuss. Mehr oder weniger. Er sitzt in Gebäude C, dritter Stock. Ich komme mit.«

Das war Eickmann recht. Nicht weil er inzwischen Sympathien für den Rittmeister entwickelt hätte und gern mit ihm zusammenarbeitete, wirklich nicht, er wollte sich noch nicht einmal mit ihm sehen lassen. Der Grund war, dass Kuhrengrund schnell und zielgenau den Ton traf, der einen Heeresoffizier gefügig machte.

Gebäude C, dritter Stock links, letzte Tür. Kuhrengrund klopfte. Obwohl etwas wie ›Jetzt nicht!‹ zurückbellte, öffnete er langsam, fast zaghaft die Tür und steckte seinen Kopf ins Zimmer. Ein rundlicher Mann mit weißem Kittel über feldgrauer Uniform saß hinter einem Schreibtisch, ein hagerer Mann mit nacktem Oberkörper davor.

»Guten Tag, Herr Oberstabsarzt. Es ist dienstlich«, sagte Kuhrengrund und – Eickmann konnte es kaum glauben – lächelte ein wenig dabei.

Der Oberstabsarzt schaute mit kleinen, weit auseinanderstehenden Äuglein auf. Er trug einen pedantisch ausgezirkelten Mittelscheitel und einen gewaltigen Schnurrbart. Eickmann musste an ein Walross denken. Dieser Eindruck wurde allerdings durch ein starkes Monokel gestört, das das linke Auge auf seine dreifache Größe anwachsen ließ.

»Sie müssen warten!«, rief er und widmete sich wieder dem nackten Mann, ohne abzuwarten, bis die Tür geschlossen war.

Kuhrengrund zog seinen Kopf wortlos zurück, setzte sich auf eine Holzbank im Korridor und wartete. Eickmann tat es ihm gleich. Dem Rittmeister war der Offizierston abhandengekommen, dachte er. Oder besaß Kuhrengrund ein breiteres Verhaltensspektrum, als Eickmann für möglich gehalten hatte?

Nach einer Viertelstunde war der hagere Mann weg und die Ermittler durften eintreten. In einer Zimmerecke stand eine Pritsche mit hölzerner Liegefläche, gegenüber ein Schrank in glänzendem Elfenbein. An einer Wand hing eine Tafel mit unsortierten Buchstaben in verschiedenen Größen, daneben ein Schaubild, das einen abgelederten menschlichen Körper zeigte, geschlechtslos, aber mit männlicher Statur. Eine Deutschlandkarte thronte an der Wand hinter dem Mediziner. Sie war groß genug, um in den angrenzenden Ländern die Orte deutscher Triumphe zu zeigen. Bei Düppel war ein rotes Fähnchen eingestochen, noch eines bei Leipzig, eines bei Versailles und ein besonders großes bei Tannenberg. Tatsächlich stammte nur einer dieser Erfolge aus dem aktuellen Krieg – und er war bei Lichte betrachtet nur ein eingeschränkter Triumph, fand er doch als Abwehrschlacht auf deutschem Territorium statt –, aber ein kleines Schälchen mit weiteren Fähnchen zeugte von Zuversicht.

Kuhrengrund stellte den Kommissar als seinen Ermittlungsgehilfen vor, was Eickmann überhaupt nicht schätzte, wogegen er aber nichts einwandte, weil sich diese Bezeichnung so im Gesetzestext fand. Anschließend umriss der Rittmeister mit wenigen Worten den Untersuchungsgegenstand, wobei sich die meisten dieser Worte um Schwarzhandel mit Arzneimitteln drehten.

»Illegaler Handel mit Arzneimitteln? Hier im Generalkommando?«, entfuhr es dem ungläubigen Dr. Warberger.

»Nun ja, das wissen wir nicht sicher«, wiegelte Eickmann

ab. »Unsere Fragen zielen zunächst auf den Obergefreiten Bangert. Sie erinnern sich an den Vorgang?«

»Sehr gut sogar. Ständig bekam ich die Akte auf den Tisch, um zu jeder neuen Eingabe Stellung zu nehmen.«

»Sie haben in Ihrer gutachterlichen Stellungnahme die Ansicht vertreten, Bangert sei nach der Verwundung wieder dienstfähig gewesen.«

»Ja, das war er auch.«

»Haben Sie ihn untersucht?«

»Aber natürlich«, beantwortete Kuhrengrund mit einem süffisanten Lächeln die dem Oberstabsarzt gestellte Frage.

Warberger schaute Kuhrengrund ohne süffisantes Lächeln an. »Das brauchte ich nicht«, sagte er. »In der Akte befand sich ein Bericht aus der Nervenklinik. Außerdem hielt sich der Obergefreite zum Zeitpunkt der Beurteilung zu Hause in Kiel auf, nicht in Neumünster.«

»Das war mir auch schon aufgefallen: Er stammt aus Kiel und geht zum Heer und nicht zur Marine?«

»Ich vermute, er konnte schwimmen.«

»Wie: ›Er konnte schwimmen‹?«

»Wer aus Kiel kommt, lernt schwimmen, bevor er lesen kann. So einer ist für die Kaiserliche Marine nicht geeignet. Er würde einfach ins Wasser springen, wenn es brenzlig wird. Die Marine will Nichtschwimmer.«

Eickmann beschlich der Eindruck, dass er gerade auf den Arm genommen wurde. Er hatte nie etwas von einem solchen Auswahlkriterium für die Marine gehört. Das musste allerdings nichts bedeuten – viele Gesetze im Staat waren ungeschrieben – und einen Sinn würde es schon ergeben.

»Sie haben also den Bericht von Dr. Althoff als Beurteilungsgrundlage genommen. Ich habe den Bericht gelesen. Er ist nicht gerade besonders ausführlich.«

»Das Wichtigste steht drin.«

»Das denke ich auch«, pflichtete Kuhrengrund Warberger bei. »Und das ist jetzt auch gar nicht relevant.«

Eickmann sah das anders. »Bangert hatte angegeben, dass er nicht die erforderliche Körperkontrolle besaß«, sagte er.

»Aber außer seiner Einlassung gab es keinen Beleg dafür. Seine Verletzung war ausgeheilt, auch neurologisch war er gesund, er konnte wieder kämpfen.«

»Er war also ein Simulant?«

»Das war er. Sein Zittern trat erstmals Wochen nach seinem letzten Fronteinsatz auf, als sich abzeichnete, dass er bald wieder gesund sein würde und zurück an die Front müsste. Dafür gibt es keine medizinische Erklärung. Außerdem: Er konnte essen und trinken und er wusch sich selbstständig. Das hat er alles noch gekonnt. Nur den Abzug seines Gewehres wollte er nicht mehr ziehen können. Das ist doch überaus merkwürdig.«

»In der Akte ist vermerkt, dass er einnässte und dass es zu unwillkürlichem Stuhlgang kam.«

»Auch das lässt sich simulieren.«

»Immerhin hat er in letzter Konsequenz den Freitod gewählt.«

»Er war ein Simulant, weil er ein Feigling war!« Die Stimme des Oberstabsarztes wurde lauter, sein Walrossbart bewegte sich im Windzug seines Atems. »Ein Mann muss dem Feind ins Auge sehen und dabei den Abzug ziehen können, wenn er den Befehl dazu hat. Wenn er das nicht fertigbringt, ist er ein Feigling!«

»Er hat sich aus Feigheit selbst umgebracht?«

»Genau so ist es. Keine Armee der Welt kann es sich leisten, bei ihren Soldaten Feigheit zu tolerieren. Gerade jetzt! Die Offensive bei Verdun ist festgefahren, vier Monate, kaum ein Meter Bewegung und massenhaft Verluste. Und an der Somme bereiten die Tommys eine gewaltige Gegenoffensive vor, jeden Tag kann es dort losgehen. Wir brauchen alle Männer, die wir haben.«

Eickmann bezweifelte, dass der Stabsarzt sich eine zutreffende Vorstellung davon machte, wie es in den modernen Schützengräben aussah.

»Natürlich. Aber es gibt das Phänomen der Kriegszitterer. Das ist medizinisch anerkannt, nicht wahr?«

»Wenn einer nicht in der Lage ist zu essen und zu trinken und dann verdurstet, dann will ich glauben, dass er krank war. Doch der Obergefreite Bangert aß und trank.«

»Aber er nahm sich das Leben!«

»Es ist ein Unterschied, ob sich jemand feige eine Kugel durch den Kopf jagt oder langsam qualvoll verdurstet!«

Eickmann hielt inne. Nicht weil ihm keine Erwiderung eingefallen wäre, sondern weil ihm klar wurde, dass Warberger dafür nicht empfänglich war. Er hatte seine Auffassung von Mannespflichten und sie dürften grundlegender Bestandteil seiner Weltanschauung sein. Solche Anschauungen waren sehr stabil.

»Hat Ihre Auffassung nicht etwas von einem Gottesurteil?«, fragte Eickmann.

Keine Antwort.

»Oder von den mittelalterlichen Hexenprozessen, bei denen das Überstehen der Folter als Beweis für die Schuld des Angeklagten galt?«

»Ich habe den Eindruck, Sie wollen meine fachliche Kompetenz infrage stellen.«

»Ich versuche nur, mir ein Bild zu machen.«

»Wovon? Der Mann ist tot.«

Kuhrengrund meldete sich mit einem »Tja«, einem Achselzucken und einem Kopfschütteln zu Wort. »Das führt doch zu nichts«, sagte er zu Eickmann. »Lassen Sie das jetzt.«

»Ich versuche, mir ein Bild davon zu machen, was in Bruno Bangerts Vater vorgegangen sein mag, als er diese Prozedur miterlebte!« Eickmann hielt es nicht mehr auf seinem Stuhl. Er sprang auf und ging zur Tür. Sollten die beiden Offiziere ihn ruhig für einen Defätisten, einen Vaterlandsverräter oder einen Schwächling halten. Ihre Sinne waren abgestumpft, ihr Gerechtigkeitsgefühl war abhandengekommen. Ihre Angst davor, den Krieg zu verlieren, hatte jede Empathie ausgerottet. Eickmann konnte ihre Gegenwart nicht mehr ertragen.

»Beschlagnahmen Sie die Bangert-Akte!«, rief er Kuhrengrund zu und verließ den Raum, das Gebäude, das Militärgelände.

XXIX

Sie fanden den Pastor in seiner Kirche, der Lutherkirche am Hohenzollernpark. Als sie durch das Hauptportal gingen, wurde es kühler und dunkler. Das hätte eine willkommene Abwechslung an diesem warmen und sonnigen Tag sein können, doch es herrschte in dem Gotteshaus eine frostige Atmosphäre, zumindest empfand Rosenbaum es so. Er hatte nicht viel für Religion übrig, nicht für seine eigene, erst recht nicht für die christliche. Ihre Diener strotzten von Überheblichkeit und die Menschen huldigten mit den Gotteshäusern nicht dem Herrn, sondern sich selbst. Die Lutherkirche war erst wenige Jahre vor dem Krieg im Zuge der Bebauung des Gebiets um den Hohenzollernpark errichtet worden. Rosenbaum hatte in der Zeitung über die Einweihung gelesen und dabei erfahren, dass ein in der Kugel auf der Turmspitze hinterlegtes Kirchenblatt vom ›flauen Frieden‹ erzählte und die Notwendigkeit, ›zum Schwerte zu greifen‹, verkündete. Rosenbaum hatte nicht die Absicht gehabt, diese Kirche jemals zu betreten.

Der Pastor stand im Chor und wischte mit einem feuchten Lappen andächtig über den Altar.

»Das mache ich immer selbst«, sagte er, als er hinter sich die beiden Besucher bemerkte. »Hier spürt man die Gegenwart Gottes.«

»Vielleicht sollte er sich besser um die Schützengraben kümmern«, sagte Rosenbaum und wusste einen Moment später, dass er damit eine fügliche Gesprächsatmosphäre verhindert hatte.

»Reden *Sie* mit ihm«, flüsterte er seiner Assistentin zu.

Während der Pastor weiterwischte, als hätte er Rosenbaums Bemerkung nicht gehört, stellte Hedi sich und ihren Chef vor und fragte nach Joseph Bangert.

»Kommen Sie herauf, wenn Sie saubere Schuhe anhaben«, sagte der Gottesmann, ohne sich umzuwenden. Als die Ermittler neben ihm standen, fragte er: »Was ist mit ihm?«

»Er wird verdächtigt, mehrere Morde begangen zu haben«, antwortete Hedi mit dem erkennbaren Stolz, reden zu dürfen, während Rosenbaum still bleiben musste.

»Und wen soll er getötet haben?«

»Personen, die er für den Tod seines Sohnes verantwortlich macht.«

Der Pastor rückte die Altarbibel zur Seite, hob eine Kerze an und wischte weiter. Seine Bewegungen waren mechanisch geworden. »Sie wissen, dass ich zur Verschwiegenheit verpflichtet bin.«

»Nicht, wenn es um Mord geht«, entgegnete Hedi.

»Doch, auch wenn es um Mord geht.«

»Nicht, wenn es um die Verhinderung eines Suizides geht«, sagte Rosenbaum. Er wusste selbst nicht, wie er darauf kam.

Der Pastor wischte stumm weiter, rückte Kerze und Bibel zurecht, legte den Lappen in seinen Eimer und führte die Besucher zur vordersten Kirchenbank. Obwohl man ihm eine besondere Überraschung nicht ansah, wurde deutlich, dass er mit sich und seinen Pflichten rang. Die Gegenwart Gottes dürfte er nicht mehr im Sinn haben.

»Bangert ist ein außergewöhnlich gläubiger Mensch, früher hat er sich intensiv in unserer Gemeinde engagiert. Die Familie war fröhlich, hilfsbereit und freundlich. Dann starb Hilde, die Tochter, und die Eltern zogen sich zurück. Ich besuchte sie oft und versuchte, ihnen den Trost Gottes zu vermitteln.« Der Seelsorger schaute zum Altar. Vielleicht suchte er jetzt Zuspruch oder er hoffte auf eine Anweisung.

»Wissen Sie, wo Bangert sich aufhalten könnte?«, fragte Hedi.

»Kurz nach Hildes Tod begann das Drama mit Bruno, dem Sohn. Er musste zurück an die Front, aber er konnte nicht. Ich habe versucht, ihm gut zuzureden. Ich erklärte ihm, dass es seine vaterländische und christliche Pflicht sei, wieder zurückzugehen, und dass es unchristlich sei, die Kameraden in der Gefahr alleinzulassen. Aber er brachte es nicht fertig, weder körperlich noch seelisch.« Der Kirchenmann hielt einen Moment inne. »Kennen Sie das? Dass Sie vor Gott eine Pflicht haben, aber nicht in der Lage sind, sie zu erfüllen? Dass Sie keine Chance haben, nicht schuldig zu werden?«

Hedi dachte nach.

Rosenbaum brauchte nicht nachzudenken, er hatte keine Pflicht vor Gott. »Weiter«, sagte er. Die Forschheit in seiner Stimme stand im Gegensatz zum Wehmut in der des Pastors.

»Die Prozedur war nahezu unerträglich. Wochenlang kämpfte die Familie dafür, dass Bruno nicht wieder an die Front musste. Schließlich hatte er keine Kraft mehr und wählte den Freitod. Das war für die Mutter endgültig zu viel. Sie kam in die Irrenanstalt. Bangert ist in jeder freien Minute bei ihr.«

»Er ist seit zwei Tagen nicht mehr dort gewesen«, sagte Hedi.

Das schien den Pastor zu überraschen. »Vielleicht ist er auf der Arbeit.«

»Da auch nicht.«

»In seinem Schrebergarten möglicherweise. Oder am Grab der Kinder.«

»Wo ist das?«

»Die Grabstätte befindet sich auf dem Eichhof, die Nummer kann ich Ihnen heraussuchen. Wo der Garten liegt, weiß ich nicht.«

Hedi bat um die Parzellennummer und der Pastor führte die Ermittler aus der Kirche, um im Gemeindebüro in Bangerts Unterlagen nachzuschauen. Als sie die Kirche verließen, musste ihm Rosenbaums Blick aufgefallen sein.

»Unser Gotteshaus gefällt Ihnen nicht?«, fragte er und musterte den Kommissar.

Rosenbaum wusste genau, was der Pfaffe dachte, nämlich: Er ist ein Jude.

»Keine Kirche gefällt mir.« Ob es nun taktisch klug war, so zu antworten, sei dahingestellt. Es war ehrlich.

Als sie im Büro ankamen, beauftragte der Pastor die Gemeindesekretärin, Bangerts Unterlagen herauszusuchen, und übergab Hedi anschließend einen Zettel mit der Parzellennummer des Grabes. Statt ihn Rosenbaum zu überreichen, händigte er die Notiz lieber Hedi aus, obwohl er dafür quer durch den Raum gehen musste.

»Was ist Bangert eigentlich für ein Mensch?«, fragte Hedi.

Nach einem auffordernden Blick des Pastors schlich die Sekretärin aus dem Raum und schloss die Tür.

»Wie ich schon sagte: sehr gläubig und rechtschaffen. Fast ein wenig zu gläubig.«

Hedi hob die Augenbrauen und der Geistliche beeilte sich, einer Nachfrage zuvorzukommen.

»Verstehen Sie mich nicht falsch«, sagte er. »Ich meine, er hat eine recht fundamentale Auffassung von der Heilslehre.«

Der Pastor setzte sich auf einen Stuhl. Hedi nahm daneben Platz, Rosenbaum blieb stehen.

»Nach Brunos Tod sprachen wir viel darüber, ob Selbstmord eine Sünde sei. Bangert fragte mich, ob Bruno in den Himmel kommt, und ich antwortete: ›Ja‹. In dem Moment zögerte ich vielleicht ein wenig zu lange. Er sah mich an und ich wusste, was er dachte. Er dachte: ›Nein.‹ Können Sie sich vorstellen, was mit einem gläubigen Menschen passiert, wenn er um seinen Sohn trauert und ihm dann auch noch der letzte Trost genommen wird? Ich fürchtete, Bangert würde vom Glauben abfallen, doch das tat er nicht. Er kam weiter regelmäßig in die Kirche, öfter noch als zuvor.«

Der Seelsorger sorgte sich um Bangerts Seele, aber mehr wohl um seine eigene.

»Er fragte mich, wie Gott das alles zulassen konnte. Wie er überhaupt den Krieg zulassen konnte. Bangert meinte, wenn Gott gerecht sei, dann müsse er die Schuldigen bestrafen. Ich sagte ihm: Das wird er tun. Vielleicht nicht heute, aber spätestens beim Jüngsten Gericht.«

»Beim Jüngsten Gericht? Die Offenbarung des Johannes?«, fragte Rosenbaum nach. An dieser Stelle war Bangerts Bibel aufgeschlagen.

»Ja, das sagt man so. Gemeint ist …«

»Ich weiß, wie das gemeint ist.«

»Bangert sprach nicht von der Offenbarung, sondern eher von 2 Mose 21, 24.«

»Was steht da?«, fragte Rosenbaum. Er hätte die Frage besser Hedi überlassen.

»Sie sind doch Jude, dann müssten Sie das wissen. Das zweite Buch Mose, Vers 21, 24, da steht ›Auge um Auge, Zahn um Zahn‹. Ich hab zu Bangert gesagt: Nein, das ist die Juden-Bibel, wir Christen zitieren Matthäus 5, 39: ›Wer dich schlägt auf die rechte Wange, dem biete auch die andere.‹

»Aber Bangert wollte sich rächen«, sagte Hedi.

»Ich hatte nicht geglaubt, dass er es wirklich tun würde«, sagte der Pastor. Es hörte sich wie ein Vaterunser an, und der Gottesmann drohte erneut, in Andacht zu versinken.

»Wissen Sie, welchen Umgang Bangert in den letzten Monaten pflegte?«, fragte Hedi.

»Er war viel bei mir, aber ich hatte nicht immer Zeit für ihn.«

»Man muss auch mal Waffen segnen, nicht wahr?«, merkte Rosenbaum an. Wieder war es nicht förderlich und wieder musste es sein.

Der Geistliche sah dem Kommissar in die Augen, seine Stimme war um Festigkeit bemüht: »Der Soldat, der mit Gott geht, folgt dem Weg Jesu. Wir sind dem Herrn unseren Tod schuldig. Der Christ stirbt nicht, nur sein Elend stirbt.«

»Haben Sie das so auch zu Bangert gesagt?«, fragte Rosenbaum.

Der Pastor antwortete nicht, sein Blick senkte sich, als könnte er zu seinem Glauben nicht mehr stehen.

»Noch mal: Mit wem hatte Bangert in der letzten Zeit Umgang?«, fragte Hedi nach und beendete damit den stummen Kampf der Weltanschauungen. »Sagt Ihnen der Name Dr. Neuber etwas?«

»Ja, Neuber. Ich denke, der hat ihn aufgehetzt.«

»Wozu aufgehetzt?«

»Es ist nur ein Gefühl. Aber wenn Bangert von Neuber sprach, war er aggressiver als sonst. Und Neuber hat ihm dieses ›Auge um Auge‹ ins Ohr gesetzt. Den Eindruck hatte ich.«

Hedi stand auf und bedankte sich. Zum Abschied drückte der Seelenhirte ihre Hand und zu Rosenbaum sagte er: »Was ich noch sagen wollte: ›Auge um Auge‹ war gar kein Aufruf zur Selbstjustiz, sondern zu ihrer Begrenzung: Wenn dir jemand ein Auge ausstichst, darfst du ihm auch eines ausstechen, aber nicht seine ganze Sippe töten. Ganz so barbarisch waren die Juden also doch nicht.«

»Sie lieben Ihre Feinde, was, Herr Pastor?«, sagte Rosenbaum. Dann drehte er sich um und ging hinaus.

»Was machen wir als Erstes? In Bangerts Wohnung nach Unterlagen mit der Adresse des Schrebergartens suchen oder zuerst zu Neuber?«, fragte Hedi, als sie zu ihrem Opel liefen.

»Neuber«, antwortete Rosenbaum.

Hedi nickte.

»Das haben Sie übrigens sehr gut gemacht, Hedi. Sehr professionell.«

»Und Sie haben sich benommen wie ein ungezogener Junge.«

Rosenbaum mochte nicht widersprechen. Er schaute in den Himmel, der sich inzwischen zugezogen hatte, und sagte: »Auch Gott hat sich abgewendet.«

Am Automobil angelangt kurbelte Rosenbaum den Motor an, während Hedi auf dem Beifahrersitz Platz nahm. Dann brausten sie los.

»Wie sind Sie eigentlich darauf gekommen, dass Joseph Bangert Selbstmord begehen könnte?«, fragte Hedi.

»Ich kann mir gut vorstellen, dass er seines Lebens nicht mehr froh wird. Der Pfaffe wird ihm den Rest gegeben haben.«

»Ja, zuerst will er, dass man in den Krieg zieht, und dann soll man seine Feinde lieben.«

»Mit Schuldgefühlen kennt sich die Kirche aus. Mit Mitgefühl nicht so sehr.«

»Sie sind nicht sehr gläubig, was, Chef?«

»Nein.«

»Aber braucht man nicht einen Gott, zu dem man beten kann?«

»Ein Gott, der das massenhafte Abschlachten junger Menschen in Schützengräben zulässt, wäre niemand, zu dem ich beten könnte.«

»Aber die Hoffnung ...«

»Die Hoffnung, dass Gott irgendwann doch noch barmherzig wird?«

»Die Hoffnung, dass alles einen Sinn hat.«

»Beten Sie, Hedi. Beten Sie und hoffen Sie, wenn es Ihnen hilft.«

»Und was machen Sie stattdessen? Kokain nehmen?«

Rosenbaum errötete. Ansonsten überhörte er Hedis Bemerkung.

»Man muss sich nicht gottesfürchtig dem Schicksal ergeben, man muss etwas tun«, sagte er nach einer Weile.

»Und was wollen Sie tun?«

»Ich werde in die SPD eintreten.«

Das war aus der Hüfte geschossen. Rosenbaum hatte seit seinem Gespräch mit Liebknecht immer wieder daran gedacht, aber entschlossen war er bislang nicht. Vor vielen Jahren hatte er sich bewusst dagegen entschieden. Er war ein homosexueller Jude. Seine Abstammung konnte er nicht verbergen. Seine sexuelle Neigung hatte er geheim gehalten, bis sie bei der Untersuchung des Mordes an seinem Kollegen Orlowski aufgedeckt worden war. Fast wäre er damals aus dem Polizeidienst entfernt worden. Unter diesen Umständen wäre die Mitgliedschaft in einer sozialistischen Partei für seine Vorgesetzten nicht zu tolerieren gewesen. Aber inzwischen war das anders. Inzwischen konnten Juden zu Kommissaren und Offizieren befördert werden und SPD-Politiker hatten sich in ungeliebte, aber akzeptierte Bundesgenossen der Bürgerlichen verwandelt. Inzwischen kannte der Kaiser keine Parteien mehr, sondern nur noch Deutsche. Also konnte ein Kriminalkommissar auch SPD-Mitglied sein. Rosenbaum kannte kein Beispiel, er wäre wohl der Erste. Aber es müsste möglich sein. Und es war nötig. Überzeugungen zu haben, und nicht nach ihnen zu handeln, würde auf Dauer die Seele auffressen.

»Ach, Chef, die SPD hält Burgfrieden. Sie unternimmt genau nichts gegen den Krieg.«

»Und deshalb muss man dafür sorgen, dass sie etwas unternimmt. Von innen.«

Sie schwiegen eine Weile, das Motorengeräusch war zu hören, in der Ringstraße führte eine Polizeipatrouille zwei Aufständische ab.

»Wo wir gerade zu Neuber fahren: Haben Sie eigentlich etwas über Professor Esmarch und Geheimrat Althoff herausgefunden?«, fragte Rosenbaum.

»Unendlich viel, beide waren berühmte Männer. Ich konnte noch nicht alles sichten, aber es scheint nichts Interessantes dabei zu sein.« Hedi zog ihren Notizblock aus der Tasche. »Esmarch lebte in Kiel, Althoff in Berlin, sie dürften sich aber gut gekannt haben. Esmarch starb 1908, Althoff …« Hedi schaute verwundert durch die Windschutzscheibe, dann blätterte sie hektisch im Notizblock. »… auch. Esmarch am 23. Februar, Althoff wenige Wochen später.«

»Woran sind sie gestorben?«

»Althoff: Herzversagen. Esmarch: Herzversagen.«

XXX

In Neubers Vorzimmer mussten die Ermittler eine halbe Stunde warten, bis der Doktor Zeit für sie hatte. Im Allgemeinen taten sie so etwas nicht, sondern bestanden darauf, sofort durchgelassen zu werden. Notfalls verschafften sie sich den Zutritt auch ohne Erlaubnis. Dieses Mal war es anders, Neuber nahm gerade eine Beinamputation vor. Da wollten sie nicht stören.

Als der Doktor schließlich kam, folgten sie ihm in sein Zimmer, obwohl er um einen Moment Geduld gebeten hatte. Rosenbaum hasste es zu warten, war deswegen angespannt, ein wenig ungehalten vielleicht, was ihm aber durchaus gelegen kam. So hatte er keine Mühe, den richtigen Ton anzuschlagen.

»Geheimrat Althoff und Professor Esmarch starben innerhalb weniger Wochen nacheinander«, zischte es aus seinem Mund.

»Ja und?« Neuber wischte seine Müdigkeit aus dem Gesicht.

»An Herzversagen.«

»Eine häufige Todesursache.«

»Eine Todesursache, die häufig angenommen wird, wenn man nicht vermutet, dass der Verstorbene vergiftet worden sein könnte. Bei einer Vergiftung mit Physostigmin stirbt man an Herzversagen, nicht wahr? So ist die Frau von Hauptmann Weber zu Tode gekommen.«

»Was wollen Sie damit sagen?« Neuber schien nicht mehr müde.

»Vielleicht war Ihnen der Tod von Professor Esmarch und Geheimrat Althoff nicht genug. Deshalb musste jetzt auch sein Sohn dran glauben. Da kam Ihnen die Sache mit Bangert ganz recht. Ein einfacher Mann, blind vor Trauer, der lässt sich leicht manipulieren.«

Neubers Augen quollen langsam aus den Höhlen und sein Hals schwoll an – ein Vulkan kurz vor dem Ausbruch.

»Das ist absurd!«

»Sie haben uns verschwiegen, dass Sie engen Kontakt zu Joseph Bangert pflegen.«

»Er suchte meinen Rat.«

»Und Sie rieten ihm, Dr. Althoff und Dr. Schwarzenfeld zu töten.«

»Nein!«

»Was haben Sie gestern bei Bangert gemacht? Sie wollten ihn sprechen, aber er war nicht zu Hause.«

»Ich wollte ihn dazu bringen, dass er sich freiwillig stellt.«

»Sie hielten den Vorgang um Bruno Bangert so lange zurück, wie Sie konnten. Und von Joseph Bangert haben wir erst über Umwege erfahren. Wenn Sie ihn überreden wollten, sich zu stellen, hätten Sie genug Zeit gehabt. Warum haben Sie das nicht schon längst gemacht?«

Neuber schaute Rosenbaum entsetzt an, der Vulkanausbruch war ins Stocken geraten. Als Neuber nicht antwortete, sprach Rosenbaum weiter.

»Ich sag es Ihnen: Sie wollten ihn nicht überreden, sich zu stellen. Sie wollten ihn warnen, dass wir ihm auf der Spur sind.«

Der Vulkan brach endgültig nicht aus. Die Magma erkaltete, Neubers Gesicht versteinerte. Er schüttelte langsam den Kopf, ohne Empörung, dafür mit Abscheu, und setzte sich auf seinen Schreibtischsessel. Die Schultern hingen herab, die Arme lagen kraftlos im Schoß.

»Ich bin schuld«, sagte er leise, so leise, dass es kaum zu verstehen war. Draußen begann es zu regnen.

»Es war nicht meine Absicht, aber ich bin schuld.«

Rosenbaum und Hedi blieben stehen, bewegten sich nicht und sagten nichts. Sie ließen Neuber die Zeit, die er brauchte.

»Bangert kam zu mir und flehte mich um Hilfe an, weil Bruno zurück an die Front musste. Doch was hätte ich tun können? Ich telefonierte mit Althoff und bat ihn, seinen Entlassungsbericht zu überdenken. Mehr konnte ich nicht machen. Außerdem hatte ich keine Zeit. Ich leite zwei Kliniken und muss ständig operieren, mir fehlt die Hälfte meiner Ärzte. Ich konnte nicht mehr tun.«

Neuber schaute aus dem Fenster.

»Später kam Bangert wieder vorbei und erzählte, dass Bruno sich das Leben genommen hatte. Bangert war ein gebrochener Mann. Ich versuchte, ihn zu trösten. Aber wie soll man jemanden trösten, dem so etwas widerfahren ist? Wir redeten über die Sache, viele Stunden, ich mochte ihn nicht wegschicken. Ich hatte keine Zeit, aber ich nahm sie mir.«

»Weil Sie sich Vorwürfe machten?«, fragte Rosenbaum.

Neuber nickte.

»Weil Sie doch mehr hätten tun können?«

Neuber nickte nicht. Aber seine Augen schienen die Frage zu bejahen.

»Und dann kam es zum Streit mit Althoff?«

»Das war Wochen später. Erst kam Bangert wieder zu mir, weil seine Frau einen Nervenzusammenbruch hatte. Ich besuchte sie zu Hause und gab ihr etwas zur Beruhigung. Aber ich bin kein Nervenarzt, mir fehlt die fachliche Kompetenz. Das sagte ich Bangert auch, doch die einzige Klinik, die die Frau aufnehmen konnte, wäre die Nervenklinik gewesen, und dort wollte Bangert sie nicht hinbringen. Das konnte ich verstehen.«

»Sie behandelten Frau Bangert also.«

»Soweit ich es verantworten konnte. Ich fuhr meist abends nach der letzten OP hin. Dann blieb ich manchmal bis tief in die Nacht. Wir saßen bei der Frau, er hielt ihre Hand und erzählte mir ihr ganzes Leben.«

»Und was taten Sie?«

»Ich hörte zu und erzählte ein wenig aus meinem Leben. Wir sprachen auch über Althoff und Schwarzenfeld. Bangert hasste die beiden abgrundtief. Ich sagte, ich hätte schon mal zwei Menschen so sehr gehasst, dass ich Mordgedanken hatte.«

»Professor Esmarch und Geheimrat Althoff?«

»Ja. Einmal erwähnte ich, dass Dr. Althoff aus der Nervenklinik der Sohn des Geheimrats war. In diesem Moment ging etwas in Bangert vor. Er veränderte sich allmählich, ohne dass ich genau hätte beschreiben können, in welcher Weise. Er wurde ruhiger und er sprach von da an nie wieder über Althoff und Schwarzenfeld. Aber er war auf eine seltsame Weise entrückt, das beunruhigte mich.«

»Sie hatten den Verdacht, dass Bangert Mordpläne schmiedete?«

»Nein, überhaupt nicht. Er war mir nur unheimlich geworden. Ich hätte aufmerksamer sein müssen, dann hätte ich es erahnen können. Und ich hätte ihm niemals von meinen Mordfantasien erzählen dürfen. Ich habe ihn auf den Gedanken gebracht.«

Neubers Stimme wurde für einen kurzen Moment brüchig.

»Dann wurde es mit seiner Frau immer schlimmer, eine Krankenhauseinweisung ließ sich nicht mehr vermeiden, sie musste in die Nervenklinik. Das hat ihm schwer zugesetzt, ausgerechnet die Nervenklinik.«

»Hätten Sie sie nicht aufnehmen können?«

»Wir können Nervenkrankheiten nicht stationär behandeln, da fehlt uns die Kompetenz. Außerdem schien mir, dass Bangert sich langsam fing. Ich sah ihn seltener und vergaß den Konflikt mit Althoff und Schwarzenfeld allmählich.«

»Aber schließlich kam es zu der Auseinandersetzung mit Althoff.«

»Das war eher Zufall. Ich ging den Ärzten der Nervenklinik lieber aus dem Weg. Doch manchmal ließ es sich nicht vermeiden.«

»Und Sie hatten nie daran gedacht, dass Bangert Mordpläne haben könnte?«, fragte Hedi. Sie hätte den Mund halten sollen, aber offenbar erschien ihr Rosenbaums Art der Befragung nicht forsch genug.

»Ich hätte es wissen müssen, doch ich habe versagt.«

Hedi kräuselte die Stirn. »Wenn Sie keinen Verdacht hatten, wieso wollten Sie Bangert gestern überreden, sich zu stellen?«

»Mir wurde alles klar, als der Kommissar gestern erzählte, dass auch auf Schwarzenfeld ein Anschlag verübt worden war. Da habe ich eins und eins zusammengezählt.«

»Warum haben Sie das gegenüber Kommissar Rosenbaum denn gestern nicht erwähnt?«

»Wie ich schon sagte: Ich wollte, dass Bangert sich freiwillig stellt.«

»Er ist gefährlich. Sie hätten es mitteilen müssen«, sagte Hedi.

»Er ist nicht gefährlich. Er hat die beiden Männer umgebracht, die er für den Tod seines Sohnes verantwortlich macht. Er hat alles bereits getan, was er tun wollte.«

»Er hat auch Hauptmann Weber umgebracht«, entgegnete Rosenbaum.

»Hauptmann Weber? Davon wusste ich nichts.«

»Ich habe es Ihnen gestern erzählt.«

»Nein, das haben Sie nicht.«

Rosenbaum widersprach nicht, er war sich nicht sicher, ob er es erwähnt hatte.

»Und mit dem Tod von Professor Esmarch und Geheimrat Althoff haben Sie nichts zu tun?«, fragte Hedi.

»Nein, das ist lächerlich. Sie starben etliche Jahre nach den Auseinandersetzungen. Da war mein Zorn längst verraucht.«

»Wir werden das untersuchen«, sagte Hedi.

Rosenbaum hatte sie gewähren lassen, aber diese Ankündigung ging ihm zu weit.

»Wo hält Bangert sich jetzt auf?«, fragte er.

»Das weiß ich nicht. Ich habe ihn über eine Woche nicht gesehen.«

»Er soll einen Schrebergarten haben. Wissen Sie, wo der liegt?«

»Im Prüner Schlag, genauer weiß ich es nicht.«

Die Magma hatte sich so weit zurückgezogen, dass der Vulkanrand in sich zusammenbrach und auf dem Schreibtischsessel einen rauchenden Trümmerhaufen bildete, einen

Gegen-Mephisto, der das Gute wollte und das Böse schuf. So verließen die Ermittler den Klinikdirektor.

Der Regen war stärker geworden, zwar nur ein Schauer, aber während seines Höhepunktes mussten Rosenbaum und Hedi durch ihn hindurch zu ihrem Opel laufen. Sie waren zuvor auf die Idee gekommen, Steffen einen Besuch abzustatten, mussten aber erfahren, dass er am Morgen entlassen worden war. Und so blieb ihnen nichts anderes, als durch den Regen zu laufen. Im Opel stellten sie fest, dass sie beide nicht wussten, wo sich der Prüner Schlag befand. Also beschlossen sie, in die Blume zu fahren. Wegen des Regens klappten sie die Windschutzscheibe des Opel hoch.

»Man kann kaum was sehen«, schimpfe Rosenbaum. »Man müsste einen Wischarm mit einem Tuch oder einem Gummiblatt an der Scheibe anbringen.«

Hedi schüttelte den Kopf. Das tat sie immer, wenn sie für Rosenbaums Humor nicht in Stimmung war.

»Für meinen Geschmack hat Neuber ein wenig zu dick aufgetragen«, sagte sie, als der Opel sich in Gang setzte.

»Ich weiß nicht«, antwortete Rosenbaum, gab Zwischengas und legte den zweiten Gang ein. »Ich kann mir gut vorstellen, dass jemand, der sehr hohe moralische Anforderungen an sich selbst stellt, ziemlich niedergeschmettert ist, wenn er in seinen eigenen Augen versagt hat.«

»Sie glauben ihm das, Chef?«

Rosenbaum zögerte, er mochte sich nicht endgültig festlegen. »Ja, ich denke, ich glaube ihm das«, sagte er schließlich.

»Sie glauben, er hat weder Esmarch und den Geheimrat umgebracht noch Bangert angestiftet?«

»Also, wenn einem jemand die Karriere vermasselt, dann bringt man ihn doch nicht gleich um, oder? Ich meine, Professoren tun das jeden Tag und sie werden oft sehr alt.«

»Veralbern Sie mich gerade?« Hedi kräuselte die Stirn.

»Im Ernst: Wegen der Sache von damals haben wir überhaupt kein Indiz. Herzversagen ist wirklich eine häufige Todesursache. Und dass zwei Leute im selben Jahr sterben, kommt auch nicht selten vor. Und für eine vorsätzliche Anstiftung zum Mord an den beiden Ärzten fehlt uns jedes Motiv, vom Mord an Hauptmann Weber ganz zu schweigen.«

»Dass Weber von Bangert ermordet wurde, ist noch gar nicht sicher«, sagte Hedi und fügte nach einer Weile hinzu: »Oder hab ich was nicht mitbekommen?«

Rosenbaum schmunzelte. »Wahrscheinlich waren Sie bereits in Bangerts Bibel vertieft, als ich sagte, dass der Mann auf dem Foto der Altgeselle von Konditor Bunte ist.«

»Doch, das habe ich mitbekommen.« Hedis Tonfall klang angekratzt, sie dürfte sich über sich selbst geärgert haben. Wenn sie Rosenbaums Äußerung mitbekommen hatte, hatte sie nicht nachgedacht. Jetzt aber hatte sie nachgedacht, Rosenbaum brauchte nichts mehr zu erklären. Er schwieg und genoss ein chauvinistisches Gefühl der Überlegenheit.

Der Regen trommelte auf das Autodach und ließ die Welt vor der Windschutzscheibe verschwommen erscheinen wie in einem Rausch. Die Fahrt ging langsam.

»Als Sie Bangert in der Irrenanstalt sahen, hat er da auch Sie gesehen?«, fragte Rosenbaum.

»Ich denke schon.«

»Wahrscheinlich erkannte er Sie wieder, Sie waren ihm ja an der Bellevuebrücke hinterhergelaufen. Er weiß also, dass wir ihm auf der Spur sind – auch ohne Warnung von Neuber. Deshalb ist er nicht mehr in der Nervenklinik gewesen, ist nicht wieder in seine Wohnung zurückgekehrt und hat sich weder beim Pastor noch bei Neuber gemeldet. Er taucht nirgendwo mehr auf, wo wir ihn vermuten könnten. Er ist auf der Flucht.«

»Mit einer Wanduhr?« Das war patzig. Überhaupt war es patzig, wenn Hedi Rosenbaums Fragen wiederholte. Er überhörte das.

»Vielleicht hält er sich in seiner Gartenlaube versteckt«, sagte Hedi und beendete damit endgültig Rosenbaums Überlegenheitsgefühl.

»Vielleicht auch das«, sagte er.

XXXI

Den Opel stellten sie um die Ecke in der Fährstraße ab. Wären sie damit auf den Innenhof der Blume gefahren, hätten sie ihn abgeben müssen und an diesem Tag wahrscheinlich nicht wiedergesehen.

Rosenbaum verschwand in seinem Zimmer, während Hedi ihren Schreibtisch nach Neuigkeiten absuchte. »Eine Telefonnotiz«, rief sie Rosenbaum zu. »Meyer hat sich gemeldet. Wir sollen ihn zurückrufen. Das mach ich schnell mal.«

»Den rufen Sie nicht an!«, rief Rosenbaum zurück.

Seine Stimme mag etwas unwirsch geklungen haben. Hedi erschien im Türrahmen und schaute verwundert.

»Besorgen Sie uns erst etwas Wasser, ich verdurste fast.«

Hedis Frage, ob sie nicht Kaffee aus der Kantine holen solle, verneinte Rosenbaum. Wasser war ihm neuerdings lieber.

Als Hedi unterwegs war, zündete Rosenbaum sich eine Zigarette an und betrachtete seine Schiefertafel. Die meisten Namen wischte er weg. Über das Wort ›Täter‹ schrieb er ›Joseph Bangert‹. Er setzte sich auf seinen Stuhl, paffte ein wenig und dachte in Ruhe nach, bis Hedi mit einer gefüllten Karaffe und zwei Porzellanbechern zurückkam.

»Neuber könnte Bangert doch angestiftet haben, Althoff umzubringen. Und dann hat er die Kontrolle über ihn verloren«, sagte sie.

»Wir suchen jetzt Bangert. Wenn wir ihn gefunden haben, können wir ihn fragen, was Neuber zu ihm gesagt hat«, entgegnete Rosenbaum und drückte seine Zigarette im Aschenbecher aus. »Sie finden erst mal raus, wo dieser Prüner Schlag ist. Vorher verbinden Sie mich mit Eickmann.«

»Eickmann? Aber ich sollte doch mit Meyer sprechen.«

»Das sollten Sie nicht, das wollten Sie. Noch ist es aber nicht üblich, dass die Lehrlinge verhandeln und die Chefs danebensitzen. Also telefoniere ich und nicht Sie. Und das mache ich mit Eickmann und nicht mit Meyer.«

Weder Hedi noch Meyer waren Lehrlinge und Rosenbaum hatte sonst nie etwas dagegen gehabt, wenn Hedi wichtige Telefongespräche führte. Sie besaß gute Argumente zu widersprechen und Rosenbaum hatte Widerspruch erwartet, aber er kam nicht. Hedi drehte sich nur um und ließ die Tür geräuschvoll ins Schloss fallen.

Eine Minute später hatte Rosenbaum Eickmann am Telefonapparat. Sie tauschten sich aus. Rosenbaum erzählte von der Durchsuchung bei Siemerling, von Bangerts Wohnung und von Neubers unabsichtlicher Anstiftung. Eickmann erzählte von Meyers Besuch bei Bunte und seinem Gespräch mit Dr. Warberger. Das Bild, das sie sich von Joseph Bangert machten, bekam Kontur und Farbe. Rosenbaum fasste das Ergebnis der Ermittlungen so zusammen: »Keine Schwarzmarktgeschäfte, kein Medikamentenschmuggel, nur einer, der vor Rachsucht und Schmerz irregeworden ist.«

»Wo könnte er jetzt stecken?«, fragte Eickmann.

»Wir fahren gleich zu seinem Schrebergarten. Wenn er dort nicht ist, ist er auf der Flucht, vielleicht auf dem Weg zu seiner Familie in Pommern.«

»Wir können uns um die Familie kümmern. Meyer ermittelt gerne außerhalb.«

Rosenbaum stimmte zu. Den Gedanken, dass Meyer wegfahren würde, fand er sympathisch.

Hedi hatte inzwischen herausgefunden, dass sich der Prüner Schlag hinter dem Obdachlosenasyl am Hasseldieksdammer Weg befand. Die dortige Kleingartenanlage wurde von einem Verein verwaltet, der kein Geld für einen Telefonanschluss hatte. Jemand musste also hinfahren, um nähere Informationen einzuholen. Erstaunlicherweise konnte Hedi einen Schupo finden, der Zeit hatte und sich bereit erklärte, den Vereinsvorsitzenden aufzusuchen und die Parzellennummer von Bangerts Garten herauszufinden. Bis zu seiner Rückkehr hatten die Ermittler etwas Zeit.

Hedi setzte sich zu Rosenbaum, der ihr vom Gespräch mit Eickmann berichtete.

»Das passt nicht zusammen«, sagte Hedi. »Wenn einer aus Wut und Schmerz zum Mörder wird, dann sieht er doch nur noch rot, dann wird er zum Tier. Dann denkt er sich nicht in aller Ruhe komplizierte Tötungsrituale aus.«

»Bei Bangert war es offensichtlich doch so.« Rosenbaum zündete sich eine neue Zigarette an. »Er ist vor Schmerz irregeworden. Und Irre denken durchaus, nur anders als wir.«

Hedi stand auf und öffnete das Fenster. Es war Samstagnachmittag. Schräg gegenüber leerten sich die Schreibtische der Landesversicherungsanstalt. Der Regen hatte aufgehört. Es herrschte nachdenkliche Stille.

»Das waren keine Rituale«, sagte Rosenbaum. Die Zigarette war in seiner Hand runtergebrannt, er hatte sie vergessen. »Es ging ihm immer darum, dass die Opfer eine Überlebenschance haben sollten. Fifty-fifty.«

Wieder Stille. Rosenbaum widerstand dem Impuls, eine weitere Zigarette anzuzünden. Er würde sie nur wieder vergessen. Er musste sich jetzt konzentrieren.

»Es waren Gottesurteile, Hedi. Erinnern Sie sich an das Afrika-Buch in Bangerts Wohnung? Gottesurteile! Bangert hat die Schuldigen angeklagt und Gott hat sie gerichtet.«

»Er ist ein strenggläubiger Christ«, sagte Hedi. Rosenbaums Gedanke war zu ihr hinübergeschwappt. »Als Christ darf er nicht töten. Also lässt er Gott es tun.« Hedi erhob sich hastig, rannte hinaus ins Vorzimmer und kam mit ihrer Handtasche zurück. »Hier, hab ich mitgenommen«, sagte sie und zog Bangerts Bibel aus der Handtasche. »Die Wörter, die er unterstrichen hat: ›Vier, Grab, Ende, gerichtet‹. Vier gerichtet – das heißt: Vier sind gerichtet. Gott hat sie gerichtet, so sieht er das.«

»Althoff, Schwarzenfeld und das Ehepaar Weber. Und dann? Es bleibt: ›Grab, Ende‹. Am Ende steht das Grab.«

Die Ermittler schauten sich an.

»Er ist nicht auf der Flucht, er will sich das Leben nehmen. Sagten Sie das nicht schon mal, Chef?«

Rosenbaum hatte es so dahingesagt und dann wieder vergessen.

»Sagte ich das?«, fragte er. »Ja. Na klar, das sagte ich.«

Und so war es wohl auch. Bangert würde sich das Leben nehmen. Er würde es dort tun, wo er ungestört war, in seiner Laube. Der Schupo ließ auf sich warten und die Kriminalisten wurden nervös.

»Aber er hat nicht vier gerichtet«, rief Hedi aus und machte Rosenbaum dadurch noch ein wenig nervöser. »Die Frau von Hauptmann Weber, die hatte mit der ganzen Sache nichts zu tun. Die wollte Bangert nicht töten. Das ist nur aus Versehen passiert.«

»Im Kühlwagen fehlte doch ein Kübel mit Schweineblut, nicht?«, sagte Rosenbaum.

Die beiden kümmerten sich nicht darum, wie man jemanden mit Schweineblut töten könnte, aber ihnen war klar, dass Bangert es tun würde, bevor er sich selbst umbrachte. Und unausgesprochen war beiden auch klar, wer das vierte Opfer sein müsste.

»Wie hieß er doch gleich?«, fragte Rosenbaum.

»Dr. Warberger«, antwortete Hedi.

Der Kommissar griff zum Telefonhörer, er wollte mit Eickmann sprechen, doch der war nicht in seinem Büro. Dann ließ Rosenbaum sich mit der Generalkommandantur des IX. Armeekorps verbinden und verlangte Oberstabsarzt Dr. Warberger.

»Warum erzählen Sie mir das?«, fragte Warberger, nachdem Rosenbaum ihm erklärt hatte, dass er in Gefahr sei.

»Ich schlage Ihnen Polizeischutz vor.«

Warberger räusperte sich und hüstelte ein wenig. »Sind Sie wirklich von der Polizei?«

Rosenbaum mag etwas hastig gesprochen haben, vielleicht wirkte er auch ein bisschen nervös. So etwas erwartete man von einem besonnenen Kriminalbeamten nicht. Vielleicht erwartete man auch nicht, dass ein preußischer Kommissar einen jüdischen Namen trug. Und ganz sicher erwartete man nicht, dass die Polizei einem Heeresoffizier Schutz anbot.

»Wenn Sie mir nicht glauben, können wir auflegen und Sie rufen das Kieler Polizeipräsidium an und lassen sich mit mir verbinden.« Rosenbaum bemühte sich, seine Nervosität abzulegen.

Wieder etwas Räuspern. »Das können wir uns sparen. Ich brauche keinen Polizeischutz.«

»Äh ...«, sagte Rosenbaum. Etwas Besseres fiel ihm nicht ein.

»Ich bin Stabsoffizier im Deutschen Heer. Wir verlangen von unseren Frontsoldaten Mut. Und Mut zeigen wir auch selbst. Guten Tag.«

Es klickte im Hörer.

Diese Antwort hatte Rosenbaum nicht erwartet. Er sagte »Schmock!« und knallte den Hörer auf die Gabel. Doch wenn er jetzt genauer über die Sache nachdachte, hätte er keine andere Antwort von Warberger erwarten können.

»Dann sollten wir uns beeilen, Bangert zu finden«, schlug Hedi vor.

Rosenbaum starrte mit bösem Blick auf den Telefonapparat. »Und ein preußischer Kriminalkommissar würde noch viel weniger Schutz vom Militär annehmen.«

»Chef«, sagte Hedi und setzte den Manchmal-sind-Sie-doch-ein-Kind-Blick auf.

Rosenbaum riss sich vom Telefon los und schaute Hedi an. »Rufen Sie Eickmann an. Er soll einen Mann abstellen, der Warberger beschattet.«

»Er will doch keinen Schutz.«

»Dann beschützt er ihn eben nicht. Aber er kann Bangert verhaften, wenn er dort auftaucht. Und unsere eigenen Schupos sollen die Irrenanstalt und Bangerts Wohnung bewachen.«

Hedi wollte sich zum Telefonieren ins Vorzimmer zurückziehen, doch Rosenbaum hielt sie auf. Diese zwei Gespräche könne sie auch von seinem Telefon aus erledigen, sagte er und schob ihr den Apparat rüber. Als sie sich bereits mit Neumünster verbinden ließ, klopfte es an der Vorzimmertür. Rosenbaum ging zur Tür und öffnete sie, um Hedis Gespräch nicht zu stören. Im Korridor stand der Schupo, den Hedi mit der Ermittlung der Parzellennummer beauftragt hatte. Ein stolzes Lächeln signalisierte Erfolg. Er berichtete von seinem Einsatz und übergab dem Kommissar einen Zettel mit einer Nummer und einer kleinen Skizze. Rosenbaum hörte höflich zu, jedenfalls tat er so. Mehr Aufmerksamkeit schenkte er jedoch Hedis Stimme, die an sein Ohr drang, dabei sanft säuselte, mehrmals albern lachte und zweimal kokett ›Waldi‹ ausrief. Als der Wachtmeister mit seinem Bericht fertig war oder vielleicht nur Luft holen wollte, bedankte sich Rosenbaum bei ihm, lobte seinen Einsatz und wimmelte ihn ab. Langsam schritt er in sein Zimmer zurück. Jetzt sprach Hedi mit monotoner und sachlicher Stimme in den Telefonhörer und legte kurz darauf auf.

»Also«, sagte sie und schaute Rosenbaum an. »In Neumünster geht alles klar. In Kiel ist heute aber kein Mann mehr frei, wegen des Hungerkrawalls. Für dringenden Personenschutz hätten wir vielleicht jemanden bekommen, für eine bloße Observation aber nicht. Erst ab morgen wieder und auch das ist noch nicht sicher.«

Rosenbaum nickte. Das hatte er bereits erwartet. Die staatliche Ordnung hatte ihre Prioritäten verschoben. Einen kurzen Moment dachte er daran, bei Freibier zu intervenieren, gab den Gedanken aber schnell wieder auf. »Wir beide fahren jetzt zu Bangerts Laube«, sagte er und zeigte dabei den Zettel vor.

Sie zogen Jackett und Kostümjacke über und machten sich auf den Weg. Als sie die Haupttreppe hinunterstiegen, fragte Rosenbaum beiläufig: »Haben Sie Eickmann persönlich erreichen können?«

»Nur Meyer.«

Pause.

»Wer ist Waldi?«

»Waldemar Meyer.«

XXXII

Der Flocken hatte fast den gesamten Weg nach Neumünster und zurück durchgehalten, bis er mit leerer Batterie am Wulfsbrook zum Stehen kam. Dort schob Joseph Bangert den Wagen an den Straßenrand und legte die letzten zwei Kilometer zu Fuß zurück. Ein heftiger Regenschauer hatte ihn auf der Rückfahrt überrascht und trotz hochgezogenem Faltdach vollständig durchnässt. Jetzt kam körperliche Aktivität genau recht, der stramme Marsch wärmte und machte den Kopf frei. Ein Gefühl von freudiger Ungeduld breitete sich aus, ein Gefühl, das Bangert als Kind gut gekannt hatte, wenn Heiligabend war und er die Stunden bis zur Bescherung zählte. Jetzt lief er den Winterbeker Weg entlang, am Südfriedhof vorbei, über den Schützenwall, bis er wieder an seinem Schrebergarten angelangt war.

Frieder, der Parzellennachbar, kniete auf seinem Laubendach und befestigte ein Stück neue Dachpappe, weil es reingeregnet hatte. Das tat er immer nach einem Regenguss und nie half es. Bangert sah ihn schon aus der Ferne. Er ging vorbei, ohne den Nachbarn zu beachten. In seinen Gedanken hatte er keinen Platz für ihn. Auch Frieder grüßte nicht, das tat er nie nach einem Regenguss.

In der Laube schloss Bangert sanft die Tür. Dünne Lichtstrahlen zwängten sich durch die Spalten der Fensterläden. Bangert zündete die Petroleumlampe an und schob sie an das Ende der Tischplatte. Dann wechselte er den nassen Anzug gegen seine Arbeitsjacke und die Gartenhose. Die Ungeduld wurde stärker und freudiger. Der Herr hatte ihn den weiten Weg bis hierher geführt, er würde ihn auch bis zum nahen Ziel begleiten. An der Wand hing ein Kreuz, Bangert kniete davor nieder und bedankte sich. Dann setzte er sich an den Tisch, schob Schraubenzieher und Feile zur Seite, zog eine alte Zeitung heran und legte ein Blatt Papier darauf. Aus seiner Werkzeugkiste kramte er umständlich einen Bleistift. Jetzt würde er den letzten Brief seines Lebens schreiben.

Liebes Hildchen,
lieber Bruno,
und Du, allerliebste,
treueste und sanfteste Erika!

Weiter kam er nicht. Wie hätte er es ihnen erklären können? Er war nie ein Mann der Worte gewesen. Er war ein Mann der Pflicht, des Gehorsams, auch ein Mann der Liebe, aber kein Mann der Worte. Bangert legte den Stift aus der Hand. Vom Boden hob er seine nasse Jacke auf. Brunos Pistole steckte noch in der Brusttasche und auch die letzte

Patrone befand sich noch im Magazin. Bangert zog die Pistole heraus und legte sie auf den Tisch neben den kleinen Uhrmacherschraubenzieher, mit dem er Brunos Spieldose repariert hatte, bevor er sie Erika gegeben hatte. Noch einmal griff er nach dem Bleistift und schrieb:

Üb immer Treu und Redlichkeit bis an uns' kühles Grab.

Dann klopfte es an der Tür. Das musste Frieder sein, auch wenn sie einander ignoriert hatten, er hatte Bangert vorhin an sich vorbeigehen gesehen. Und jetzt wollte er sich wahrscheinlich Dachnägel oder Teer leihen. Bangert rührte sich nicht.

XXXIII

Nur Weniges konnte Oberstabsarzt Dr. Gustav Warberger richtig in Rage versetzen. Damals, als er seine Frau mit einem jungen Kerl im Bett überrascht hatte, war er gewaltig in Wut geraten. Als er sich dann von ihr hatte scheiden lassen, ohne Unterhalt zahlen zu müssen, war er mit seinem Schicksal wieder versöhnt, auch wenn ihn diese Scheidung seine weitere Karriere gekostet hatte. Ansonsten regte er sich nur dann richtig auf, wenn jemand seine fachliche

Kompetenz infrage stellte oder seine soldatische Ehre in Zweifel zog. An diesem Tag war beides geschehen. Zuerst dieser Ermittlungsgehilfe der Feldgendarmerie, der jede Vorstellung von militärischen Notwendigkeiten vermissen ließ. Als Militärarzt war Warberger in erster Linie chirurgisch ausgebildet. Aber zu seinem Fachgebiet gehörte alles, was die Dienstfähigkeit eines Soldaten beeinflussen konnte. Im Prinzip also alles, auch Nervenkrankheiten. Da brauchte er sich von einem Zivilisten nichts sagen zu lassen. Aber die Höhe war dieser jüdische Kommissar gewesen, der ihm Polizeischutz aufdrängen wollte.

Gerade war ein Gemeiner, der Sackflöhe in seinen Heimaturlaub mitgebracht hatte, zur Tür hinausgegangen. Warberger wischte seine Hände und den Patientenstuhl mit Lysoform ab. Im Korridor wartete niemand mehr. Für diesen Tag war alles erledigt, der letzte Patient war behandelt, der letzte Simulant überführt, das letzte Dienstgespräch abgehalten, die letzte Notiz geschrieben. Warberger konnte sich in den Feierabend begeben. Er streifte den Kittel ab, richtete den Langbinder und verließ seine Stube. Ein Dienstwagen mit Fahrer hätte ihm zugestanden, aber er hatte darauf verzichtet. Nach der Scheidung hatte er das Haus verkauft und sich eine Wohnung in Dienststellennähe genommen, groß genug für sich und das Hausmädchen. Mehr brauchte er nicht. Als Offizier hatte er sich aussuchen können, ob er zivil am Garnisonsort residieren oder in der Kaserne wohnen wollte. Viele unverheiratete Offiziere wählten die Kaserne, er dagegen zog die Wohnung und das Hausmädchen vor.

Als er am Hauptportal angelangt war, blieb er einen Moment stehen. Dann drehte er sich um, ging wieder die Treppe hinauf – linker Korridor, letzte Tür. Aus seiner Schreibtischschublade holte er das Holster mit der Dienstpistole, einer Parabellum P08. Er war Militärarzt, das bedeutete: Als Offizier besaß er eine Ordonnanzwaffe, als Arzt trug er sie aber regelmäßig nicht bei sich und benutzte sie lediglich für Schießübungen. Heute war es besser, sie bei sich zu haben.

Wieder am Hauptportal angelangt trat er vorsichtig hinaus und spähte links und rechts die Straße entlang, alles war wie sonst. Er zog die Uniformjacke gerade, hüstelte ein wenig durch den Bart und ging los. Eine gewisse Nervosität stieg in ihm auf. Mit einer P08 zu schießen, war nicht weiter schwierig. Doch wenn er in den Nahkampf gezwungen werden würde, könnte er leicht ins Hintertreffen geraten. Ein junger, gut ausgebildeter Mann, Soldat vielleicht, womöglich mit Kampferfahrung, würde ihm überlegen sein. Natürlich war auch Warberger im Nahkampf ausgebildet; er hatte den Militärdienst als Einjährig-Freiwilliger abgeleistet und in der Grunddienstzeit an allen nötigen Ausbildungsabschnitten teilgenommen. Nur war das schon ziemlich lange her. Er konnte sich leidlich daran erinnern, wie man das Bajonett oder das Kampfmesser in einen Sandsack zu rammen hatte. Doch an sehr viel mehr erinnerte er sich nicht, auch wenn er sich anstrengte. Und selbst wenn er sich erinnert hätte, fehlte ihm die Übung. Er musste aufmerksam sein, er durfte den Moment zum Einsatz der Pistole nicht verpassen. Die Walrossäuglein waren nach vorn gerichtet, die Aufmerksamkeit galt der Peripherie seines Blickwinkels. Das Holster hing am Gürtel, verdeckt von der Uniformjacke. Er war jederzeit bereit, seine rechte Hand dorthin schnellen zu lassen.

Warberger drehte sich um. Zwei junge Soldaten folgten ihm im Abstand von 20 Metern. Vermutlich waren sie auf Heimaturlaub. Er kannte sie nicht. Bislang hatte er nie darauf geachtet, aber wahrscheinlich kannte er die meisten

Soldaten nicht, die ihm auf der Straße begegneten. Panik war weibisch, er durfte sich da nicht hineinsteigern. Dennoch achtete er auf die Schritte der beiden. Sie waren kaum wahrzunehmen, doch sollten sie näher kommen, würde er es hören, wenn er sich konzentrierte. Seine eigenen Schritte wurden schneller.

Die Soldatenehre; Warberger war in erster Linie Arzt, nur in zweiter Linie Soldat. Für die Militärlaufbahn hatte er sich erst nach dem Medizinstudium entschieden. Ihm waren die zivilen Patienten zuwider geworden, weil sie ihre Krankheiten genau erklärt bekommen und sogar bei der Therapie mitbestimmen wollten. Dabei hatten sie nichts zu bestimmen, ihnen fehlte das Verständnis für die Zusammenhänge, ihnen fehlte das Wissen. Sie hätten seine Anweisungen befolgen und ansonsten den Mund halten sollen, aber sie taten das Gegenteil. Beim Militär war das anders. Die Armee bot ihm den Rahmen, in dem er Arzt sein konnte. Er war Arzt, erst danach war er Soldat. Er hatte sich an den ärztlichen Berufsethos zu halten, erst danach kam die Soldatenehre. Und sein Berufsethos schrieb ihm nicht vor, mutiger zu sein als ein Zivilist.

Die Schritte der beiden Soldaten verstummten. Warberger drehte sich um, die Männer waren weg, sie mussten an der letzten Kreuzung abgebogen sein. Noch ein paar hundert Meter, einmal um die Ecke, über die Straße, noch eine Ecke, dann würde er zu Hause sein. Eine alte Frau kam ihm entgegen. Sie erschien harmlos, doch gerade das könnte sie verdächtig machen. Nur keine Panik. Warberger beobachtete sie aus dem Augenwinkel. Gleich würden sie einander passieren, in einem Meter Abstand, der Bürgersteig war nicht breit. Soldatenehre musste zurücktreten, wenn das Leben in Gefahr war. Aber trotzdem: keine Panik. Warberger schlug möglichst unauffällig die Uniformjacke zurück und fasste den Pistolengriff. Die alte Frau ging an ihm vorbei. Nichts passierte.

Gleich würde er zu Hause sein. Doch dann würde sich die nächste heikle Aufgabe stellen: das Essen. Er musste Nahrung zu sich nehmen und damit hatte er dasselbe Problem wie Hauptmann Weber. Ominöse Speisen sind ihm bislang nicht zugeschickt worden, und sollte dies noch geschehen, würde er sie nicht verzehren. Doch könnte jemand in die Wohnung eingebrochen sein und die Vorräte in der Speisekammer vergiftet haben. Die Wohnung stand den ganzen Tag über leer, weil das Hausmädchen vor ein paar Wochen eigenmächtig ausgezogen war, ohne eine Kündigungsfrist einzuhalten. Warberger hatte sie zuvor aufgefordert, *alle* Dienste zu leisten, derer ein alleinstehender Mann in bestem Alter bedurfte, und er war zunächst noch sehr freundlich dabei gewesen. Als sie sich geweigert hatte, ihre Pflichten zu erfüllen, hatte er darauf bestanden. Dann war sie weg gewesen. Ein neues Mädchen zu finden, stellte sich zu dieser Jahreszeit als schwierig heraus. Denn für Warberger war wichtig, dass es jung und hübsch sein musste, und die jungen und hübschen traten ihre Stellen meist zu Ostern an. Wenn eines im Sommer noch zu bekommen war, stimmte mit ihm meist etwas nicht. Der Oberstabsarzt überlegte, ob er im Offizierskasino speisen sollte. Das würde aber einen weiten Fußweg beinhalten.

Hinter ihm ein lauter Knall.

Ein Schuss?

Warberger zog seine Pistole und fuhr herum. Der Wind hatte eine Haustür zugeschlagen.

Als er sein Haus erreicht hatte, vergewisserte er sich, dass ihm niemand gefolgt war und niemand ihm im Treppenhaus auflauerte. Ein Blick durch das Fenster am ersten Treppenabsatz bestätigte, dass auch im Hof niemand wartete. An der Wohnungstür konnte er keine Einbruchspuren entdecken. Er öffnete sie langsam, zunächst nur einen Spalt, und spähte hinein, in seiner Hand hielt er die Pistole fest umklammert. Niemand lauerte dort. Er war in Sicherheit, jedenfalls vorläufig. Scham meldete sich. Warberger stieß die Tür eilig auf. Ein Klicken war zu hören, doch nichts war zu sehen. Dann ein Schlag auf den Kopf, massiv, nass und rot, als würde sein Blut aus Augen und Ohren spritzen.

XXXIV

Den Opel stellten sie am Hasseldieksdammer Weg ab. Das Kleingartengelände des Prüner Schlags war durch eine Ligusterhecke abgegrenzt. Dahinter stand ein mannshoher Lattenzaun, der offenbar erst vor Kurzem in großer Eile und mit wenig Rücksicht auf Ästhetik errichtet worden war.

»Stünden hier Wachen, könnte man es für Militärgelände halten«, sagte Rosenbaum, als sie auf eine eiserne Pforte zugingen. »Oder für das Rathaus.«

»Die haben Angst um ihre Kartoffeln«, vermutete Hedi.

Die Pforte war verschlossen.

»Oben drüber«, sagte Rosenbaum und musterte Hedis halblangen Rock und die Seidenstrümpfe.

»Chef!«, sagte Hedi und schaute an sich hinunter. »Klappen Sie doch Ihr Taschenmesser aus.«

Der Versuchung, auf die Zweideutigkeit dieser Aufforderung einzugehen, konnte Rosenbaum widerstehen, wenn auch nur knapp. Es wäre der Situation nicht angemessen gewesen. Außerdem schien ihm, als klebte neuerdings ein Schild mit der Aufschrift ›RESERVIERT‹ an Hedis Brüsten. Nicht dass er eifersüchtig gewesen wäre oder jemals Zugriffsrechte oder auch nur etwaige Absichten gehabt hätte. Er war ein alter, jedenfalls nicht mehr junger, homosexueller, verheirateter Mann und sie eine lebenslustige junge Frau. Und er war ihr Chef. Wenn ihn manchmal eine flüchtige – und natürlich in jedem Fall vollkommen unbeabsichtigte – Berührung emotional verwirrte oder er bei einer sich zufällig bietenden Gelegenheit verstohlen in Hedis Ausschnitt spähte oder ihren Geruch in sich aufsog, dann waren archaische Instinkte am Werk. Doch Rosenbaums Großhirn besaß mehr Macht als sein Hirnstamm.

Er zog sein Taschenmesser, das aus Stahl, aus der Hose und öffnete die Pforte. Das Areal wirkte gepflegt, deutsche Schrebergärtner waren ordentlich. Wegweiser konnten die Ermittler nicht entdecken, doch die leicht missverständliche Skizze in Rosenbaums Händen führte sie nach einigen Umwegen ans Ziel.

»Hier irgendwo müsste es sein«, sagte Rosenbaum, sah sich um und steuerte auf einen Mann zu, der mit einem Hammer auf sein Laubendach schlug.

»Wir suchen die Parzelle von Joseph Bangert«, rief Rosenbaum hinauf.

»Dor is dat«, antwortete der Mann und wies mit seinem Hammer auf die Nachbarparzelle.

»Wissen Sie, ob er gerade da ist?«, fragte Hedi.

»Is vor ne halve Stünd komm.«

Bangerts Parzelle hob sich von den anderen deutlich ab. Er hatte etwas von einem Naturgarten, die Nachbarn benutzten wahrscheinlich andere Ausdrücke. Die Pforte war verschlossen.

»Taschenmesser«, flüsterte Hedi.

Rosenbaum nickte.

»Sie warten hier«, sagte er, als er die Pforte geöffnet hatte. Man konnte nicht wissen, ob es gefährlich werden würde. Hedi war die Frau, er der Mann. Er hatte eine Pistole, sie nicht. Und überhaupt, er war der Held und sie könnte jetzt ruhig ein wenig besorgt um ihn sein.

Gleich rechts hinter der Pforte stand die Gartenlaube mit verschlossenen Fensterläden und machte nicht den Eindruck, dass jemand da war. Mit betont gelassenen Bewegungen ging Rosenbaum zur Tür und klopfte. Niemand öffnete. Er klopfte noch einmal und rief: »Polizei! Bitte öffnen Sie!« Keine Reaktion. Hedi kam hinterher und schlich sich ans Fenster. Damit hatte sie Rosenbaums Rollenverteilung in ihrer eigensinnigen Art durcheinandergebracht. Sie lugte durch einen Spalt zwischen den Läden. Dann schaute sie Rosenbaum an, verzog die Mundwinkel und zuckte mit den Schultern. Rosenbaum ergriff seine Pistole und betätigte den Türgriff.

Verschlossen.

Taschenmesser.

Er öffnete die Tür einen kleinen Spalt. Alles dunkel, nichts zu erkennen. Dann vergrößerte er den Spalt zentimeterweise. Alles dunkel, nichts zu erkennen, seine Augen hatten sich noch nicht an die Lichtverhältnisse gewöhnt.

Es knackte.

Rosenbaum fuhr herum.

Es hätte der Augenblick der Eskalation sein können, der Moment, in dem sich alles entschied. Doch Hedi war nur auf einen Ast getreten und warf Rosenbaum einen schuldbewussten Blick zu.

Rosenbaum drehte sich wieder zur Tür und stieß sie mit einem Ruck auf. Niemand da.

»So viel zur Zuverlässigkeit von Zeugenangaben«, sagte Rosenbaum und steckte die Pistole in das Holster zurück.

Vorsichtig betraten sie den Raum und öffneten die Fensterläden. In der gegenüberliegenden Ecke befanden sich zwei zerwühlte und eine zusammengelegte Kommissdecke auf dem Fußboden.

»Da hat er geschlafen«, sagte Rosenbaum leise, fast flüsternd.

»Oder Dr. Schwarzenfeld«, flüsterte Hedi zurück.

Es bestand keine Veranlassung mehr zu flüstern, was beiden erst klar wurde, als sie den anderen flüstern hörten. Rosenbaum schüttelte sich, die Beklommenheit der Situation fiel von ihm ab.

»Wenn er vor einer halben Stunde hier ankam, könnte er auf dem Weg in den Regen geraten sein«, sagte Rosenbaum und zeigte auf einen nassen schwarzen Anzug, der vor den Decken lag.

An der Wand stand ein großer Tisch, darauf eine Petroleumlampe. Hedi fasste an den Kolben und zog die Hand schnell zurück. »Er kann noch nicht lange weg sein«, sagte sie.

Zwischen Werkzeug und Spänen aus Metall und Holz entdeckte sie ein Stück Papier auf dem Tisch.

»Ein Brief. An die Kinder und die Frau«, sagte Hedi und las vor: »›Üb immer Treu und Redlichkeit bis an uns' kühles Grab.‹«

»Das war die Melodie von der Spieluhr«, sagte Rosenbaum.

»Welche Spieluhr?«

»Die von Bangerts Frau. Hat sie mir in der Nervenklinik vorgespielt. Die Spieluhr habe dem Sohn gehört, sagte sie.« Rosenbaum schaute über Hedis Schulter. »Ein Brief mit einem einzigen Satz. Vielleicht wurde Bangert überrascht.«

»Oder es gab nichts mehr zu sagen«, entgegnete Hedi, wieder flüsternd, wieder beklommen.

Auf einem kleinen Wandregal fanden die Ermittler eine Dose. Rosenbaum öffnete sie und fand einen Lappen, der ein schweres süßliches Aroma verströmte.

»Chloroform«, sagte er und verschloss die Dose eilig wieder.

»Sind Sie sicher?«, fragte Hedi nach. »Das riecht gar nicht unangenehm, erinnert mich an das Parfüm meiner Oma.«

»Fiel Ihre Großmutter öfter mal in Ohnmacht?«

Hedi verdrehte die Augen.

Neben der Dose standen mehrere Schalen mit weißen Pulvern.

»Die Giftküche«, flüsterte Hedi.

Rosenbaum führte sie nach draußen. Frische Luft war ihm lieber als süßliche Aromen und staubende Pulver. Vor der Tür blieben sie stehen.

»Is he doch nich dor?« Der Nachbar war vom Dach geklettert und stand nun am Zaun.

»Wann war es denn genau, dass Sie ihn gesehen haben?«, rief Rosenbaum zu ihm rüber.

»Tscha, vor ne ne halve Stünd is he komm, beden länger villicht. Und denn het he mi noch mit Nägels uthelpen, vor ne Kateesühr.«

»Kateesühr?«, fragte Rosenbaum.

»Viertelstunde«, übersetzte Hedi.

»Het he wat utfreeten?«, fragte der Nachbar. »'n beden komisch wör he jo in de letzte Tied.«

Rosenbaum bedankte sich, ohne auf die Frage des Nachbarn zu antworten, und zog Hedi wieder in die Laube. Kurz hinter der Tür, dort wo der Nachbar sie nicht mehr sehen konnte, blieben sie stehen.

»Und nun, Chef?«

»Nachdenken.«

Sie dachten nach.

»Er hat es eilig«, sagte Rosenbaum halb denkend, halb mitteilend. »Er weiß, dass er nicht mehr viel Zeit hat. Der Anschlag auf Warberger müsste unmittelbar bevorstehen. Wahrscheinlich ist er gerade auf dem Weg zu ihm.«

»Dann ist er also erst einmal mit Dr. Warberger beschäftigt. Danach sind vier gerichtet, dann bringt er sich selbst um.« Hedi kniff die Augen zusammen. »Er wird sich einen Ort aussuchen, wo wir ihn nicht suchen. Vielleicht bleibt er gleich in Neumünster. Vielleicht sprengt er sich zusammen mit Warberger in die Luft.«

»Ja«, stimmte Rosenbaum zu. »Wie kommen Sie auf ›in die Luft sprengen‹?«

»Er ist doch irgendwie ein Bastler – Intuition«, antwortete Hedi.

Die beiden Ermittler suchten die Laube nach Hinweisen ab, fanden jedoch nichts, was sie hätte weiterbringen können. Sie beschlossen, in die Blume zu fahren und Eickmann zu warnen.

»Wahrscheinlich werden die beiden nicht mehr im Präsidium sein, wenn wir da anrufen«, sagte Hedi, als sie auf dem Weg in Richtung Blumenstraße tuckerten. »Die sind bestimmt schon unterwegs zu Warberger. Vielleicht sollten wir direkt nach Neumünster fahren?«

Sie ist besorgt um ihren Waldi, dachte Rosenbaum. »Jetzt übertreib mal nicht, Mädchen«, sagte er. Hedi sollte sich besser auf den Fall konzentrieren, nicht auf die Kollegen. Er jedenfalls konzentrierte sich auf Bangert. »Aber was ist mit seiner Frau?«, fragte er nach einer konzentrierten Minute.

»Er ist doch gar nicht verheiratet.«

»Was reden Sie, Hedi?«

»Wen meinen Sie, Chef?«

»Was ist mit Bangerts Frau? Die wird er doch nicht zurücklassen, wenn er sich umbringt. In ihrem hilflosen Zustand, der verhassten Irrenanstalt ausgeliefert.«

»Aber er will sich umbringen, das ist doch ganz klar.«

»Also?«

Hedi schüttelte den Kopf. »Nein Chef, er wird doch seine Frau nicht töten.«

»Er kann sie nicht zurücklassen.«

»Nein, Chef. Nein, nein.«

»Er stellt sich vor, dass die Familie im Jenseits wieder glücklich vereint ist. Das hat er sogar geschrieben: ›bis an uns’ kühles Grab.‹ Der Vers würde aber richtig lauten: ›bis an *das* kühle Grab.‹«

Rosenbaum presste das Gaspedal bis zum Anschlag hinunter. Die Nervenklinik war jetzt das Ziel. Wahrscheinlich befand sich Bangert nicht auf dem weiten Weg nach Neumünster, sondern auf dem kurzen Weg zu seiner Frau und er hatte eine Viertelstunde Vorsprung. Der Opel besaß zwölf Pferdestärken und kam auf eine Höchstgeschwindigkeit von 40, vielleicht 45 Stundenkilometer, ein Pferd allein wäre schneller gewesen.

»Aber er schrieb auch ›vier sind gerichtet‹, nicht fünf.«

»Er hat Gottesurteile provoziert. Er klagt Althoff, Schwarzenfeld, Weber und zum Schluss Warberger an und lässt Gott über sie richten. Seine Frau ist nicht angeklagt.«

»Aber wenn er sie tötet, dann kommt er selbst nach seiner Vorstellung nicht in den Himmel, sondern in die Hölle. Dann ist er nicht mit seiner Familie vereint.«

»Jetzt hören Sie endlich mit Ihrem Liebeswahn auf, Hedi! Denken Sie lieber nach oder halten Sie zumindest Ihren Mund!«

»Liebeswahn?«

Rosenbaum hatte Hedi durchschaut, auch wenn sie jetzt so unschuldig tat. Gerade weil sie jetzt so unschuldig tat.

»Er lässt seine Frau nicht zurück«, erklärte er. »Selbst wenn es ihn in die Hölle bringt, er kann sie nicht zurücklassen.«

Der Opel war gerade in den Knooper Weg eingebogen, alle 100 Meter mündeten Querstraßen ein und Fahrzeuge von rechts hatten Vorfahrt. Rosenbaum scherte sich nicht darum und auch nicht um die zulässige Höchstgeschwindigkeit von 15 Stundenkilometern. An der Einmündung Waisenhofstraße kam von rechts ein Automobil – es hätte beinahe einen Unfall gegeben.

Als sie an der Nervenklinik ankamen, machten sie einen ähnlichen Eindruck wie bei ihrem letzten Besuch wenige Stunden zuvor. Dieselben Patienten klatschten Beifall und grölten, derselbe Mann schrie, dieselbe Frau weinte. Nur die Wärter schienen sich allmählich an die polizeilichen Aktionen zu gewöhnen. Rosenbaum rannte zum Haupteingang und wies den Pförtner an, ihn auf der Stelle zur Patientin Bangert zu bringen. Als der Mann nicht sofort reagierte, wiederholte Rosenbaum seine Aufforderung in einer Lautstärke, die in diesen Räumlichkeiten leicht dazu führen konnte, in einer Zwangsjacke zu landen.

Der Pförtner führte Rosenbaum und Hedi in den großen Speisesaal. Er war nur noch halb gefüllt, die Essenszeit neigte sich dem Ende. Erika Bangert saß allein an einem Tisch. Verhärmt und in sich zusammengesunken starrte sie auf den Suppenteller, der vor ihr stand. Er war gefüllt mit Brühe, ein paar Möhrenwürfeln und Erbsen. Sie hatte ihn nicht angerührt. Rosenbaum blickte sich prüfend um, dann ging er langsam auf sie zu.

»Guten Abend, Frau Bangert«, sagte er.

»Ist Bruno gekommen?«, fragte sie.

Hedi setzte sich zu ihr. »Sie müssen essen. Damit Sie wieder zu Kräften kommen«, sagte sie.

»Ich füttere sie gleich, keine Bange«, tönte die Stimme einer Küchenhilfe, die gerade ein Tablett mit leeren Tellern vorbeitrug und sich offensichtlich von Hedi kritisiert fühlte.

Gut, dachte Rosenbaum. Einen Moment später dachte er, nein, nicht gut. »Aber nicht das hier«, rief er der Küchenhilfe hinterher und schob Erikas Teller weg. »Können Sie eine neue Portion bringen? Und zwar frisch aus dem Topf, von dem alle bekommen haben?«

»Bitte«, sagte die Küchenhilfe in einem Ton, der darauf hinzuweisen schien, dass es sich hier nicht um ein Feinschmeckerlokal handelte und dass man auf extravagante Sonderwünsche nicht eingestellt war. Sie machte kehrt, griff nach dem vollen Teller und wurde erneut mit Rosenbaums Extravaganz konfrontiert.

»Nein, lassen Sie das erst mal stehen«, sagte er. »Das nehmen wir mit.«

»Bitte«, sagte die Küchenhilfe und verschwand.

»Du siehst aus wie Hildchen, mein Kind«, sagte Erika und tätschelte Hedis Hand. »Ein bisschen mehr Babyspeck vielleicht. Das verwächst sich schon noch.«

Hedi lächelte. Es gab nicht viele Menschen, die sich ihr gegenüber so eine Äußerung erlauben konnten.

»Was ist hier los?«

Das war die Stimme von Professor Siemerling. Sie donnerte wie ein fernes Gewitter durch den Saal, noch bevor der Professor zu sehen war. Rosenbaum schaute sich zur Tür um, Siemerling erschien mit dem Pförtner und einem

Wärter und marschierte auf ihn zu. Der Kommissar eilte ihm entgegen. Er erklärte die Lage in knappen Worten und so leise, dass Erika es nicht verstehen konnte.

»Bangert? Bangert will seine eigene Frau töten?« Siemerling sank auf einen Stuhl. Bangert war wochenlang in seiner Anstalt ein und aus gegangen, umgeben von Psychiatern, und keiner von ihnen war auf eine solche Idee gekommen.

»Sie sind der Fachmann«, antwortete Rosenbaum. »Aber ich halte es für wahrscheinlich. Ich nehme an, er ist hier noch nicht wiederaufgetaucht?«

Siemerling reagierte nicht.

Der Pfleger sprang ein: »Nein. Er wollte ja auch erst morgen wiederkommen. Hat er jedenfalls gesagt.«

»Falls er doch kommt, lassen Sie ihn auf keinen Fall zu seiner Frau.«

Der Pfleger nickte.

»Was hatte Bangert denn genau gesagt?«

»Dass er etwas Wichtiges zu tun hat und deshalb heute nicht kommen kann. Dann gab er mir noch eine Praline, die ich seiner Frau geben sollte, heute, zum Hochzeitstag.«

Hochzeitstag. Rosenbaum hatte schon gehört, dass heute der Hochzeitstag der Bangerts war. Er hatte sich nichts dabei gedacht.

»Hat sie die Praline schon bekommen?«

»Nein, noch nicht. Ich wollte sie ihr nach dem Abendessen geben.«

»Geben Sie sie mir, bitte.«

Der Pfleger nickte und eilte davon.

Vibrierende Stahlzungen erklangen, Erika hatte ihre Spieldose geöffnet. Sie summte mit und Hedi lächelte sie sanft an. Rosenbaum ging zu ihnen. Er unterbrach sie nicht gern, aber jetzt war es dringend an der Zeit, die Kollegen in Neumünster zu warnen.

»Fragen Sie mal, ob Sie von hier aus nach Neumünster telefonieren können«, sagte Rosenbaum.

»Ich? Ich dachte, die Chefs sollen miteinander telefonieren.«

Rosenbaum ließ diese Äußerung kommentarlos im Raum stehen, und Hedi machte sich mit dem Pförtner auf den Weg.

Die Spieldose erklang noch einmal und Erika summte: »Üb immer Treu und Redlichkeit bis an dein kü-hü-le-hes Grab.«

Rosenbaum lächelte sie an. ›... bis an uns' kühles Grab‹, dachte er.

Als Hedi zurückkam, fragte er: »Und?«, und sie nickte hastig.

»Mit wem haben Sie gesprochen?«

»Eickmann.«

»Und was sagt er?«

»Es hat bereits einen Mordanschlag auf Dr. Warberger gegeben. Mehr weiß er nicht. Meyer ist bereits am Tatort, Eickmann will gerade losfahren.«

XXXV

Eine Kletterrose stützte sich vor grauer Fassade auf ein eisernes Spalier. Exakt abgezirkelte 60 mal 90 Zentimeter Mutterboden standen ihr zur Verfügung. Fünf Mülltonnen, eine Teppichstange, ein Kohleschacht und ein Schild ›Spielen verboten‹, mehr gab es in diesem Hinterhof nicht. Das Grün und Rot der Rose, ein wenig auch das dreckige Gelb des Pflasters waren hier die einzigen Farben. Der Hof besaß durchaus eine ansehnliche Größe, man hätte hier Kartoffeln und ein wenig Gemüse anbauen können, wenn die umliegenden Häuser mehr Sonne zugelassen hätten. Und wenn die Bewohner einen Sinn für so etwas hätten. Doch lieber standen sie in langen Schlangen nach Kartoffeln an. Ein guter deutscher Hinterhof war sauber, der Hausmeister fegte ihn alle zwei Tage, stattdessen könnte er ebenso gut Unkraut jäten. Eickmann verstand die Menschen nicht, jedenfalls in dieser Hinsicht nicht. Und dass sie sich freiwillig in Mietskasernen pferchten und zum Ausgleich am Stadtrand Schrebergärten pachteten, das verstand er auch nicht. Wenn nicht so nah aufeinander gebaut wäre, wenn jedes Mietshaus einen Garten hätte, die insgesamt bebaute Fläche würde sich nicht vergrößern. Dass man in Neumünster Wohnverhältnisse wie in Berlin oder Hamburg anstrebte, auch das konnte Eickmann nicht verstehen.

Er schaute durch das Fenster am ersten Treppenabsatz in den Hof und versuchte, das Unverständliche zu verstehen. Das tat er ein wenig zu lange, so lange nämlich, bis Kuhrengrund zur Haustür hereinkam und er ein Zusammentreffen nicht mehr vermeiden konnte. So kam es, dass das Unverständliche zum Unvermeidlichen führte.

»Ich war schon zu Hause, als ich die Meldung bekam«, sagte Kuhrengrund. Das war für seine Verhältnisse ein ungewöhnlich ziviler Satz.

»Ich nicht«, antwortete Eickmann.

Schwer zu sagen, in wessen Aussage die größere Beschwerde lag. Warbergers Schicksal lag Eickmann nicht wirklich am Herzen, für ihn war die Belästigung wohl größer.

Ein Wachmeister stieg die Treppe herunter und grüßte freundlich, als er Eickmann sah. »Guten Abend, Herr Kommissar. Der Herr Assistent ist bereits oben.«

Eickmann nickte. Als der Wachtmeister den Rittmeister erblickte, legte er die gestreckte Hand an die Schläfe und huschte stumm davon.

Nach weiteren zweieinhalb Treppen hatten Eickmann und Kuhrengrund Warbergers Wohnung erreicht. Die Tür war angelehnt, Stiefelspuren mit tiefrotem Blut bedeckten die Schwelle und mehrere Feudel verhinderten die Ausbreitung im Hausflur. Ein seltsames Gemisch aus Verwesung und Metall lag in der Luft.

Eickmann schob behutsam die Tür auf. Blutgetränkte Lappen bedeckten den Terrazzoboden. An der Flurgarderobe, der Kommode, den Wänden, überall klebte Blut. Auf dem Boden lag ein großer hölzerner Kübel, vollständig mit Blut verschmiert. Neben der Garderobe hing eine Pendeluhr an der Wand, Strippen gingen von ihr aus, hingen hinunter oder führten zur Garderobe und gehörten dort offensichtlich nicht hin. Davor stand ein mit Gummistiefeln, Schraubenzieher und Kneifzange ausgestatteter Kriminalassistent und überlegte, wie er weiter vorgehen sollte.

»Nichts anfassen«, sagte er, als er Eickmann und Kuhrengrund erblickte. Die Form gebot ihm, es zu Eickmann zu sagen, aber alle wussten, dass er Kuhrengrund meinte.

»Hatte ich auch nicht vor«, erwiderte Eickmann, die Form wahrend.

Kuhrengrund schaute vom Hausflur in die Wohnung, vermied aber, sie zu betreten. »Mannomann, als hätte eine Bombe eingeschlagen«, sagte er.

»Ja. Also: Ne, nicht ganz.«

Meyer zeigte auf eine Handgranate, die zwischen zwei Mützen auf der Hutablage der Flurgarderobe lag. Spätestens jetzt wurde Kuhrengrund klar, warum er nichts anfassen sollte.

»Ist die scharf?«, fragte er.

»Das weiß ich nicht. Ich hab sie jedenfalls erst einmal gesichert.« Die Mützen neben der Handgranate verhinderten, dass sie versehentlich hinunterfiel. Zwei Schnüre, die am Sicherungsstift und am Zündhebel befestigt waren, hatte Meyer gekappt.

Eickmann nickte. »Was ist passiert?«

»Als Warberger hereinkam, fiel ihm ein Kübel mit Schweineblut auf den Kopf.«

»Sonst nichts?«

»Er wurde ohnmächtig und der Nachbar rief die Polizei. Sonst nichts.«

»Wo ist er?«

»In der Badewanne.«

»Und was ist das für eine Apparatur da?«

»Das finden wir jetzt heraus. Am besten, alle gehen hier mal raus. Dann kann ich das genauer untersuchen.«

Bei der Kriminalpolizei Neumünster war Meyer nicht nur Assistent, Leichenbeschauer und Fotograf, sondern auch Spurensicherer, jedenfalls, wenn es für die Schupos zu heikel wurde. Und die Handgranate auf der Hutablage machte diese Sache überaus heikel, solange nicht geklärt war, wie sie dort hinkam und welche Funktion sie erfüllen sollte.

Eickmann beauftragte die anwesenden Wachtmeister mit der routinemäßigen Befragung der Hausbewohner, er selbst klingelte eine Treppe tiefer bei dem Nachbarn, der die Polizei gerufen hatte. Kuhrengrund hatte nichts Besseres zu tun, als ihn zu begleiten. Die Befragungen erbrachten keine nennenswerten Ergebnisse, außer dass Warberger einen markdurchdringenden Schrei ausgestoßen habe, als wäre ein Schwein abgestochen worden. Ob ein Fremder im Haus gewesen war, konnte niemand bestätigen.

Als der Kommissar und der Rittmeister ihre Befragung beendet hatten und sich nach dem Stand von Meyers Untersuchungen erkundigten, kam »Eine Minute noch« zurück. Jetzt konnte sich Eickmann einer kritischen Besprechung mit Kuhrengrund nicht mehr entziehen. Sie standen vor der Wohnungstür und Eickmann erläuterte den aktuellen Stand der Ermittlungen, was den Rittmeister in kleinen Schritten zu der ihm eigenen Lautstärke und Spritzigkeit zurückführte. Er ließ sich dabei auch nicht von den vereinzelt umhereilenden Wachtmeistern stören.

»Was heißt das: kein Schmuggel?«, fragte er.

»Das heißt, unser Verdacht hat sich zerstreut. Kein Schwarzhandel mit Medikamenten, jedenfalls hat das nicht ursächlich etwas mit den Morden zu tun.« Eickmann trat einen Schritt zurück. »Und ich untersuche nur die Morde. Schwarzhandel fällt allein in Ihre Zuständigkeit.«

»Ich kenne die Zuständigkeiten!«, erwiderte Kuhrengrund. Vermutlich wollte er verlangen, sie nicht so genau zu nehmen, hielt aber inne und schluckte.

»Der Täter ist der Vater des Obergefreiten Bangert und sein Motiv ist Rache.« Eickmann räusperte sich. »Das hat nichts mit Schwarzhandel zu tun.«

»Das wussten Sie doch vorher! Sie haben mich reingelegt!«

»Nein.« Doch.

Die Situation hätte durchaus eskalieren können, aber Meyer rettete sie. Er öffnete die Wohnungstür und bat die beiden Kontrahenten hinein. Kuhrengrund zog es allerdings vor, dem angekündigten Bericht vom Hausflur aus zu lauschen.

»Also«, begann Meyer seine Erläuterungen mit einem lang gezogenen O. Er hatte Spaß an Technik und Spaß daran, sie zu verstehen und das Verstandene zu erklären. »Die Ausgangsposition ist folgendermaßen: Der Kübel war mit Schweineblut gefüllt und stand auf der Hutablage, daneben die Handgranate, daneben ein Bleigewicht.« Meyer fuchtelte mit dem Zeigefinger an den Bestandteilen der Apparatur entlang und kam ihnen einige Male so nahe, dass Eickmann fast ›Vorsicht!‹ ausgerufen hätte. »Durch das Öffnen der Tür wird das Bleigewicht über ein Seilsystem vom Schrank gezogen. Es ist über diese beiden Schnüre mit der Handgranate und dem Kübel verbunden. Fällt das Gewicht hinunter, kippt es automatisch den Kübel um und zieht die Handgranate vom Schrank. Diese ist mit zwei Schnüren verbunden. Fällt sie hinunter, zieht die kürzere Schnur den Sicherungsstift und die längere gibt anschließend den Zündhebel frei. Ich habe nicht ausprobiert, ob es wirklich funktioniert – es müsste aber so sein. Der Zug an Kübel und Handgranate wird allerdings durch diese beiden Verriegelungsbolzen verhindert. Über einen Schnappmechanismus in der Uhr, der sich im Sekundenabstand umstellt, werden die beiden Verriegelungen abwechselnd aufgehoben. Wenn Warberger eine Sekunde später die Tür geöffnet hätte, wäre der Kübel oben geblieben, aber die Handgranate detoniert. Noch eine Sekunde und es wäre wieder nur der Kübel umgekippt.«

»Fifty-fifty«, sagte Eickmann und Meyer nickte.

»Was: fifty-fifty?«, fragte Kuhrengrund.

Meyer erklärte den Mechanismus noch mal, etwas langsamer, aber mit derselben Freude. Und noch einmal mit etwas weniger Freude. Ob Kuhrengrund die Erklärungen so schwer verstehen konnte oder vielleicht nur nicht verstehen wollte, war schwer auszumachen. Wahrscheinlich hinderte ihn sein Hang zum Aufbrausen am Verständnis. Zum Schluss akzeptierte er, dass Warberger aufgrund einer Wahrscheinlichkeit von 50 Prozent überlebt hatte. Aber was das sollte, das verstand Kuhrengrund nicht. Aus Eickmanns Sicht brauchte er es auch nicht. Für ihn war die Sache klar.

XXXVI

Bei der Ankunft auf dem Gelände der Irrenanstalt hatte Rosenbaum den Opel so abrupt zum Stehen gebracht, dass der Motor abgesoffen war. Jetzt, bei der Abfahrt, versuchte er seit einer Minute, ihn anzukurbeln. Die erneut weinende Frau war inzwischen weggebracht worden, aber die grölenden Männer grölten weiter. Der fast zwei Liter große Motor machte es Rosenbaum nicht leicht, die Männer auch nicht. Er entschloss sich, die Zündkerzen auszubauen und trocken zu wischen. Obwohl sich die Arbeit ölig und rußig gestaltete, ging sie ihm routiniert von der Hand – Kraftfahrer waren derartige Pannen gewöhnt. Als der Motor lief, fuhr Rosenbaum den Wagen vom Gelände und hielt kurz darauf auf dem Niemannsweg, um eine Denkpause einzulegen.

»Der Anschlag auf Warberger ist geschehen und der auf Erika Bangert auch«, sagte Hedi. »Dann muss jetzt der Selbstmord kommen.«

Rosenbaum blieb stumm.

»Er wird nicht lange warten. Er wird es jetzt tun. Und er könnte es überall tun. Er könnte sich die Steilküste bei Eckernförde hinunterstürzen oder von der Levensauer Hochbrücke springen oder sich hinter irgendeinen Busch kauern und Gift nehmen. Vielleicht hat er sich schon in Neumünster vor einen Zug geworfen oder mit einem ...«

»Hedi!«, rief Rosenbaum entnervt. »Denken Sie nach und reden Sie dann.«

Natürlich mussten sie Joseph Bangert suchen und ihn finden, bevor er sich umbringen würde. Natürlich konnte er überall sein und natürlich würde es nicht helfen, die Suche den Schupos zu überlassen, weil alles, was in Kiel in einer Polizeiuniform steckte, noch immer mit den Nachbeben der Hungerkrawalle zu tun hatte.

»Im Grunde bleibt nur, dass wir in seiner Wohnung oder in der Gartenlaube auf ihn warten«, setzte Hedi ihre Ausführungen fort.

»Jetzt halten Sie endlich den Mund, Hedi!«

»Aber das ist das, was ich denke.«

»Das ist das, was Sie reden. Denken geht anders.«

»Im Ernst, Chef, wir haben keine Anhaltspunkte.«

»Unsere Anhaltspunkte sind, was er bisher getan hat.«

»Er hat Menschen getötet.«

»Und er hat Worte in der Bibel unterstrichen und einen Brief an seine Familie geschrieben.«

»Na gut, der Brief, gerichtet an Frau und Kinder, in den er nur eine Liedzeile hineinschreibt, ein Abschiedsbrief ohne weitere Erklärungen.«

»Aber er zitiert die Liedzeile falsch. Er schreibt ›uns' Grab‹ statt ›dein Grab‹.«

»Also – das Grab der Kinder? Würden er und die Frau auch dort beerdigt werden, wenn sie sterben?«

»Könnte sein, nicht?« Miteinander zu reden, ohne zu

denken, war die Domäne der Frauen, jedenfalls nach Rosenbaums Überzeugung, auch wenn er dies gegenüber Hedi lieber nicht so oft ansprach. Miteinander zu denken und sich dabei auszutauschen, das war, was er immer wieder versuchte, Hedi nahezubringen. Und manchmal klappte es.

»Ja, könnte sein. Wenn es groß genug ist. Wir sollten bei der Friedhofsverwaltung nachfragen, ob es als Familiengrab vorgesehen ist.« Jetzt begann Hedi nachzudenken, ohne zu reden. »Und, Chef?«, sagte sie nach einer Weile. »Die unterstrichenen Wörter in der Bibel: ›Vier, Grab, Ende, gerichtet‹. Das haben wir interpretiert als ›Vier sind gerichtet, am Ende das Grab‹, nicht? Es muss aber nicht ›Am Ende das Grab‹ heißen, es kann auch heißen: ›Das Ende am Grab‹.«

»Am Grab der Kinder, am Familiengrab.« Rosenbaum schaute Hedi anerkennend an. »Das ist Nachdenken«, sagte er, sprang aus dem Wagen und kurbelte ihn an. Dieses Mal gelang es ihm auf Anhieb.

Sie fuhren zum Eichhof und mit jedem Kilometer war Rosenbaum fester davon überzeugt, dass sie Bangert dort antreffen würden. Sich am Grab der Kinder umzubringen, war ein radikal theatralischer Abgang, den man Menschen mit gesteigertem Drang zur Selbstdarstellung zutrauen würde. Davon war bei Bangert allerdings nichts zu spüren, ihn trieb etwas anderes dorthin: religiöse Verblendung und die Liebe zu seiner Familie. Er wollte sein Werk am Ort des ewigen Friedens vollenden, um mit allen wieder vereint zu sein. Rosenbaum war sich nahezu sicher.

In einer Stunde würde der Eichhof für den Publikumsverkehr geschlossen werden. So sehr er auch tagsüber frequentiert wurde, in der letzten Stunde vor Schließung war er nahezu leer gefegt. Rhododendren und Pfingstrosen hatten am Tag um die Wette geblüht. Jetzt ruhten sie sich aus. Friedhofsruhe war eingekehrt.

Kurz orientierten sich die Ermittler an der Eingangstafel, dann hetzten sie los. Den Hauptweg entlang, links auf die Querachse, dann rechts. Spatzen schimpften über die Störung der Totenruhe, ein Eichhörnchen beobachtete die eiligen Besucher. Bald konnten sie ihr Ziel sehen, das Grab der Bangert-Kinder und Joseph Bangert davor. Er kniete, die Hüfte nur leicht gebeugt, die Schultern hängend, die Hände gefaltet, den Kopf gesenkt. Eine Körperhaltung voll von Demut und Unterwerfung.

Das war kein Abschiedsbrief, dachte Rosenbaum. Abgesehen davon, dass der Brief so gut wie keinen Inhalt hatte, er war nicht an jemanden gerichtet, von dem Bangert sich hätte verabschieden wollen, sondern an seine Familie, die er bald wiederzusehen hoffte. Selbstmörder aber verfassen Abschiedsbriefe. Sie wollen der Nachwelt ihre Tat erklären. Sie wollen auch beichten, die Karten auf den Tisch legen. Sie wollen, dass man ihnen vergibt.

»Bangert!«, rief Rosenbaum. »Wir sind von der Polizei. Bleiben Sie ruhig!«

Sie waren noch 50 Meter von ihm entfernt. Unwillkürlich verlangsamten sich ihre Schritte. Bangert schaute auf, fast hatte Rosenbaum den Eindruck, dass er lächelte.

Wie er seine Wohnung und die Gartenlaube hinterlassen hatte, die Bücher mit den Lesezeichen an aussagekräftiger Stelle, die Unterstreichungen in der Bibel, der Brief in der Laube – das alles zusammen war ein Abschiedsbrief. Und es war die Spur, die die Ermittler herführte. Bangert hatte nicht Spuren hinterlassen, er hatte Spuren gelegt. Er wollte, dass sie herkamen, dachte Rosenbaum.

Als sie sich näherten, erkannte er eine Pistole in Bangerts

gefalteten Händen. Rosenbaum blieb stehen und hielt Hedi am Arm zurück.

»Bangert, legen Sie die Waffe weg«, rief er.

Joseph Bangert rührte sich nicht. »Die Kommissarin, die hübsche Kommissarin«, sagte er bedächtig und so leise, dass es kaum zu verstehen war.

»Legen Sie die Waffe weg«, wiederholte Rosenbaum. Die Situation war für ihn nicht einzuschätzen. Wenn der Mann sich hatte erschießen wollen, warum hatte er es nicht bereits getan?

Bangert erhob sich mit ungelenken Bewegungen und verzog das Gesicht, wahrscheinlich schmerzten Hüfte oder Knie. Die Pistole blieb in der rechten Hand. Es war eine Parabellum P08. Der Zeigefinger lag auf dem Bügel vorm Abzug. Die Stellung des Sicherungshebels konnte Rosenbaum nicht erkennen.

»Es ist vorbei, Bangert. Legen Sie die Waffe weg.« Auch diese Aufforderung blieb ohne Erfolg. Rosenbaums eigene Pistole ruhte in seinem Schulterholster. Er achtete auf den Druck unterm linken Arm – ja, sie war da. Ziehen sollte er jetzt nicht, einen Selbstmörder kann man mit einer Pistole nicht beeindrucken. Dennoch knöpfte er sein Jackett auf, als Hedi ihn am Arm hielt. Ein kurzer Blick von ihr bat: Lassen Sie es mich versuchen. Rosenbaum ließ sie.

Hedi tat einen kleinen Schritt auf Bangert zu, verharrte und machte dann noch einen Schritt. »Ich möchte mit Ihnen reden, Herr Bangert«, rief sie. Wieder ein Schritt, und noch einer.

Rosenbaum folgte in einigem Abstand, machte ein paar Schritte zur Seite, um beide gut sehen zu können, nicht zu weit, Bangert sollte sich nicht eingekreist fühlen.

Noch ein Schritt, dann blieb Hedi stehen. »Das Ende ist nicht am Grab«, rief sie.

Noch ein Schritt. Knapp zehn Meter trennten sie nun von Bangert. Er zuckte mit der rechten Hand, seine Toleranzgrenze war erreicht. Hedi blieb stehen. Die Parabellum in seiner Hand war als Militärwaffe für den Nahkampf entwickelt worden, sie wurde standardmäßig auf 50 Meter eingeschossen. Wenn Bangert jetzt auf Hedi anlegte, würde er sie erschießen.

»Ob er im Himmel ist?«, fragte Bangert. Das war, was ihn jetzt beschäftigte. »Bruno hatte doch keine Wahl. Sie wollten ihn an die Front zurückschicken. Aber er konnte nicht. Selbst wenn er gewollt hätte, er konnte nicht.«

»Herr Bangert, legen Sie die Waffe hin. Dann können wir in Ruhe darüber reden.« Hedis Stimme wurde bestimmter, aber auch fürsorglicher.

»Natürlich ist er da.« Bangert schaute zum Himmel auf, als suchte er dort seinen Sohn.

»Ich bin unbewaffnet«, rief Hedi. »Lassen Sie uns über Ihre Familie reden.«

Bangert konnte Bruno im Himmel nicht entdecken. Er schaute wieder zu Hedi.

»Wie heißen Sie, Fräulein?«

»Ich heiße Hedwig.«

»Ein schöner Name. Meine Tochter hieß Hilde. Nein, sie heißt noch immer so. Hier, hier liegt sie. Sie haben Ähnlichkeit mit ihr.«

Hedi machte einen kleinen Schritt nach vorn und Bangert hob die Pistole ein wenig an. Noch war sie auf den Boden gerichtet.

»Ich bin unbewaffnet, Herr Bangert.«

»Sie sind Kommissarin, natürlich sind Sie bewaffnet.«

»Nein, das bin ich nicht. Es gibt keine weiblichen Kommissare bei der Polizei. Ich bin nur Sekretärin, ich darf keine Waffen tragen.«

Bangert schien unschlüssig zu sein.

»Schauen Sie«, rief Hedi, zog ihre Kostümjacke aus und ließ sie neben sich auf den Boden gleiten. Jetzt trug sie nur noch die Bluse und den Rock, beides lag zu eng an, um darunter eine Waffe zu tragen.

Bangert ließ die Parabellum wieder sinken, Hedi näherte sich weiter.

»Ist das Brunos Pistole?«, fragte sie.

Bangert nickte. »Damit hat er sich erschossen. Er hat stark gezittert. Wenn er ruhig war, zitterte er nicht so stark, aber er war sehr aufgeregt.« Bangert betrachtete die Pistole. »Zuerst hat er sie an die Schläfe gehalten, aber zweimal rutschte er ab. Drei Schüsse lösten sich, einer drang in die Wand ein, einer in den linken Fuß, der dritte in den Oberschenkel. Dann steckte er den Lauf in den Mund und biss drauf. Er schoss sich den Kiefer weg und zum Schluss das Gehirn.«

Es war totenstill, kein Rauschen in den Bäumen, selbst die Spatzen schwiegen vor Betroffenheit.

»Das muss schlimm für Sie gewesen sein«, sagte Hedi. »Wer hat ihn gefunden?«

»Meine Frau.« Bangerts Augen blickten ins Leere. »Als ich nach Hause kam, fand ich beide in Brunos Zimmer auf dem Boden liegen. Erika hatte sich neben ihn gelegt und streichelte sein Gesicht. Und Bruno stöhnte.«

»Er lebte noch?«

»Kurz, nur noch kurz.«

Wenn sich jemand das Gehirn wegschießt, ist er sofort tot, dachte Rosenbaum. Und Hedi dachte anscheinend dasselbe.

»Wie lange?«, fragte sie.

Bangert sah zu ihr auf, dann zu Rosenbaum, dann hinunter zur Pistole.

»Den letzten Schuss hatte er noch nicht abgegeben«, sagte er.

Rosenbaum ahnte, dass ein seltener Moment bevorstand, ein Moment, der die Perspektive verändern würde.

»Er konnte es nicht mehr. Er hatte keine Kraft mehr in seinem Arm. Er konnte die Pistole nicht mehr heben.«

»Haben *Sie* dann geschossen?«, fragte Hedi.

Der Gedanke lag nahe, ihn in diesem Moment auszusprechen, war heikel. Mit einer äußerst langsamen und möglichst unauffälligen Bewegung fasste Rosenbaum unter sein Jackett, umklammerte den Griff der Pistole und legte den Sicherungshebel um. Vor dem Schießen würde er noch durchladen müssen, aber das konnte er jetzt nicht tun, ohne Bangerts Aufmerksamkeit auf sich zu lenken und eine Eskalation zu provozieren.

Hedis Frage lag sekundenlang wie Blei in der Luft.

»Nein«, antwortete Bangert. »Der Herr hat uns geführt. Der Herr ist barmherzig. Er hat Bruno erlöst.«

»Durch Ihre Hand?«, fragte Hedi. »Hat der Herr Ihre Hand geführt?«

»Ja, das hat er.« Bangert schaute die Parabellum an wie einen lieben Freund. »Er hat meine Hand zu Brunos Hand geführt. Und ich habe Brunos Hand zu seinem Mund geführt. Aber abgedrückt hat Bruno selbst.«

›Jeder Mensch verträgt nur ein bestimmtes Maß an Leid, jenseits dieser Grenze wird er irre‹, hatte Siemerling zu Rosenbaum gesagt und wahrscheinlich hatte er recht. Brunos Grenze hatte im Schützengraben auf ihn gelauert, die Grenze seiner Mutter war überschritten, als sie ihn sterben sah. Und Joseph Bangerts Grenze, als er ihm beim Suizid half. Rosenbaum hatte keine Zeit, sich zu überlegen, wo seine Grenze liegen mochte. Vielleicht hätte er nicht so viel ausgehalten wie die Bangerts.

»Sie sind vom Schmerz geblendet«, sagte Hedi. »Das wird man bei Gericht berücksichtigen.«

»Sie denken, ich wäre verrückt, nicht? Aber ich bin nicht verrückt. Ich sehe alles ganz klar.«

Bangert drehte die Parabellum zu sich und schaute in den Lauf. Dann ließ er sie wieder sinken, dabei zog er den Knieverschluss zurück. Die Waffe war jetzt durchgeladen. Rosenbaum zog langsam seine Pistole aus dem Holster und lud ebenfalls durch. Bangert bemerkte es nicht, er war mit Bruno beschäftigt und mit sich selbst.

»Bangert, Sie müssen weiterleben«, rief Hedi. »Denken Sie an Ihre Frau, sie braucht Sie.«

»Erika? Erika ist tot.«

»Nein, sie hat die Praline nicht bekommen. Sie lebt.«

»Sie lügen!«, schrie Bangert.

»Die Praline liegt in unserem Wagen. Wir können zusammen hingehen.«

»Sie lügen!«, schrie Bangert noch einmal. Dabei hob er erneut die Pistole an.

Noch war nicht klar, auf wen er sie richten würde. Vor Rosenbaums Augen spielte sich alles wie in Zeitlupe ab. Wollte er Hedi erschießen? Er hatte bislang nur diejenigen umgebracht, die er für schuldig hielt; Auge um Auge. Nein, hatte er nicht: Auch seine Frau wollte er töten und den Tod von Elfriede Weber hatte er in Kauf genommen. Aber er war ans Grab gekommen, um sich selbst zu töten, nicht Hedi. Warum hatte er es nicht gemacht, bevor sie gekommen waren? Er hatte auf sie gewartet. Wieso? Wer Selbstmord beging, würde nicht in den Himmel kommen, er bliebe auf ewig von seiner Familie getrennt. Vielleicht wollte er jetzt sich selbst richten, weil er sich schuldig gemacht hatte, Auge um Auge.

Bangerts Arm streckte sich. Er schaute Hedi an.

»Bangert! Nehmen Sie die Waffe runter!« Rosenbaums Befehl verhallte.

Warum hatte er den Brief geschrieben? Die Spuren gelegt? Nur weil er verrückt war? Die Bibel, er hatte sie nicht bei Mose aufgeschlagen, sondern beim Jüngsten Gericht. Also nicht Auge um Auge, sondern das Gericht Gottes. Töten? Erretten? Das Jüngste Gericht am Grab? So viele Fragen, Rosenbaum spürte, sie würden eine gemeinsame Antwort besitzen. Doch er kannte sie nicht und er hatte keine Zeit mehr, sie zu suchen.

Bangerts Arm bewegte sich in seine Blickrichtung, in Hedis Richtung.

»Bangert!«, schrie Rosenbaum.

Ein Schuss fiel. Genau einer. Er kam aus Rosenbaums Pistole. Schon mehrfach hatte er sie eingesetzt, auch auf Menschen geschossen, auf die Beine. Getötet hatte er noch nie.

Bangerts Augen waren halb geöffnet, auf der Stirn glänzte ein roter Punkt. Er lag auf dem Rücken, ausgestreckt in der Mitte des Familiengrabes, exakt dort, wo man ihn in einigen Tagen beisetzen würde. Die Pistole hielt er noch in seiner Hand.

Rosenbaum lief auf ihn zu, Hedi kam hinterher.

»Das war richtig, Chef«, sagte sie. »Sie hatten keine Wahl.«

Davon war Rosenbaum nicht überzeugt. Kurz vor dem Schuss hatte er eine Antwort auf seine Fragen gefunden. Aber er war sich nicht sicher gewesen. Deshalb hatte er geschossen. Nach einigem Zögern nahm er die Pistole aus Bangerts Hand und untersuchte sie. Sie war gesichert, in ihr befand sich keine Patrone, weder im Lager noch im Magazin. Rosenbaum legte sie in Bangerts Hand zurück.

»Das war sein letztes Gottesurteil«, sagte er.

XXXVII

Spät war es geworden, kurz vor zehn. Die Sonne ging unter, die Welt brannte. Die Menschen aßen, schliefen, weinten und starben. Es war ein Tag wie jeder andere. Rosenbaum saß vor seinem Wohnzimmerfenster und schaute hinaus. In seiner Hand hielt er eine Zigarette. Das Kokain hatte er noch nicht fortgeschafft, aber er würde davon nichts mehr nehmen. Die Welt drückte einen nieder, jeden Tag ein Stück, jedenfalls in diesen Jahren. Man durfte aber nicht zu Boden gehen. Und falls doch, musste man wieder aufstehen. In Rosenbaums Kopf kreisten die Bangerts und dass er einen Menschen erschossen hatte. Max Orlowski tauchte auf, der verstorbene Kollege, den er vermisste, dessen Grab er regelmäßig besuchte, wenn er nach Berlin kam, und für dessen Tod er verantwortlich war. Die Zigarette in der Hand hatte er vergessen. Sie glomm sich allmählich an seine Finger heran und hätte eine Brandblase verursacht, wenn ihn das Telefon nicht kurz vorher in die Gegenwart zurück katapultiert hätte.

»Er ist weg, Joseph, er ist weg! Beim Kommiss! Heute Nachmittag hat er ein paar Sachen gepackt und ist in die Tram gestiegen. Er ist weg!« Lottchen schluchzte. Sie war nur schwer zu verstehen.

»So schnell? Hätte ich nicht vorher unterschreiben müssen?«

Rosenbaum hatte versprochen, am Wochenende noch einmal nach Berlin zu kommen. Jetzt war Wochenende und er war in Kiel.

»Er sagt, es werden ganz dringend Männer gebraucht, bei Verdun und an der Somme.«

Rosenbaum versprach, am nächsten Morgen nach Berlin zu kommen. Er würde nichts mehr ausrichten können, aber er sollte zu Hause sein, bei seiner Frau und seiner Tochter, während der Sohn in den Krieg zog. So war es auch bei den Bangerts gewesen.

PS

Wenn ich gefragt werde, was an der ganzen Geschichte nun wahr ist, muss ich die ernüchternde Antwort geben: die wesentliche Handlung nicht. Eine Familie Bangert hat es so nie gegeben, die Mordopfer auch nicht und natürlich auch nicht die Ermittler.

Ernst Siemerling, Friedrich von Esmarch, Gustav Adolf Neuber und der Geheimrat Friedrich Althoff sind hingegen historische Personen.

Das Zerwürfnis zwischen Esmarch und Neuber ist verbürgt. Der Grund dafür liegt jedoch im Dunkeln. Man vermutet, Esmarch sah in dem aufstrebenden Neuber einen Konkurrenten. Dass Esmarch Althoff gegen Neuber eingespannt hat, lässt sich vermuten, aber nicht belegen.

Wahr ist, dass Esmarch und Althoff im selben Jahr starben – einen Hinweis auf Fremdverschulden gab es allerdings nicht.

Wahr ist auch, dass es im Juni 1916 in Kiel wie in vielen anderen Städten einen Hungerkrawall gab.

Und wahr ist der Strafprozess gegen Karl Liebknecht. Er wurde wegen versuchten Kriegsverrats zu vier Jahren und einem Monat Zuchthaus verurteilt, wovon er zwei Jahre absitzen musste. Sein Kalkül, die Massen gegen den Krieg aufzubringen, ging ein Stück weit auf. Viele Tausende Menschen demonstrierten auf den Straßen für seine Freilassung und der Prozess beeinflusste nachhaltig die Öffentliche Meinung über den Krieg.

Wahr ist vor allem aber das: Im Ersten Weltkrieg wurden 850 Millionen Granaten verschossen. Das sind sechs Granaten in jeder Sekunde. Vier Jahre lang.
22 Millionen Soldaten wurden durch Granaten getötet oder am Körper verwundet. Diejenigen, die an der Seele verletzt wurden, hat niemand gezählt. Diejenigen, die ihre seelischen Verletzungen an die Familie weitergegeben haben, erst recht nicht.

*Weitere Titel finden Sie auf den
folgenden Seiten und im Internet:*

WWW.GMEINER-SPANNUNG.DE

Kriminalobersekretär Josef Rosenbaum ermittelt:

1. Fall: Kieler Schatten
ISBN 978-3-8392-1697-2

2. Fall: Kieler Dämmerung
ISBN 978-3-8392-1889-1

3. Fall: Kieler Helden
ISBN 978-3-8392-2129-7

4. Fall: Kieler Morgenrot
ISBN 978-3-8392-2227-0

5. Fall: Kieler Courage
ISBN 978-3-8392-2835-7

weitere:
Das gefälschte Lächeln
ISBN 978-3-8392-2031-3

GMEINER SPANNUNG

WWW.GMEINER-VERLAG.DE
Wir machen's spannend

DIE NEUEN Lieblingsplätze

ISBN 978-3-8392-0154-1 — AM INN

ISBN 978-3-8392-2730-5 — AUGSBURG UND BAYRISCH-SCHWABEN

ISBN 978-3-8392-0155-8 — FÜNFSEENLAND

ISBN 978-3-8392-0158-9 — HARZ

ISBN 978-3-8392-0160-2 — NORDSEEKÜSTE NIEDERSACHSEN mit Hund

ISBN 978-3-8392-0159-6 — LÜNEBURGER HEIDE

ISBN 978-3-8392-0161-9 — NIEDERRHEIN

ISBN 978-3-8392-0163-3 — OSTSEE MECKLENBURG-VORPOMMERN

ISBN 978-3-8392-0164-0 — OSTSEE SCHLESWIG-HOLSTEIN

ISBN 978-3-8392-2626-1 — SACHSEN

ISBN 978-3-8392-0156-5 — BODENSEE für Senioren

ISBN 978-3-8392-0157-2 — NORDSEE SCHLESWIG-HOLSTEIN für Senioren

ISBN 978-3-8392-0166-4 — SÜDLICHE WEINSTRASSE UND PFÄLZERWALD

ISBN 978-3-8392-0166-4 — SÜDTIROL

ISBN 978-3-8392-2838-8 — USEDOM

ISBN 978-3-8392-0168-8 — WIESBADEN RHEIN-TAUNUS RHEINGAU

GMEINER KULTUR

WWW.GMEINER-VERLAG.DE
Mensch, Kultur, Region

Zeitfracht Medien GmbH
Ferdinand-Jühlke-Straße 7,
99095 - DE, Erfurt
produktsicherheit@zeitfracht.de